陈斐 主编

近代诗三百首

钱仲联 主编

浙江教育出版社·杭州

图书在版编目（CIP）数据

近代诗三百首 / 钱仲联主编. -- 杭州 : 浙江教育出版社, 2025. 1. --（中华好诗词 / 陈斐主编）.
ISBN 978-7-5722-8782-4

Ⅰ. I222.75

中国国家版本馆 CIP 数据核字第 20244GN435 号

中华好诗词 近代诗三百首
ZHONGHUA HAO SHICI JINDAI SHI SANBAI SHOU
钱仲联　主编

责任编辑	赵清刚
美术编辑	韩　波
责任校对	马立改
责任印务	时小娟
产品监制	王秀荣
特约编辑	刘　莎
装帧设计	郝欣欣
出版发行	浙江教育出版社
	地址：杭州市环城北路177号
	邮编：310005
	电话：0571-88900883
	邮箱：dywh@xdf.cn
印　　刷	天津盛辉印刷有限公司
开　　本	880mm×1230mm　1/32
成品尺寸	145mm×210mm
印　　张	13.25
字　　数	458 000
版　　次	2025年1月第1版
印　　次	2025年1月第1次印刷
标准书号	ISBN 978-7-5722-8782-4
定　　价	49.00元

版权所有，侵权必究。如有缺页、倒页、脱页等印装质量问题，请拨打服务热线：010-62605166。

总序

今天,我们和诗词打交道的方式,大致可概括为"说诗"和"用诗"两种。对于这两种方式,王国维在《人间词话》中做过区分、说明。他用晏殊、欧阳修等人写爱情、相思的词句,比拟"古今之成大事业、大学问者,必经过"之"三种境界",可视为"用诗"。他所下的转语"然遽以此意解释诸词,恐为晏、欧诸公所不许也",则承认了"说诗"的存在。

春秋时期,我国即有了频繁、成熟地引用《诗经》来含蓄、典雅地抒情达意的"用诗"实践。"用诗"可以"断章取义",将诗句从原先的语境剥离出来,另赋新意。"说诗"则应以探求作者原意为鹄的,尽管作者原意可能并不是唯一的、封闭的,尽管探求的过程也需要读者"以意逆志"、揣摩想象,但不能放弃这种探求。正如仇兆鳌在《杜诗详注》自序中所云:"注杜者必反覆沉潜,求其归宿所在,又从而句栉字比之,庶几得作者苦心于千百年之上,恍然如身历其世,面接其人,而慨乎有余悲,悄乎有余思也。"

通常,我们对诗词的阅读和研究,属于"说诗",应尽量探求作者原意;在作文或说话时引用诗词,则是"用诗",最好能符合原意,但也不妨"断章"。接触诗词,首要的是"说诗",弄清原意;

然后举一反三、触类旁通地"用诗",让诗点化生活、滋养生命。

我们"说诗",应怎样探求作者原意呢？愚以为,必须遵从诗词表意的"语法",通过对文本"互文性"的充分发掘寻绎。《文心雕龙·知音》云:"夫缀文者情动而辞发,观文者披文以入情。""作诗"是抒志摛文、将情志外化为文字的"编码"过程;"说诗"则是沿波讨源、通过文字探求情志的"解码"过程。作者"编码"达意,有一定的"语法";读者"解码"寻意,也必须遵从这些"语法"。同时,作品是一个"意脉"贯通的有机整体,承载的是作者自洽的情意,反映在文本上,即是字、句、篇、题乃至诗词书写传统之间彼此勾连的"互文性"。这些不同层次的"互文性",构成了人们通常所说的"语境"。"说诗"应充分考虑文本的"互文性",理顺"意脉",重视作者言说的"语境"。凡此种种,既限定了阐释的边界,也保证了阐释的效力,将专家、老师合理的"正解"和相声、小品、脱口秀演员搞笑的"戏说"区别开来。

散文语言"编码"达意,比较显豁、连贯,诗词语言则讲究含蓄、跳跃,故"言在此而意在彼""言有尽而意无穷""无理有情""笔断意连"之类的话语常见诸诗话、评点。用书法之字体比拟的话,散文似楷书,诗词则是行书或草书。由于"五四"新文化运动的猛烈抨击,传统文体的书写和说解传统,在当下已命若悬丝。从小学到大学,哪怕是专业的中文系,也没有系统教授传统文体写作的课程。即使是职业的研究者,也普遍缺乏传统文体的书写体验。这种"研究"与"创作"的断裂,直接导致了今日的新生代研究者对诗词的感悟力和解读力普遍不高。因为诗词表意往往含蓄、跳跃，如果没有深切的创作体验，就很难把握住全篇的"意脉"，解说难免支离破碎、顾此失彼。就像一个人如果没有拿过毛笔，面对楷书还大致可以辨识，但如果面对的是一幅行书或草书，他连怎么写出来的（笔顺、笔势）都很难弄明白，更不要说鉴赏妙处、品评高下了。

　　说到这里，也许有朋友会说，现在社会上喜欢写诗词的人可是越来越多了呀！的确，这对于中华优秀传统文化的传承来说，是好现象。不过，很多朋友是因为爱好而写作，就他们自学的诗词素养，写出一首符合"语法"且"意脉"贯通的诗词来说，还有不小的距离。记得数年前，当能够"写"诗词的计算机软件被开发出来时，有朋友问我怎么看待？如何区别计算机和人创作的诗词？我说：我能区别计算机和古人创作的诗词，但没法区别计算机和今人创作的诗词，甚至计算机创作的比我看到的绝大多数今人创作的还要好，起码平仄、押韵没有问题。因为古人所处的时代，古典文脉传承不成问题，诗文书写是读书人必备的技能，生活、交际常常要用，他们所受的教育中有系统、大量的创作训练，既物化为教材，也可能是师友父子间口耳相传的"法门"、技巧。因此，古人写诗词，就像今人说、写白话文一样，不论雅俗妙拙，起码是符合"语法"且"意脉"贯通的。而在传统文体被白话文体大规模取代的今天，我们已成了诗词传统的"局中门外汉"（张祖翼《伦敦竹枝词》初版自署），不论是写作还是说解，如果不经过刻意、系统的训练，要做到符合"语法"和"意脉"贯通，都非常困难。想必大家都有过学习外语的体验，之所以感觉困难、进展缓慢，是因为缺乏"习得"这种语言的文化氛围。计算机"写"诗词，不过是根据事先设定的平仄、押韵程序，提取相关主题的关键词排列、拼凑，绝大多数今人也差不多，都很难做到符合"语法"且"意脉"贯通。以上是我数年前的回答。ChatGPT（人工智能的语言模型）的诞生，使我的看法略有改变，但它要写出合格的诗词作品，尚待时日。

今人对诗词的感悟力和解读力普遍不高，除了缺乏创作体验，还由于时势变迁，所受专业化的教育训练，使他们的国学素养一般比较浅狭。而诗词又是作者整个生命和生活世界的映射，可能涉及作者生活时代的社会风俗、礼乐制度、思想观念、地理区划乃至自然科学方面的知识。如果对诗词生成的文化背景缺乏了解，自然难以充分发掘文本的意蕴及其"互文性"，无法还原作者言说的"语境"，解说难免隔靴搔痒、纰漏百出。

今天，我们对传统文体的看法已经和"五四"先贤有了很大不同。很多人意识到，传统文体未必没有价值，未必不能书写、表达当代人的生活、情感。尤其是诗词，与母语特性、民族审美、文化基因的关系更为密切。最近几年，《中国诗词大会》《经典咏流传》等与传统文化相关的娱乐节目的热播，更是彰显了中华优秀传统文化根于人心、超越时空的永恒魅力。

那么，我们应该如何提升诗词创作和说解的水平呢？窃以为，就学术、教育体制而言，应该恢复诗词创作教学，适当修复"研究"和"创作"之间良好互动的关系。在古代，文学创作教学的传统源远流长,不仅指授诗文作法、技巧的入门书层出不穷,而且那些以传世为期许的诗话、文评,比如《文心雕龙》《沧浪诗话》等,也以提升创作能力为鹄的,带有浓厚的教科书特征;文学活动的主体,通常兼具创作者、评论者和研究者"三位一体"的身份。"五四"新文化运动打倒了传统文体,并从西方引进了一套崭新的现代文学研究和教育机制。这套机制将"研究"和"创作"断为二事,从此,中文系不以培养作家为使命,而以传授用西方现代文论生产出来的"文学知识"为主要职责。一定程度上说,这些知识不仅忽视了中国古代文学的"中国性"及其生成的古典语境,未能很好地阐发中国古代文学的文化基因、民族审美和母语特性,而且完全不涉及传统文体的创作。诚然,伟大的作家不是仅靠学校培养就能造就的,但文学创作的能力却是可以培养、提升的,中文系的研究和教学不应该放弃对文学创作能力的培养。职是之故,我们有必要修复"研究"和"创作"之间良好互动的关系,特别是亟待从创作视角阐释我们的文学遗产,并以研究所得去丰富、深化传统文体的创作教学。这既可以填补研究空白,推动学科、学术、话语这"三大体系"的建设,也可以反哺当代传统文体创作,是赓续中华文脉的当务之急!

　　就个人而言,细读、揣摩国学功底广博深厚、"研究"和"创作"兼擅的前辈名家的"说诗"论著,必不可少,特别是钱仲联、羊春秋等现代诗词研究泰斗。他们前半生接受教育的时候,诗词还以"活态"传承着,在与晚清民国古典诗人的交往中,他们"习得"

了诗词创作与说解的能力。同时，他们后半生主要在高校执教，颇了解当代读者的学习障碍和阅读需求。因此，由他们操刀撰写的诗词读物，往往深入浅出，言简意赅，既能传达古典诗词的神韵，又契合当下读者的阅读需要。

作为中华学人，我们对诗词的研究，毕竟不能像有些汉学家那样，偏重理论"演练"。我们有着赓续文脉的重任，必须将研究奠基于对作品的准确解读之上。这势必要求我们尽快提升对诗词的感悟力和解读力。另外，作为"80后"父亲，自从儿子出生以后，我的"人梯"之感倍为强烈，想从专业领域为儿子乃至普天下孩子的成长奉献涓滴。基于这两个方面的考虑，在编纂"民国诗学论著丛刊""名家谈诗词"等丛书之后，我计划再编纂一套"中华好诗词"丛书，把自己读过而又脱销的现代学术泰斗撰写的诗词经典选本，以成体系的方式精校再版，和天下喜欢或欲了解诗词的朋友分享。这个设想，得到了诗友、洪泰基金王小岩先生的热情绍介，以及新东方集团俞敏洪、周成刚和窦中川三位先生的垂青、支持！编校过程中，大愚文化的王秀荣、郭城等老师，付出了很大辛劳。我们规范体例、核校引文、更新注释中的行政区划，纠正了不少讹误，并在每本书的书末附录了一篇书评、访谈录或学案。对于以上诸位师友的热情襄赞，作为主编，我心怀感恩，在此谨致谢忱！

这套丛书，是我们抱着"发潜德之幽光，启来哲以通途"的传承目的编的，乃2024年度教育部哲学社会科学研究重大专项项目"古典诗教文道传统的当代阐释及教育实践"（2024JZDZ049）的阶段性成果。每个选本，都是在对同类著作做全面、详尽调查的基础上精挑细选出来的。选注者不仅在相关研究领域有精深造诣，而且许多人本身就是著名诗人。他们选诗，更具行家只眼；注诗，更能融会贯通；解诗，更能切中肯綮。每册包括大约三百首名篇佳作及其注释、解析，直观呈现了某一朝代某一诗体的精彩样貌。诸册串联起来，则又基本展现了从先秦到近代中华诗词的辉煌成就。读者朋友们通过这套丛书，不仅可以在行家泰斗的陪伴、讲解下，欣赏到中华数千年来最为优美的古典诗词作品，而且能够揣摩到诗词创作和欣赏的基本"法门"。而诗歌又是文学王冠上最耀眼的明珠，是所有文体中最难懂、表现手法最丰富的。诗歌读懂了，其他文体理解起来不在话下。诗歌表情达意的技法，也能迁移、应用到其他文体的写作中。缘此，身边的朋友不论是向我咨询如何提升孩子的阅读水平，还是请教怎样提高学生的作文分数，我开出的药方都是"好好儿读诗，特别是诗词"。

孔子说，"不学诗，无以言"，往极端说，甚至"无以生"。诗人不仅能说出"人人心中有，口中无"的话，还是人类感觉和语言的探险家。读诗是让一个人的谈吐、情操变得高雅、优美、丰富起来的最为廉价、便捷的方式。你，读诗了吗？

陈斐
甲辰荷月定稿于艺研院

近代诗歌,是顺应着近代动荡剧变的形势,在继承中国古典诗歌现实主义和积极浪漫主义传统的基础之上产生的。从鸦片战争开始的中国近代史,正如毛泽东同志在《中国革命和中国共产党》一文中所说,是"中国一步一步地变成了一个半殖民地半封建的社会"的历史,"帝国主义列强侵略中国,在一方面促使中国封建社会解体,促使中国发生了资本主义因素,把一个封建社会变成了一个半封建的社会;但是在另一方面,它们又残酷地统治了中国,把一个独立的中国变成了一个半殖民地和殖民地的中国","帝国主义和中国封建主义相结合,把中国变为半殖民地和殖民地的过程,也就是中国人民反抗帝国主义及其走狗的过程。从鸦片战争、太平天国运动、中法战争、中日战争、戊戌政变、义和团运动、辛亥革命、五四运动……都表现了中国人民不甘屈服于帝国主义及其走狗的顽强的反抗精神"。作为意识形态之一的诗歌,它不仅是反映时代的一面镜子,又是现实斗争的有力武器。近代诗歌,适应时代的需要,以它鲜明的时代精神、强烈的反帝反封建的深刻内容、争奇斗艳的艺术形式,在近代的文学园地中,开出了绚烂多彩的奇葩。近代诗歌的优秀之作,描绘了近八十年间中国大地上的历史风云,真实地反映了这一时期中华民族遭到的空前浩劫和疮痍满目的动乱现实,反映了错综复杂的阶级矛盾和民族矛盾,表现了中国人民不屈不挠、再接再厉的英勇斗争,无愧于"时代的镜子"。同时,它又以时代的强音,唱出了诗人的心声,传出了他们渴望变更现实、拯救中华的呼喊,激励着人们为反帝反封建的伟大事业而英勇奋战。

近代的诗人继承和发展了前人开创的各种不同的风格流派,以他们独特的生活感受、艺术修养和美学情趣,在作品中表现了各自不同的艺术风貌和个性,使近代诗坛呈现出流派纷呈、万紫千红的景象。近代诗歌的突出成就,足以超越元明、上追唐宋,它是中国古典诗歌发展史上树起的又一座丰碑。

一

从纵的方面来看,近代诗歌的发展大体经历了三个时期。

从鸦片战争前后至英法联军入侵圆明园,是第一个时期。鸦片战争的风暴,揭开了中国近代史的序幕,也揭开了近代诗歌的崭新的篇章。

鸦片战争前夕的清道光初年,正如龚自珍所说,是一个"万马齐喑"的时代。清王朝已经十分腐朽:一方面,政治黑暗,军备废弛,经济凋敝,民族矛盾和阶级矛盾日趋激化,白莲教农民起义的风暴,沉重地打击了清王朝的统治;另一方面,国内资本主义的萌芽,尽管处在封建主义的重压下,依然在潜滋暗长,外国殖民主义者的入侵,又进一步刺激了它的发展。这时的诗坛,在清王朝推行的思想文化界的高压政策下,"避席畏闻文字狱,著书都为稻粱谋"（龚自珍《咏史》），模古诗风弥漫，也呈现着"万马齐喑"的沉闷景象，有的诗人则还在做着乾、嘉盛世的美梦，为没落王朝唱赞歌。这时敢于打破沉闷空气、开一代风气之先的，是以龚自珍、魏源等为代表的具有民主主义启蒙思想的思想家和诗人，其中尤以龚自珍对后世的影响为最大。龚自珍主张改革腐朽的政治，同时又把诗歌的革新结合在一起，他用犀利的诗笔剖析中国社会，揭露掩盖在"盛世"外衣下的社会矛盾和危机，刻画了一幅幅中国封建社会衰败没落的图景；他更以奔放的热情，描绘他所向往的光明世界的蓝图，召唤变革风雷的到来。在艺术上，他既继承传统，借鉴古人，又勇于打破传统束缚，境界奇肆，气象瑰玮，表现了鲜明的创新精神。尽管受到时代的局限，他对社会的剖析是不彻底的，对未来的憧憬是朦胧的，他的诗无论是内容和形式，却都体现了中国近代社会反帝反封建和反传统的时代要求，因而赢得了后来"诗界革命派"和南社诗人们的顶礼膜拜，并且对近代八十年的诗风产生了积极的影响。

　　1840年鸦片战争的爆发，将中国推入了半殖民地半封建社会，也强烈地震荡了旧诗坛。不少诗人从战争的炮火中惊醒。侵略者的暴行，清王朝的腐败，中国人民气壮山河的反帝斗争气概，激发了诗人们的爱国诗情。"风人慷慨赋同仇"（张维屏《三元里》），以鸦片战争为题材的作品，以崭新的内容，令人瞩目的异彩，大量涌现在诗歌园地上，展现了前所未有的繁荣景象。成就卓著的，除上面提到的魏源，还有姚燮、鲁一同、朱琦、贝青乔四家，其他如张维屏、金和，也写了少量的纪事名篇。他们当中有的亲自参加了抗击外侮的爱国正义战争,有的人家乡曾沦陷敌手,饱经了侵略者蹂躏的苦难,目睹了中国人民的英勇抗争。他们以诗写史,真实地记录了这一重大的历史事件,艺术地展现了在血和火的洗礼中开始觉醒的中国人民的英姿,揭露了侵略者的豺狼面目和虚弱本质,勾勒了清王朝中投降派官吏畏敌如鼠的丑恶形象,热情地讴歌了爱国将士大义凛然、浴血战场的爱国精神和无畏气概,比较深刻地揭示了鸦片战争失败的社会根源。这些诗篇无愧为反映历史现实的伟大史诗。在艺术形式上,他们运用了五古、七古、律诗的形式,从古代叙事诗中汲取营养,又借鉴古代纪传文学尤其是明清小说叙事写人的写作手法,注入新内容,叙事生动,形象栩栩如生;有的则刻意创新,运用七绝组诗的形式,如涓涓细流汇成壮阔的江海,通过一首首七绝小诗的单篇记叙,构成反映事件全过程的皇皇巨著,开拓了七绝小诗的表现天地,开创了叙事诗的新篇章。同时,由于诗人们分属不同的流派,每个诗人又都以自己独特的艺术感受来反映这些事件,因此,艺术上又呈现着各自不同的风貌。

  诗人们还将眼光投向疮痍满目的动乱社会,通过诗笔,反映了这一时期错综复杂的社会矛盾和广大人民在死亡线上挣扎的苦难,描绘了一幅幅封建末世的人生图画,在反映现实的广度、批判现实的深度上,都有前人未到之处。

  这一时期的诗歌园地中,还出现了大量描绘祖国河山的记游诗,如魏源的三湘游诗,姚燮的四明、普陀游诗,高心夔的庐山诗,贝青乔的云贵游诗,其中不少还是几十首一组的大型组诗,规模宏大,刻画奇险,艺术上极富特色。就内容来看,其中的优秀之作,是诗人在经受了外国侵略者践踏祖国大好河山以后所迸发的爱国深情的折光,作品中饱含着诗人热爱祖国的感情。

中日甲午战争以后到辛亥革命(1911)前夜,是近代诗歌发展的第二个时期。这是中国社会完全沦为半殖民地半封建社会的时期。一方面,中国在中日战争中的失败,彻底暴露了清王朝的腐朽和无能,帝国主义列强则加紧了对中国的掠夺,展开了划分势力范围的斗争。诚如陈三立在《江行杂感五首》中所描绘的:"猛虎捽汝头,熊豹麋汝身;蹴裂汝肠胃,咋喉及腭唇。长鲸掉尾来,睒睗齿嶙峋。汝骨为灰埃,汝血波天津。"中国的亡国之祸已迫在眉睫。另一方面,中国人民有了新的觉醒:打着反帝旗帜的义和团运动遍及北方大地;在民族危机面前,以康有为、梁启超为代表的资产阶级改良派登上了政治舞台,发动了旨在救亡图强的改良主义政治运动。与此紧密相连,在诗歌领域内,他们发动了"诗界革命运动",主要诗人有黄遵宪、丘逢甲、康有为、梁启超、谭嗣同、蒋智由、严复、夏曾佑,稍后又有金天羽等人。这一派诗人大都较多地接触了日本和西方资本主义世界的政治和文化,如黄遵宪、康有为、梁启超都曾较长期地生活在国外。一方面,从中西的比较中,他们更痛楚地体察到中国封建社会的腐朽和没落,激发了变革现实的信念;另一方面,异域的新鲜事物、风土人情,也为他们的诗歌创作提供了丰富的源泉。"新世瑰奇异境生,更搜欧亚造新声"(康有为《与菽园论诗兼寄任公……》),这就形成了以表现新事物、新意境、新理想为

5

主要特征的所谓"新派诗"。呼吁救亡图强是他们诗歌的基本主题,而揭露帝国主义瓜分中国的野心和清王朝在侵略者的淫威下卑躬屈节的卖国投降的本质,感伤祖国风雨飘摇、江河日下的时势,申述变法图强的抱负,抒写献身变革的豪情,则是他们诗歌的共同基调。从题材看,突出地表现在两个方面:一是继承了前一时期以诗写史的传统,写下了一系列反映自甲午之战直到日俄战争之间重大历史事件的史诗式的作品;二是写出了大量反映当时的国际风云、异域风光,表现西方新思想、新知识、新事物的作品,极大地拓展了诗歌内容的天地。在形式上,他们继承了龚自珍的独创精神,以旧风格含新意境,"意境几于无李杜,目中何处着元明"(《与菽园论诗兼寄任公……》),"直开前古不到境,笔力横绝东西球"(丘逢甲《说剑堂集题词为独立山人作》),给人以面目一新之感。他们还提出了"我手写我口"(黄遵宪《杂感》),以流俗语、新名词入诗的主张,努力探索诗歌通俗化的途径。诗界革命派尽管受到改良主义思想的局限,在作品的思想深度上受到影响,尽管随着维新运动的失败,诗人们风流云散,诗界革命也很快成为历史的陈迹,但他们在近代诗界的影响和取得的成就,却是不可磨灭的。

除诗界革命派以外,这时期还有其他众多的诗人和流派。在民族灾难深重的现实面前,他们在救亡图强的大纛下,也写下了许多洋溢着强烈的爱国精神的诗篇。他们当中有些人往往有深厚的学问功力和诗歌的艺术素养,作品意蕴深刻,艺术造诣极深。如被视为最保守的湖湘派,它的代表诗人王闿运、邓辅纶,就写下了《圆明园词》和《鸿雁篇》等感人至深的名篇。宋诗派的魁杰沈曾植，也有感伤变法失败、悼念戊戌死难者的情辞沉痛的篇章。即如自称"神州袖手人"的赣派诗人首领陈三立，也写出了自庚子国变至日俄战争时期悲愤国事的作品。从这里我们可以看到，在国家民族灾难深重的时局面前，这一时期的诗歌，以其超越流派界限的广泛性，焕发出了前所未有的异彩。

近代诗歌的第三个时期，是辛亥革命前后到1919年五四运动。改良主义运动的失败，从反面告诉人们：改良在中国是没有出路的，要拯救中国的危亡，只有走革命的道路。资产阶级民主革命的浪潮，随着改良运动的失败迅速地得到了发展。辛亥革命的风暴，终于埋葬了中国历史上最后一个封建王朝——清王朝。但由于中国资产阶级先天的软弱性，它的革命的不彻底性，又很快导致了反动势力的复辟，革命胜利果实迅速为投靠各帝国主义的封建军阀所窃取，全国出现了军阀割据的局面。直至五四运动，才揭开了中国历史的新的一页。随着资产阶级民主革命的兴起，诗坛上最显著的变化，是出现了以章炳麟、秋瑾等为代表的民主革命的战士诗人和以南社为代表的革命文学社团。前者首先是革命家，然后是诗人。而南社则是受到革命浪潮的鼓舞，自觉地以文学为武器，为革命运动的进行而助威呐喊的带有鲜明的政治色彩的文学团体。南社成立于辛亥革命前夜的宣统元年（1909），队伍迅速由初次"雅集"时的十七人扩大到一千一百七十余人。他们也高举"诗界革命"的旗帜，在旧形式的范围内写革命的新内容。早期的南社以推翻帝制、建立中华为鲜明的目的，体现在诗中的爱国感情，已由忧愤国事的感慨上升到反对清王朝的腐朽统治和建立民主国的憧憬，充满着献身祖国、献身革命的豪情。他们的诗学主张，则基本上仍是学古的。南社三创始人之一的高旭，就认为"新意境、新理想、新感情的诗词终不若守国粹的用陈旧语句为愈有味也"（《愿无尽庐诗话》）。他们最崇拜的是龚自珍，认为"三百年来第一流，飞仙剑客古无传"。他们所崇尚的是激昂慷慨的唐音，也正是站在尊唐的立场上，他们竭力反对崇尚宋诗的同光体，认为同光体是"比较保守的"，认为近代"是同光体的人和比较进步的南社派诗人争霸的时代"（柳亚子《介绍一位现代女诗人——林北丽》）。提倡龚自珍，反对同光体，可以说是南社诗人的共同倾向。南社诗人众多，情况复杂，水平高下不一，作品良莠俱存，其中的优秀之作，大多富于浪漫主义的激情，高歌慷慨，豪迈雄放，激发着民族民主革命的精神。在近代诗歌中，奏出了时代的最强音。但也正如旧的资产阶级民主革命一样，随着辛亥革命实际上的流产，南社也开始分化，其中一部分人继续随着革命的发展而前进，而不少人则陷于消沉，诗歌也逐渐消失了早期闪光的异彩。

　　以上我们从纵的方面对近代诗歌的发展做了轮廓的勾画，从这里我们可以看到，随着中国近代社会发生的根本的变化，近代诗歌也出现了崭新的面貌。它既继承了中国古典诗歌的优秀传统，又以鲜明的反帝反封建的时代内容，使诗歌的爱国主义精神焕发出前所未有的光华，这一精神像主旋律一样贯穿始终，又在不同时期震响着各有特色的和弦，构成了一曲以近代社会为背景的交响乐章。

二

　　近代诗歌从横的方面来看，呈现着流派纷呈、繁花满园的景象。除前面提到的由龚自珍开启了先路的"诗界革命派"和南社以外，活跃在近代诗坛上的还有宋诗派、唐宋兼采派、湖湘派、西昆派等重要流派。除其中湖湘派个别的诗人外，他们的总的倾向是学古而不是复古，艺术上都有所创新，又由于各自的崇尚有区别，因此风貌各异，艺术上呈现了争奇斗艳的繁荣局面。其中影响最大的当推同光体。

　　同光体，是近代宋诗派的总称。正如陈衍所说："同光体者，苏戡（郑孝胥）与余戏称同（治）、光（绪）以来诗人不墨守盛唐者。"（《沈乙庵诗序》）同光体诗人大多痛感清中叶"格调派"所倡导的墨守唐人、模古无创新的衰颓诗风，又不满袁枚"性灵派"肤廓油滑的弊病，希望从学宋中开拓诗歌的新途径。他们并不全盘摹宋，而是学习宋人在唐人的基础上拓展新境的创新精神。正如陈衍所说："宋人皆推本唐人诗法，力破余地耳。"宋诗派渊源于清中叶的桐城派诗和近代第一时期的郑珍、何绍基、江湜诸家。郑、何二人，都出自著名汉学家程恩泽的门下，程恩泽主张"凡欲通义理必自训诂始"，开导了学人为诗的先河。郑、何等人受他的影响很深，而且都能有所超越，尤以郑珍的成就最高。影响所及，就出现了在近代中后期诗坛上由陈衍、沈曾植、郑孝胥等大力倡导的同光体。同光体按照地域和崇尚的不同，又可以分为三个主要的派别。一是闽派，以闽人陈衍、郑孝胥、陈宝琛、林旭等人为代表。他们的学古方向，渊源韩愈、柳宗元、孟郊，于宋人偏重学梅尧臣、王安石、陈师道、陈与义、姜夔，陈衍则又接近杨万里。二是赣派，远承宋代江西派的传统，以黄庭坚为宗祖，其首领是陈三立，稍后有胡朝梁、王易、王浩等人。夏敬观和陈三立的儿子衡恪、寅恪、方恪三兄弟都能诗，但都不是江西派诗（隆恪除外，他是学三立的）。三是浙派，以沈曾植、袁昶为代表。浙派上承清初、中期秀水派的朱彝尊、金德瑛、钱载，艺术上力求奇奥，和赣派相接近。上述三派的主张和创作，有同有异。在理论和实践上强调以抒发性情、表现生活为本，以学古创新为用，是他们相同的一面。闽派诗宗"清苍幽峭"，浙、赣派崇尚"生涩奥衍"；而浙派又远追颜（延之）、谢（灵运），赣派则专宗江西；又是他们风格上互异的一面。除上述三派外，一般也被认为是接近同光体而成就卓著的，还有范当世、陈曾寿、俞明震诸家。同光体诗的主要艺术倾向是独创求新，虽然由于历史的局限性，他们尚未找到诗歌发展的新出路，但他们却在努力从继承中求新，从而形成了他们特有的艺术风格。这一派诗人大抵都有较深厚的文化功底，他们的作品抒发了诗人忧国忧民的情怀，在艺术上达到了很高的水平。

唐宋兼采派以张之洞、樊增祥、易顺鼎等人为代表。他们的学古方向，以唐为主，也取宋诗，但不喜黄庭坚和江西派。他们对同时代的崇尚生涩奥衍的同光派诗人，曾有"张茂先（华）我所不解"之喻。因此提出了融"宋意入唐格"的主张（见张之洞《广雅堂诗》），希冀博采唐、宋之长，别开一宗。这一派也有创新的要求，在艺术上形成了自己的风格，不少优秀之作较深刻地反映了现实生活，洋溢着诗人的爱国情思。但相比之下，在艺术上突破不多，思想深度也较同光体诗略逊一筹。

西昆派，是近代诗坛上崇尚李商隐的一派，实际只是宗唐派中的一个分支，主要诗人有李希圣、曾广钧、汪荣宝、张鸿、孙景贤等。这派诗人导源于清初虞山派，以沉博绝丽、采藻惊人为追求的极境，反映了他们艺术趣味的偏执和单纯。他们的作品反映晚清国事，对慈禧太后为首的极端顽固派表达了憎恨之情，大都色泽艳丽，感情浓郁，确是以美人香草之词寄托江山摇落之感的佳作。虽然艺术上不能像上述流派的诗人那样有新的开辟，却以它独具的风貌为近代诗坛增添了色彩。

以王闿运、邓辅纶、高心夔为代表的湖湘派，是近代崇尚汉魏六朝和盛唐的一派，陈衍曾称这一派"墨守古法，不随时代风气为转移，虽明之前后七子无以过之也"（《石遗室诗话》）。相对地说，湖湘派确是最为保守的一派，复古倾向最突出，他们以追求格调高雅作为艺术目标，因而把汉魏六朝作为重点的取法对象。他们的不少拟古题作品，确是远离生活，毫无生气，但也不能一概而论。即使是拟古倾向最明显的王闿运，也仍有一定的创新要求，他的《圆明园词》等作品，与汉魏六朝的格调就相去甚远，内容上也是忧愤国事，并非与世事无关。邓辅纶、高心夔的诗歌，则能吸取晋宋诗歌的精神，在刻画山水景物方面达到了很高的艺术造诣。因此，这一派的作品，作为近代诗坛的一种古雅的点缀，仍不失其存在的价值。

除上述主要的流派以外，还有不少不以派名的著名诗人，如"戊戌六君子"之一的刘光第，艺术风格，除部分接近于湖湘派的高心夔的千锤百炼的特色外,却远远超出高心夔的范围,兼有魏、晋、唐、宋之长。无论是感时,还是写景,都达到了极高的水平。又如自称"八面受敌而为大家"的李慈铭,擅长梅村体的宗唐诗人杨圻,专宗杜甫的沈汝瑾,早期接近诗界革命、后期以写景著称的许承尧,爱国诗僧释敬安,等等,也都能在艺术上自创面目、成就卓著,与其他各种流派的诗人,一一体现了不同的个性。

综上所述,我们可以看到,近代诗歌一方面受到传统文化积淀的影响,它只能是在学古的领域中走创新的道路,即使是诗界革命派也概莫能外;另一方面,又由于在近代诗歌出现之前,经历了清初诗人正本清源的大力振兴,和乾、嘉以后复趋肤廓、浮滑的曲折过程,为着顺应时代的变化,近代诗人不甘于诗风的衰颓,而努力希求从诗歌发展的历史回顾中寻找新的出路。由于生活经历、文化素养以及探索回顾的视角、尺度的不同,诗人们在艺术上又各有自己的追求。因此,尽管到了近代,中国古典诗歌已发展到了它的后期,但依然显示出它的顽强的生命力。诗人们各显其长,开创了近代诗坛晚霞满天的绚烂景象。

三

本书主编钱仲联教授在青年时代写过《近代诗评》一文,曾说:

> 诗学之盛,极于晚清。跨元越明,厥途有四:瓣香北宋,私淑西江。法梅(尧臣)、王(安石)以炼思,本苏(轼)、黄(庭坚)以植干。经巢(郑珍)、伏敌(江湜)、蝯叟(何绍基),振之于先,散原(陈三立)、海藏(郑孝胥)、海日(沈

曾植），大之于后。此一派也。远规两汉，旁绍六朝。振采
蜚英，骚心选理。白香（邓辅纶）、湘绮（王闿运），凤鸣于
湖衡；百足（高心夔）、裴村（刘光第），鹰扬于楚蜀。此一
派也。无分唐宋，并咀英华。要以敷腴为宗，不以苦僻为尚。
抱冰（张之洞）一老，领袖群贤。樊（增祥）、易（顺鼎）承
之，拓为宏丽。此一派也。驱役新意，供我篇章。越世高谈，
自辟户牖。公度（黄遵宪）、南海（康有为），蔚为大国。复
生（谭嗣同）、观云（蒋智由），并足附庸。此一派也。

这段话除未提及西昆一派外，大体上略同于前述几个主要流派的分类法。数十年来，由于种种原因，人们对近代诗歌做深入全面的研究，是远远不够的。前几年家父与我选注《清诗三百首》，其中近代（晚清）部分，有一百一十二首，民国以后的近代诗歌，尤其是南社诗人的作品，入选不多。为了普及具有突出成就的近代诗歌，这部《近代诗三百首》的选注，就显得十分必要。

本书由仲联教授主编、选题并校注，选录标准和原则，大体与《清诗三百首》相同，照顾到各个时期各个流派和各种诗歌体式，坚持思想性和艺术性统一的原则，尽可能反映出近代诗歌丰富多彩的艺术风貌，并避免与《清诗三百首》入选的作品重复（个别的名篇如《圆明园词》则不在此限）。关于各篇的作者介绍、题解、注释，由仲联教授带同苏州大学明清诗文研究室马卫中、范建明、赵杏根同志及校外的王宗栻同志和我一起进行。

本书的编注体例是：

一、作品按五古、七古、五律、七律、五绝、七绝的顺序编排，杂言的古诗列入七古中。每一类中，按作者的生年先后次序排列，生年未详的，列于生活年代相近的作者前后。

二、作者介绍，载于首见一首之后。主要介绍作者生平、诗歌的风格流派、诗集名称等，兼引前人比较恰当的评论。

三、每首有题解，介绍与本诗有关的史实，揭示诗歌的思想内涵，或评析艺术特点，不拘一格，力求精要。前人评价精当的，也择要引述。

四、注释包括本事、历史、地理、典故、生僻词语，难读的字加拼音。释义力求通俗易懂。典故出处、有关史实原文易懂的径引原文，过长或难懂的用现代语概述。力求翔实。部分诗句，做必要的串释。

钱学增
1987年12月

近代诗三百首

目录

五言古诗

姚燮	由妙庄严路至普济寺三章（选一）	003
	笑天狮子岭	005
	法华洞	006
	孤凄坑	008
	沈家庄夜半大雨	009
江湜	道中忆旧仆沈用作四诗以酬昔劳（选二）	010
	一风	012
邓辅纶	鸿雁篇（三首）	013
黄遵宪	锡兰岛卧佛（六首选一）	016
陈三立	江行杂感五首（选二）	021
	由沪还金陵散原别墅杂诗（五首选一）	025
文廷式	谈仙诗有序	026
陈衍	冬述四首示子培（选三）	032
沈汝瑾	食蟹	038
俞明震	同伯严后湖观荷	040
	湖庄晓起	042
	登剑门峰拂水桥	043
夏曾佑	别任公（二首选一）	045
	己亥秋别天津有感寄怀严蒋陈诸故人（四首选一）	047
陈诗	哭五弟子修诗并序	048

1

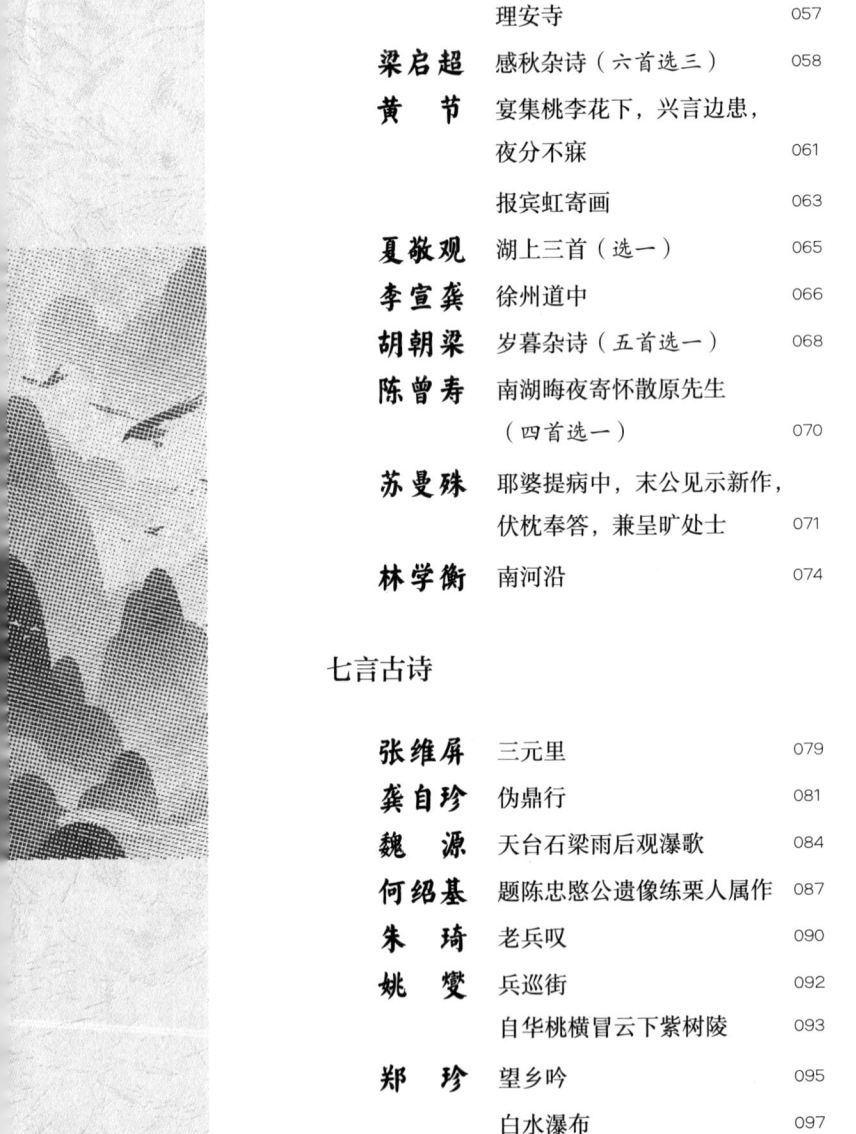

何振岱	鹤涧小坐	056
	理安寺	057
梁启超	感秋杂诗（六首选三）	058
黄 节	宴集桃李花下，兴言边患，夜分不寐	061
	报宾虹寄画	063
夏敬观	湖上三首（选一）	065
李宣龚	徐州道中	066
胡朝梁	岁暮杂诗（五首选一）	068
陈曾寿	南湖晦夜寄怀散原先生（四首选一）	070
苏曼殊	耶婆提病中，末公见示新作，伏枕奉答，兼呈旷处士	071
林学衡	南河沿	074

七言古诗

张维屏	三元里	079
龚自珍	伪鼎行	081
魏 源	天台石梁雨后观瀑歌	084
何绍基	题陈忠愍公遗像练栗人属作	087
朱 琦	老兵叹	090
姚 燮	兵巡街	092
	自华桃横冒云下紫树陵	093
郑 珍	望乡吟	095
	白水瀑布	097

	自毛口宿花堈	099
江湜	彦冲画柳燕	100
	连夜月下有作	101
金和	断指生歌	102
王闿运	圆明园词	105
高心夔	鄱阳翁	115
袁昶	晓发	119
叶大庄	吴江舟中（三首选一）	120
黄遵宪	冯将军歌	121
陈宝琛	缅侨叹	125
王甲荣	彩云曲	127
盛昱	题钱南园画马一枯树一瘦马一小马	139
范当世	南康城下作	141
丘逢甲	海军衙门歌同温慕柳同年作	143
黄人	题长吉集	148
罗惇曧	题罗两峰《鬼趣图》	151
金天羽	罱泥船	153
	悯农	154
	看蚕娘	156
	嵩山高	157
秋瑾	秋风曲	159
诸宗元	夜过海藏楼，归纪所语简太夷，并示拔可	161
	净慈寺井	164
周达	题陈叔通所藏江弢叔手书诗卷	165

| 庞树柏 | 己酉十月朔，南社第一次雅集于虎溪张公祠，到者凡一十七人 | 168 |

五言律诗

姚燮	澄灵涧	173
贝青乔	赤津岭	173
曾国藩	寄弟（三首选一）	175
徐子苓	腊月廿四日，遣郑仆往周云先家迎吴四引之二首（选一）	176
王尚辰	荻港吊黄靖南	177
翁同龢	游西山见宝竹坡题名，因书其后	178
王闿运	独游妙相庵观道、咸诸卿相刻石	180
张佩纶	雁（五首选四）	181
黄遵宪	香港感怀十首（选一）	184
陈宝琛	华严精舍（五首选二）	185
释敬安	梅痴子乞陈师曾为白梅写影，属赞三首（选一）	186
张謇	屡出	187
	病起	188
朱铭盘	赠丘履平	189
陈三立	野望	190
	月夜	190
王树枏	秋园居	191
宋育仁	甲午感事三首	192

康有为	戊戌八月国变记事四首	195
俞明震	天　竺	198
	春寒登楼写意	199
	夜雨待萧稚泉不至	200
夏曾佑	舟过大沽望炮台二首	201
萧　蜕	赠金东雷	202
	游小云栖	203
陈　诗	乙巳冬日，与伯严先生饮酒垆，即送归秣陵	204
谭嗣同	夜　泊	205
黄　人	萤	206
赵　熙	嘉定舟中	207
	秋　夜	208
丁惠康	闻胶州近事二首	209
章炳麟	黑龙潭	210
陈去病	焦山中流遇急湍	211
秋　瑾	感　事	213
杨　圻	得幼儿丰祚贞祚家书	214
夏敬观	松径步月	215
陈曾寿	壬子二月同恪士梅庵至西湖刘氏花园	215
宋教仁	秋　晓	216
庞树柏	舟行西郭即景	217
郁　华	马　关	218
柳亚子	哭宋遁初烈士	219

七言律诗

龚自珍	夜坐（二首选一）	223
	释言四首之一	224
鲁一同	读史杂感（五首选一）	225
	辛丑重有感（八首选一）	227
郑　珍	次杨林晚望	228
江　湜	南台酒家题壁	229
洪仁玕	回港舟中诗	230
	二月下浣，军次遂安城北，吟于行府	231
樊增祥	闻都门消息（五首）	232
张佩纶	居　庸	237
黄遵宪	酬曾重伯编修（二首选一）	238
陈宝琛	感　春	239
陈三立	肯堂为我录其甲午客天津中秋玩月之作，诵之叹绝，苏、黄而下无此奇矣，用前韵奉报	242
	正月十九日园望	243
严　复	赠畏庐	244
程颂万	迟明看荷呈恪士	246
范当世	守风至六七日之久，夜不复成寐，百虑交至，起眺书怀	247
	果　然	248
	暮春金陵城北见桃李花有感	249
康有为	出都留别诸公（五首选三）	250

刘光弟	望峨眉山	252
	峨眉最高顶在锡瓦殿后	254
	夜 灯	255
俞明震	章江晚泊	256
	病起夜坐	257
	雨后湖楼晓起	258
李希圣	帝 子	259
丘逢甲	寄怀维卿师桂林（八首选一）	261
何振岱	孤山独坐雪意甚足	262
罗惇曧	登清凉山	263
	万松寺待晓	264
	上盘顶云罩寺暮不达而返	265
梁启超	庚戌岁暮感怀（六首选一）	266
黄 节	岁暮示秋枚	267
	二月十二日过新汀屈翁山先生故里，望泣墓亭，吊马头岭铸兵残灶，屈氏子孙出示先生遗像，谨题二首（选一）	268
	七月初六赴沪，海上大风	269
	十月十一夜月中有怀曼殊	270
	南归至沪寄京邸旧游	271
	送贞壮南归	272
	社园茗座迟瘿公不至	273
陈去病	自厦门泛海登鼓浪屿有感	274
林 旭	张园梅花	275
	直 夜	276

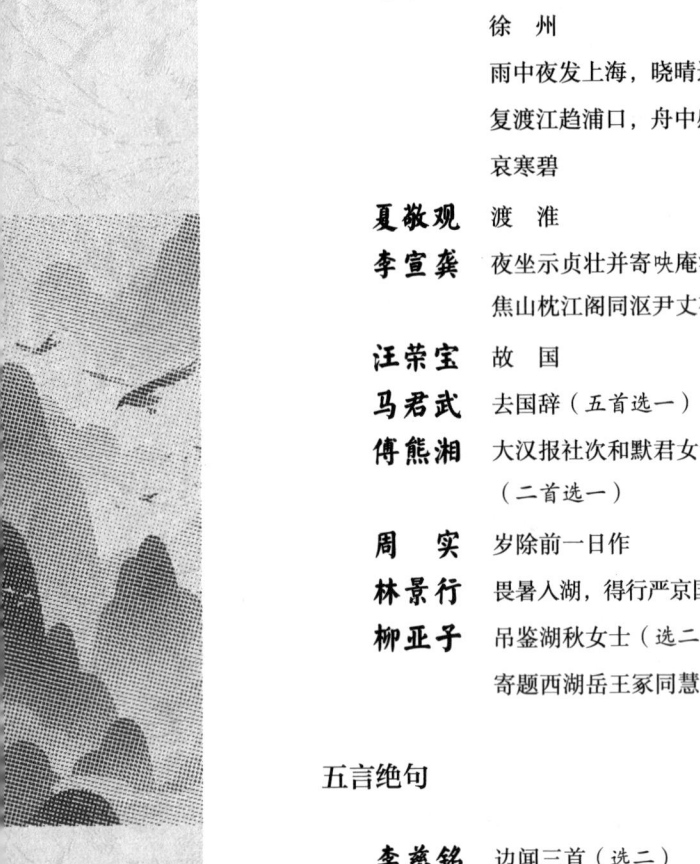

	上海胡家闸茶楼	277
诸宗元	夜游约同去病	278
	徐　州	279
	雨中夜发上海，晓晴达金陵，复渡江趋浦口，舟中感纪	280
	哀寒碧	281
夏敬观	渡　淮	282
李宣龚	夜坐示贞壮并寄映庵江南	283
	焦山枕江阁同沤尹丈夜坐	284
汪荣宝	故　国	285
马君武	去国辞（五首选一）	286
傅熊湘	大汉报社次和默君女士赠别韵（二首选一）	288
周　实	岁除前一日作	289
林景行	畏暑入湖，得行严京国书却寄	290
柳亚子	吊鉴湖秋女士（选二）	292
	寄题西湖岳王冢同慧云作	293

五言绝句

李慈铭	边闻三首（选二）	297
	为潘星斋侍郎题秦宜亭岁晚江村小景三绝句（选二）	298
叶大庄	竹　亭	298
沈曾植	懊侬曲（五首）	299
陈三立	春晴步后园晚望（五首选一）	301

8

	渡湖至吴城（二首选一）	302
严　复	十三夜月	303
	古　意	303
易顺鼎	天童山中月夜独坐二首	304
潘飞声	罗浮纪游二首	305
何振岱	入杭舟中杂咏（二首）	306
夏敬观	雨过二首	307
	江　夜	308
陈衡恪	月下写怀	308
高　旭	读谭壮飞先生传感赋	309
苏曼殊	简法忍	310

七言绝句

龚自珍	己亥杂诗（选五）	315
何绍基	晓发看月	317
郑　珍	邯　郸	318
贝青乔	咄咄吟（选三）	318
王尚辰	花　下	321
江　湜	野兴（六首选一）	322
	舟中二绝	322
	雨　中	323
张之洞	故　府	324
陈　豪	题画（二首选一）	325
冯　煦	八月二十一日之夜，仆卧已久，苹湘忽出寄拂青三绝句相质，	

9

	效拂青体也，既复强仆效之。时窗外雨声淙淙，苦不得寐，亦成三首。来朝放晴，仆又将	
	强漱泉也（选一）	326
	瓜　步	327
	送研孙归湘中（二首）	328
袁　昶	西轩睡起偶成绝句	329
叶大庄	村居书事四首（选二）	329
	往游洪塘沿路即目三首（选二）	331
	溪堂闲居六首（选一）	332
	桐江舟中漫成寄兰溪补堂明府	332
陈宝琛	沧趣楼杂诗（九首选一）	333
	吉隆车中口号	334
	馆故甲必丹叶来宅，叶盖土人拥以平乱者，既因惠、潮客民不协，质成于英人，遂隶英。时有演说革命者，援此晓之	335
杨深秀	仿元遗山论诗绝句五十首（选四）	337
张　謇	为黄仲弢编修绍箕题《龙女图》	339
程颂万	湖上草堂杂诗四首（选二）	340
王毓菁	苔	342
文廷式	拟古宫词（二十四首选一）	342
王允晢	于役书见	343
夏曾佑	无题（二十六首选一）	345
丘逢甲	秋溪即目（二首）	345

	山村即目（选二）	346
	春日杂诗（四首选一）	347
姚永概	偶 题	347
曾习经	袁珏山所藏潘莲堂焦山图	348
何振岱	铁 塔	349
	高昌庙独步看柳	350
	舟 夜	350
罗惇曧	香山雨香岩杂诗	351
陈去病	癸卯除夕别上海，甲辰元旦宿青浦，越日过淀湖归于家（八首选一）	352
秋 瑾	杞人忧	352
	菊	353
	对 酒	354
陈衡恪	忆石湖旧游	355
林馥桢	虎丘晚眺	355
	十三夜月	356
高 旭	黄海舟中作	357
王国维	读史二十首（选二）	357
于右任	雨花台	359
	题于鹤九画	361
宁调元	从军行	361
庞树柏	西泠杂咏八首（选四）	362
苏曼殊	久欲南归罗浮不果，因望不二山有感，聊书所怀，寄二兄广州，兼呈晦闻、哲夫、	

	秋枚三公沪上	364
郁　华	东京竹枝词（六首选一）	366
柳亚子	消　寒	366
	海上赠刘三	367

**附录　论钱仲联近代文学知识结构的
　　　形成及其诗学观** / 罗时进　　369

五言古诗

由妙庄严路至普济寺三章（选一）

姚 燮

不履中极高[1]，安知下方窅[2]？置我太始间[3]，神驹气为鞿[4]。朝海群岫严[5]，缠天万松紧[6]。华虹骁将骑[7]，璎云上台衮[8]。山门作扇开[9]，若恐曜灵隐[10]。石乳多潆烟[11]，蒸为五色菌。往结永寿缘[12]，回顾玉堂近[13]。汉代梅南昌，于何类潜蚓[14]？

姚　燮
(1805—1864)

字梅伯，号野桥，又号复庄、大梅山民等，浙江镇海崇邱（今宁波）人。道光十四年甲午（1834）举人，屡试进士不第，由誊录即选知县，未赴。著作授徒终身。擅诗、词、曲、骈文，又长于画。通佛、道二藏，并对戏曲、小说有较深的研究。著有《大梅山馆集》《今乐考证》《读〈红楼梦〉纲领》等。诗集中有许多反映鸦片战争之作，揭露外国侵略者的罪行，歌颂为国捐躯的爱国文武官员，谴责清廷投降派官僚将领，悲愤激昂，叙述详尽，有的可补史书之缺，在当时即有"诗史"之称。此外，还有大量展示当时下层社会黑暗现实和刻画山水、描绘歌舞音乐之作，风格奇肆秾丽，兼李白、杜甫、李贺、李商隐之长，并能从民歌中汲取营养。程恩泽评其诗云："处境愁郁，故旨合风骚；拓胸阔大，故辞无庸浅。李杜再世，定当把臂入林。"潘德舆称其诗"生峭幽异，迥绝辈流"。

◉ 题解

此诗与以下《法华洞》《笑天狮子岭》《澄灵涧》诸首,都是刻画普陀山胜景之作。普陀有海上仙山之称,佛地仙踪,灵奇幽秀,以寻常诗笔状之,必不能工。后来高心夔游庐山的诗、刘光第游峨眉的诗,其造句、构思各方面,与姚燮这些诗颇相近似。妙庄严路:自短姑道头至普济寺,长约五里。普济寺:在白华顶南,灵鹫峰麓,为普陀山供奉观音大士的主刹。

◉ 注释

[1] 中极:北极星,此指上接星辰的高峰。
[2] 下方:道家指天之下方,此谓平地。窘:狭小,局迫。
[3] 太始:天,天空中。古人认为天是万物之始,故曰太始,亦作大始。《易·系辞》:"乾知大始。"
[4] 神驹:天马,神骏非凡的马。靷(yǐn):引车前行的革带,一端系于马颈的皮套上,一端系于车轴上。
[5] "朝海"句:此句言群峰肃立,似在朝见大海。岫(xiù),峰峦。
[6] "缠天"句:万松参天,似要紧紧地缠着天。
[7] 华虹:彩虹。
[8] 璎云:美丽的彩云,如璎珞的飘带。上台:星名。《晋书·天文志》:"西近文昌二星曰上台,为司命,主寿。"衮(gǔn):古代帝王或三公祭宗庙时穿的礼服,艳丽华美。
[9] 山门:佛寺的门。
[10] 曜(yào)灵:太阳。
[11] 石乳:钟乳石。溽(rù)烟:又浓又湿的烟雾。
[12] "往结"句:自注:"永寿桥在寺门外。"永寿桥在普济寺左海印池上。结缘,结下缘分。
[13] "回顾"句:自注:"玉堂街为至法雨寺路。"玉堂街,自普济寺至法雨寺,长五里许。明万历间,法雨寺僧如珂修砌。如珂字玉堂,因以名街。
[14] 梅南昌:王亨彦《普陀洛迦新志》卷九:"梅福,字子真,九江寿春人。汉成帝时为南昌尉……弃官佯狂吴市间。后有人见福于山。明万历间,僧如迥以梅岑为福炼丹处,重创梅福庵,以存古迹。"潜蚓:喻弃官后的梅福。

笑天狮子岭

姚 燮

大阊扬鼓旗[1],干城有神兽[2]。祇林多野狐[3],法王正西狩[4]。角为苍龙精[5],一拳此钟秀[6]。孤雄不受羁,莽莽冠诸岫[7]。海氛东出关[8],远避不敢寇。况存欢喜心[9],讵嫌生相陋[10]?莲洋双峡悬[11],峡石作牛斗。安知驵吾祥[12],能征王者寿[13]?我行摩其巅,挺然骨巉瘦[14]。愿以千丈绳,絷之贡天厩[15]。

◎ 题解

笑天狮子岭,又名啸天狮子岭,普陀山胜景之一。诗人即把它当作雄狮来写,再加以奇特的想象,使之怪异雄伟,动人心魄。

◎ 注释

[1] 大阊(chāng):天门。

[2] 干城:干,盾;城,城郭。二者都起捍御和防卫作用,常喻卫国御侮的将领。此乃想象之词。

[3] 祇林:也称祇树林、祇园,古印度憍萨罗国祇陀太子的园林,为佛建精舍的所在地,后泛指寺院。野狐:佛家称外道异端为野狐禅,言仅能欺世惑人,不足证道。

[4] 法王:佛教中对佛的尊称。《法华经》:"我为法王。"又:"如来是诸法之王。"西狩:《春秋》:"西狩获麟。"狩,烧山围猎。

[5] 角:角宿,东方七宿之一。苍龙:东方角、亢、氐、房、心、尾、箕七宿的合称。

[6] 一拳:形容似拳大小之物。《礼记·中庸》:"今夫山,一卷石之多。"卷,通"拳"。钟秀:聚集着灵秀。

[7] 冠诸岫:为诸峰之冠。岫,峰峦。

[8] 海氛:海上来的凶气,指海盗或海上来的侵略者。

[9] 欢喜心:佛心,善心。

[10] 讵:岂。

[11]莲洋:莲花洋,在普陀山西南。宋元丰中,倭(今日本)人入贡,见普陀山的观音大士十分灵异,欲载回国,至洋,满海生铁莲花,船不能行。倭人大惧而还。洋以此得名。

[12]驺吾(zōu yú):即驺虞,传说中的兽名。《山海经·海内北经》:"林氏国有珍兽,大若虎,五采毕具,尾长于身,名曰驺吾,乘之日行千里。"《诗经·召南·驺虞》毛传:"驺虞,义兽也,白虎黑文,不食生物,有至信之德则应之。"

[13]征:证验。

[14]巉:高险陡峭。

[15]絷(zhí):拘缚。天厩:皇帝养马之所,这里兼指天上养马之棚。

法华洞

姚燮

一舌转法轮[1],一睫具大千[2]。妙境造诸极,自非言可诠[3]。
离尘有圜石[4],俯顶突过前。苍根老檀树,挟势相蜷连[5]。
偻行出其下[6],触气芝菌鲜。仰惊万仞势[7],一落当吾肩。
古苔厚三尺,蹴之疑薄棉[8]。腕底华鬘云[9],尽作楼台悬。
楼台百二门,面面皆有天。一天一世界,随界开白莲。
此莲非佛种,亦非凡世妍。跨凤掇其英,触手成古烟。
不知此身轻,已置莲叶巅。风来颇愁折,其下龙所渊[10]。
眼摄列缺车[11],扬火驱铿鼘[12]。遂使布金地[13],糜碎无寸全。
吾意造诸幻,直破混沌先[14]。似兹结构奇,知巧难凿穿[15]。
天心好神诡,得毋元气镌[16]。寂外守中拙[17],庶希龟鹤年[18]。

◎ 题解

　　王亨彦《普陀洛迦新志》卷二:"法华洞在几宝岭,东天门下,洞凡数十处,方圆巨石,自相累架。有嵌空刻露、伛行可达者;有宽广如室、中奉佛像者；有上丰下削，泉涓滴自石罅出，而下注为池者。山中洞壑虽多，层复幽奇，惟此为最。"此诗写尽其景之奇妙异常，笔追造化，使人读之如临佛境。

◎ 注释

[1] 法轮：佛法的别称。佛教谓佛之说法，能摧破众生恶业，像轮王的宝轮能推平山岳岩石一般。又佛说法不停于一人一处，而是辗转传人，犹如车轮，故称法轮。

[2] "一睫"句：睫，眉毛。《法华经》："尔时佛放眉间白毫相光，照东方万八千世界，靡不周遍。"大千，大千世界的省称，指广大无边的世界。

[3] 诠：诠释，解释。此乃描绘的意思。

[4] 圜：通"圆"。

[5] 蜷连：屈曲貌。

[6] 偻：弯腰。

[7] 万仞：古时八尺为仞，一说七尺为仞。万仞乃极言其高。

[8] 蹴（cù）：踏。

[9] 华鬘云：《华严经》卷六十《入法界品》："阿僧祇金铃自然演出微妙音声，又雨无量宝华鬘云、诸妙香云。"此指美丽的云彩。

[10] 龙所渊：龙所深藏。渊，作动词用。

[11] 摄：通"蹑"，追。列缺车：运载雷电的车。列缺，闪电。

[12] 铿鼘（yuān）：形容声音像钟声鼓声般的宏大。铿，钟声。鼘，鼓声。

[13] 布金：舍卫城长者欲买太子祇陀的园林献佛，太子曰："布金满地，厚敷五寸，时即卖之。"长者许诺。后长者以此园地、太子以此园树共同献佛。此事多种佛经有记载。

[14] 混沌：天地未开以前的元气状态。

[15] 知巧：知，通"智"。

[16] 得毋：莫非是。元气：天地未分时的混一之气。镂：雕刻。

[17] 寂外：对外界事物漠然不闻。守中拙：安于自身的愚拙。

[18] 庶希：或可希望。龟鹤年：长寿。龟鹤为长寿动物。郭璞《游仙诗》："借问蜉蝣辈，宁知龟鹤年。"

孤凄坑

姚 燮

行行孤凄坑,坑路凄且孤。坑中无舟行,坑上无人居。
似从冰天涯,来陟阴山隅[1]。老荻倾败灰[2],不复青根株。
齿齿刀剑林[3],石紧泉流枯。薄日偶来照,惨淡易为徂[4]。
袅空霜一丝[5],天荒如夜初[6]。竹彴千仞悬[7],但堪立鹈鹕[8]。
西壁挂云起,髡木多藏鼯[9]。节候未入冬,毛发惊寒濡。
孤凄复孤凄,我行行且吁。转境得坦厓,一使心颜愉。

◉ 题解

此诗和本书所选《自华桃横冒云下紫树陵》《沈家庄夜半大雨》,都是姚燮游四明山所写的诗。诸诗荒幻奇秀,较游普陀诗尤胜。此篇缒幽凿险,所刻画的景物,奇异怪峭,阴森可怖,读之使人毛发悚然。以丑见美,别具境界。孤凄坑:四明山中地名。

◉ 注释

[1] 阴山:北方极寒之山。
[2] 荻(dí):草名,与芦同为禾本而异种,叶较芦稍阔而韧。
[3] 齿齿:形容险石。韩愈《柳州罗池庙碑》:"白石齿齿。"
[4] 徂(cú):往,去。
[5] 袅:缭绕。
[6] 天荒:广大荒远。
[7] 竹彴(zhuó):竹桥。千仞:极言其高。
[8] 鹈鹕(tí hú):水鸟名,食鱼。
[9] 髡(kūn)木:落光叶子的树木。鼯(wú):鼠名,俗称飞鼠,形似蝙蝠。

沈家庄夜半大雨

姚 燮

置席云涛中，有如潮碇舟。弱梦不守魂[1]，沉没谁能求？
雷霆夹壁生，驱龙过吾头。木客骑老㔽[2]，环屋声啾啾。
万林并残叶，力塞三潭喉[3]。奔泷抵难过[4]，夺峡穿西流。
渐从吾枕根，倒拔千丈楸[5]。骨战思内持[6]，疟气猛来搜[7]。
转嫌墙上火，青青尚明篝[8]。照见联床人，目闭容惨幽。
岂真天决河，决尽始方休？何不泄向东，去洗干戈愁？

◎ 题解

此诗写四明山中大雨之夜的奇异境况。诗人将雷声、雨声、奔流声、风啸声、兽叫声以想象之笔出之，充满了怪和力、奇与险，再以自己和同伴的恐惧加以烘托渲染，效果更为强烈。最后联想到海疆未靖，国土被侵，深深感叹。沈家庄：四明山区的一个村庄。

◎ 注释

[1] 弱梦：似睡非睡或睡得不沉时做的梦。
[2] 木客：传说中的山中怪兽，形颇似人，手脚爪如钩。老㔽（pí）：兽名，俗称人熊。
[3] 三潭：《四明山志》《宁波府志》《奉化县志》《四明山游录》等都失载。
[4] 泷（lóng）：急流。
[5] 楸（qiū）：木名。
[6] 战：发抖。
[7] 疟：疟疾。
[8] 篝：罩火的竹笼。

道中忆旧仆沈用作四诗以酬昔劳（选二）

江　湜

健仆不再得，今知为客难。况复日追程[1]，行旅山谷间。
犹忆前度游，踏遍全闽山[2]。沈用实从我，共作三年还。
去冬再入闽，重当历险难。仍欲沈用从，沈用已老孱[3]。
讵忍复相役[4]，使其筋力殚[5]。出我胥门城[6]，有船插樯竿。
沈用却送我，独去烟波宽。

七闽非通途[7]，游子劳可怜。有山更无地，溪谷相钩绵[8]。
昔我将过溪，沈用在我前。唤船早相待，从岸攀船舷[9]。
意恐争渡时，船兀我或颠[10]。及我将上岭，沈用来舆边[11]。
以手扶舆行，欲代舆夫肩。意恐舆或倾，坠我千丈渊。
我时在道路，自管食与眠。馀事悉付渠[12]，闲裁诗百篇[13]。
沈用今不来，难复如当年。

江　湜
（1818—1866）

字弢叔，江苏长洲（今苏州）人。诸生。清道光间官浙江候补县丞。曾应省试京试，不售，遂绝意进取，饥驱南北。其诗不用典故，不假雕饰，纯用白描。叶廷琯曰："弢叔之言诗，以情为主，而归于一真字。"谭献谓其诗"苦语使人不欢，危语使人毛戴"。陈衍曰："弢叔诗力深透，彭咏莪相国序以为古体皆法昌黎，近体皆法山谷，无一切谐俗语错杂其间，戛戛乎超出流俗。固矣，然弢叔近体出入少陵（杜甫），古体出入宛陵（梅尧臣），而身世坎壈，所写穷苦情况多东野（孟郊）、后山（陈师道）所未言。"林庚白则谓"清代之江湜，直与李杜埒"。金天羽《答苏戡先生书》曰："弢叔……创坛坫于江海之上，独吟无和。吴中文字绮靡，弢叔独以清刚矫浓嬟……曲折洞达，写难状之隐，如听话言。"可谓得其实。有《伏敔堂诗录》十五卷、《续录》四卷。

◎ 题解

这是写一个悉心服侍自己多年，已经垂老的旧仆沈用的一组诗，共四首，录二。两首诗都是从行役的艰辛，追忆往年由于沈用的尽心照料，而能够"踏遍全闽山""闲裁诗百篇"。最后因沈用年老不能跟从，而流露出无可奈何的惆怅之情。

◎ 注释

[1] 追程：追赶路程。指日程紧迫。

[2] 闽：福建省。

[3] 老孱：年老体弱。

[4] "讵忍"句：哪里忍心再使唤他。

[5] 殚：尽，竭尽。

[6] 胥门：苏州西城门之一。

[7] 七闽：古代居住于福建与浙江南部的闽人，分为七族，故后以七闽为福建省的代称。《周礼·夏官·职方氏》："……四夷、八蛮、七闽、九貉、五戎、六狄之人民。"贾公彦疏："叔熊居濮如蛮，后子从分为七种，故谓之七闽。"

[8] 钩绵：连接不断。

[9] 船舷：船的两侧。

[10] 船兀：船摇摆。颠：跌倒。

[11] 舆：轿子。

[12] 悉：全部。渠：他。

[13] 裁诗：作诗。

一 风

江湜

一风扑案来[1]，掀我笔下纸。执笔书不成，将谓窗正启[2]。呼僮急下窗，风却在屋里。乱翻满架书[3]，策策声不止[4]。其有零篇飘，已落案之底。拾来镇以物[5]，未镇者又起。时欲执书看，劳苦左手抵[6]。彼风不识字，又岂解书旨。[7]无所为而然[8]，相嬲太无理[9]。吾那与风争，坚坐待其已[10]。

◉ 题解

　　这是一篇以日常生活现象为题材的作品。全诗从一风扑案落笔，处处写风，虚实相生，绘声绘影，如在眼前。最后以人生际遇作喻，透露出诗人仕途失意的感慨和风节自守的品格。全用白描，一气呵成。结语从陈与义《夏日集葆真池上以绿阴生昼静赋诗得静字》诗"微波喜摇人，小立待其定"句化出。

◉ 注释

[1] 案：几案，此指书桌。

[2] 启：开，打开。

[3] "乱翻"句：徐珂《清稗类钞·狱讼类》："世宗尝微服游于市，就一书肆翻阅书籍，时微风拂拂，吹书页上下不已。一书生见状，即高吟曰：'清风不识字，何必乱翻书。'世宗以为讥讽也，旋下诏杀之。"

[4] "策策"句：韩愈《秋怀》诗："窗前两好树，众叶光蔍蔍，秋风一披拂，策策鸣不已。"策策，形容风声。

[5] 镇以物：用东西压住。镇，压。

[6] 抵：抵挡。

[7] "彼风"二句：那风不认识字，又难道懂得书中的意思。不识字，见注[3]。解，懂得。

[8]然：这样。
[9]嬲（niǎo）：纠缠，戏弄。
[10]已：停止。

鸿雁篇（三首）

邓辅纶

序曰：道光己酉[1]，湖湘大水[2]。以闻以见，述为诗篇。

巷昏阴气多，哭声风里来。病儿守死母，人鬼俱徘徊[3]。
自从失庐落，匍匐尘与灰，[4]左负破衣衾[5]，右挈一尺孩[6]。
返顾十岁儿[7]，足血沾枯荄[8]。时荒莫作妇[9]，作妇先及灾[10]。
百里倍千里，丘峦助崔嵬。[11]仰啜城北粥，至自城南隈。[12]
无食更狂走，什伍相排摧。[13]盂中纵有乞，徒饱强丏腮。[14]
儿绕空筐啼，饭儿以黄埃[15]。生短饥正长[16]，鬼路难迟回[17]。
一朝弃儿去[18]，委质沉蒿莱[19]。客请听儿述，母死身无缘。[20]
死母怀中儿，抱母啼愈哀。生儿吮死乳[21]，见者心为摧[22]。

哑哑林中鸦[23]，一母将九雏[24]。流离骨肉贱[25]，泣坐城南隅。
问妇何为然[26]，别儿临荒衢[27]。阿耶嗔儿号，鞭挞儿为奴。[28]
鬻儿易炊爨[29]，莫塞中肠枯[30]。妇死方旦夕，宁不少踌躇！[31]
夜中寒飙穿[32]，两耳疑啼呼。亦忧难汝活[33]，但冀聚黄垆[34]。
骷颅得因依[35]，犹胜生羁孤[36]。

日落乌乱啼，争下啄破屋。屋中失正榱[37]，坏瓦向人扑。瘦犬尽日卧，饥婴席草宿[38]。寒雨侵枯颜[39]，荒荒断野哭[40]。居者各为依[41]，举问辄非族[42]。墙头下鬼磷[43]，风来照茕独[44]。心知邻人魂，狼藉荐残粥[45]。新冢亮已夷，惧为北邙续[46]。

邓辅纶
（1829—1893）

字弥之，湖南武冈人。咸丰元年（1851）副贡生，官浙江候补道。他是近代湖湘派诗人的代表，与王闿运齐名。他的诗在形式上模拟晋宋和唐代杜甫，为诗思力沉苦，极锤炼之工，有独到之处，成就在王闿运之上。有不少诗反对太平天国革命，但也有一些作品反映了民生疾苦，揭露了封建社会的黑暗，如本书所选《鸿雁篇》，不失为优秀之作。著有《白香亭诗集》。

◎ 题解

鸿雁，是《诗经·小雅》篇名，《诗序》称《鸿雁》是赞周宣王能安集离散的"万民"，使他们各得其所。这首诗借用它作为篇名，描绘了一组流离失所的灾民在死亡线上挣扎的悲惨图画，向人们展现了道光年间湖湘大水给广大人民造成的灾难。全诗饱含血泪，寓情于景，风格凝炼沉郁，三首诗在艺术表现上也各有特色，是继承了杜甫风格的优秀之作。梁鼎芬在《读邓辅纶〈白香亭诗〉柬伯严》诗中说："杜陵生来茅屋叹，天宝不纲亲患难。异代悲哀《鸿雁篇》，腹里琅玕想零乱。"自注说："《鸿雁篇》语特沉痛。"

◎ 注释

[1] 道光己酉：道光二十九年（1849）。

[2]湖湘：洞庭湖和湘江一带，今湖南省。

[3]"人鬼"句：人：指上句的病儿；鬼：指死母。病儿守着死母，依依不舍，不愿离去；死母的"鬼魂"，怀恋病儿，也不忍就走，故云"俱徘徊"。

[4]"自从"二句：这二句以下，追记母子的遭遇。庐落，居屋篱落。失庐落，指家舍为洪水淹没。匍匐（pú fú），伏地而行。

[5]负：背着。衾：被子。

[6]挈：带领。一尺孩：形容幼儿。

[7]返顾：回头看。

[8]枯荄（gāi）：枯草根。

[9]时荒：荒年。

[10]及灾：灾祸及身。

[11]"百里"二句：描写母子长途跋涉，翻山越岭，逃荒要饭的境况。意谓由于拖儿带女，行动不便，走百里路，比走了千里还要远得多，普通的山丘也显得高峻。崔嵬（wéi），高峻貌。

[12]"仰啜"二句：为了能喝到一点城北人家施舍的粥，母子三人得从城南角落里赶来。仰啜（chuò），依仗别人施舍食物。啜，喝，吃。限（wēi），角落。

[13]"无食"二句：得不到施舍，又到处奔波，在人群中你推我挤地穿行。什伍，十个一堆，五个一起，形容错杂的人群。排推，推挤。

[14]"盂中"二句：即使钵中能乞讨到一点食物，也会被强悍的乞丐抢走，白白喂饱了他们。

[15]饭儿：给儿子喂饭。黄埃：黄土。

[16]生短：生命短促。

[17]"鬼路"句：死亡已经迫近，难以有徘徊的余地。迟回，徘徊。

[18]弃儿去：抛下儿子而去，指死。

[19]委质：这里指弃尸。质，形体。沉蒿莱：埋没在野草丛中。

[20]"客请"二句：写十岁儿对"客"的陈诉。缞（cuī），丧服。

[21]生儿：活着的小孩。吮：吸。死乳：死母的乳。

[22]心为摧：心肝为之摧伤。形容极度痛心。

[23]哑哑：象声词。

[24]将：携带。雏：幼鸟。

[25]"流离"句：流离失所的人受到人们的鄙视。骨肉，指一家人。贱，低贱，受人鄙视。

[26]何为然：为什么这样。

[27]"别儿"句：承上句言，写妇人将儿子送到荒凉的大道上跟他告别。衢，大道。

[28]"阿耶"二句：这二句以下，是妇人的陈诉。阿耶，父亲。耶，同"爷"。嗔儿号，恼恨儿子啼哭。鞭挞儿为奴，鞭打儿子，要他去充当别人家的奴仆。

[29]鬻（yù）儿：卖儿。易：换取。炊爨（cuàn）：炊具，这里指代粮食。

[30]"莫塞"句：不能填饱枯竭的肚肠。

[31]"妇死"二句：妇的死就在早晚之间，难道就没有一点儿犹豫吗？宁，岂。踌躇，犹豫不决。

[32]寒飙（biāo）：寒风。飙，大风。

[33]难汝活：难以养活你。

[34]冀：希望。聚黄垆：指死后相聚。黄垆，黄泉，极深的地下。旧称人死后聚居之处。

[35]骷颅：同"骷髅"，死人的枯骨。因依：依靠。

[36]生羁孤：活着孤独无依的生活。

[37]正榱（cuī）：屋子的正榱。榱，椽子。

[38]席草：垫着草。

[39]枯颜：枯干的容颜。

[40]荒荒：黯淡无际貌。断：绝。

[41]居者：住在这里的人。各为依：各自管顾自己的人。

[42]举问：动问、相问。辄非族：往往不是同族的人。

[43]鬼磷：磷火，俗称"鬼火"。

[44]茕（qióng）独：孤独的人。

[45]"狼藉"句：杂乱地摆着人们吃剩的粥，作为对死者（邻人魂）的祭奠。狼藉，散乱不整貌。荐，进献。

[46]"新冢"二句：新筑的坟墓想来已经成了平地，只怕这里接着会成为北邙山！亮，通"谅"。夷，平。北邙，山名，在河南洛阳市北，东汉时王侯公卿都葬于此，后泛指墓地。

锡兰岛卧佛（六首选一）

黄遵宪

我闻舒五指，化作狮子雄。能令众醉象，败衅头笼东。[1]
何不敕兽王，俾当敌人冲？[2] 我闻角大力，手张祖王弓。

射过七铁猪,入地千万重。[3]何不矢一发[4],再张力士锋?
我闻四海水,悉纳毛孔中。蛟龙与鱼鳖,众生无不容。[5]
何不口一吸[6],令化诸毛虫[7]?我闻大千界[8],一击成虚空[9]。
譬掷陶家轮,极远到无穷。[10]何不气一喷[11],散为鞞蓝风[12]?
我闻三昧火,烧身光熊熊。[13]千眼金刚杵,头出烟焰红。[14]
何不呼阿奴,一用天火攻?[15]我闻安息香,力能敕毒龙。[16]
尾击须弥山,波涛声汹汹。[17]何不呼小婢,悉遣河神从?[18]
我闻阿修罗[19],横攻善见宫[20]。流尽赤蚌血,藕丝遁无踪。[21]
何不取天仗[22],压制群魔凶[23]?我闻毗琉璃,素守南天封。
薜荔鸠槃荼,万鬼声喁喁。[24]何不饬鬼兵,力助天王功?[25]
惟佛大法王[26],兼综诸神通[27]。声闻诸弟子[28],递传术犹工。
如何敛手退,一任敌横纵。竟使清净土[29],概变腥膻戎[30]?
五方万天祠[31],一齐鸣鼓钟。遥望西王母,虎齿发蓬蓬,[32]
合上皇帝号[33],万宝朝河宗[34]。佛力遂扫地[35],感叹摧肝胸。

黄遵宪

(1848—1905)

字公度,广东嘉应(今梅州)人。清光绪二年丙子(1876)举人。历任驻日、驻英参赞,驻旧金山、新加坡总领事。甲午战争爆发后回国,积极参加改良运动,鼓吹维新,曾在上海加入强学会,创《时务报》。后任湖南按察使,与巡抚陈宝箴协力举办新政。戊戌政变后,罢归,郁郁死。有《人境庐诗草》十一卷、《日本杂事诗》二卷。他是近代"诗界革命"的倡导者。他主张"我手写我口,古岂能拘牵",并向民歌学习;又取材古籍,语必有本,并继承历代大家、名家以及清代吴伟业、黄景仁、宋湘、舒位、龚自珍诸家，取其长以为我用；写作了不少反映当时国内外重大历史事件及新事物的诗篇，表现了强烈的反帝爱国思想。歌行纵横开阖，气势流畅，能融铸新理想以入旧风格，得到了新旧各派诗人陈宝琛、康有为、梁启超、丘逢甲、俞明震、陈三立等的高度评价。

◎ 题解

这一首原列第四。锡兰岛，即今斯里兰卡。卧佛在岛上开来南庙中。黄遵宪游锡兰在光绪十六年（1890）随薛福成出使英、法、意、比四国途中。据薛福成《出使英法义比四国日记》："午正，抵锡兰岛之克伦伯……锡兰一岛，长二百五十英里，阔百五十英里，周围得二万五千方英里……开来南庙距岸七英里，余与翻译随员等乘马车往游焉。庙有如来卧像一尊，长二丈外。僧云，百五十年前所塑。又侍者坐佛二尊，其一云系二千四百年前所塑。入庙者，皆脱帽献花为礼。此地当即古之狮子国，为释迦如来佛成道之所，或系涅槃之所，而非释氏生长之地也。"《人境庐诗草》原稿本无此诗，是他戊戌还乡以后补作。这首诗，梁启超以为"空前之奇构……若在震旦，吾敢谓有诗以来所未有也。以文名名之，吾欲题为印度近史，欲题为佛教小史，欲题为地球宗教论，欲题为宗教政治关系说。然是固诗也，非文也。有诗如此，中国文学界足以豪矣。"(《饮冰室诗话》)

◎ 注释

[1]"我闻舒五指"四句:《大方便佛报恩经》:"阿阇世王遣使往请如来,佛与五百阿罗汉即受王请,前入王舍城。尔时阿阇世王即放五百醉象……尔时如来,以慈悲力,即举右手,于五指头出五师子,开口哮吼,五百醉象,恐怖躄地。"笼东,颓败丧气貌。《北史·李穆传》:"因大骂曰:笼东军士,尔曹主何为?尔独住此?"

[2]"何不敕兽王"二句:敕:告诫。兽王:佛经中以为狮子是百兽之王,见《增壹阿含经》:"兽王狮子。"

[3]"我闻角大力"四句:《过去现在因果经》:"尔时太子至年十岁,诸释种中五百童子……各闲伎艺,有大筋力……欲与太子较其勇健……太子曰:……若欲使我射诸鼓者,此弓力弱,更觅强者。诸臣答言:太子祖王,有一良弓,今在王库。太子语言,便可取来。弓既至已,太子即牵,以放一箭,彻过诸鼓,然后入池,泉水流出,又亦穿过大铁围山。"又,《佛本行集经》:"时诸释种,复更别立铁猪之形……太子执箭,一射便穿七铁猪已。七猪过已,彼箭入地,至于黄泉。其箭所穿,入地之处,即成一井。"

[4]矢:箭。

[5]"我闻四海水"四句:《维摩诘所说经》:"诸佛菩萨有解脱名不可思议,若菩萨住是解脱者……以四大海水入一毛孔,不娆鱼、鳖、鼋、鼍水性之属,而彼大海,本相如故。诸龙、鬼神、阿修罗等,不觉不知己之所入,于此众生,亦无所娆。"悉纳,全部容纳。

[6]"何不口一吸"句:《大方等大集经菩萨念佛三昧分》:"时大迦叶答阿难言:……我又一时于此三千大千世界一切大海、大河、小河、陂池、诸水,乃至无量亿那由他百千水聚,以口一吹,皆令干竭,而彼众生,不知不觉,亦无苦恼。"

[7]毛虫:兽类。《大戴礼·曾子天圆》:"毛虫之精者曰麟,羽虫之精者曰凤。"王充《论衡·遭虎》:"夫虎,毛虫。"

[8]大千界:佛教中指广大无边的世界。谓以须弥山为中心,以铁围山为外郭,是一小世界;一千个小世界合起来就是小千世界,一千个小千世界合起来就是中千世界,一千个中千世界合起来就是大千世界。总称三千大千世界。参见《智度论》等。

[9]"一击"句:《楞严经》:"起为世界,静成虚空。"《景德传灯录》:"僧问慧觉:一棒打破虚空时如何?师曰:'因即歇去'。"

[10]"臂掷"二句:《维摩诘所说经》:"又舍利弗,住不可思议解脱菩萨,断取三千大千世界如陶家轮,著右掌中,掷过恒河沙世界之外,其中众生,不觉不知之所往。"

[11]"何不气一喷"句:《大方等大集经菩萨念佛三昧分》:"时须菩提答阿难曰……如此三千大千世界,宽广如是,我能以口微气一吹,皆令散灭。"

[12]"散为"句:《大宝积经》:"此三千大千世界,为毗岚猛风之所吹坏,一切散灭,无有遗余。"玄应《一切经音义》:"吠蓝婆风,旧经中或作毗岚婆,或作鞞蓝,亦作随蓝,又作旋蓝,皆梵之楚夏耳。此云迅猛风。"

[13]"我闻三昧火"二句:法显《佛国记》:"(阿难)于河中央入火光三昧,烧身而般泥洹,

019

分身作二分。"《山海经》:"其光熊熊。"

[14]"千眼"二句:《法苑珠林》:"《长阿含经》云:……'帝释现身,乃有千眼,执金刚杵,头出烟焰。'"今《长阿含经》无此文。

[15]"何不呼阿奴"二句:《世说新语》:"周仲智饮酒醉,瞋目还面,谓伯仁曰:'君才不如弟,而横得重名。'须臾举蜡烛火掷伯仁,伯仁笑曰:'阿奴火攻,固出下策耳'。"阿奴,兄称弟。

[16]"我闻安息香"二句:《高僧传·佛图澄传》:"襄国城堑水源,在城西北五里团丸祠下,其水源暴竭。勒问澄:'何以致水?'澄曰:'今当敕龙'……乃与弟子法首等数人至泉源上……澄坐绳床,烧安息香,咒愿数百言。如此三日,水泫然微流,有一小龙,长五六寸许,随水来出。诸道士竞往视之。澄曰:'龙有毒,勿临其上。有顷,水乃大至,隍堑皆满'。"

[17]"尾击"二句:《长阿含经》:"尔时难陀龙王、跋难陀龙王以身缠绕须弥山七匝,震动山谷,薄布微云,渧渧稍雨,以尾打大海水,海水波涌,至须弥山顶。"后句用《楚辞·九章》"听波声之汹汹"。

[18]"何不呼小婢"二句:《大智度论》:"长老必陵伽婆蹉常患眼痛。是人乞食,常渡恒水,到恒水边,弹指言:小婢住,莫流。水即两断,得过乞食。是恒神到佛所,白佛……佛告必陵伽婆蹉:忏谢恒神。必陵伽婆蹉即时合手语恒神言:小婢莫瞋,今忏谢汝。"

[19]阿修罗:古代印度神话中恶神名。玄应《一切经音义》:"阿滇伦……或作阿修罗,皆讹也。正言阿素洛,此译云:'阿,无也,亦云非;素洛云酒,亦云天;名无酒神,亦名非天,经中亦名无善神也'。"

[20]善见宫:《俱舍论》:"三十三天,住迷卢顶。于山顶中,有宫名善见……是天帝释所都大城。"

[21]"流尽"二句:《佛说观佛三昧海经》载:毗摩质多罗阿修罗王兴四兵往攻帝释,帝释靠法力战败之,"阿修罗耳鼻手足,一时堕落,令大海水,赤如绛汁。时阿修罗即便惊怖,遁走无处,入藕丝孔。"《法苑珠林》引此经时,"赤如绛汁"作"赤如蚌珠",故诗云"赤蚌血"。

[22]天仗:李白《大猎赋》:"天仗罗于四野。"此处指天帝的武卫。

[23]"压制"句:《楞严经》:"降伏诸魔。"佛教称妨碍修行、破坏佛法的邪恶之神为魔。

[24]"我闻毗琉璃"四句:《法苑珠林》:"依《长阿含经》云:'……南方天王名毗琉璃,此云增长主,领鸠盘茶及薜荔神将,护阎浮提人。'"《长阿含经》原文与此所引异。喁喁,象声词。

[25]"何不饬鬼兵"二句:《长阿含经》:"西方毗楼博叉天王,领诸鸠盘茶鬼,有大威德。……北方天王名毗沙门,领诸悦叉鬼,有大威德。"饬,告诫。

[26]法王:见姚燮《笑天狮子岭》注[4]。

[27] 神通：佛教谓佛菩萨具备的各种神秘莫测的能力。《方广大庄严经》九《成正觉品》："现佛神通，游戏自在，不可胜载。"

[28] "声闻"句：《魏书·释老志》："初，释迦所说教法，既涅槃后，有声闻弟子大迦叶、阿难等五百人，撰集著录。"声闻，佛教称悟四谛（苦、集、灭、道）之真理而得道者。

[29] 清净土：佛家的理想世界，光明普照，远离罪恶和烦恼之处。

[30] "概羶"句：腥羶，肉类浓烈的腥味。全诗从首句至此，均言佛力之大，又责问如何不施展佛法，任敌人横行，以致世界充满邪恶。

[31] "五方"句：五方：东、南、西、北、中。《礼记·王制》："五方之民，言语不通，嗜欲不同。"天祠：天主教堂。《大唐西域记》："伽蓝天祠，接堵连隅。"

[32] "遥望"二句：《山海经》："西王母其状如人，豹尾虎齿而善啸，蓬发戴胜，是司天之厉及五残。"西王母是女神，借指英国女王。

[33] "合上"句：英国女王维多利亚，于清光绪三年（1877）并印度入英国，英人上维多利亚尊号曰"大不列颠女王兼印度帝后"。

[34] "万宝"句：《饮冰室诗话》"朝河宗"作"河朝宗"。《穆天子传》："天子西征，至阳纡之山，河伯冯夷之所都居，是惟河宗，天子沉璧礼焉。河伯乃与天子披图视典，以观天子之宝器，曰天子之宝。"

[35] 扫地：比喻破坏无遗。

江行杂感五首（选二）

陈三立

暮出北郭门[1]，蹴躏万柳影[2]。载此岁晏悲[3]，往溯大江永[4]。
涛澜翻星芒[5]，龙鱼夏然警[6]。峨艎掀天飙[7]，万怪伺俄顷[8]。
中宵灯火辉[9]，有涕如縻绠[10]。胶漆平生心，撼碎那复整[11]！
人国所仇耻，曾不一訾省[12]。猥就羁散俦，喁啾引吭颈[13]。
低屋杂瓮盎[14]，日月留耿耿[15]。睨之云水间[16]，吾生固飘梗[17]。

天有所不覆，地有所不亲。[18] 汝不自定命，天地划不仁。[19]
猛虎捽汝头，熊豹糜汝身；蹴裂汝肠胃，咋喉及腭唇。[20]
长鲸掉尾来[21]，睒睗齿嶙峋[22]。汝骨为灰埃，汝血波天津[23]。
吁嗟汝何有[24]，道在起因循[25]。大哉生人器[26]，千圣挈其真[27]。
尽气赴取之，活汝嚬与呻。[28] 媛媛而睢睢，永即万鬼邻[29]。
踯躅荒江上，泣涕以沾巾[30]。

✤ 陈三立
（1853—1937）

字伯严，号散原，江西义宁（今修水）人。光绪十五年己丑（1889）进士，官至吏部主事。维新运动时，曾协助其父湖南巡抚陈宝箴在湖南推行新政，提倡新学，支持康、梁的变法活动。光绪二十四年戊戌（1898）变法失败，与其父同以"招引奸邪"的罪名被革职，永不叙用。以后便随父退居南昌西山，筑崝庐，常往返于南京寓所和南昌西山间。清亡后，以遗老自居。日寇入侵华北，他能坚守晚节，不受利诱，拒不出仕而死。他是近代同光体赣派的首领，诗宗黄庭坚，避俗避熟，追求"镵刻造化手，初不用意为"（《漫题豫章四贤像拓本·黄山谷》）的艺术至境，风格清奇拗涩，被近代宋诗派奉为宗祖，地位几近宋代黄庭坚。但正如陈衍所说，他的不少优秀之作，"可以泣鬼神诉真宰者，未尝不在文从字顺中"，集中不少反映自庚子国变至辛亥革命间重大题材的作品，爱国精神十分强烈，艺术上也并不一味生涩。梁启超称他的诗"不用新异之语而境界自与时流异,浓深俊微,吾谓于唐宋人集中罕见伦比"。著有《散原精舍诗》《续集》《别集》。

◎ 题解

光绪二十七年辛丑(1901)冬至前,陈三立由南京寓所溯江西上,返南昌西山靖庐省父墓。这组诗作于西行舟中。所选二首,原列第一、第三首。这年七月,李鸿章等与英、美、法等十一国使臣在北京签订了丧权辱国的《辛丑条约》,规定中国赔款白银四亿五千万两,外国军队驻扎北京、天津、山海关之间重要地区等。至此,中国完全沦入半殖民地半封建社会的深渊。诗人时已罢官家居三年。诗作通过舟行江上所见所感的叙写,抒发了对国事的萦念和罢官以后的身世之慨,以及诗人对帝国主义列强瓜分中国的愤慨和报国无门的苦衷,爱国感情是很鲜明的。全诗融情于景,借景抒情,感情浓郁。后一首则融情于议,借助于丰富的想象和生动的形象,表现了诗人救国救民的思想。

◎ 注释

[1] 北郭门:北城门,指南京挹江门。
[2] 蹴蹋(cù tà):践踏。
[3] 岁晏(yàn):犹岁暮。
[4] 往溯:逆江而上。永:长。
[5] "涛澜"句:韩愈《此日足可惜赠张籍》诗:"惊波暗合沓,星宿争翻芒。"句意本此。芒,光芒。
[6] 戛(jiá)然:象声词。此处形容鱼在水面翻动的声响。
[7] "峨牅"句:天风掀动了江上的大船。峨牅(biàn),巍峨的大船。
[8] "万怪"句:江上各种鱼龙怪兽一忽儿跃出水面,窥伺大船,顷刻间又没入水中。这二句即景取喻,暗寓帝国主义列强对中国虎视眈眈。俄顷,一会儿,顷刻。
[9] 中宵:半夜。
[10] 涕:泪。縻绠:绳索。此处谓泪下如线。
[11] "胶漆"二句:平生一颗操念国事的丹心,至今已被震撼得粉碎,哪里还能整复如

旧呢！胶漆，比喻事物的牢固结合。此处指陈三立将自己和国家的命运紧密联系在一起。

[12]"人国"二句：国家和人民所引以为仇敌和耻辱的人和事，我竟一点也不知痛恨和为之醒悟。訾，怨恨；省，醒悟。按，陈三立曾有"凭栏一片风云气，来作神州袖手人"的诗句，表达了与此相似的感情。这里也蕴含着报国无门的愤慨。从他变法失败直至清亡以前所作的诗歌看，有着不少关心国事的内容，并非"曾不一訾省"。

[13]"猥就"二句：我只能苟且于世，做一个寄居他乡、闲散不为世用的人，以吟诵诗歌，来抒发胸中块垒。猥，苟且。羁散俦，与飘泊闲散的人为伍。喁啾，鸟鸣声，此处喻诗人的吟唱。引吭颈，伸颈放声，指吟诗。韩愈《燕河南府秀才得生字》诗："怒起簸羽翮，引吭吐铿轰。"

[14]瓮盎：陶瓷器皿。

[15]"日月"句：喻自己受到当今皇帝的隆恩，至今仍牢记在心。日月，喻帝、后。耿耿，明貌。

[16]睨：斜视。

[17]飘梗：飘忽不定的蓬梗。

[18]"天有"二句：《礼记·中庸》："天之所覆，地之所载。"此处反用其意，寓国运危浅、山河破碎之意。亲，爱。

[19]"汝不"二句：你不能自己掌握自己的命运，天地又把你当作刍草狗畜一样看待。此处"汝"指祖国。天地不仁，《老子》："天地不仁，以万物为刍狗。"河上公注："天地生万物，人最为贵，天地视之如刍草狗畜。"矧（shěn），况。

[20]"猛虎"四句：以猛虎、熊豹的凶暴比喻帝国主义列强肆意瓜分中国。捽（zuó），揪住。蹴裂，践踏撕裂。咋（zé），咬。

[21]"长鲸"句：杜甫《太子张舍人遗织成褥段》诗："中有掉尾鲸。"此处以长鲸喻帝国主义列强。掉尾，摇动尾巴。

[22]睒睗（shǎn shì）：光闪烁貌。韩愈《寄崔二十六立之》诗："雷电生睒睗。"嶙峋：林立峻峭貌。

[23]天津：天河。

[24]吁嗟：感叹词。

[25]"道在"句：原因在于只知道因循守旧而不加变革。

[26]"大哉"句：人民是至高无上的。生人，即生民。

[27]"千圣"句：只有众多的圣贤掌握着（养育万民的）真理。挈，把握。

[28]"尽气"二句：竭尽全力去获取这个真理，将你从哀叹呻吟中拯救出来。活汝，使汝活，拯救你。嚬（pín）呻，凄苦呻吟声。

[29]"媛媛"二句：如果自满自足，专横暴戾，那就只能使你永远与万鬼为邻。媛媛，同

"暖暖"，沾沾自喜貌。《庄子·徐无鬼》："所谓暖姝者，学一先生之言，则暖暖姝姝而私自说也，自以为足矣。"睢睢，横暴貌。《庄子·寓言》："而睢睢盱盱，而谁与居。"

[30] 踯躅：徘徊不前。

由沪还金陵散原别墅杂诗（五首选一）

陈三立

钟山亲我颜[1]，郁怒如不平；青溪绕我足[2]，犹作呜咽声。前年恣杀戮[3]，尸横山下城。妇孺蹈藉死[4]，填委溪水盈[5]。谁云风景佳，惨淡弄阴晴[6]。檐底半亩园，界画同棋枰[7]。指点女墙角[8]，邻子戕骄兵[9]。买菜忤一语[10]，白刃耀柴荆。侧跽素发母[11]，挈婴哀哭并[12]。叱咤卒不顾[13]，土赤血崩倾。夜楼或来看，月黑磷荧荧[14]。

◎ 题解

宣统三年辛亥八月十九日（1911年10月10日）武昌起义，全国各地纷纷响应，各省先后宣告独立，或由革命军攻克。时清江南提督张勋率巡防营驻南京，顽固抵抗革命军，并屠杀南京民众数千人。直至十一月五日为徐绍桢等攻克，江苏始成立军政府，宣告独立。这年秋，陈三立在南京发生兵祸时，走避上海凡一年余。民国二年癸丑（1913）三月，归南京。这首诗作于归南京后。全诗五首，所选为第三首。诗以耳闻目睹的事实，形象地展现了辛亥革命时期的历史面貌，对清朝反动军队残杀无辜百姓的罪行作了深刻的揭露和有力的控诉；取材典型，描写生动，具有感人的艺术力量。散原别墅为陈三立罢官以后在南京所购筑。

◉ 注释

[1] 钟山：在今南京东北中山门外。

[2] 青溪：水名，源出钟山西南，流贯南京，入秦淮河，逶迤九曲。今已湮没。

[3]"前年"句：指宣统三年秋张勋屠杀南京百姓事。恣，放纵。

[4] 妇孺：妇女孩子。蹈藉：践踏。

[5] 填委：堆积、委弃。盈：满。

[6] 惨淡：凄凉的景象。

[7]"界画"句：田地划分得如同围棋盘一样。枰，棋盘。

[8] 女墙：城墙上的小墙，呈凹凸形。

[9] 戕（qiāng）骄兵：被骄横的清兵所杀。戕，残杀。

[10] 忤（wǔ）：抵触。

[11] 跽（jì）：直腿下跪。素发：白发。

[12] 挈婴：怀抱着婴儿。

[13] 卒：终，竟。

[14] 磷：俗称"鬼火"。荧荧：微光闪烁貌。

谈仙诗 有序

文廷式

湘阴郭芋庵言楚中神仙[1]，晋有陶真人，元明有李真人、麻衣孝子之流，皆以肉身成道。道光间，又有昭显真人者，陈姓，业缝衣，事亲孝。后忽得道坐化山中，其尸不腐，乡人奉之。咸丰间，以护城功封今号。近乃有强植枯腊[2]，拟为登仙者，惑乃滋甚。略述名理，率尔成篇[3]。

吾观《辍耕录》[4]，始知木乃伊[5]。倭人译四草[6]，亦复详论之。身殁借药力，犹能千岁支。天竺重佛法[7]，今犹有留遗。往往一入定[8]，不寒而不饥。顶为鸟雀集[9]，目若帘幕垂。

弹指无罔明[10]，游山非远师[11]。欲待后佛出，其事多然疑。
牛亨问物理[12]，百昌本无知[13]。西人谓草木，要复能睡痴。
感动其寐性，不烦雨露滋。久久方唤醒，荣华未尝衰。
楚俗好神仙，传派尤瑰奇[14]。自晋迄今日，代有不朽尸。
针刺即血出，日积还生髭[15]。里闾竞崇奉[16]，雨旱时禳祈[17]。
朝命列祀典[18]，民欲天不违[19]。巫风遂成俗[20]，乱指豖中骴[21]。
虫出口鼻间，乃复弃路陲[22]。开棺有严禁，当用国法治。[23]
至人在天壤[24]，与世无成亏[25]。小藏形无内[26]，大挥霍两仪[27]。
利己或由聃[28]，御民或轩羲[29]。贾人或为帝[30]，室女或生儿[31]。
骑牛竟西行[32]，攀龙杳难追[33]。十字困雅素[34]，双林病末尼[35]。
来如希有鸟[36]，去如欻生芝[37]。四大凑合身[38]，何用自保持？
就使更亿龄，终返微尘微[39]。朽灭同众人，大道信坦夷[40]。
三宿辄留恋[41]，毋乃识者嗤[42]。嗟彼数子者[43]，此病谁能医？
痈疽不决溃[44]，休息尚未期。青宁则生程[45]，腐草为蠲飞[46]。
万形递相嬗[47]，造化无停机[48]。乌鸢与蝼蚁，何不擅施为？[49]
胡为袭文绣[50]，有若太庙牺[51]。倚社群祀栎[52]，折草共揲蓍[53]。
将无鬼神守[54]，或为狐魃依[55]。翘然异万形[56]，岂谓和天倪[57]？
或云品汇物[58]，大梵所儿嬉[59]。搏之莫能散[60]，呴之莫能吹[61]。
不亡以待尽[62]，久亦不得辞。或云山泽癯[63]，炼精若凝脂[64]。
筋骸固结束[65]，刀斧难刻劖[66]。火传薪不烬[67]，日出露未晞[68]。
因缘时节至[69]，脱然方得归[70]。落叶复其根，宁能忆来时？[71]
举目皆方圆，勿恧矩与规[72]，钵心有仁义[73]，乘愿宏慈悲[74]。
星月何高高，吾宁所处卑？夜深鼠啮案[75]，寒灯照空帷。
纵论俯仰间[76]，躔度密已移[77]。素位可自得[78]，前哲不吾欺[79]。

文廷式
（1856—1904）

字芸阁，号道希，晚号纯常子，江西萍乡人。光绪十六年庚寅（1890）进士，官至翰林院侍读学士，兼日讲起居官，署大理寺正卿。戊戌变法前，支持康有为发起强学会，赞助光绪帝亲政，被慈禧太后革职。戊戌变法失败，几陷不测。光绪二十六年（1900）正月东游日本，三月返沪，参与唐才常筹组爱国会事。其论诗于清诗多所不满。他自己为诗，不专主唐宋，而主要宗唐，且与晚唐为近。著述甚多，诗有《文道希先生遗诗》。

◉ 题解

诗人纵论万物有生必有死的自然规律，阐明神仙之虚妄。那种豁达、坦荡、超脱的生死观，显示了诗人的哲人本色。诗中用典很多，中外俱有。由此诗可见诗人学问广博、识见高超之一斑。

◉ 注释

[1] 湘阴：县名，在湖南。郭芊庵：未详。楚：今湖南、湖北，古为楚地。
[2] 强植：勉强树起。枯腊：干枯的肉，此指尸体。
[3] 率尔：轻率貌。
[4]《辍耕录》：书名，元末明初陶宗仪所著笔记。
[5] 木乃伊：自注："《辍耕录》作'木乃夷'，此从《四草考》作'伊'。"干尸，用香料防腐剂填充涂布使干，可以久存至千余年。相传也有用蜜浸使尸体久存的。木乃伊为阿拉伯语"没药"的音译。
[6] 倭人：日本人。四草：指《神农本草经》《唐本草》《嘉祐补注本草》和《本草纲目》四种中药学经典著作。
[7] 天竺：印度的古称。
[8] 入定：僧人打坐时，宁心寂虑，心定于一。
[9] "顶为"句：相传唐高僧道林，栖秦望山一棵大松上修禅，有鹊巢于其侧，人谓之"鸟窠禅师""鹊巢和尚"。见《景德传灯录》卷四。

[10]弹指：佛家指极短暂的时间。

[11]游山：晋高僧慧远住庐山。远师：慧远。

[12]牛亨：即牛顿（1643—1727），英国物理学家。

[13]百昌：《庄子·在宥》："今夫百昌，皆生于土，而反于土。"谓百物昌盛。

[14]瑰奇：奇异，珍奇。

[15]髭（zī）：唇上边的胡子。

[16]里闾（lú）：乡里。

[17]禳祈：即"祈禳"，向神明祷告以求福消灾。

[18]朝命：朝廷的命令。祀典：祭祀的仪礼和制度。

[19]民欲：民众的意愿。

[20]巫风：信奉巫术之风。巫，装神弄鬼替人祈祷为职业的人。

[21]抇（hú）：发掘。骴（cī）：死人骨，肉未烂尽的残骨。

[22]路陲（chuí）：路边。

[23]"开棺"二句：《大清律例增修统纂集成》卷二十五："凡发掘他人坟冢见棺椁者，杖一百，流三千里。已开棺椁见尸者绞……若卑幼发五服内尊长坟冢者，同凡人论，开棺椁见尸者斩……若尊长发五服内卑幼坟冢，开棺椁见尸者，缌麻，杖一百，徒三年。小功以上各递减一等。祖父母、父母发子孙坟冢开棺椁见尸者，杖八十。其有故而依礼迁葬者，尊长、幼卑，俱不坐。"

[24]至人：道德修养达到最高境界的人。《庄子·天下》："不离于真，谓之至人。"天壤：天地之间。

[25]"与世"句：言至人对自然规律不能有什么增减。《庄子·齐物论》："果且有成与亏乎哉？果且无成与亏乎哉？有成与亏，故昭氏之鼓琴也；无成与亏，故昭氏之不鼓琴也。"

[26]"小藏"句：《庄子·天下》："至大无外，谓之大一。至小无内，谓之小一。"

[27]挥霍：洒脱，无拘无束。两仪：天地。

[28]由聃（dān）：由：许由；聃：老聃，即老子。此二人都是避世之人，为一己计，故云利己。

[29]轩羲：轩：轩辕氏，即黄帝；羲：伏羲氏。二人皆为上古有德帝王。此言治理人民的有黄帝、伏羲。

[30]"贾人"句：秦始皇是商人吕不韦的私生子。贾人，商人。

[31]室女：未出嫁的女子。

[32]骑牛：老子骑青牛出函谷关西去，不知所终。

[33]攀龙：《史记·封禅书》："黄帝采首山铜，铸鼎于荆山下。鼎既成，有龙垂胡髯下迎黄帝。黄帝上骑，群臣后宫从上者七十余人，龙乃上去。余小臣不得上，乃悉持龙髯，

龙髯拔,堕,堕黄帝之弓。百姓仰望黄帝既上天,乃抱其弓与胡髯号。"

[34]"十字"句:指基督教所信奉的救世主耶稣被古罗马国王判处死刑,钉死在十字架上。雅素,即"耶稣"。

[35]双林:释迦牟尼死于拘尸那国阿利罗拔提河边娑罗双树间。末尼:"牟尼"之别译,即释迦牟尼。以上几句言传说中的神仙都不免一死。

[36]希有鸟:传说中的神鸟名,在昆仑山,面向南,左边的翅膀覆盖神仙东王公,右边的翅膀覆盖神女西王母。东王公与西王母每年在它的翅膀上相会一次。见《神异经》。

[37]欻(xū):忽然。芝:此指传说中的肉芝。此句言人死埋入地下,正如地下忽然长出了肉芝。

[38]"四大"句:佛教以地、水、风、火为"四大"。《长阿含经》:"受四大人,取命终者,地大还归地,水还归水,火还归火,风还归风。皆悉坏败,诸根皆空。"《维摩诘所说经》:"四大合故,假名为身;四大无主,身亦无我。"

[39]微尘:佛家语,指极微细的物质。它不可断截,不可分析,不可睹见,不可听闻,不可嗅尝,不可摩触。

[40]大道:自然规律。坦夷:宽广平坦,此指丝毫不差。

[41]三宿:《后汉书·襄楷传》:"浮屠(佛)不三宿桑下,不欲久生恩爱,精之至也。"

[42]"毋乃"句:岂不为有识者嗤笑。

[43]"嗟彼"句:指黄帝、老子、释迦牟尼、耶稣等。

[44]痈(yōng):毒疮。疣(yóu):皮肤上的赘生物。

[45]青宁:草虫名。程:虫名。《庄子·至乐》:"久竹生青宁,青宁生程。"

[46]"腐草"句:《礼记·月令》:"腐草为萤。"注:"萤,飞虫,萤火也。"蠲(juān):虫名。古人谓腐草能变虫。

[47]"万形"句:万物不断地演变。

[48]造化:大自然的创造化育。机:世间万物变化之所由。《庄子·至乐》:"万物皆出于机,皆入于机。"此句言大自然创造化育万物,从不停止。

[49]"乌鸢"(yuān)二句:鸢:老鹰。蝼:蝼蛄。檀施:布施,施舍。这两句是说:人死之后,为什么不把尸体施舍给乌鸦、老鹰、蝼蛄、蚂蚁它们吃呢?语本《庄子》。庄子将死,他的弟子要给他准备棺材,庄子不要。弟子说:"我们怕乌鸦和老鹰会把您吃掉。"庄子说:"在地面被乌鸦老鹰吃掉,埋在地下被蝼蛄、蚂蚁吃掉。你们把我从乌鸦、老鹰那里夺下来给蝼蛄、蚂蚁,是多么偏心!"

[50]袭:穿。文绣:绣有彩色花纹的衣服。

[51]太庙:天子的祖庙。牺:古时宗庙祭祀用的牺樽。《庄子·天地》:"百年之木,破为牺樽,青黄而文之。"这两句是说:尸体为什么要穿上绣有彩色花纹的衣服,像古时天子祖庙中供奉的牺樽一样?

[52] 社：土地之神。栎（lì）：木名。此指栎社，乃神社旁的栎树，为社神之木。

[53] 揲蓍（shé shī）：用蓍草卜卦。

[54] 将无：莫非。

[55] 彪：恶鬼。

[56] 翘然：特出貌。

[57] 天倪：自然均平之理。《庄子·齐物论》："和之以天倪？"郭象注："天倪者，自然之分也。"

[58] 品汇：事物之品种、类别。

[59] 大梵：即"大梵天王"。婆罗门教、印度教中的创造之神，认为世界万物包括人在内都是他所创造的。

[60] 搏：击，拍。

[61] 呴（xù）：吐出。

[62] "不亡"句：《庄子·齐物论》："一受其成形，不亡以待尽。"

[63] 山泽臞（qú）：《汉书·司马相如传》："相如以为列仙之儒，居山泽间，形容甚臞。"臞，通"癯"，骨骼清瘦。

[64] 凝脂：动物油脂，言其洁白细腻。

[65] 筋骸：筋骨。结束：约束。此指筋骨等器官各尽其能，正常运行。

[66] 劙（lí）：割。

[67] "火传"句：《庄子·养生主》："指穷于为薪，火传也，不知其尽也。"

[68] 晞：干，晒干。

[69] 因缘时节：佛家语，指事物生灭的条件。

[70] 脱然：解脱貌。

[71] "落叶"二句：高僧慧能将死，告别众弟子。众弟子依依不舍，曰："师从此去，早晚却回？"慧能答曰："叶落归根，来时无口。"事见《景德传灯录》卷五。宁，岂。

[72] 偭（miǎn）：违背。矩：方矩，用以画方。规：圆规，用以画圆。此二句言世间之物都按自然规律运动，不要违背自然规律。

[73] 钛（shù）：雕琢。

[74] 宏：发扬光大。

[75] 啮（niè）：咬。

[76] 俯仰间：王羲之《兰亭集序》："俯仰之间，已为陈迹。"喻时间之极短促。

[77] 躔（chán）度：用以标志日月星辰在天空运行的度数。此句言不知不觉间，躔度在移动。语本《列子》："运转亡已，天地密移。"

[78] 素位：居其本位。《礼记·中庸》："君子素其位而行，不愿乎其外。"
[79] 前哲：古代的贤人，此指孔子。"君子素其位而行"是孔子所说。

冬述四首示子培（选三）

陈　衍

诣谈无晨昏，积雨断还往。[1]泥涂败驰道[2]，搏跃可过颡[3]。
昨闻东山下[4]，寒色足泱漭[5]。千松聚一壑，中有一泉响[6]。
稍为群赭山，一洗貌粗犷。[7]驾言思出游[8]，怀哉几吾党[9]。
梁公劳教授[10]，郑老疲鞅掌[11]。宽闲尚有子[12]，合作马曹赏[13]。
却思去年雪，招手鹤楼上，[14]薄寒中背吕[15]，拳曲不可强[16]。
波及居士装[17]，披蓑代鹤氅[18]。今年诗逐疟，破胆到蜩螗[19]。
乌头时为帝[20]，腰脚藉稍养[21]。屡期阅市行[22]，且抱樊口想[23]。

与子既南来[24]，夏甑遭蒸炊[25]。嗟我宁余钱[26]，赁屋縻重资[27]。
屋旁有废圃[28]，侥幸南风吹。露宿息喘汗，稍苏星汉移。
风湿作薄癣，爬搔遍肤肌。先生屋打头[29]，相从对唫呓[30]。
藏冰渺北陆[31]，浮瓜非南皮[32]。借问清凉散[33]，书寄郑当时[34]。
答言生地黄，捣之以终葵[35]。焦焚至毒时[36]，沃之聊数匙[37]。
皖公有乡祠[38]，百亩环荷池。追凉仍挥汗[39]，薄啜荷叶縻[40]。
蔚然苻娄庭，移居惜微迟。[41]石台抚双梧[42]，凉露忽已滋。
子由将北行，瘦马不独骑。[43]追送平山堂[44]，茱萸仍分持[45]。
疟寒岂杵臼，乃以秋为期。[46]净名久默然[47]，文字禅在兹[48]。

往余游京华,郑君过我邸。告言子沈子,诗亦同光体。
杂然见赠答,色味若粱醴。[49]十年始会面,辍乐正读《礼》。[50]
从之索旧作,发箧空如洗。能者不自珍,翻悔笔轻泚。[51]
我言诗教微,百喙乃争启。[52]风雅道殆丧,庬言天方瘥。[53]
内轻感外重[54],怨诽遂丑诋[55]。何人抱微尚[56],不绝如追蠡[57]?
宋唐皆贤劫[58],胜国空祖祢[59]。当涂逮典午,导江仅至澧[60]。
先生特自牧[61],颇谓语中綮[62]。年来积怀抱,发泄出根柢[63]。
虽肆百态妍,石濑下见底[64]。我虽不晓事,老去目未眯[65]。
谅有古性情,汩汩任有渳[66]。

陈衍
（1856—1937）

字叔伊,号石遗,福建侯官（今福州）人。光绪八年壬午（1882）举人,官学部主事。光绪二十四年（1898）应湖广总督张之洞之邀,赴武昌任官报局总编纂。后历任京师大学堂、厦门大学、无锡国学专门学院教授,晚年寓居苏州,与章炳麟、金天羽创办国学会。他是近代同光体闽派的首领之一,也是同光体派主要的诗歌评论家。论诗中心是"三元"说和"学人之诗"说。"三元"是指开元、元和、元祐,旨在效法宋人的创新精神,以为"宋人皆推本唐人诗法,力破余地耳","若墨守旧说（指严羽"诗必盛唐"之说）,唐以后之书不读,有日蹙国百里而已。""学人之诗"说,是针对严羽"诗有别才非关学也"而发,以为"诗也者,有别才而又关学者也"。由此而提出了"合学人诗人之诗二而一之"的主张。但包括陈衍自己在内的同光体诗人真能做到"二而一之"的,除沈曾植以外,并不多见。他自己的诗宗法宋人,尤其与杨万里相近,在用笔的曲折等形式技巧上下功夫。诗集中反映现实的作品较少。所著《石遗室诗话》,在近代旧体诗坛上影响颇大,不下于袁枚的《随园诗话》。著有《石遗室诗集》《石遗室诗话》《续编》《诗品评议》,编有《近代诗钞》。

◉ 题解

子培,沈曾植的字。这首诗光绪二十五年己亥(1899)冬作于武昌。时沈曾植居姚园,陈衍住水陆街,相去很近,曾植患疟疾困卧在寓,二人常相唱和。此题共四首,今选前三首,从中可以看到二人亲密的关系。第三首则揭示了同光体的名称来源和陈衍的论诗主张。

◉ 注释

[1] "诣谈"二句:陈声暨《石遗先生年谱》:"是秋,子培丈病疟,逾月不出户,乃时托吟咏,与家君寓庐庭迩,有所作辄相寄示,或夜半缄笺抵家君。"这二句是说,自己不分白天黑夜常去曾植寓所倾谈,久雨稍停,便又赶着前往了。诣,往,到。

[2] 败:损坏。驰道:驰马所行的道路,此处泛指道路。

[3] "搏跃"句:地上溅起的泥浆高过人的额头。颡(sǎng),额。

[4] 东山:又名洪山,在今湖北武昌大东门外。

[5] 泱漭(yǎng mǎng):广大貌。司马相如《上林赋》:"过乎泱漭之野。"

[6] 一泉:指白龙泉,为洪山著名风景区。

[7] "稍为"二句:雨水稍稍给赭赤的群山冲洗了一番,群山便露出了它粗犷的容貌。

[8] 驾言:乘车。言,语助词。《诗·邶风·泉水》:"驾言出游,以写我忧。"

[9] "怀哉"句:怀念我的几个友人。吾党,我的伙伴,指下面提到的梁公、郑老、曾植等人。

[10] "梁公"句:梁公:梁鼎芬,字星海,号节庵,广东番禺人,近代诗人,有《梁节庵先生遗诗》。时梁在武昌任两湖书院山长,忙于教授,故云"劳教授"。

[11]"郑老"句：郑老：郑孝胥，字苏戡，福建闽县（今福州）人，同光体闽派诗人的首领之一。晚年叛国，为人所不齿。有《海藏楼诗》。时郑住武昌大潮街，为张之洞筹划京汉铁路南段，十分忙碌，故云"疲鞅掌"。鞅掌，烦劳。《诗·小雅·北山》："或王事鞅掌。"毛传："鞅掌，失容也。"言事烦不暇整理仪容。

[12]"宽闲"句：子：旧时对人的敬称，此指沈曾植。时曾植病疟困卧，故云"宽闲"。

[13]马曹赏：以微官的身份游赏。马曹，古代管马的官署。苏轼《次韵张安道读杜诗》："巨笔屠龙手，微官似马曹。"此处即以苏轼诗意，借指微官。

[14]"却思"二句：光绪二十四年（1898）冬，陈衍曾与沈曾植同游黄鹤楼。这二句以下六句，追记此事。鹤楼，黄鹤楼，在今武汉武昌蛇山上。

[15]"薄寒"句：背脊骨着了凉。中（zhòng），着，遭受。背吕，背脊骨。

[16]"拳曲"句：冷得蜷曲着身躯，勉强动一下也不可能。强，勉强。

[17]波及：殃及，涉及。居士装：指普通人穿的单薄的衣服。居士，旧称未作官的士人。

[18]鹤氅：一种华贵的外套，由鸟羽制作而成。

[19]"今年"二句：光绪二十五年（1899）秋，曾植患疟疾。诗逐疟，以诗的唱和驱逐缠身的病魔。破胆到蜲蛇：诗人的唱和使病魔为之惊怖。破胆，形容惊怖之甚。蜲蛇，亦作"魑魅"，传说中的疫鬼。

[20]乌头：中药名，又名土附子，主治风寒湿痹等。帝：中药有"君臣佐使"之分，起主要作用的药称为君、为帝。《庄子·徐无鬼》："药也，其实堇也，桔梗也，鸡壅也，豕零也，是时为帝者也。"

[21]"腰脚"句：按，时沈曾植有《威灵仙》诗记此事。诗云："草有威灵仙，厥方始海上……名方唐宋传，功主脚气瘴。"

[22]屡期：屡次相约。阅市行：游逛市场。

[23]"且抱"句：樊口：地名，在今湖北鄂城西北樊山脚下，为樊港入长江处。沈曾植《寒雨闷甚，杂书遣怀，衮积成篇，为石遗居士一笑》诗有"樊口渺东望，松风冷相语……东坡眠食地，固是余所佇"的诗句，此句即含此意。

[24]"与子"句：光绪二十四年（1898）四月，陈衍应湖广总督张之洞之邀，前往武昌任官报局总编纂；五月，沈曾植亦应张之洞之邀，前往武昌主两湖书院史席，寓武昌纺织局西院，二人始相遇。

[25]"夏甑"句：武昌的夏天十分炎热，人们如入锅中蒸煮。语出韩愈《郑群赠簟》："自从五月困暑湿，如坐深甑遭蒸炊。"甑（zèng），瓦制蒸具，后以竹木制作的称蒸笼。

[26]宁：岂。

[27]赁（lìn）屋：租屋。糜重资：糜费重金。

[28]废圃：荒废的菜园。

[29]屋打头：形容屋子逼窄、低矮。语出苏轼《戏子由》："宛丘先生长如丘，宛丘学舍小

如舟。常时低头诵经史，忽然欠伸屋打头。"

[30] 唸呎（diàn xī）：呻吟。

[31] "藏冰"句：《左传·昭公四年》："古者日在北陆而藏冰。"孔颖达疏："日在北陆，为夏之十二月也……于是之时，寒极冰厚，故取而藏之也。"北陆，星名，位在北方。日在北陆，指严冬季节。这句反用此意，意谓正当盛夏，藏冰之季还极其遥远。

[32] "浮瓜"句：曹丕《与朝歌令吴质书》："每念昔日南皮之游，诚不可忘……浮甘瓜于清泉，沉朱李于寒水。"后人因常以"浮瓜"为夏日游宴之辞。南皮，县名，今属河北。这句反用曹丕句意，谓武昌毕竟不是南皮，夏日无法游宴。

[33] 清凉散：中药名，由多味中药配制而成，主清热解毒。见赵令畤《侯鲭录》。

[34] 郑当时：汉时陈人，字庄，《史记》有传。此处借指郑孝胥。

[35] 生地黄、终葵：均为中药名。地黄：性寒味甘苦，主清热凉血。蒸煮后称熟地黄，蒸煮前称生地黄，简称生地。终葵：草名，大茎小叶，花紫黄色。

[36] 毒：强烈，引申作药汁浓烈。

[37] "沃之"句：饮服时只要加入几汤匙的水冲服即可。

[38] "皖公"句：皖公：春秋时皖国的国君。皖公乡祠，指当时武昌的安徽会馆，故址在今紫阳街。

[39] 追凉：纳凉，乘凉。

[40] 啜（chuò）：饮。荷叶糜：以荷叶捣糊，制作的清凉饮料。

[41] "蔚然"二句：沈曾植于光绪二十四年五月抵武昌后，初寓武昌纺织局西院，二十五年移居城南水陆街姚园。园中树石苍润，庭宇轩豁，又多树桩盆景。曾植因"厄羸积年，有同玄晏（皇甫谧），感卢升（照邻）之《病木赋》意"，名此园曰株园，室曰苻娄庭。见《沈寐叟年谱》。蔚然，草木茂盛貌。苻娄，树木枯曲有瘤，如患伛偻病。《尔雅》："瘣（病）木苻娄。"

[42] "石台"句：曾植寓所有石台、双梧，曾植有诗《双梧》《雪霁石台晓望》等记此，其《月夕寄五弟》诗云："清风北陆来，吹我梧上月，石台倚倒影，零露在衣发。"

[43] "子由"二句：子由：苏轼弟苏辙的字，此处借指沈曾植五弟沈曾桐。光绪二十五年夏，曾桐往武昌看望曾植，秋，曾桐北上，曾植偕同赴扬州送行。瘦马不独骑，语出苏轼《辛丑十一月十九日既与子由别于郑州西门之外，马上赋诗一篇寄之》诗："苦寒念尔衣裘薄，独骑瘦马踏残月。"此处反其意而用之，寓兄弟同行之意。

[44] 平山堂：在今江苏扬州，宋代欧阳修所建。

[45] "茱萸"句：茱萸（zhū yú）：植物名，味香。古代习俗，农历九月初九日重阳节，相约登高，佩戴茱萸，称茱萸会。王维《九月九日忆山东兄弟》诗："遥知兄弟登高处，遍插茱萸少一人。"此处借茱萸分持，寓兄弟在扬州分手之意。

[46] "疟寒"二句：曾植的疟病像杵臼的一上一下一样，年年到了秋天就发作。杵臼，捣药

的器具。

[47] 净名：佛家语。佛教的维摩诘，意译即"净名"，故一名"净名大士"。沈曾植深谙佛学，在诗中常以维摩诘自称，此处因以指曾植。默然：佛家语。佛家称静默无言的状态。《维摩诘所说经》载，文殊师利问维摩诘何等是不二法门，维摩默然不应。文殊曰，善哉善哉，无有文字言语，是真不二法门也。

[48] 文字禅：通过诗文参悟禅理。戴复古《寄报恩长老恭率翁》诗："早晚来参文字禅。"此处即指沈曾植通过诗文参悟禅理。

[49] "往余"六句：陈衍《沈乙庵诗序》："吾于癸未（1883）、丙戌（1886）间，闻可庄（王仁堪）、苏戡（郑孝胥）诵君诗，相与叹赏，以为同光体之魁杰也。同光体者，苏戡与余戏称同（治）、光（绪）以来诗人不墨守盛唐者。"此六句即记此事。往，往年。京华，指北京。邸，住宅。粢醴（zī lǐ），糯米酿的甜酒。

[50] "十年"二句：光绪二十三年（1897）八月，沈曾植母韩夫人殁于北京。次年，曾植南归故里浙江嘉兴，五月，与陈衍在武昌相会，上距丙戌（1886），两人已相隔十二年，此云十年，是举成数而言。辍乐，旧时礼制，居丧时期停止用乐。时曾植三年之丧期未满，故云。读《礼》，阅读《礼经》，引申作守礼制讲。

[51] "从之"四句：陈衍《沈乙庵诗序》称戊申五月与曾植相见，"索君旧作，则弃斥不存片楮矣"。发箧，翻开书箱。不自珍，不自珍惜。笔轻沘（cǐ），轻易动笔写诗。沘，用笔蘸墨。

[52] "我言"二句：意谓儒家诗教衰微以后，诗歌领域出现了"其为言也乱杂而无章"的争鸣。诗教，指儒家对诗歌宗旨的看法。语出《礼记·经解》："温柔敦厚，诗教也。"喙（huì），嘴，启，开。

[53] "风雅"二句：《诗经》的传统精神几乎消失，庞杂的诗篇竞作，天心也像世事一样着了病。风雅，《诗经》中的《国风》《大雅》《小雅》。瘠（jì），病。

[54] 内轻：指诗人轻视内心的修养。外重：指偏重于外表文词。

[55] 怨诽：怨恨非议。《史记·屈原列传》："《小雅》怨诽而不乱。"丑诋：恶骂。

[56] 微尚：不同寻常的志趣。微，深微。

[57] "不绝"句：风雅之道快要断绝。追蠡（duī lí），钟纽磨损将断。语出《孟子·尽心下》："高子曰：'禹之声尚文王之声。'孟子曰：'何以言之？'曰：'以追蠡。'"赵岐注："追，钟纽也……蠡，欲绝之貌也。"

[58] 贤劫：佛家语。佛教称现在住劫（成、住、坏、空四劫之一）为贤劫，贤劫中有千佛出世。唐、宋二代诗人众多，因以贤劫千佛相比。

[59] "胜国"句：前朝的诗不足宗尚，就像在宗庙里可以撤去它的神位一样。胜国，前朝。语出《周礼·地官·媒氏》："凡男女之阴讼，听之于胜国之社。"郑玄注："胜国，亡国也。"此诗作于清末，胜国指明朝。祢（nǐ），已死的父亲在宗庙中立神主之称。

[60] "当涂"二句：魏晋的诗歌，仅是中国诗歌发展过程中较前的一段。当涂，魏的代

称。《后汉书·袁术传》李贤注:"当涂高者,魏也。"典午,晋的代称。《三国志·蜀志·谯周传》:"周语次,因书版示立曰:'典午忽兮,月酋没兮。'典午者,谓司马也;月酋者,谓八月也。至八月而文王(司马昭)果崩。"按:典、司,掌管;午,生肖为马。典午,隐指司马。导江至澧,《书·禹贡》:"岷山导江,东别为沱,又东至于澧。"长江自岷江至澧水,是上游一段。澧,澧水,在湖南境内。

[61] 自牧:自养,自谦。语出《易·谦》:"谦谦君子,卑以自牧也。"孔颖达正义:"恒以谦卑自养其德也。"

[62] "颇谓"句:沈曾植很赞同陈衍的诗家"三元"之说,认为道着了要害。陈衍《石遗室诗话》:"余谓诗莫盛于三元,上元开元,中元元和,下元元祐也。君(沈曾植)谓三元皆外国探险家觅新世界、殖民政策、开埠头本领。"中綮(qìng),中症结,中要害。綮,筋脉纠结之处。

[63] "年来"二句:陈衍《沈乙庵诗序》:"乙庵博极群书,熟辽、金、元史学、舆地……词章若不屑措意者。""明年,君居水陆街姚氏园,入秋病疟,逾月不出户,乃时托吟咏。余寓庐相密迩,有作必相夸示……至冬已积稿隆然。"根柢,谓曾植学有根柢,其诗从书卷中酝酿而出,即陈衍所主张的学人之诗与诗人之诗合而为一之意。

[64] "石濑"句:语出欧阳修《水谷夜行寄子美圣俞》诗:"梅翁事清切,石齿漱寒濑。"濑,沙石上急流之水。陈衍《沈乙庵诗序》:"君诗雅尚险奥,聱牙钩棘中,时复清言见骨。"石濑见底,即是此意。

[65] 眯(mī):眼中有尘沙,不能睁开。

[66] 汩(gǔ)汩:水流急貌,比喻文思勃发。语出韩愈《答李翊书》:"当其取于心而注于手也,汩汩然来矣。"洣(mí):水深满貌。《诗·邶风·匏有苦叶》:"有洣济盈。"

食　蟹

沈汝瑾

稻熟蟹正肥,黄白脂满匡[1]。夜膳恣大嚼,金爪夸潭塘[2]。
寸心触旧事[3],若蟹投沸汤。十一龄九月,母病入膏肓[4]。
煮蟹看我食,矮几移近床[5]。谓儿须饱啖[6],母寿已不长。
今宵见儿食,后食见难常。当时尚憨跳,有如蟹无肠。
母言犹在耳,忽忽须鬓苍。持螯倏念及[7],恍在阿母旁。

怆恻难下咽，风烛摇秋堂[8]。

沈汝瑾
（1858—1917）

字公周，号石友，又号钝居士，江苏常熟人。诸生。平生行迹不出江苏、浙江。工诗，擅书画，与吴昌硕、赵古泥等为金石文字至交。有《鸣坚白斋诗》二十卷。自言"学诗寝馈于杜者三十年，乃上溯汉魏，下逮宋元。自病宽廓，收束于半山（王安石）、后山（陈师道）。晚岁爱读《离骚》《国风》，变化精深，而学成矣。"取径较宽，而受杜甫影响最深。当时吴下诗风，宗尚西昆体，而沈汝瑾不受其影响。集中感慨国事、揭露统治阶级罪恶、反映民生疾苦者极多，富有深刻的思想性。他是继清初吴嘉纪、清中叶郑燮之后为人民疾苦歌吟的诗人。

◎ 题解

此诗纯用白描，清真朴老。诗人由食蟹而想起母亲将死时看着自己食蟹的情景。事虽细小，却充满了母爱和诗人的怀念之情。比喻也多从蟹上着想，有"信手拈来"之妙。1908年作。

◎ 注释

[1] 匡：蟹匡，蟹壳的外形。
[2] 潭塘：常熟南郊地名，以出产蟹著称。
[3] 寸心：心位于胸中方寸之地，故曰寸心。
[4] 膏肓（huāng）：古人认为针刺和用药的效力都达不到的地方。病入膏肓，谓无法救治，病已危。
[5] 几：凳。
[6] 啖（dàn）：吃。

[7] 倏（shū）：忽然。

[8] 风烛：古乐府《怨诗行》："百年未几时，奄若风吹烛。"

同伯严后湖观荷

俞明震

城头紫烟低[1]，城背莽萧瑟[2]。江山不满眼，万荷补其隙。
初花弄光影[3]，颠倒一湖叶[4]。繁声疑雨来[5]，微凉散空阔[6]。
小艇不容篙，趺坐波平膝。[7] 欹岸出荒洲，稍见兵火迹。[8]
当年岸帻处[9]，廊空积潦入[10]。倒影两秃翁，风亭坐超忽[11]。
清香满残照[12]，绿意上鸟翮[13]。遗世渺愁予[14]，见汝亭亭日[15]。
溟渤非不宽[16]，万事在眉睫[17]。

俞明震（1860—1918） 字恪士，号觚斋，晚号觚庵。顺天府宛平（今属北京）籍，浙江山阴（今绍兴）人。光绪十六年庚寅（1890）进士。授刑部主事。乙未（1895）清廷与日本订《马关条约》后，曾在中国台湾省抗击日本侵略军，任"台湾民主国"内务大臣。宣统末，任甘肃提学使。辛亥革命爆发后，寓居杭州，以病终。有《觚庵诗存》四卷。俞明震诗宗法宋人，陈三立称其"近益托体简斋（陈与义），句法间追钱仲文（起），当世颇称之"（《觚庵诗存序》）。其淡远幽深、清神独往的诗风，与当时的同光体诗人陈三立、沈曾植、郑孝胥有所不同，而与陈曾寿相近。其早年所作清而不厚，未臻成熟。中年至甘肃后，得江山之助，为诗盘郁苍凉，郑孝胥称为有杜味。晚年退居杭州后，湖山胜景，尽归笔底，雕炼幽邃，能使厉鹗缩手。

◎ 题解

伯严，陈三立字。俞明震为陈三立之妻舅，故集中同游之作、唱和之作甚多。后湖，指南京玄武湖，在今南京市东北玄武门外。三国吴至南朝刘宋，叫后湖。1913年夏，俞明震至南京，与陈三立同游后湖。陈三立《散原精舍诗续集》卷上，有《后湖观荷》诗，系本年夏，在游焦山后。明震此诗，是与三立同时所作。写湖上荷花，独具匠心，且表现了作者的沧桑之感。

◎ 注释

[1]"城头"句：城头：指玄武门一带旧城墙，其外即后湖。紫烟：因日光照射而产生的紫色烟气。

[2]"城背"句：此谓作者望远处城墙上，但见杂草丛生，一片萧瑟景象。因经历了辛亥革命时战火，时间还不久之故。

[3]"初花"句：谓刚刚开放的荷花在风中戏弄倒影。

[4]"颠倒"句：谓水面荷叶，因风摇动上下。

[5]繁声：此指风吹荷叶发出的声音。

[6]"微凉"句：微微凉风吹散在空阔之地。全首至此，均写作者刚至湖边所见景色。

[7]"小艇"二句：不容：不需，不用。趺坐：双足交叠而坐。此二句写作者泛小舟在湖上。

[8]"欹岸"二句：欹岸：斜岸。荒洲：玄武湖今有五洲，此指开辟最早的梁洲，上有湖神庙、赏荷亭、览胜楼诸胜。兵火迹，见注[2]。

[9]岸帻：推起头巾，露出前额。帻，头巾。《艺文类聚》引孔融《与韦林甫书》："闲僻疾动，不得复与足下岸帻广坐，举杯相于，以为邑邑！"

[10]积潦：积水。

[11]超忽：旷远貌。皮日休《太湖桃花坞》诗："穷深到兹坞，逸兴转超忽。"

[12]残照：夕照。

[13]"绿意"句：鸟翮：鸟翼。此谓荷叶映绿鸟翼。

[14]"遗世"句：遗世，避世、超脱世俗。《抱朴子·博喻》："箕叟以遗世得意。"渺愁予，《九歌·湘夫人》："目眇眇兮愁予。"渺，远。愁予，使我忧愁。

[15]"见汝"句：汝，指荷花。亭亭日：耸立的时候。

[16]溟渤：溟海和渤海，泛指大海。鲍照《代陆平原君子有所思》诗："筑山拟蓬壶，穿池类溟渤。"

[17]"万事"句：谓眼前万事变幻之速，带有沧桑换代之感。

湖庄晓起

俞明震

卧闻菰蒲声，疏棂觉风入。[1]灭烛延曙光[2]，荷边有微月[3]。湿萤飞渐稀，阴阴一湖白。[4]老夫常早起[5]，颠倒忘历日[6]。但觉春风时[7]，看看到暑末[8]。此时东方高[9]，水禽先聒聒[10]。清露不盈头，世事如乱发。[11]暂避眼前人，终愁秋后热。安得浓淡山[12]，变尽沧溟色[13]。

◉ 题解

　　这首诗写于1913年夏。六月下旬，俞明震已从南京回杭州，陈三立亦来游西湖，三立同时有《湖庄小雨题示子大恪士》诗。湖庄，指俞明震在杭州南湖别墅——觚庵。明震此诗并不着眼于西子湖的名胜古迹，而是着重写夏季湖上晨景：清风、荷花、微月、飞萤、水禽，这一切又在白茫茫的湖面上交织成一幅有花鸟的山水画，显得十分雅淡。主人的心情当然也寄托其中。

◉ 注释

[1]"卧闻"二句：菰，茭白。蒲，香蒲。菰和蒲是两种浅水植物。疏棂：稀疏的窗格子。这二句写作者刚醒过来时的感觉：躺在床上听见风吹菰蒲叶沙沙作响，透过稀疏的窗格

感到阵阵清风拂来。

[2] 延：引进。

[3] 微月：残月。

[4] "湿萤"二句：湿萤：为露水打湿的萤火虫。阴阴：阴沉貌。一湖白：整个湖面雾气茫茫。此二句及前二句写作者刚起床后眺望窗外所见景象。

[5] 老夫：指作者自己。

[6] 历日：历书。唐太上隐者《答人》："山中无历日，寒尽不知年。"

[7] 春风：借指春天。

[8] 看看：眼看着，有即将之意。刘禹锡《酬杨侍郎凭见寄》诗："看看瓜时欲到，故侯也好归来。""老夫"四句写作者由眼前之景引起的感慨：时光短促，刚还感到是春天，转眼已接近暑末。

[9] 高：通"皜""皓"，洁白。东方高，东方发白，指天亮。

[10] 聒聒：禽鸟嘈杂的鸣叫声。

[11] "清露"二句：盈：满。前一句说露水不很重，还没有全打湿头发，后一句又由乱发联想到世事。当时清朝皇帝已逊位，袁世凯篡国执政，世事确实十分杂乱。

[12] 安：怎。浓淡山：指山色的淡妆浓抹。

[13] 沧溟（míng）：原指幽远的天空。此所言沧溟色，指迷濛的山色。最后二句意思是：怎能使浓淡分明的山，都变成朦胧迷惘的一片呢？

登剑门峰拂水桥

俞明震

鱼贯出层岚[1]，帽檐欹晓日[2]。咿哑答鸟声[3]，风舆坐超忽[4]。
直上穷窅如[5]，下临诧奇绝[6]。云与石争山[7]，怒泉抵其隙[8]。
回风一震荡，乔林溅飞沫。[9]危桥通两崖[10]，关锁见气力。
曳杖入清雄，觅我经行迹[11]。十年沧海心，未与钟磬隔。[12]
人生重回首，春光有今昔。不见鹁鸪峰，墓草萋萋碧。[13]

◎ 题解

　　此诗1918年春作于江苏常熟。剑门：常熟虞山最雄秀险峻处。《常昭合志·山形》："名为剑门者，以崖裂如劈，故借蜀道之名名之。俗传为吴王试剑石，不足置辨。"又："拂水岩上有拂水禅院，门外有石桥跨山涧，又前即临石壁，两崖中豁，别有长寿桥架其上，从山下远望，危栏横卧者是也。每遇雨后涧水流注桥下，悬为瀑布，风自南来，则倒卷而上，《虞山胜地记略》谓如万斛蕊珠凌空飘洒者，非虚语也。即天已放晴，仍濛濛作细雨，郁为奇景。名曰拂水，盖以此矣。"拂水桥：即指长寿桥。胡先骕在评俞恪士《觚庵诗存》时曾引"鱼贯出层岚"至"关锁见气力"一段，以为"刻画山水，具有独到。传之久远，差无愧焉"。

◎ 注释

[1]"鱼贯"句：鱼贯：像鱼游一样先后相续。《三国志·魏书·邓艾传》："山高谷深，至为艰险……将士皆攀木缘崖，鱼贯而进。"因与俞明震同游者尚有多人，故称鱼贯。层岚，层层叠叠的山。

[2]"帽檐"句：帽檐：帽沿。李商隐《饮席代官妓赠两从事》："新人桥上着春衫，旧主江边侧帽檐。"欹：倾斜。这句写初升的太阳斜照在帽沿。

[3]"咿哑"句：咿哑：象声词。此处指竹轿在上山时轧出的声响。

[4]超忽：见《同伯严后湖观荷》注[11]。

[5]穷窅（yǎo）如：意为穷尽深远之处。

[6]"下临"句：诧：惊叹。此言置身悬崖上，惊叹奇绝。

[7]"云与"句：此谓云掩盖山石真面，石有力地抵住云气，好像在争夺占有剑门山。

[8]怒泉：奔腾的泉水。隙：山中石隙。

[9]"回风"二句：此即《常昭合志》所谓"每遇雨后涧水流注桥下，悬为瀑布，风自南来，则倒卷而上"。亦《虞山胜地记略》所谓"如万斛蕊珠凌空飘洒"。乔林，乔木林。

[10]危桥：高桥。指长寿桥。

[11]经行迹：因俞明震过去曾游过虞山，故云。

[12]"沧海"二句：沧海心，桑田沧海之感。意谓清朝已亡，自己对虞山佛寺的依恋之心，一如往昔，并无阻隔。

[13]"不见"二句:鹈鸪峰,《虞乡志略》云:"一名白鹤峰,苍秀峭拔,中有盘石砥平,可憩游屐。"晚清翁同龢墓即在鹈鸪峰下。因俞明震乡试出翁同龢门下,故此二句寄托了他对座师的怀念之情。《觚庵诗存》另有《止翁氏墓庐谒常熟师墓》诗,有句云:"鹈鸪峰前墓草黄,眼中不是旧春光。"

别任公(二首选一)

夏曾佑

壬辰在京师,广座见吾子。草草致一揖,仅足记姓氏。[1]
洎乎癸甲间,相居望衡宇。[2]春骑醉莺花[3],秋灯狎图史[4]。
青霄与黄泉,上下穷其旨。冥冥兰陵门[5],万鬼头如蚁[6]。
修罗举只手,阳乌为之死。[7]袒裼往暴之,一击类执豕。[8]
酒酣掷杯起,跌宕笑相视。颇谓天地间,差足快吾意。
夕烽从东来[9],孤帆共南指[10]。再别再相见,便已十年矣。[11]
吾子尚青春,英声乃如此[12]。嗟嗟吾党人[13],视此为泰否![14]

夏曾佑(1863—1924) 字穗卿,号别士,又号碎佛,浙江钱塘(今杭州)人。光绪十六年庚寅(1890)进士,选庶吉士。历官礼部主事、祁门县令,擢泗州知府,调权广德。入民国,参加过北洋政府的文史工作。有《夏曾佑诗集》。曾佑深于旧学,从小治乾嘉派考证学,有相当素养。甲午(1894)后,受章学诚、龚自珍等影响,又与康有为、梁启超等交游,悉心研究西汉今文学家之说,为诗也一度倡导新派。梁启超《饮冰室诗话》云:"尝推黄公度、夏穗卿、蒋观云(智由)为近世诗界三杰。"可见曾佑在当时诗界革命派心目中的地位。其实曾佑"深通释典，博涉宗教家言……偶作韵语，皆涵蕴深远，出以淡荡，盖有得于诗之外者"（见徐世昌《晚晴簃诗汇·诗话》），而他的新派诗，所存为数不多，也缺乏诗味。

◎ 题解

所选此首原列第一。这组诗最早见《清议报》第九十七册，题下有注："戊戌春。"而梁启超《亡友夏穗卿先生》一文载其第一首，并称写于1904年游日本时。根据诗的内容，这首诗显然作于1904年。任公是梁启超的别号。诗歌中表现了与梁启超因志同道合而产生的情谊，同时也可以看到维新派人物的思想活动情况。

◎ 注释

[1]"壬辰"四句：壬辰：为光绪十八年（1892）。广座：众人之座中。丁文江、赵丰田《梁启超年谱长编》："1892年（光绪十八年壬辰）……二月入京会试。"又梁启超《亡友夏穗卿先生》："我十九岁始认得穗卿，我的'外江佬'朋友里头，他算是第一个。初时不过草草一揖，了不相关。"

[2]"洎乎"二句：洎：到达。癸甲：指光绪癸巳、甲午，即1893、1894年间。梁启超《亡友夏穗卿先生》："他租得一间小房子在贾家胡同，我住的是粉坊琉璃街新会馆，后来又加入一位谭复生，他住在北半截胡同浏阳馆。'衡宇望尺咫'，我们几乎没有一天不见面，见面就谈学问，常常对吵，每天总是大吵一两场，但吵的结果十次有九次我被穗卿屈服，我们大概总得到意见一致。"望衡宇，《水经注·沔水》："沔水中有鱼梁洲，庞德公所居。士元（庞统）居汉之阴……司马德操（徽）宅洲之阳，望衡对宇，欢情自接。"

[3]"春骑"句：谓春天出游沉醉于莺啼花开之间。

[4]"秋灯"句：谓秋灯下玩弄图书和史籍。

[5]兰陵：指荀卿。荀卿曾适楚为兰陵令，卒后又葬兰陵。

[6]"万鬼"句：荀卿以孔子为标准，创立了儒家学派中的荀学。梁启超诸人认为汉儒古文之学，实质上是荀学。这句是言治汉学人之多。

[7]"修罗"二句：修罗：即阿修罗，见黄遵宪《锡兰岛卧佛》注[19]。阳乌，传说太阳中有三足乌，故旧称太阳为阳乌。《翻译名义集》："阿修罗食月时，名罗睺罗，秦言覆障，谓障月明也。"又："罗睺……长八万四千由旬，举手掌覆日月，世言日月蚀。"阿修罗既能食月，又能食日。诗用其食日事。诗意以荀卿这个偶像比修罗，谓其一手遮掩光

明，使孔子的学术大义不伸。夏曾佑及康有为等人都反对汉学考据，而称汉学为荀学。
[8]"祖裼(tǎn xī)"二句：此二句自谓向荀学进攻，一举摧败之。《诗经·大叔于田》："祖裼暴虎，献于公所。"祖裼，脱衣露体。暴，通"搏"。
[9]"夕烽"句：谓中日甲午战争爆发。
[10]"孤帆"句：梁启超《夏威夷游记》："吾自中日战事以来，即为浪游。甲午二月如京师，十月归广东。"夏曾佑亦在甲午年离开北京回杭州，故云。
[11]"再别"二句：这首诗作于光绪三十年甲辰（1904），距甲午正好十年。夏曾佑《箱根重晤任公》诗有句云："十年往事归青史，一卧沧江剩酒痕。"可与此参证。
[12]英声：美好名声。何晏《景福殿赋》："故当时享其功利，后世赖其英声。"
[13]吾党人：维新党人。
[14]泰否：二卦名，习惯上作为事情的顺逆用。

己亥秋别天津有感寄怀严蒋陈诸故人（四首选一）

夏曾佑

暮雨掩柴门[1]，秋声满庭树。萧瑟纸屏间，一灯静如鹭。
仿佛少年时，读书未驰骛[2]。对此感生平，流转亡吾故[3]。
乙未在武昌，始与吴生遇。[4]丙申在密云，读《易》旦朝暮。[5]
丁酉在京师，张赵日相晤。[6]新机始萌芽[7]，祷祀润雨露。
戊戌在天津，噩梦正惊寤。[8]素灯载浊酒，慷慨登楼赋。[9]
今年在乡间[10]，过此将焉驻[11]？人生几中秋？何者为我素[12]。
问天天不闻，听雨雨不住。

◎ 题解

此组诗最早见梁启超《饮冰室诗话》。梁氏将此组诗误为蒋智由作，并云："读竟如枯肠得酒，圆满欣美。"现据《夏穗卿遗诗》，并分析诗中内容，可确定此组诗系夏曾佑作。严、蒋、陈，指严复、蒋智由、陈锦涛。夏曾佑自光绪二十二年丙申（1896）冬到天津后，在京、津一带活动，至光绪二十五年己亥（1899）秋离开天津，其间经历了戊戌变法，亲眼看见了维新派和保守派的激烈斗争。这组诗是他与朋友的赠别之作，也可以说是他几年行迹的记录。其中对戊戌政变的感慨，表现了他倾向维新的政治观。这里选的一首原列第一。

◎ 注释

[1] 柴门：用柴作的门，言其简陋。陶潜《癸卯岁始春怀古田舍》诗："长吟掩柴门，聊为陇亩民。"

[2] 驰骛：即"驰骛"，意思是奔走趋赴。《离骚》："忽驰骛以追逐兮。"

[3] 流转：此指流落转徙。

[4] "乙未"二句：乙未：光绪二十一年（1895）。吴生：指吴樵，字铁樵，四川达县人，父亲吴德潇曾任西安县令，为维新派人物。吴樵是夏曾佑的朋友。

[5] "丙申"二句：丙申：光绪二十二年（1896）。密云：县名，清属顺天府，今属北京。易：指儒家经典著作《易经》。亘：连续。

[6] "丁酉"二句：丁酉：光绪二十三年（1897）。张：指张元济；赵：指赵从蕃；都是夏曾佑的朋友。

[7] "新机"句：谓维新变法刚刚萌发生机。

[8] "戊戌"二句：戊戌：光绪二十四年（1898）。此谓夏曾佑闻戊戌政变事。

[9] "素灯"二句：自注云："在天津时，与蒋性才、蒋澜深等时相过从饮酒，各有诗记之。"王粲有《登楼赋》。

[10] 乡闾：即乡里。《管子·幼官》："修乡闾之什伍，量委积之多寡。"

[11] 焉：何。

[12] 素：本原。

哭五弟子修诗 并序

陈　诗

君名于勤，幼孤，敏慧冠辈。行年十五，去游金陵天津水师学校学驾驶，为"海琛""通济"等舰从官,洊擢至二副(军舰从官秩视守备),摄行大副事。狎玩风涛,如履衽席[1]。南穷闽越[2],北极燕辽[3]。时海疆多故,王旅[4]不振,君怒然忧之[5]。居恒负大志,思得一效。故善英文,能英、俄语。尝过旅顺[6],默察山川险要。大出金与俄人士游宴甚欢[7],有俄女慕其豪俊,至欲嫁之,君谢已娶,乃止。壬寅[8],为直隶秦王岛警员[9],不惮勤瘁[10],时出微行[11],周知民间情伪[12],欲以仁化俗。有诉者则立于庭,数语辄判曲直去[13]。尝诵庄生语曰:"剖斗折衡,而民不争。"[14]其寄意如此。癸卯冬,日、俄肇衅[15],为我故也。大府以君才,密令入旅顺[16],睢俄人虚实[17]。君受命不告家,微服遽行。崎岖兵间,凡所闻见,辄密署衣帛,遣从者归报。大府知俄大言不足畏,乃一意亲日,遂成率然之势[18]。甲辰四月,君始间关归[19],乘小舟出青泥洼[20],中俄炮,舟覆,以善泅得免[21]。既归,转陆军官属。所与处者,皆录录无短长[22],日邑邑不乐[23]。长官某故同乡里,以君才气过人,不能曲意承旨与他人伍,微言中伤之[24]。及宇内清泰,其功竟不录。君乃去之山左[25]。泗州杨中丞有人伦鉴[26],任官惟材。以摄沂州安东卫都司司警政[27],盖明察秋毫,以仁化俗,数百里间,闻其风者咸流连慨慕,呼以"陈青天"云。君尝笑曰:"为好官固不难,但人自不肯为耳。"居安东甫逾年[28],君亦劳瘁死矣。余昆弟多而爱君特甚,乃竟先我死而不得行其志。故述其行事,哭之以诗。

江风寒激荡,万木竞辞枝。[29]感汝同根生[30],频年相睽离[31]。鸿雁有哀音[32],书来含涕洟[33]。书中亦何有,泉路顿相违[34]。泪倾东海波,魂结泰山祠[35]。忆昔处贫贱,糠秕甘如饴[36]。独抱贞谅怀[37],世路陟险巇[38]。任侠慕古人,宿诺常不欺[39]。闇迹尘土中[40],卓荦迈等夷[41]。倏然遗骏骨[42],负我黄发期[43]。

欲述平生事,哀来难为辞。

男儿志国殇[44],结发事戎行[45]。昆明逢水嬉[46],努力习艅艎[47]。
轻身狎波涛[48],迅若惊凫翔[49]。击刺亦迈群[50],文史还琅琅[51]。
游心与古俱[52],穰苴独相望[53]。南闽北度辽[54],击楫歌慨慷[55]。
秋蓬无系援[56],讵能凌风翔[57]。沉没百僚底[58],去作千夫防[59]。
一官向何许,饮马长城窟[60]。寒泉风萧萧,水清始见浊。
余时赋北征,聊慰汝茕独[61]。敝裘日无温[62],勤瘁化其俗。
明镜照不疲[63],春和散寒谷[64]。剖斗而折衡,仁声贮人腹[65]。
感激千载期,肯随世逐逐[66]。

穷冬斗蛮触[67],宇内忽佳兵[68]。义声沸天地,皦日讵寒盟[69]。
衔命入岩疆[70],变服轻死生[71]。潜登子反床[72],伺隙恬其情[73]。
丸书历归报[74],间关春草青。微躯浴鲸涛[75],海若亦不惊[76]。
惨澹为国谋,驰驱功无成。寄言纵横客[78],莫谓秦无人[79]。

数奇古所叹[80],硷伍亦堪伤[81]。清时既不逢[82],谗人复高张[83]。
去去勿复道,驱车东海旁。[84]秋风扬旌旗[85],兆人谋和康[86]。
熄彼鼠雀争[87],平成虞芮疆[88]。子产曰惠人[89],朱邑治桐乡[90]。
积瘁易凋年[91],神理应不亡[92]。衔哀纪私乘[93],遥畀阿咸藏[94]。

陈　诗
(1864—1943)

字子言,号鹤柴山人,安徽庐江人。宣统二年(1910),俞明震出任甘肃提学使,陈诗应俞氏之招,赴其幕下。入民国,居上海三十余年,鬻文以活。

曾选安徽乡先辈诗，为《皖雅初集》四十卷、《庐江诗隽》三卷、《庐州诗苑》八卷，又撰《尊瓠室诗话》。其诗集有《尊瓠室诗》二卷刊行。陈诗早年曾从吴保初学诗，称弟子。而其为诗宗趣所在是宋代"永嘉四灵"。陈衍称其"屏绝世务，冥心孤往，一意苦吟，今之贾阆仙、李才江也"。其诗以清新刻露的风格和野逸清瘦的情趣见长，但缺乏宏放的笔力和宽阔的意境。

◎ 题解

这是一组哭同胞骨肉的悼念诗。诗、序互证，不仅可作为被悼者一生传略读，其中描述之情事，更可与史互证。日俄战争爆发于清光绪三十年甲辰（1904）二月八日。陆战在我国国土上进行。次年秋，以帝俄失败而告终。日本取俄国在华利益而代之。这是两个帝国主义国家争夺我国东北权益的侵略战争。而清政府袖手旁观，自称"中立"，实属自欺欺人。从本诗可知作者由于历史的局限性，与当时的许多人一样，对这场战争的性质认识不清，对帝国主义踩躏我国的暴行未能予以应有的揭露和批判。

◎ 注释

[1] 履：走。衽席：睡觉用的席子。
[2] 闽越：闽是福建的别称，越指浙江东部。
[3] 燕辽：燕指河北北部，辽指辽河流域，即辽东、辽西。辽东、辽西古属燕地，故燕辽并称。
[4] 王旅：指清朝军队。
[5] 怒（nì）：忧思。
[6] 旅顺：港名。位于辽东半岛之南，黄海北岸。港口二山交抱，门户天成。清光绪六年（1880），于此设要塞。中日之战，为日所据；光绪二十三年（1897），又为帝俄强占。

日俄之战后，复由日本强租。今属辽宁大连。

[7] 宴：宴会。

[8] 壬寅：光绪二十八年（1902）。下文癸卯、甲辰分别为光绪二十九年、三十年。

[9] 直隶：今河北。秦王岛：岛名，又作"秦皇岛"。在河北临榆西南海中，相传秦始皇曾驻跸于此，故名。

[10] 不惮：不怕。勤瘁：劳瘁。

[11] 微行：不使人知其真实身份，便装出行。

[12] 情伪：真假。《左传》僖公二十八年："晋侯在外十九年……民之情伪，尽知之矣。"

[13] 曲直：是非。

[14] 庄生：即庄周。"剖斗折衡"二句：见《庄子·胠箧》："为之斗斛以量之，则并与斗斛而窃之；为之权衡以称之，则并与权衡而窃之……掊斗折衡，而民不争。"剖、掊同音，此处都作"打破"解。

[15] 肇衅（xìn）：开始兵争。

[16] 大府：高级官府。

[17] 睍（jiàn）：探视。

[18] 率然：《孙子》："率然者，常山之蛇也。"此指坐长日本之势。

[19] 间关：谓经历崎岖曲折之路。

[20] 青泥洼：地名，在大连湾之西南岸。冬季港内有薄冰，然小汽船可通行。

[21] 泅（qiú）：游水。

[22] 录录：同"碌碌"，平庸无能。

[23] 邑邑：通"悒悒"，忧郁不乐。

[24] 微言：此指不满之言。

[25] 山左：地名。今称山东为山左，以其在太行山之左，故名。

[26] "泗州"句：泗州：属安徽。中丞：御史中丞，清代巡抚都带御史衔，故中丞为巡抚代称。杨中丞：指杨士骧。士骧，字莲府，安徽泗州人。光绪十二年丙戌（1886）进士，选庶吉士，授编修。三十一年乙巳（1905）署山东巡抚。宣统元年己酉（1909）五月卒，赠太子少保，谥文敬。《清史稿》有传。人伦鉴，《北史·崔浩传》："浩有鉴识，以人伦为己任。"此人伦指人才。

[27] "沂州"句：沂州：清府名，即今山东临沂。安东：县名，光绪二年（1876）置，今辽宁。

[28] 甫：刚，才。

[29] "江风"二句：其意象从屈原《九歌·湘夫人》"袅袅兮秋风，洞庭波兮木叶下"化出。

[30] 同根生：《世说新语·文学》："文帝（曹丕）尝令东阿王（曹植）七步中作诗，不成

者行大法,应声便为诗曰:'……本自同根生,相煎何太急!'帝深有惭色。"这里喻兄弟。

[31] 睽(kuí)离:别离,分离。

[32] 鸿雁:此处指雁书。

[33] 涕洟(yí):眼泪和鼻涕。

[34] 泉路:指地下,旧时迷信者所谓的阴间。

[35] "魂结"句:泰山之南,有蒿里山,《汉书·武五子传》颜师古注:"蒿里,死人里。"古乐府《蒿里》:"蒿里谁家地,聚敛魂魄无贤愚。"

[36] 糠籺(hé):粗恶的食物。籺:麦的粗屑。《史记·陈丞相世家》:"人或谓陈平曰:贫何食而肥若是?其嫂嫉平之不视家生产,曰:亦食糠籺耳。"

[37] 贞谅:同"贞亮",正大光明之意。宋玉《神女赋》:"怀贞亮之洁清兮,卒与我乎相难。"

[38] 险巇(xiǎn xī):险要高峻的样子,此处比喻人事之艰险。李白《古风》:"世途多翻覆,交道方险巇。"

[39] 宿诺:事先的诺言。《论语·颜渊》:"子路无宿诺。"

[40] 溷(hùn):意同"混",作动词用。

[41] 卓荦:卓绝出众。等夷:同辈。《史记·留侯世家》:"今诸将皆陛下故等夷……"

[42] 倏(shū)然:极快地。骏骨:喻贤才。燕昭王以五百金买已死的千里马之骨,不满一年,人以骏马前来的达三次,见《战国策》。

[43] 黄发期:曹植《赠白马王彪》:"俱享黄发期。"黄发,老人发白,白久则黄,因以"黄发"为寿高的象征。

[44] 国殇:为国牺牲的人。《楚辞·九歌》有《国殇》篇。

[45] "结发"句:结发:古代男子自成童开始束发,因谓童年或年轻时为结发。戎行:军队,行伍。此句化用《史记·李将军列传》"且臣结发而与匈奴战,今乃一得当单于"。

[46] "昆明"句:昆明:即昆明池,湖泽名。汉武帝元狩三年(公元前120)仿昆明滇池,于长安近郊穿地作昆明池,以习水战。见《太平御览·汉宫殿疏》。

[47] 艅艎:船名。

[48] 狎(xiá):狎玩,戏弄。

[49] "迅若"句:韩愈《此日足可惜赠张籍》:"平明脱身去,决若惊凫翔。"凫翔,水鸟飞翔。

[50] 击刺:击剑刺人之术。《史记》:"褚先生曰:'……齐张仲、曲成侯以善击刺学用剑,立名天下'"。迈群:超群。

[51] 文史:本指文书记事而言,后来指文艺和史学。这里"击刺"言武,"文史"言文,即武艺超群,文才出众。琅琅:诵读声。

[52] 游心:注意,留心。

[53] 穰苴（ráng jū）：即司马穰苴，春秋时名将。齐景公时，为将军，善于用兵，约束严明，曾击败燕晋军队，收复齐国失地。《史记》有传。

[54]"南闽"句：即序文中"南穷闽越，北极燕辽"之意。

[55]"击楫"句：晋永兴以后，黄河南北各地相次为地方割据，祖逖渡江北伐，《晋书·祖逖传》："中流击楫而誓曰：'祖逖不能清中原而复济者，有如大江'。"后用以形容有志恢复的气概。楫，船桨。击楫，敲打船桨。

[56] 秋蓬：秋天的蓬草，秋风一吹，满天飞舞。

[57] 讵（jù）：岂。

[58] 百僚底：杜甫《寄狄明府博济》诗："有才无命百僚底。"百僚，百官。

[59] 千夫防：《诗·秦风·黄鸟》："百夫之防。"毛传："防，比也。"

[60]"饮马"句：古乐府瑟调曲有《饮马长城窟行》。古辞云征戍之客至于长城而饮马，妇思念其勤劳，故作是曲。这里是"征戍"的意思。

[61] 茕（qióng）独：孤独。

[62] 敝裘：破旧的毛皮衣服。

[63]"明镜"句：《世说新语》："何尝见明镜疲于屡照。"

[64] 寒谷：深山溪谷，为日光所不及，故称。刘峻《广绝交论》："叙温郁则寒谷成喧，论严若则春丛零叶。"

[65] 仁声：《孟子·尽心》："仁言不如仁声之入人深也。"

[66] 肯肯：岂肯。逐逐：追赶貌。

[67]"穷冬"句：穷冬：冬季将尽。杜甫《建都十二韵》："穷冬客剑外，随事有田园。"蛮触，《庄子·则阳》："有国于蜗之左角者，曰触氏。有国于蜗之右角者，曰蛮氏。时相与争地而战，伏尸数万。"后称由于细小之事而引起争端为"蛮触之争"。这里喻俄、日为侵占中国的利益而争。

[68]"宇内"句：宇内：即天下。佳兵：兵，指兵器。《老子》："夫佳兵者不祥之器，物或恶之。"旧时此词当作"喜好用兵"的意思。

[69]"皦（jiǎo）日"句：皦日：白日。《诗·王风·大车》："谓予不信，有如皦日。"寒盟：背约。

[70]"衔命"句：衔命：奉命。《礼记·檀弓》："衔君命而使。"岩疆：边疆之险要地。《长生殿·侦报》："出守岩疆，典巨城。"

[71]"变服"句：即诗序中"微服遁行"之意。变服，改变衣服的装束。

[72] 子反：这里喻俄人。《左传》宣公十五年："宋人惧，使华元夜入楚师，登子反之床。起之曰：'寡君使元以病告，曰："……去我三十里，唯命是听！"'子反惧，与之盟，而告王，退三十里。"

[73] 舔（tiǎn）：探取。

054

[74]"丸书"句：古称置于蜡丸中的密书为丸书。此即诗序中"凡所闻见，辄密署衣帛，遣从者归报"之意。

[75]"微躯"句：即诗序中"乘小船出青泥洼，中俄炮，舟覆，以善泅得免"之意。

[76]海若：海神名。

[77]"惨澹"二句：即诗序中"崎岖兵间"而"其功竟不录"之意。惨澹，同"惨淡"。杜甫《送从弟亚赴安西判官》："踊跃常人情，惨澹苦士志。"

[78]纵横客：即纵横家，多为辩士。

[79]"莫谓"句：《左传》文公十三年载晋使士会于秦，以计诱秦伯，秦伯信其言，得归晋，行时，"绕朝赠之以策，曰：'子无谓秦无人，吾谋适不用也。'"

[80]数奇（jī）：命运乖舛，指遭遇不顺当。《史记·李将军列传》："大将军（卫）青亦阴受上诫，以为李广老，数奇，毋令当单于，恐不得所欲。"

[81]哙（kuài）伍：《史记·淮阴侯列传》："(韩)信尝过樊将军哙，哙跪拜送迎，言称臣……信出门，笑曰：'生乃与哙等为伍'！"意思是鄙视樊哙，不屑和他为伍。后因以"哙伍"为与平庸之辈作伴之称。

[82]清时：指天下无事太平之时。

[83]"逸人"句：即诗序中"长官某故同乡里……微言中伤"之意。

[84]"去去"二句：即诗序中"君乃去之山左"之意。

[85]旌旃（jīng zhān）：泛指旗帜。

[86]"兆人"句：兆人：极言人多，今以一百万为一兆。和康：和睦安康。

[87]鼠雀：喻争讼。《诗·召南·行露》："谁谓雀无角，何以穿我屋？""谁谓鼠无牙，何以穿我墉。"

[88]虞芮：指春秋时虞国和芮国。《史记·周本纪》："于是虞、芮之人，有狱不能决，乃如周。入界，耕者皆让畔，民俗皆让长。虞、芮之人未见西伯，皆惭，相谓曰：'吾所争，周人所耻，何往为？只取辱耳。'遂还，俱让而去。"

[89]"子产"句：子产：春秋郑国人，名侨，字子产。惠人：有恩惠加于人者。《论语·宪问》："或问子产，子曰：'惠人也。'"

[90]"朱邑"句：桐乡：地名，春秋时桐国地，在今安徽桐城北。汉大司农朱邑曾任桐乡啬夫，为民敬信，死后葬于此。《汉书》有传。

[91]瘁（cuì）：过度劳累。凋年：岁暮，残年。鲍照《舞鹤赋》："于是穷阴杀节，急景凋年。"

[92]神理：这里犹言精神。《世说新语·伤逝》："戴公见林法师墓，曰：'德音未远，而拱木已积。冀神理绵绵，不与气运具尽耳。'"

[93]"衔哀"句：衔哀：含哀。私乘：古时史书称"乘"，私乘即自修之史。

[94]畀（bì）：给，给以。阿咸：称弟。苏轼《和子由除夜元日省宿致斋》诗："朝回两袖天香满，头上银幡笑阿咸。"王十朋注："阮籍呼兄子咸为阿咸。"

鹤涧小坐

何振岱

涧在理安寺之前[1]，千松万竹，高翠耸天，真仙境也。
地天忽自通[2]，一碧不可绝[3]。举眸悚阴森[4]，恐入神灵窟[5]。
万筤争奋挺[6]，丛枥皆耸拔[7]。桥行俯寒涧[8]，自古流苍雪[9]。
愔愔琴思生[10]，冥冥鹤迹没[11]。出山衣藓香，湖光湔不灭[12]。

何振岱
（1867—1952）

字梅生，一字心与，福建闽县（今福州）人。光绪二十三年丁酉（1897）举人。著有《姑留稿》。近代闽派诗论家陈衍极推重何振岱。陈氏选《近代诗钞》，大量选入何氏各体诗，认为"君诗语能自造，而出以自然，无艰涩之态"。闽派诗人中能企及者并不多。其集中以写景之作和抒写个人情思者为工。

◎ 题解

　　这是一首写景诗。诗人给我们创造了一个与俗尘相隔绝的清幽而又明洁的神灵仙境，充分体现了诗人工于写景的特色。这奋挺的茂竹、耸拔的群木，加上寒涧流着的"苍雪"，渲染了这一仙境。出得山来，襟袖间还带着衣苔的清香，湖波也洗涤不去，是透进一层写法。

◎ 注释

[1] 理安寺：寺名。《杭州府志·寺观》："理安寺，在南山十八涧。古涌泉禅院，亦名法雨寺。吴越王建。宋理宗改名理安，明弘治四年（1491）废，万历甲午（1594）重建。有松颠阁、且住庵、符梦阁。清康熙五十三年（1714）圣祖发币重建，赐理安寺额，又御书'石磬正音'四字并对联……咸丰辛酉（1861）兵毁，光绪八年（1882）重建。"

[2]"地天"句：反用《书·吕刑》"绝地天通"语。

[3]一碧：指松竹及流水。

[4]"举眸"句：眸：眸子，指眼睛。悚（sǒng），恐惧，同"竦"。阴森：阴暗惨淡貌。孟浩然《庭橘》："明发览群物，万木何阴森。"

[5]神灵：《鬼谷子》："物之所造，天之所生，包容无形化气，先天地而成，莫见其形，莫知其名，谓之神灵。"

[6]篁（huáng）：竹。

[7]枥：木名，同"栎"。

[8]桥行：走在桥上。

[9]苍雪：清苍的溪水。

[10]愔愔（yīn）：安静无声。琴思：意同"琴心"。

[11]冥冥：深远貌。

[12]湖：指杭州西湖。湔（jiān）：洗。

理安寺

何振岱

百涧竞成响，一潭私自澄[1]。萦苔下绝壁，小甃为幽亭[2]。声外尚含秋，意中欲无僧。久坐闻香气，何必存禅名。江湖流浊世[3]，湍激何时平[4]？真当守此水，心根同孤晶[5]。

◎ 题解

　　此诗与前诗《鹤涧小坐》作于同时。《鹤涧小坐》纯为写景，此诗则于写景中也有诗人自己性格的表露。"一潭私自澄""心根同孤晶"正是表现了诗人与"百涧竞成响""江湖流浊世"的截然不同的孤洁的品格。

◎ 注释

[1]澄：水清澈。

[2] 甃（zhòu）：砖砌物。
[3] 浊世：混乱的时世。宋玉《九辩》："处浊世而显荣兮，非余心之所乐。"
[4] 湍（tuān）激：水势急。苏轼《读孟郊诗》："水清石凿凿，湍激不受篙。"
[5] 心根：《成唯识论述记》："次生心根……有说：'此是内心为体'。"此指自己的内心。

感秋杂诗（六首选三）

梁启超

穷秋已多悲[1]，散掷况逾半[2]。擘雨万荷枯[3]，战风千叶乱。
块然一室外[4]，凛凛星物换[5]。岂不怀壮往[6]，碧海槎久断[7]。
抱膝诵《惜誓》[8]，看云独长叹。

平居所隐忧[9]，乃今真见之。广庭一叶下，万方飒同悲。[10]
一叶岂足道，所畏霜露滋[11]。鹖鸡与蟋蟀[12]，嚣嚣尔何为？
伤序亮可羞，乘时还自危。[13] 谁信尧时鹤[14]，一鸣清泪垂。

八月十八潮，壮观天下无。[15] 积此千载愤，一发詟万夫。[16]
岂无钱王弩，欲射未忍殊。[17] 哀悲鸱夷魂[18]，睚眦存古愚[19]。
报楚志易得，存吴计恐粗。[20] 即此涤澒浊，为功良不诬。[21]
习坎幸知止，庶毋鱼鳖俱。[22]

梁启超
(1873—1929)

字卓如，号任公，别署饮冰室主人，广东新会（今江门）人。光绪十五年己丑（1889）举人。近代资产阶级改良主义者。他是康有为的弟子，主张变法维新，人称"康梁"。戊戌政变后逃亡日本。辛亥革命后，出任司法总长。1916年又策动蔡锷组织护国军反袁，后又出任财政总长。1917年张勋复辟，他又参加马厂起义讨张。晚年主讲清华大学研究院。于诗主张"诗界革命"，著《饮冰室诗话》以为宣传，对晚清诗坛，起革新改良作用。早期诗作受龚自珍影响，形式较自由。后与同光体著名诗人陈衍交游，诗风也逐渐接近同光体。康有为赞赏其五律组诗及五古排律各篇，认为无愧一代诗史。有《饮冰室全集》《饮冰室合集》。又有康有为批点评定《梁任公诗稿手迹》影印本行世。

◎ 题解

这组诗作于1911年秋。梁启超居海外已有十四年，慈禧太后、光绪帝已先后死去。时辛亥革命形势，咄咄逼人，但诗人犹醉心君主立宪，进退失据，因秋兴感，别有怀抱。诗体学韩愈《秋怀》而稍有变化。康有为评曰："含蓄而顿挫。"全题共六首，选录一至三首。

◎ 注释

[1] 穷秋：秋天将尽。
[2] 散掷：随意抛掷。指秋天不知不觉地流逝。
[3] "擎雨"句：苏轼《初冬作赠刘景文》："荷尽已无擎雨盖。"擎雨，指荷叶。
[4] 块然：孤独的样子。
[5] 凛凛：寒冷的样子。星物换：物换星移，指季节的更换。
[6] 壮往：雄心壮志的过去，指戊戌变法时。
[7] "碧海"句：谓流亡海外，因光绪死去，保皇立宪的希望久已破灭。槎已断，汉封张骞为博望侯，出使西域，乘槎探河源，前至一处，见有丈夫饮牛河渚，并有女子授以支机之石，传说是牛郎织女，已到了天河。见《博物志》所载。这里指希望已断。槎，竹木筏。
[8] "抱膝"句：只能抱膝诵《惜誓》。表达作者感叹岁月流逝、抑郁不得志的心情。《惜

昔》，汉贾谊作，首句为"惜余年老而日衰兮，岁忽忽而不反。"

[9] 隐忧：担心。指对清王朝命运的担心。

[10] "广庭"二句：谓一叶落而知秋季来临，到处都发出悲秋的声音。一叶，《淮南子·说山训》："见一叶落而知岁之将暮。"万方，四方。飕，萧瑟，亦指风声。

[11] 滋：滋生。

[12] "鹍鸡"句：宋玉《九辩》："雁廱廱而南游兮，鹍鸡啁哳而悲鸣。独申旦而不寐兮，哀蟋蟀之宵征。"鹍鸡，鸟名，似鹤，黄白色。

[13] "伤序"二句：序，原指四时的节序，这里借指时代。亮，信，诚。二句谓因时代的变化而伤感，确实是可耻的，顺应时代的潮流前进，觉得自己并不安全。

[14] 尧时鹤：刘敬叔《异苑》："晋太康二年冬，大寒。南州人见二白鹤语于桥下曰：今兹寒不减尧崩年也。于是飞去。"

[15] "八月"二句：作者自注："用苏句。武汉首难，正八月十八夕也。"原指浙江潮。周密《武林旧事·观潮》："浙江之潮，天下之伟观也。自既望以至十八日为最甚。"这里借喻辛亥革命武昌起义。

[16] "积此"二句：谓辛亥革命推翻二千年封建帝制，解除人民的愤恨，使封建统治阶级惊恐。讋，惊恐。万夫，指封建统治阶级。

[17] "岂无"二句：《宋史·河渠志》："浙江通大海，日受两潮……钱武肃王（镠）始筑捍海塘……潮水昼夜冲激，版筑不就，因命强弩数百以射潮头。又致祷胥山祠（伍子胥祠），既而潮避钱塘，东击西陵。"这里借钱王射潮故事，谓自己岂无阻遏反清浪潮之意，但不忍违反民心，与众立异。殊，不同，指持异议。

[18] 鸱夷魂：《国语·吴语》："王（夫差）愠曰：'孤不使大夫得有见也。'乃使取申胥（伍子胥）之尸，盛以鸱夷，而投之于江。"韦昭注："鸱夷，革囊。"传说伍子胥死后化为潮神。这里指为反清斗争而牺牲的人。

[19] 睚眦：发怒瞪眼。古愚：《论语·阳货》："古之愚也直。"

[20] "报楚"二句：谓伍子胥为报楚王杀父之仇，逃奔吴国，举兵入郢，鞭楚王尸泄恨，这样的报复之志容易满足。但是他后来忠于吴国、保存吴国的计谋怕是粗疏了。这里借喻革命党人反清的用心是对的，但是如何保存中华民族，考虑还不够周到。

[21] "即此"二句：谓这次革命，扫荡几千年封建制度，功劳是不可抹煞的。涤溊浊，洗涤污浊。诬，诬蔑。

[22] "习坎"二句：谓自己已历经险难，现在要知难而退，才不会遭到同鱼鳖一样的命运。习坎，《易·坎》："习坎，重险也。"王弼注："坎，险陷之名也；习，谓便习之。"《汉书·贾谊传》："乘流则逝，遇坎则止。"庶，差不多。毋，无，不会。

宴集桃李花下，兴言边患，夜分不寐

黄　节

春色满中原[1]，东风忽吹至。繁彼桃李花[2]，笑知酒阑意[3]。
古人秉烛游[4]，吾今独何志？草堂来故人[5]，为我道时事。
坐花且开筵[6]，芳菲拂剑鼻[7]。草木犹春荣，世运何大异！
东望春可怜，千里碧血渍。[8]山高风鹤哀，将军死无地。[9]
泱泱东海雄，一旦委地利。[10]岂无鸦儿军？不可收指臂。[11]
兵事三十年，嗟嗟阃外帅！[12]丈夫拊髀惊[13]，冲冠裂目眦[14]。
我少学兵法，亦明古武备。何必怯舟师[15]？何必畏利器[16]？
苟得死士心[17]，无敌有大义。天下岂无人，苍苍果谁寄[18]？
边风吹虫沙[19]，霾雾走魑魅[20]。壮士怀关东[21]，举酒问天醉[22]。
花落竟无言[23]，奈何夜不寐！

黄　节 (1873—1935)

初名晦闻，后改名节，字玉昆，号纯熙，别号甘竹滩洗石人，又署晦翁。广东顺德人。著有《蒹葭楼诗》等。他是同盟会会员，又是南社社员，是一个旧民主主义革命者。其诗忧国忧民，感情颇深。但其诗学宋陈师道，用笔隐晦曲折，不易领会。当时黄节与梁鼎芬、罗惇曧、曾习经并称"粤东四家"，而张尔田更以黄节与顾炎武、屈大均比为"三君"。

◎ 题解

作者自记:"节是岁著籍简岸草堂。初以此诗谒简岸先生……丁酉去草堂,独居僧寺读书,无暇为诗,遂旷十年无诗。今录存少作,以此数篇曾呈简岸先生,并经先生评定者,不敢遗置也。"简岸先生,为顺德简朝亮,晚清经学家、诗人。此诗作于中国在甲午战争失败后的第二年(1895),表现了诗人对腐败无能的清政府的强烈不满,同时抒发了愿赴国难的慷慨激情。

◎ 注释

[1] 中原:指黄河流域,这里指代整个中国。

[2] 繄(yī):发语词。

[3] 酒阑:酒筵将尽。

[4] 秉烛游:即秉烛夜游,言及时行乐。《古诗十九首》:"生年不满百,常怀千岁忧。昼短苦夜长,何不秉烛游?"

[5] "草堂"句:草堂:指简岸草堂。故人:老朋友。

[6] 坐花:坐于花下。

[7] 剑鼻:剑柄末端,系丝绦之处。

[8] "东望"二句:谓遥望碧血浸渍的甲午战争的战场。1894年,朝鲜东学党起事,国王李熙请援于清政府。日本以此为借口,亦进兵朝鲜,包围王宫,并另组傀儡政权,强迫朝鲜与中国断绝关系。继而又违背国际公约,袭沉清政府派遣的援朝运兵船。清政府被迫对日宣战。但是清军于陆上牙山、平壤等役失败,海上大东沟战役(即黄海大战)亦遭惨败。以后旅顺、大连失守,清廷经营十余年的"北洋海军"在威海卫覆灭,日军进占辽东半岛。碧血,《庄子·外物》:"苌弘死于蜀,藏其血,三年而化为碧。"碧,玉名。渍,浸。

[9] "山高"二句:风鹤:即"风声鹤唳"。《晋书·谢玄传》:谢玄与苻坚战于淝水,苻坚军大败,闻"风声鹤唳",以为都是晋师追至。将军:指清朝将领左宝贵与北洋舰队提督丁汝昌。左在保卫平壤战役中,临城督战,中炮身亡;丁在拒守威海卫的战役中,因诸将反抗他沉船牺牲免遭敌俘的命令,于刘公岛服毒自杀。死无地:死后无地葬身。

[10] "泱泱"二句:泱泱:弘大貌。《左传》襄公二十九年:"美哉!泱泱乎,大风也哉!表东海者,其太公乎?国未可量也。"委,抛弃。地利,良好的地理环境。

[11] "岂无"二句:鸦儿军:五代后唐李克用所率之沙陀兵骁勇善战,因多穿黑衣,时称鸦儿军,这里借指丁汝昌手下的将士。收指臂:喻指挥如意。贾谊《陈政事疏》:"身之

062

使臂,臂之使指。"不可收指臂,指北洋李鸿章部下的海陆军,着着失败不能收指挥如意之效。

[12]"兵事"二句:阃(kǔn)外帅:指带兵于外、握有重权的将帅。《史记·张释之冯唐列传》:"臣闻上古王者之遣将也,跪而推毂曰:'阃以内者,寡人制之;阃以外者,将军制之。'"阃,门槛。这二句写丁汝昌。丁初隶长江水师,参加对捻军作战,后被清政府派往英国购买军舰,归国后即管领水师,前后约三十年。

[13]"丈夫"句:丈夫:男子汉。拊髀(fǔ bǐ):抚摸大腿。《三国志·蜀志·先主传》裴松之注引《九州春秋》:"(刘)备住荆州数年,尝于(刘)表坐起如厕,见髀里肉生,慨然流涕。还坐,表怪问备。备曰:吾常身不离鞍,髀肉皆消;今不复骑,髀里肉生。日月若驰,老将至矣,而功业不建,是以悲耳。"按:诗用《先主传》故事。

[14]"冲冠"句:冲冠:指因无比愤怒而发竖穿冠。裂目眦(zì):指怒目圆睁,以至眼眶也裂开了。《梁书·邵陵王纶传》:"与世祖曰:'……溥天率土,忠臣愤慨,比屋罹祸,忠义奋发,无不抱甲负戈,冲冠裂眦,咸欲剚刃于侯景腹中。'"

[15]舟师:指海军。这里指日本海军。

[16]利器:锐利的兵器。

[17]"苟得"句:苟:如果。死士,敢死之士。《战国策》:"于是乃废文任武,厚养死士,缀甲厉兵,效胜于战场。"

[18]"苍苍"句:苍苍:深青色,此指苍天。《庄子·逍遥游》:"天之苍苍,其正色耶?"谁寄,寄托给谁。

[19]虫沙:指从军战死的士兵。《艺文类聚》引《抱朴子》:"周穆王南征,一军皆化,君子为猿为鹤,小人为虫为沙。"

[20]"霾(mái)雾"句:霾雾:风尘弥漫。魑魅(chī mèi):指传说中能害人的鬼怪,这里喻指日本侵略军。

[21]关东:指我国东北地区,位居山海关以东。其时由湖南巡抚吴大澂统率的湘军,尚在山海关外与日军作战,至光绪二十一年(1895)二月全面溃败。

[22]问天醉:敢问苍天为何沉醉不醒。庾信《哀江南赋》:"以鹑首而赐秦,天何为而此醉?"

[23]"花落"句:暗喻国势的衰败。

报宾虹寄画

黄 节

青山忽飞来,置我几席间。[1]如何所思人,梦寐空往还。[2]

苍波淡将夕,木叶秋渐阑,[3]孤松郁奇姿,远峰修秃鬟[4]。知非貌云林[5],意复高荆关[6]。万事托笔端,于世真闲闲。[7]迩来我为诗[8],视子尤辛艰[9]。朝叩少陵扉[10],夕抗昌黎颜[11]。念枯每微唒,意拙宁多删。[12]一艺恐无成[13],区区同所叹[14]。

◉ 题解

宾虹(1865—1955):黄质,字朴存,号宾虹,后以号行,祖籍安徽歙县,出生浙江金华。南社成员,近代名画家。亦工诗。平生勤于山水画创作,富于创新精神,用笔凝重洗炼,苍劲有力。辛亥革命时,曾奔走革命。新中国成立后任中国美术家协会华东分会副主席。这首诗宣统三年辛亥(1911)为酬谢宾虹赠画而作,描绘了所赠画幅的意境。着重赞扬了宾虹在继承前人的基础上,勤于创新、独造面目的革新精神,并由画及诗,表达了诗人的为诗宗旨。

◉ 注释

[1]"青山"二句:以青山飞来,比喻宾虹的山水画由远方邮寄而至。几席,书案和座席。

[2]"如何"二句:怎么我所思念的人,如做梦一般来了又去了。

[3]"苍波"二句:《楚辞·九歌·湘夫人》:"袅袅兮秋风,洞庭波兮木叶下。"此处化用,描绘宾虹画幅意境。苍波,青苍色的水波。阑,尽。

[4]"远峰"句:画幅中远处的峰影还在装点它光秃的发鬟。修,修饰。

[5]貌(mò):摹写。云林:元代画家倪瓒,号云林,江苏无锡人,工山水,多以水墨为之,为"元四家"之一。

[6]高荆关:高出于荆、关。荆关,荆浩、关仝的合称。荆浩,唐五代名画家,河内人,善画山水,谓"吴道子画山水,有笔而无墨;项容有墨而无笔。吾当采二子之所长,成一家之体。"有《山水诀》等传世。关仝,五代画家,长安人。年轻时从荆浩学画,青出于蓝。郭若虚《图画见闻志》称他"驰名当代,无敢分庭。"

[7]"万事"二句:你将万事都寄托在画笔之中,对处世真显得闲适自在了。闲闲,从容自得貌。

[8]迩来:近来。

[9]视子:跟你相比。尤辛艰:更是艰辛。

[10]"朝叩"句:比喻向杜甫诗学习。少陵,杜甫自称少陵野老。扉,门。

[11]"夕抗"句:要与韩愈的诗歌并驾。昌黎,韩愈,郡望昌黎,世称韩昌黎。抗颜,"抗颜行"的省文。《汉书·严助传》:"如使越人蒙死徼幸,以逆执事之颜行。"颜师古注:"文颖曰:颜行犹雁行,在前行,故曰颜也。"王先谦补注:"颜、雁,一声之转,文说是也。"此句与上句为互文。

[12]"念枯"二句:灵感枯竭,常常轻轻叹息;构思不灵巧,呆而不活,宁可多多删去。喟,叹。

[13]一艺:指诗艺。

[14]区区:自称的谦词。朱熹《答曹元可》:"区区于此,所以望于当世之友朋者,盖已切矣。"同所叹:跟你有相同的感慨。

湖上三首（选一）

夏敬观

西湖三面山,清景诗难摹[1]。谁能一笔画,写此湖山图。
出郭惊湖光[2],但恨才思输[3]。西子自持镜,方不爽厘铢[4]。
朝阳初在山,水面轻红肤[5]。清风一放船,五月吹菰蒲[6]。
越语花叶底[7],醉来答吴歈[8]。鸱夷莫载去[9],林鸟恣相呼[10]。

❖ **夏敬观**
（1875—1953）

字剑丞、盥人,号吷庵,江西人。光绪二十年甲午(1894)举人,官浙江提使使。辛亥革命后,曾任浙江教育厅厅长。晚岁寓居上海。早期诗学陶、杜、李贺,亦阑入宋人;后学梅尧臣,造句谋篇,戛戛独造。沈曾植《赠夏吷庵》诗,有"吷庵诗思清到骨"之誉。江西诗人,陈三立后,以敬观为首。其缺点是神韵不足。持论时亦失之偏颇,如贬黄遵宪诗为"机组欠缺",谓七律以八首为一组者都不足观;攻击王世贞、江湜诗等等，俱不免蚍蜉撼树，为同辈及后辈学者所不满。敩观亦能作词和绘画。有《忍古楼诗》十五卷。

◉ 题解

这组诗作于1914年，共三首，选一。西湖在浙江杭州之西。此诗根据苏轼咏西湖名篇《饮湖上初晴后雨》意，把西湖比作西子，来描绘旖旎的湖光山色。着墨不多，足为西子写真。全篇曲折层进，"湖光""朝阳""清风""越语""吴歈""鸟呼"，一一写来，意趣渊永。

◉ 注释

[1] 摹：临摹，照着描画。
[2] 郭：外城，这里指城。
[3] 但：只。输：输赢之输。意谓自己才思，较之西湖自然风景，不免逊色。
[4] 爽：差距。厘铢：微小的长度、重量单位。
[5] "水面"句：谓水面上轻轻有一层红光。
[6] 菰（gū）：俗称茭白。蒲：香蒲，根、茎可食，叶可制席、扇等。
[7] 越：浙江，春秋时为越国。
[8] 吴歈：吴地的歌曲。屈原《招魂》："吴歈蔡讴，奏《大吕》些。"
[9] 鸱夷：范蠡既佐越王勾践灭吴，知勾践为人不可以共安乐，因载西施浮湖出齐，变姓名，自谓"鸱夷子皮"，省称鸱夷子，因以"鸱夷"称范蠡。
[10] 恣：放纵，无拘束。

徐州道中

李宣龚

车行追日落，淮泗失回顾[1]。乱山隐尘埃，野水送飞渡。连村缺人力，舍柳无他树。[2]去年雪苦晚，一麦犹堪虑。[3]

道旁哺蔡饥[4]。船粟争濡呴[5]。胜衣已学乞[6]，姑息真汝误[7]。展转入徐州，严墉郁高怒[8]。秦越异肥瘠[9]，朱陈互嫁娶[10]。当关森虎豹[11]，行李挟恐怖。吟罢自推窗，暝色没雁鹜[12]。

李宣龚
（1876—1953）

字拔可，号观槿，一号墨巢，福建闽县（今福州）人。光绪二十年甲午（1894）举人。光绪三十三年（1907）权江苏桃源县令，治行称最。与张元济等创办商务印书馆。入民国，筑硕果亭于上海，时有文宴。有《硕果亭诗》二卷、《诗续》三卷刊行。李氏早年从郑孝胥、陈衍学诗，是同光体闽派后期的代表人物。陈衍《近代诗钞·石遗室诗话》谓其"与暾谷（林旭）为文字骨肉，为诗共嗜后山（陈师道）……凄惋得江山助"，识者以为知言。其师杨钟羲序其集，谓"闽人之诗……拔可出稍后，深粹坚栗，境界日辟，亦不以千里畏人者。"

◎ 题解

此诗描写了作者乘火车经徐州城一路上的所见所闻，给读者展示了一幅荒败凄惨的流民图，表现了诗人对人民疾苦的深切同情。"当关森虎豹"的比喻，在一定程度上揭露了反动统治阶级的凶残，表露了作者对现实政治不满的情绪。

◎ 注释

[1]"淮泗"句：淮：淮河，源出河南桐柏山，东经安徽、江苏，入洪泽湖。泗（sì）：水名，亦称泗河，发源于今山东泗水陪尾山，因其四源合为一水，故名。古时泗水流经今山东曲阜鱼台、江苏徐州，至洪泽湖畔。回顾：回头看。

[2]"乱山"四句：写作者的眼中之景。
[3]"去年"二句：苦于去年的雪下得太晚了，麦子是否有收获还叫人忧虑。
[4]蔡饥：蔡：周时国名，即今河南上蔡、新蔡等地。蔡饥：指上蔡、新蔡地方发生饥荒。
[5]濡呴(xù)：即"呴濡"。《庄子·天运》："泉涸，鱼相与处于陆，相呴以湿，相濡以沫，不如相忘于江湖。"意为吐沫以相济，后用以比喻人同处困境而互相帮助。
[6]"胜衣"句：胜衣：儿童稍长，体力足以承受得起成人的衣服。《史记·三王世家》："皇子赖天，能胜衣趋拜。"这里"胜衣"指代未成年人。学乞，学着乞讨。这句意思是男孩尚幼，已经在学着乞讨。
[7]姑息：无原则的宽容。
[8]严墉(yōng)：森严的城墙。
[9]"秦越"句：秦、越，分别为春秋时二国名，秦国在西，越国在东，相去辽远。韩愈《诤臣论》："视政之得失，若越人视秦人之肥瘠，忽焉不加喜戚于其心。"
[10]"朱陈"句：朱陈：是徐州古丰县村名。白居易《朱陈村》诗："徐州古丰县，有村曰朱陈……一村唯两姓，世世为婚姻……生者不远别，嫁娶先近邻。"
[11]当关：门吏。这里专指看守城门的门吏。
[12]"暝色"句：鸿雁在阴暗的暮色中看不见了。鹜(wù)，野鸭子。

岁暮杂诗（五首选一）

胡朝梁

黄犬汝何来？毋亦为饥驱[1]？瘦骨托馋吻[2]，首尾才尺余。
灶妪鞭逐之[3]，忍痛声呜呜。无已听其饿[4]，饿不出庖厨。
邻家小花犬，短鼻气象粗[5]。遣童抱送来，举室争迎呼。
喜新益薄故，有食不得俱[6]。黄犬当门卧，终日腹空虚。
花犬饱食去，曾不少恋余[7]。物情不可测[8]，爱憎空纷如[9]。

胡朝梁
（1879—1921）

字子方，一字梓方，号诗庐，江西人。早岁肄业于震旦、复旦二校，精英文，林纾译西方小说，多赖其助。曾官部曹。入民国，佐徐又铮幕府。晚年屏迹学佛。有《诗庐诗存》。胡朝梁曾随陈三立学诗，受同光体江西派影响，宗法黄庭坚，也得力于陈师道、梅尧臣。风格瘦硬隽深，字句声调多兀傲拗口，与陈三立又不尽相同。

◉ 题解

《岁暮杂诗》凡五首，这是最后一首。胡先骕与胡适为评价五十年来中国文学进行论争时，曾引及此诗。以为"家常琐事，写来历历如绘。此正诗庐诗之能事，亦正宋诗之能事。浅识者见之，又将引为'我手写我口'之同调矣。实则此种闲淡之辞，正由惨淡经营中得来，为其得于惨淡经营，而不见经营之迹，斯为文艺中之上乘耳"。这一首，用白描的手法，写了黄犬和花犬两条狗不同的际遇，以此影射人世间的不平。

◉ 注释

[1] 毋：莫非。

[2] 吻：嘴唇，此指狗嘴。此句和下句刻画饿狗的形象。

[3] 灶妪：烧饭的老妇。

[4] 无已：不得已。

[5] 气象粗：神情粗壮。

[6] 俱（jù）：同。

[7] 少：稍。

[8] 物情：万物之情理。测：测算，预知。

[9] 纷如：多而杂乱貌。

南湖晦夜寄怀散原先生（四首选一）

陈曾寿

湿萤乱开合[1]，山影霾半湖[2]。唵喁间格磔[3]，杂沓喧荷蒲。宵沉潜蛰作[4]，万窍争号呼。长飙忽飘卷，飒若幽灵趋。大千入星光[5]，贞明忽已无[6]。一息拟终古[7]，遥夜何时徂[8]？握云天一角[9]，下有青溪庐[10]。脱袜此偃息[11]，谛吟定何如？

陈曾寿（1878—1949）

字仁先。湖北人。光绪二十九年癸卯（1903）进士。官至都察院广东道监察御史。入民国，筑室杭州小南湖，以遗老自居。后曾参与张勋复辟、伪满组织等。有《苍虬阁诗集》十卷。陈曾寿是近代宋派诗的后起名家。他学宋人黄庭坚、陈师道，却不为宋人门户所限，尚有得力于韩愈、李商隐、韩偓处。陈三立序其集，称"比世有仁先，遂使余与太夷之诗，或皆不免为伧父"。工写景，能自造境界，有孤云野鹤、独来独往之概。他在杭州南湖的一些诗篇，足与俞明震湖上诸诗争胜。集中咏菊、咏松、咏落花诸诗，往往借以寄托其遗老心情，自掩其迹。

◎ 题解

陈曾寿这组诗是民国四年乙卯（1915）六月三十日在杭州小南湖别墅作。晦夜，农历三十夜。散原，即陈三立。所选此诗原列第一首。描绘夏夜景色，静中充满动态，阴暗中又具有一丝明亮，抒情与写景完美地结合成有机的整体。

◉ 注释

[1] "湿萤"句：湿萤：被露水打湿的萤火虫。李贺《还自会稽歌》："湿萤满梁殿。"开合：忽隐忽现。

[2] 霾：阴沉。

[3] "唅喁"句：唅喁（yóng）：鱼在水面张口呼吸。格磔（zhé）：鸟叫声。

[4] "宵沉"句：宵沉：夜深。潜蛰：伏藏之昆虫。

[5] 大千："大千世界"的省称。见黄遵宪《锡兰岛卧佛》注[8]。

[6] 贞明：正而明。《易·系辞》下："日月之道，贞明者也。"孔颖达正义："言日月照临之道，以贞正得一而为明也。"

[7] "一息"句：一息：取一息尚存之意。终古：《离骚》："余焉能忍而与此终古。"诗用楚骚语，表示要终身"忠"于清王朝。

[8] "遥夜"句：斥清王朝覆亡后的漫长年月为遥夜，意谓何时才能消逝，变长夜为天明。这全是遗老的语言。徂，往，逝去。

[9] "握云"句：《太平广记》："兴元之南有大竹路，通于巴州……其绝顶谓之孤云两角。彼中谚云：'孤云两角，去天一握。'……出《玉堂闲话》。"

[10] 青溪：在南京。《太平寰宇记》："溪泄玄武湖水，南入秦淮。"因陈三立此时在南京，故云。

[11] 偃息：安卧。

耶婆提病中，末公见示新作，伏枕奉答，兼呈旷处士

苏曼殊

君为塞上鸿[1]，我是华亭鹤[2]。遥念旷处士，对花弄春爵[3]。良讯东海来[4]，中有游仙作[5]。劝我加餐饭，规我近绰约。[6]炎蒸困羁旅[7]，南海何辽索[8]。上国亦已芜[9]，黄星向西落[10]。青骊逝千里[11]，瞻乌止谁屋[12]？江南春已晚，淑景付冥莫[13]。

建业在何许[14]?胡尘纷漠漠[15]。佳人不可期[16],皎月照罗幕[17]。九关日以远[18],肝胆竟谁托[19]?愿得趁无生[20],长作投荒客[21]。竦身上须弥[22],四顾无崖崿[23]。我马已玄黄[24],梵土仍寥廓[25]。恒河去不息[26],悲风振林薄[27]。袖中有短书,思寄青飞雀[28]。远行恋俦侣[29],此志常落拓[30]。

苏曼殊 (1884—1918)

名戬,字子毂,后更名元瑛,广东香山(今珠海)人。十九岁就学日本早稻田大学高等预科,并参加留日学生组织青年会。归国后曾在惠州削发为僧,法名博经,世称曼殊上人。以后奔走四方,迭任教职,并鼓吹革命。曾至南洋等地,又加入南社。民国后,反对袁世凯称帝,愤于时事,佯狂玩世,积病而卒,有《燕子龛诗》。苏曼殊虽是佛门弟子,却深于情。因此,其诗作哀艳感人,富有浪漫气息。他学晚唐,学龚自珍,诗风高逸有余,但雄厚不足,颓靡妖冶处则入诗歌末流。现存诗主要是七言绝句。

◎ 题解

此诗发表于1910年12月《南社》第三集。1909年秋,曼殊自上海至爪哇,任巴达维亚噋哪中华会馆的英文教员。次年6月23日,他在爪哇写信给柳亚子、高天梅,附去此诗,并随后发表在12月的《南社》上。据诗中所言"江南春已晚",知此诗写于1910年春夏之交。耶婆提:古国名,见法显《佛国记》,即爪哇,屡见于曼殊各种文章的解释。末公:为章太炎别号,太炎名绛,又名炳麟,号枚叔,学佛后别署末底居士,人称末公,浙江余杭人。旷处士:为章太炎门生黄侃的别号,侃字季刚,号运甓,别署病禅,湖北蕲春人。曼殊与章太炎交往甚密,曾随之学诗。所谓"末公见示新作",就是苏曼殊《燕子龛随笔》所云《秋夜》一章,也就是汤志钧《章太炎年谱长编》所云《秋夜与黄侃联句》《游仙与黄侃联句》等。苏曼殊这首诗是咏怀之作,充分抒写了对祖国的眷恋和对友人的怀念,而对当时革命形势的估计,却不免信心不足。

◎ 注释

[1]"君为"句:君:指章太炎。塞鸿:边塞之鸿雁。雁是候鸟,南去北来,故古时常以塞鸿比远离家乡的人。鲍照《代陈思王京洛篇》:"春吹回白日,霜歌落塞鸿。"因此时章太炎奔走日本,故云。

[2]华亭鹤:《世说新语·尤悔》:"陆平原(机)河桥败,为卢志所谗,被诛。临刑叹曰:欲闻华亭(在今上海松江)鹤唳,可复得乎!"后常以华亭鹤唳作遇害者死前感慨生平之词。此是苏曼殊自比,当时他贫病交加,情绪低落。在给柳亚子、高天梅的信中言:"我飘零绝岛,嗟夫!病骨还剩几朝?"

[3]"对花"句:鲍照《拟行路难》:"春燕参差风散梅,开帏对景弄春爵。"春爵:春天饮酒。爵,酒杯。

[4]"良讯"句:此谓章太炎自日本寄书。

[5]游仙作:章太炎《游仙与黄侃联句》,见《太炎文录》。

[6]"劝我"二句:加餐饭,《古诗十九首》:"弃捐勿复道,努力加餐饭。"规:规劝。绰约:指柔美的女子。此二句是章太炎信中的内容。

[7]"炎蒸"句:炎蒸:形容炎热的天气。羁旅:寄居作客。苏曼殊1910年6月23日自爪哇与高天梅、柳亚子信:"羁旅六月……南洲暑湿。"

[8]"南海"句:南海:指南洋。辽索:广阔荒漠。

[9]上国:指中国。

[10]"黄星"句:黄星:指金星。金星黄昏出现于西天,称"太白",黎明出现于东天,称"启明"。此以黄星西落比喻中国尚在黑暗之中。

[11]青骊:黑色的马。

[12]"瞻乌"句:《诗·小雅·正月》:"瞻乌爰止,于谁之屋?"毛传:"富人之屋,乌所集也。"孔颖达正义:"视乌于所止,当止于谁之屋乎?以兴视我民人所归,亦当归于谁之君乎?"此言流离失所之人归于何处,作者自指。

[13]"淑景"句:美丽景色。苏曼殊1910年2月28日自日本答平智楚的信说:"武林春晴

淑景。"冥莫，暗淡。

[14] 建业：南京的旧称，因是六朝古都，故以此比中国。

[15] 胡尘：外族入侵。漠漠：形容昏暗。自"上国"至此，言祖国灾害景象。

[16] 期：等待。

[17] "皎月"句：《古诗十九首》："明月何皎皎，照我罗床帏。"指不能入睡。

[18] "九关"句：九关：九重天门，此指中国。日以远：《古诗十九首》："相去日已远，衣带日已缓。"

[19] "肝胆"句：自"佳人"句至此，乃答章太炎"规我近绰约"。

[20] 无生：《瑜伽师地论》："于后有，无复更生，说名无生。"

[21] 投荒：古称流放至荒远之地为投荒，此借作飘泊解。

[22] "觫身"句：觫身：耸身。须弥：传说印度山名。汉译佛典中一作苏迷庐山，一作妙高山，有四层级，诸天所住。

[23] 崖崿（è）：山崖。

[24] "我马"句：《诗·周南·卷耳》："陟彼高冈，我马玄黄。"玄黄，病貌。

[25] "梵土"句：梵土：清净之土，此指印度，即佛教的发祥地。以上四句言苏曼殊欲去印度，但因病及路费不足未成行，见苏曼殊1907年《与刘三》二书及1910年6月23日答高天梅、柳亚子信。

[26] 恒河：流经印度的大河。去不息：不停地流去。

[27] 林薄：草木杂生之处。

[28] 青飞雀：青鸟。《山海经·大荒西经》："西王母之山……有三青鸟。"郭璞注："皆西王母所使也。"后多以青鸟借指信使。

[29] 俦侣：伴侣。

[30] 落拓：穷困失意。

南河沿

林学衡

夜半人语喧，汽车杂奔马。夺门尔何为[1]，震惊遍朝野。孺子故昏愦[2]，神器宜可假[3]。由来窃人国，往往利孤寡[4]。

朱温与董卓,拥立本苟且。[5]岂真忠故君?谬欲支大厦[6]。所嗟南河沿,一夕覆千瓦。[7]

林学衡 (1897—1941)

字浚南,一字忏慧,又字庚白,别署众难。福建闽侯(今福州)人。早岁就学京师大学堂,后参加南社。入民国,为众议院议员、秘书长。后赴广州,鼓吹北伐。其后居上海,悉心治学。太平洋战争爆发后,在香港被日寇杀害。有《丽白楼自选诗》。林学衡虽是南社成员,但并不肯定南社中柳亚子等人的诗学成就。他是福建人,在京师大学堂读书时又是陈衍的学生,故为诗深受同光体闽派的影响。以后能稍稍摆脱同光体,甚至作反戈一击的批判。观其晚年的作品,确有不少新意境。但是他自称古今诗人"余第一,杜甫第二"的说法,亦是自夸太甚。

◎ 题解

这首诗咏张勋复辟事,选自林学衡《舟车集》,是其早岁的作品。张勋为清遗臣,民国六年(1917)率军入京,七月一日,拥溥仪复辟。段祺瑞自马厂誓师进京讨张,战于南河沿一带,十二日而张败。据柳亚子《林庚白家传》载,入民国,林庚白被推为众议员,居北京。当"张勋复辟,北平方巷战,炮弹落所居里巷间,几殆"。林学衡这首诗,是比较有名的作品。南河沿为北京地名。

◎ 注释

[1] 夺门:土木堡之役,明英宗被掳,兵部尚书于谦拥立景帝,遥尊英宗为太上皇。次年英宗被释回京,景泰八年(1457),得宦官曹吉祥、将领石亨、官僚徐有贞等人的支持,

乘景帝病危，发动政变，夺宫门，复位。景帝被废黜，于谦被杀。史称"夺门之变"。此诗中指张勋拥戴溥仪复帝位。

[2] 孺子：指宣统皇帝。

[3] 神器：帝王符玺。张俊《为吴令谢询求为诸孙置守冢人表》："破董卓于阳人，济神器于甄井。"李善注："韦昭曰：神器，天子玺符也。"

[4] 利孤寡：利用孤寡的君后以行其窃国之谋。《晋书·石勒载记》："大丈夫行事当磊磊落落，如日月皎然，终不能如曹孟德、司马仲达父子，欺他孤儿寡妇，狐媚以取天下也。"

[5] "朱温"二句：朱温：即后梁太祖。初从黄巢，后降唐，累官至四镇节度使，封梁王。天祐末篡位，弑唐昭宗及哀帝，国号梁。董卓：东汉灵帝时拜前将军。帝崩，将兵入朝。废少帝，立献帝，弑何太后。此二句是以朱温和董卓比张勋。苟且：轻率。

[6] 支大厦：《文中子·事君》："大厦将颠，非一木所支也。"支，支撑。

[7] "所嗟"二句：写战后狼藉的景象。

七言古诗

三元里

张维屏

三元里前声若雷,千众万众同时来。
因义生愤愤生勇,乡民合力强徒摧[1]。
家室田庐须保卫,不待鼓声群作气[2]。
妇女齐心亦健儿,犁锄在手皆兵器。
乡分远近旗斑斓,什队百队沿溪山[3]。
众夷相视忽变色[4],黑旗死仗难生还。
夷兵所恃惟枪炮,人心合处天心到。
晴空骤雨忽倾盆,凶夷无所施其暴。
岂特火器无所施,夷足不惯行滑泥。
下者田塍苦踯躅[5],高者冈阜愁颠挤[6]。
中有夷酋貌尤丑[7],象皮作甲裹身厚。
一戈已椿长狄喉,十日犹悬郅支首。[8]
纷然欲遁无双翅,歼厥渠魁真易事[9]。
不解何由巨网开,枯鱼竟得攸然逝[10]!
魏绛和戎且解忧[11],风人慷慨赋同仇[12]。
如何全盛金瓯日[13],却类金缯岁币谋[14]!

张维屏 (1780—1859) 字子树,一字南山,广东人。道光二年(1822)进士,历官吉安府通判等。与黄培芳、谭敬昭合称"粤东三子"。有《听松庐诗钞》十六卷。《松心诗录》十卷。所为诗未脱乾、嘉诗风窠白,内容多封建士大夫的闲情逸趣。风格清新婉丽,体物浏亮,但少雄直壮健的骨力。他在鸦片战争时期写的一些反映时事的作品,慷慨激昂,世称佳作。

◉ 题解

道光二十一年(1841)四月,英国侵略军尽占广州城郊各炮台,并进攻广州。主持广州战事的靖逆将军奕山派广州知府余保纯出城议和,与英人订立了屈辱的城下之盟——《广州和约》,向英军缴"赎城费"六百万元。九日,英军到广州城北四华里的三元里抢掠,被当地群众打死数人。农民韦绍光号召群众,誓师于三元里古庙,以三星旗为总令旗。次日,诱英军于牛栏岗痛击,杀敌甚多。英军逃回四方炮台。十一日,三元里附近一百零三乡的群众包围四方炮台,陷敌军于绝境。英军司令卧乌古、全权代表义律向余保纯乞援,余保纯以欺骗手段强迫群众解围。次日,英军逃跑,四方炮台收复。此诗所写,正是这场轰轰烈烈、激动人心的战斗。屈向邦认为,此诗是"历代诗史中最光荣、最热烈、最悲壮之作"。

◉ 注释

[1] 强徒:暴徒,强盗,此指英军。摧:被挫败。

[2] "不待"句:不等鼓响,大家便奋勇杀敌。古代作战,以鼓声为进攻信号,用以鼓舞将士勇气。《左传·庄公十年》:"夫战,勇气也,一鼓作气。"

[3] 什:十。

[4] "众夷"二句:自注:"夷打死仗则用黑旗,适有执神庙七星旗者,夷惊曰:'打死仗者至矣!'"夷,此指英人。

[5] 田塍(chéng):田埂。踯躅(zhí zhú):难行貌。

[6] 冈阜(fù):高冈,土山。颠挤:从高处跌落。

[7] 夷酋:英军头目,此指英军军官伯麦、毕霞等。

[8] "一戈"二句:言毕霞被刺死、枭首。刺死毕霞者为农民颜浩长。椿(chōng),撞,捣。长狄,《左传·文公十一年》:"败狄于咸,获长狄侨如,富父终甥椿其喉以戈,杀之。"

狄为古代北方少数民族的一个部族，此借指英军军官。郅支（zhì zhī），匈奴首领郅支单于。汉元帝建昭三年（前36），汉将陈汤率军破康居国，郅支单于受伤而死，陈汤部属杜勋割其首。陈汤等上疏认为，郅支单于罪大恶极，其首"宜县（同'悬'）十日乃埋之"。事见《汉书·陈汤传》。此指毕霞。

[9] 厥：其。渠魁：大头目。

[10] 枯鱼：失水的鱼。此指绝境中的英军。

[11] "魏绛"句：魏绛为春秋时晋国大夫。晋悼公时，山戎无终子向晋国求和，魏绛力主和戎，言有五利。悼公乃派他与诸戎订盟。此仅取其与异族讲和订盟之意，指清大臣奕山等一味求和。

[12] 风人：诗人。《后汉书·桓荣传》："风人所以兴歌。"注："风人，犹诗人也。"同仇：《诗经·秦风·无衣》："王于兴师，修我戈矛，与子同仇。"指同仇敌忾，奋勇杀敌。

[13] 金瓯（ōu）：《南史·朱异传》："我国家犹若金瓯，无一伤缺。"瓯，盆。

[14] 金缯（zēng）岁币：北宋时，朝廷每年都要向一再入侵的辽、夏、金统治者奉献大量的金银和丝织品，以此求得苟安。缯，丝织物。此句指《广州和约》中交"赎城费"六百万元而言。

伪鼎行

龚自珍

皇帝七载[1]，青龙丽于丁[2]，
招摇西指[3]，爰有伪鼎爆裂而砰磤[4]。
孺子啜泣相告[5]，隶妾骇惊[6]，
龚子走视[7]，碎如琉璃一何脆且轻[8]！
佹离疥癞百丑千怪如野干形[9]，厥怒虎虎不鸣如有声[10]。
然而无有头目，卓午不受日，当夜不受月与星[11]；
徒取云雷傅汝败漆朽壤[12]，将以盗膻腥[13]。
内有饕餮之馋腹[14]，外假浑沌自晦逃天刑[15]。
四凶居其二[16]，帝世何称[17]？

主人之仁不汝埋榛荆[18],俾登华堂函牛羊[19],
垂四十载[20],左揖棼钟右与虇镬并[21]。
主人不厌敦汝[22],汝宜自憎[23]!福极而碎[24],
碎如琉璃脆且轻!东家有饮器,昨堕地碎声嘤嘤[25];
西家有屠狗盘[26],今日亦堕地不可以盛[27],
千年决无土花蚀[28],万年吊古之泪无由生[29]。
吁!宝鼎而碎则可惜,斯鼎而碎兮于何取荣名[30]?
请诹龚子《伪鼎行》[31]!

龚自珍 (1792—1841)

字瑟人,更名易简,字伯定,又更名巩祚,号定盦,又号羽琌山民,浙江仁和(今杭州)人。道光九年己丑(1829)进士,官礼部主事。与魏源齐名,世称"龚魏"。通经学、小学和史地学。经学为公羊学派,讲求经世致用。在政治上要求改革。又通佛学,崇尚天台宗。其诗多表现对当时黑暗现实的不满和对美好理想的追求,气势磅礴,诡异瑰丽,富有浓厚的浪漫色彩,乃远师屈原、李白,近承浙江胡天游、王昙一派,而别创面目者。对晚清"诗界革命"诸家和南社诗人,都有较大的影响。后人辑有《龚自珍全集》。

◎ 题解

鼎,古代祭祀或宴会时用以盛三牲的器具,一般以青铜铸成,三足两耳。古代以鼎象征国家权力,也指朝廷的重臣权相。此诗描绘了伪鼎歪歪斜斜、周身疥癫、百丑千怪的丑恶形象,对它窃居华堂享尽富贵尊荣予以严厉的斥责，为它的爆裂而热烈欢呼。诗人实质上以伪鼎暗喻当时清廷的大官僚、大贵族，揭露他们虚伪、贪婪、昏庸、腐朽的丑恶本质，希望他们像伪鼎一样爆裂，退出历史舞台。此诗作于道光七年（1827），是年，协办大学士英和被革职，此诗的写作动机或与此有关。诗风奇怪古奥，痛快淋漓，幽默诙谐。行，诗歌的一种体裁。

◎ 注释

[1]"皇帝"句：指道光七年。

[2]青龙：岁星，即木星。它十二年一周天，古代以它在天空中转运所指向的方位来计年。丽于：附于，位于。丁：此指丁亥，道光七年为丁亥年。

[3]招摇：星名，在北斗星勺柄末端，为北斗第七星。《鹖冠子》："斗柄西指，天下皆秋。"

[4]爱：乃。砰訇（pēng hōng）：象声词，此形容爆裂声之大。

[5]孺子：小孩。啜（chuò）泣：哭泣。

[6]隶：仆人。妾：侍妾。

[7]龚子：作者自称。

[8]一何：何等。

[9]佹（kuā）离：不正、歪斜。《周礼·夏官·形方氏》作"华离"。野干：体瘦无眼的丑兽名。《僧祇律》："时日向暮，有群野干来趣井，饮地残水。"

[10]厥：其。虎虎：发怒凶狠貌。

[11]"卓午"二句：谓其不能吸取日月精华成为宝物。卓午，正午。

[12]徒：只。云雷：云雷图案。傅：敷，涂。败漆朽壤：质量低劣的漆和烂泥。

[13]膻（shān）腥：牛羊肉之类的食品，指鼎中所盛。

[14]饕餮（tāo tiè）：贪食的野兽名，尧时"四凶"之一。《吕氏春秋·先识》："周鼎著饕餮，有首无身，食人未咽，害及其身。"

[15]浑沌：亦为尧时四凶之一，此状其糊涂。自晦：掩藏自己的真面目。天刑：《国语》："上非天刑，下非地德。"韦昭注："刑，法也。"柳宗元《游石角过小岭至长乌村》："终欲逃天刑。"此句讽刺那些像伪鼎一样的官僚，想逃避天的惩罚。

[16]四凶：相传尧时四凶为浑沌、穷奇、梼杌（táo wù）、饕餮。

[17]帝世：此指尧时。何称：怎样称呼它。此句言在尧那样圣明的君主统治的时代，像这样的凶物，必将受到惩罚。

[18]主人：暗指皇帝。不汝埋：即"不埋汝"。榛荆：芜杂的草木丛。

[19] 俾：使。函：盛。

[20] 垂：近。载：年。

[21] 揖：让。琹（chēn）钟：饰有花纹的钟。麕镬（yú huò）：雕着麕的锅。麕，似鹿而较大的兽名。这句是说伪鼎与琹钟、麕镬这些国家的宝器并放在一起。

[22] 厌敦（yì）：厌弃。

[23] "汝宜"句：你应该憎厌自己。

[24] "福极"句：谓伪鼎享福已到极度，必导致爆裂之祸，亦即恶贯满盈之意。

[25] "饮器"二句：饮器：尿壶。嘤嘤：象声词。

[26] 屠狗盎（àng）：杀狗盆。盎：盆子。

[27] 盛（chéng）：用器物装东西。这几句把伪鼎与尿壶、屠狗盆相提并论，幽默诙谐。

[28] 土花蚀：久埋于地下的器物，被泥土剥蚀后的斑痕。

[29] 吊古：凭吊古代遗迹或遗物。这两句是说，这种伪鼎，经千年也决不会像宝鼎那样土花斑斓，使人产生吊古之情。

[30] "斯鼎"句：这伪鼎碎身，哪有美名可得。

[31] 诹（zōu）：询问。

天台石梁雨后观瀑歌

魏　源

雁湫之瀑烟苍苍[1]，中条之瀑雷硠硠[2]，
匡庐之瀑浩浩如河江[3]，惟有天台之瀑不奇在瀑奇石梁。
如人侧卧一肱张[4]，力能撑开八万四千丈，
放出青霄九道银河霜。
我来正值连朝雨，两崖逼束风愈怒。
松涛一涌千万重，奔泉冲夺游人路。
重冈四合如重城[5]，震电万车争殷辚[6]。
山头草木思他徙[7]，但有虎啸苍龙吟。

须臾雨尽月华湿[8],月瀑更较雨瀑谧[9]。
千山万山惟一音,耳畔众响皆休息。
静中疑是曲江涛[10],此则云垂彼海立[11]。
我曾观潮更观瀑,浩气胸中两仪塞[12]。
不以目视以耳听[13],斋心三日钧天瑟[14]。
造物贶我良不悭[15],所至江山纵奇特。
山僧掉头笑休道,雨瀑月瀑那如冰瀑妙:
破玉裂琼凝不流[16],黑光中线空明窈[17]。
层冰积压忽一摧,天崩地坼空晴昊[18],
前冰已裂后冰乘,一日玉山百颓倒[19]。
是时樵牧无声游屐绝[20],老僧扶杖穷幽讨。
山中胜不传山外[21],武陵难向渔郎道!
语罢月落山茫茫,但觉石梁之下烟苍苍,
雨硠硠,挟以风雨浩浩如河江!

魏　源
（1794—1857）

字默深,湖南人。道光二十四年甲辰（1844）进士,官至高邮知州。魏源和龚自珍同属主张"通经致用"的今文学派,世称"龚魏"。其诗多感喟国事和刻画山水之作。风格坚苍遒劲,雄浩奔轶。陈衍《石遗室诗话》把他列于道光以后"清苍幽峭"一派之中,以为足以羽翼陈沆,"而才气所溢,时出入于他派"。有《古微堂诗集》十卷。

◎ 题解

此诗气势磅礴,浑浩流转,跌宕起伏。雨瀑之壮观,月瀑之静谧,冰瀑之奇丽,大自然不同风格的美,引人入胜,使人叹为观止。天台,即天台山,在浙江天台北。陶弘景《真诰》:"山有八重,四面如一,当斗牛之分,上应台宿,故曰天台。"石梁,天台胜迹之一。

◎ 注释

[1] 雁湫(jiū):浙江雁荡山马鞍岭西有大龙湫,为我国著名的大瀑布,与灵峰、灵岩,合称雁荡风景三绝。
[2] 中条:中条山,在山西南部。《读史方舆纪要·山西》:"中条山……其瀑布水自天柱峰悬流百尺而下"。硠硠(láng):水冲击石所发出的声音。
[3] 匡庐:庐山,在江西北部,九江附近。
[4] 肱(gōng):手臂。
[5] 重城:多重城墙。
[6] 震电:闪电打雷。殷辚:此指瀑声似雷声隆隆,似车轮滚滚。
[7] 他徙(xǐ):迁到别处。
[8] 须臾:片刻。月华:月光。
[9] 谧(mì):幽静。
[10] 曲江:古时广陵(今扬州)有曲江,为观潮胜地。见枚乘《七发》。
[11] "此则"句:语本杜甫《朝献太清宫赋》:"九天之云下垂,四海之水皆立。"
[12] 两仪:天地。语出《易·系辞》。
[13] "不以"句:《庄子·养生主》:"方今之时,臣以神遇而不以目视。"
[14] 斋心:屏除杂念,使心中空寂无欲。《庄子·人间世》:"若一志,无听之以耳而听之以心;无听之以心而听之以气。听止于耳,心止于符,气也者,虚而待物者也。唯道集虚。虚者,心斋也。"钧天瑟:天上仙界的美妙音乐。《史记·扁鹊列传》:"(赵)简子寤,语诸大夫曰:'我之帝所甚乐,与百神游于钧天,广乐九奏万舞,不类三代之乐,其声动心。'"
[15] 造物:创造万物者,此指天。贶(kuàng):赐与。良:实在,确实。悭(qiān):吝啬。
[16] 琼(qióng):美玉。凝不流:语本李贺《李凭箜篌引》:"空白凝云颓不流。"
[17] 黑光中线:指冰瀑的缝隙。明窈(yǎo):此指明亮而美丽的冰瀑。
[18] 坼(chè):裂开。晴昊(hào):晴朗的天空。
[19] 玉山倒:《世说新语·容止》:"李安国颓唐如玉山之将崩。"此指冰山。
[20] 樵:樵夫。牧:牧人。游屐:古人游山穿的一种木屐。参见下姚燮《自华桃横冒云下紫树陵》注[12]。

[21]"山中"二句：老僧之语。老僧以此山胜景处比作武陵桃花源，他自己为桃花源中人，而把作者比作偶入桃花源的渔郎。

题陈忠愍公遗像练栗人属作

何绍基

我到金陵春二月[1]，耳悉将军忠壮节。
枕菅饭粝不自贵[2]，万卒一心心热血。
夷来乍浦遭焚残[3]，连樯旬日规宝山[4]。
忽传五月八日事，江水不鸣白日寒。
手然巨炮从空落[5]，四舸摧烧如败箨[6]。
天日下照海水飞，鱼羊谁信夷氛恶[7]！
连艇竞进洪涛起[8]，战鼓声瘖脆如纸[9]。
功败垂成百铅子，大星昼落将军死。
将军虽死国恩厚，建祠予谥重恤后。
建祠祠于死事区，予谥愍其忠不负。
计从夷锋侵海邦，大将后先多授首[10]。
孰如忠愍陈将军，毅魄英声长不朽！
后世知有陈将军，谁其传之练栗人。
芦中得尸椟敛亲[11]，手拭面血为写真[12]。
昨来报政觐九阍[13]，将军死状亲垂询[14]。
俯伏奏达不竣巡[15]，天颜泪堕悲贞臣[16]。
遗貌觥觥面铁色[17]，惨淡风霆绕烟墨[18]。
忠魂到处若留影，阴气满天来杀贼。

息肩暂见时事解[19]，蹙额何时祸源塞[20]？
乌乎图画亦何为？重惜将军因爱国。

何绍基
（1799—1873）

字子贞，号东洲，晚号蝯叟，湖南道州（今湖南）人。道光十六年丙申（1836）进士，历官翰林院编修，国史馆和武英殿协修、纂修、总纂，四川学政，后主讲山东、湖南等地书院。有《东洲草堂诗钞》三十卷。绍基是晚清著名的书法家，也是著名的诗人。朱琦《东洲草堂诗集序》云："子贞尝为余言：吾之为诗以达吾意而已，吾有所欲言，而吾纵笔追之而即得焉，天下之至快也。"他和郑珍同出程恩泽之门，同为晚清宋诗派的代表作家。陈衍云："湖外诗墨守《骚》《选》、盛唐，勿过雷池一步；蝯叟及程春海（恩泽）侍郎之门，出入苏、黄，才思皆有余。"金天羽云："晚清诗人，学苏最工者，推何蝯叟、范伯子（当世）。"绍基主要得力于苏轼，郑珍则主要得力于杜甫、韩愈、孟郊、黄庭坚，二家风格不同。此诗作于1843年。

◎ 题解

陈化成，号莲峰，福建人。官至江南提督。道光二十二年（1842）五月，英国侵略军攻吴淞，化成率兵抵抗，力战而死。清廷赐谥"忠愍"，下诏在他死的地方立专祠祀之，以其子为一等轻车都尉，世袭。化成死后，嘉定令练廷璜募其尸，得于芦苇中，死已十日，而面色如生。廷璜请画工绘二像，一像留吴淞祠中，一像由廷璜收藏。廷璜，字宜献,号立人,一作栗人,广东连平人。属,同"嘱"。此诗"遗貌觥觥"几句,绘声绘影,毛发俱动。

◎ 注释

[1] 金陵:今江苏南京。

[2] 菅(jiān):草名。粝(lì):粗米饭。此言陈化成能与士卒同甘苦,深受士卒爱戴。

[3] 乍浦:在浙江平湖东南三十里,为海口重镇。道光二十二年(1842)四月,英国侵略军陷乍浦。

[4] 樯(qiáng):桅杆。规:计画。宝山:县名,今属上海。

[5] 然:同"燃"。

[6] 舸(gě):船。败箨(tuò):脱落的笋壳。

[7] 鱼羊:《宋书·五行志》:"苻坚中歌云:'鱼羊田斗当灭秦。'鱼羊,鲜也;田斗,卑也。坚自号秦。言灭之者鲜卑也。"按:此以鱼羊指英国侵略者。诗句"鱼羊"二字倒装在"谁信"前。

[8] 连艘(zōng):船队。

[9] 瘖:哑。

[10] 授首:杀头,伏诛。指英军进犯镇海、宁波时,败逃之清提督余步云,逮捕伏法。其他败军失地的诸文武官员,下刑部治罪,惩处各有差,未处死罪。

[11] 榇(chèn):棺材。

[12] 写真:画像。

[13] 觐(jìn):朝见。九阍(yīn):古制天子所居有九门,指皇宫。阍:城曲重门。

[14] 垂询:上对下的询问。

[15] 踆(qūn)巡:同"逡巡",迟疑徘徊,欲行又止。此指迟缓。

[16] 天颜:皇帝的脸色。

[17] 觥觥(gōng):刚直貌。

[18] 风霆:狂风雷霆。

[19] 息肩:卸去肩上的负担。

[20] 蹙(cù)额:眉头紧皱,忧愁貌。

老兵叹

朱 琦

金门已逼厦门失[1],老兵叹息为我说。
借问老兵汝何来,道路飞书连两月,
公家程期不得缓,两脚瘇瘃皮肉裂[2]。
老兵患苦何足陈,我家主帅孤大恩[3]。
厦门屯戍兵有万[4],况又锁钥连金门[5]。
当时烽堠眼亲见[6],主帅逃归竟不战。
独有把总人姓林[7],广额大颡又多髯[8],
自称漳州好男子,当关一呼百鬼瘖[9]。
可惜众寡太不敌,一矢洞胸肠穿出,
转战转厉刀尽折,寸磔至死骂不绝[10]。
嗟哉漳州好男子[11],尔名曰志告国史[12]。
安得防边将帅尽如此,与尔同生复同死!

朱 琦
(1803—1861)

字伯韩,一字濂甫,广西临桂(今桂林)人。道光十五年乙未(1835)进士,选庶吉士,授编修,改御史。屡上书言国事,与苏廷魁、陈庆镛号"谏垣三直",又合金应麟号"四虎"。鸦片战争期间,朱琦写了许多叙事诗,对广东、福建、台湾、浙东的战事,都有反映。描写真实具体,旨在以诗存史。有"史诗"之称。著有《怡志堂诗初编》八卷。朱琦言其作诗"早年取径香山,及与伯言梅郎中(曾亮)游,始改师杜、韩及北宋诸家"。梅曾亮评其诗云："学韩而自开异境，其下笔老重，乃天禀所独得。"乐府及五七古视近体尤胜，其中长篇雄深峻迈，如百金骏马，蓦波注涧，绝不磋跌。此古人成体之诗，今人岂复有此？林昌彝《射鹰楼诗话》云："侍御留心经济，尤深于诗，乐府及五七言古诗，气韵沉雄，风骨俊逸，有如千岩竞秀，万壑争流。源出浣花（杜甫），旁及昌黎（韩愈），而能独成一子。道劲似刘诚意（刘基），而魄力胜之；忠爱似郑少谷（郑善夫），而真挚过之。"又引张际亮言："伯韩，今之少陵也。"

◉ 题解

道光二十一年（1841）七月，英国侵略军头目璞鼎查率英舰突袭厦门，鼓浪屿守将金门镇总兵江继芸率部英勇抗击，击沉英舰数艘。江继芸及部将数人战死，鼓浪屿失陷，厦门遂陷。闽浙总督颜伯焘退守同安。此诗通过一老兵之口，叙述的是役中把总林志在战局失利的情况下，身先士卒、奋勇杀敌，最后被俘惨遭毒手、壮烈牺牲的英雄事迹，可歌可泣。

◉ 注释

[1] 金门：福建岛名，东望台湾，西对厦门。厦门：即今福建厦门。
[2] 皲瘃（jūn zhú）：此指远路急赶，脚底皲裂。皲，皮肤冻裂。瘃，冻疮。
[3] 主帅：此指颜伯焘。辜：辜负。
[4] 屯戍（shù）：驻扎，守卫。
[5] "况又"句：厦门和金门隔海仅三十里，如锁钥相连。
[6] 烽堠：古代边防用烽火报警的土堡哨所，也叫烽火台。此指战火。
[7] 把总：明清军中的低级武官。

[8]广：宽阔。颡（sǎng）：面颊。
[9]百鬼：众英军。旧时称外国侵略者为"洋鬼"。瘖：暗哑。此指众英军被林志英勇无畏的行为所惊呆。
[10]寸脔（luán）：一寸寸碎割。
[11]漳州：清福建有漳州府。
[12]国史：国史馆。

兵巡街

姚 燮

猾竖携鞭作前导[1]，群厮肩钱逐后笑[2]。
铁矛三棱金韛靫[3]，鬼兵率队来巡街[4]。
东街穿市门，西街入民户，穿门为狼入为虎。
索钱一千充酒资，尔家有妻保尔妻，尔家有儿保尔儿。
尔无妻与儿，尔身随我，敲梆执火[5]，使尔朝朝饱饼粿[6]。
尔不随我还无钱，尔不见，邻儿背受三百鞭，血肉狼藉城根眠！

◉ 题解

鸦片战争中，英国侵略军占领了镇海、宁波等地。此诗揭露了侵略者对占领区人民的残酷掠夺和血腥摧残。全诗纯用客观叙述，不着一议论语，但鲜明地表现了作者对侵略者暴行的无比仇恨。

◉ 注释

[1]猾竖：狡猾的小子。
[2]厮：奴才。肩钱：肩挂着钱。
[3]韛靫（bù chā）：箭袋。

[4]鬼兵：旧时称外国侵略者为"洋鬼子"，鬼兵即指侵略军。
[5]梆：巡逻时用以发信号的响器，用挖空的木头或竹筒做成。
[6]䴿（guǒ）：饼。

自华桃横冒云下紫树陵

姚燮

对峰覆云如白莲，侧峰云裛犹如烟。
近风云作一龙走，远峰已裹千重棉。
断云略让峰出巅，峰与云势相摩研[1]。
空飙一荡四云合[2]，四云一白峰皆天。
我身纳入乱云里，隔面难索舆人肩[3]。
云行下上身中悬，有如漫海之浪一叶飘其间。
但闻溪声过耳凉溅溅，衣袂欲蜕身欲骞[4]。
渺不知此身在天在云在峰路，又不知此身为龙为鹤为神仙。
既无金支翠旗左右交翩跹[5]，岂其置我混沌未凿洪荒前[6]！
低风一揭云过偏，隔云下裂千寻渊[7]。
松崖萝峪夹奔瀑[8]，乱石齿齿同钩连[9]。
迷茫一堕不值化云去，如何高风一抑仍迷漫。
高风一抑更高揭，青霞红旭掩抑激射光新鲜[10]，
又似送我赤城玉阙朝真元[11]。
入云为梦出云醒，道逢屐客尘中旋[12]。
为言子行不蓑不蓬笠，乌知下山之雨已溢千壑泉。
下山之雨虽溢千壑泉，慎毋出山东去改尔清沦涟[13]，

悠悠忽忽无还年!

◎ 题解

姚燮游四明山时所写的《孤凄坑》《沈家庄夜半大雨》(俱见本书五古部分)等诗中,弥漫着阴森可怖的"鬼"气,而这首游四明山诗,则洋溢着潇洒飘忽的"仙"气。通首写云,层譬叠喻,变幻百出。后来何绍基的《飞云岩》诗和金天羽的许多山水诗,颇受它的影响。

◎ 注释

[1] 摩研:摩擦。

[2] 飙(biāo):狂风。

[3] 舆人:轿夫。

[4] 衣袂(mèi):指衣服。袂,衣袖。蜕:蛇、蝉等脱皮脱壳。此指衣服欲像蛇、蝉的皮壳一样从自己身上脱去。骞(xiān):高飞。

[5] 金支翠旗:指仙人的仪仗。杜甫《渼陂行》:"湘妃汉女出歌舞,金支翠旗光有无。"支,通"枝"。

[6] 混沌未凿:指天地未开之时的状态。洪荒:混沌蒙昧的状态。

[7] 千寻:此极言其深。古代八尺为寻。

[8] 松崖:长着松的山崖。萝峪(yù):长满萝藤的山谷。

[9] 齿齿:见五古《孤凄坑》注[3]。

[10] 红旭:鲜红的阳光。

[11] 赤城:在天台山。《初学记》卷八《登真隐诀》:"赤城山下有丹洞,在三十六洞天数,其山足丹。"玉阙:此指神仙居住之处。真元:老子。宋徽宗迷信道教,政和三年(1113),定以二月十五日太上混元上德皇帝(老子)生日为真元节。

[12] 屐客:《宋书·谢灵运传》:"(灵运)寻山陟岭,必造幽峻,岩嶂千重,莫不备尽。登蹑常著木屐,上山则去前齿,下山去其后齿。"故以屐客指游山的人。尘中:尘世,与仙境相对而言,此诗将山上作仙境,则山下便为尘世。

[13] 沦涟:水面微波。末语是诗人借山泉以自勉之词。隐士多在山中,人们把出来做官叫出山。诗人虽终身未入仕途,但此时尚未绝意功名,此后还赴京参加进士考试,故诗语有自警之意。

望乡吟

郑　珍

一滩高五尺，十滩高五丈。
行尽铜溪四百滩，铜崖应当白云上[1]。
崖上还有千万山，一重高出一重颠[2]。
待到铜崖望乡国[3]，又似从此看云间。
山高如梯水如箭，到家早晚樱桃绽。
心随飞鸟去悠悠，白发红绷眼中见[4]。
万里真成一梦游，茗山重认雨中舟[5]。
桐花落尽春风老[6]，杜宇催人坐白头[7]。

郑　珍
（1806—1864）

字子尹，晚号柴翁。贵州人。道光十七年丁酉（1837）举人，道光二十四年（1844）大挑用教职。历任古州厅训导、咸宁学正、镇远训导、荔波训导等职。精经学、小学，是晚清宋诗派代表作家。诗风兼奇奥和平易，以后者为多。内容反映社会现实、生活杂事，抒情写景，咏物咏古，谈论艺术，无不涉及。其中反映民生疾苦的作品，继承了杜甫、张籍、白居易的传统。陈衍曰："子尹先生以道光乙酉选拔贡及程春海（恩泽）侍郎之门下。侍郎诏之曰：'为学不先识字，何以读三代秦汉之书？'乃致力于许、郑二家之学。已而从侍郎于湖南，故其为诗濡染于侍郎者甚深。侍郎诗私淑昌黎（韩愈）、双井（黄庭坚），在有清诗人几欲方驾萚石斋（钱载）。天不假年，而子尹与道州（何绍基）从而光大之。寿阳（祁寯藻）、湘乡（曾国藩）又相先后其间，为道、咸以来诗家一变局。莫子偲（友芝）序子尹诗谓：'盘盘之气，熊熊之光，浏漓顿挫，不主故常，以视檀酿篇牍，自张风雅者，其贵贱如何也。'窃谓子尹历前人所未历之境，状人所难状之状，学杜、韩而非摹仿杜、韩，则多读书故也。此可与知者道耳。"胡先骕谓："郑珍卓然大家，为有清一代冠冕，纵观历代诗人，除李、杜、苏、黄外，鲜有能远驾乎其上者。"梁启超则以为不过黎简之亚，惜其意境狭。有《巢经巢诗集》九卷、《后集》四卷及《遗诗》等。

◉ 题解

　　吟为一种诗体的名称。沅水是湘西的一条著名的江流，铜溪是它的上游。由于地势高低悬殊，流急多滩，万山重叠。这首诗作于道光十五年乙未（1835）春，诗人由北京回家乡遵义，从武陵经沅水溯流而上，为写景抒怀之作。语言浅显，用了夸张的手法，平易近人，富于民歌风味。黄景仁《新安滩》云："一滩复一滩，一滩高十丈。三百六十滩，新安在天上。"二诗用意相同。

◉ 注释

[1] 铜崖：在沅水支流辰水上游、大小铜仁江合流处双江渡，位于贵州铜仁西。铜崖挺然耸立，相传渔人得铜鼎儒释道三像于此。

[2] 颠：山顶。

[3] 乡国：家乡。苏轼《游金山寺》："试登绝顶望乡国。"

[4] 白发红绷：指老人与小孩。绷，婴儿的袍被。

[5] 茗山：在湖北蒲圻北十五里，产茶，为嘉鱼、蒲圻通衢，郑珍北上及归途经此。
[6] 春风老：指春天将要过去。
[7] 杜宇：古蜀帝名，传说死后化为杜鹃。后人因称杜鹃为杜宇。其鸣声如"不如归去"，诗从此取义。坐：《诗词曲语辞汇释》："坐，犹遂也；顿也；遽也。"

白水瀑布

郑 珍

断岩千尺无去处，银河欲转上天去。
水仙大笑且莫莫[1]，恰好借渠写吾乐[2]。
九龙浴佛雪照天，五剑挂壁霜冰山，
美人乳花玉胸滑，神女佩带珠囊翻。[3]
文章之妙避直露，自半以下成霏烟。
银虹堕影饮猰㺄，天马无声下神渊。
沫尘破散汤沸鼎，潭日荡漾金镕盘。[4]
白水瀑布信奇绝，占断黔中山水窟[5]。
世无苏、李两谪仙，江月海风谁解说？[6]
春风吹上观瀑亭[7]，高岩深谷恍曾经[8]。
手把清泠洗凡耳，所不同心如白水。[9]

◎ 题解

白水瀑布即黄果树瀑布，在贵州镇宁布依族苗族自治县西南十五公里的白水河上。白水河流经黄果树地段时，因河床断落，形成九级瀑布，黄果树瀑布是其中最大的一级。宽约八十米，从六十多米的层崖之巅跌落，凭高作浪，发出轰然巨响。云垂烟接，万练倒悬，倾入犀牛潭中。飞瀑跌落处掀起轩然大波。对岸建有望水亭,倚栏纵目,可正面观赏飞流奔腾喷薄之状,可俯瞰下游"玉龙飞渡""峡谷回流""银滩轻泻"诸景。徐霞客称赞此瀑布"阔而大",为全国第一。这首诗作于道光十六年丙申(1836)往云南途中。为诗人写景名篇。想象丰富,绘影绘声,设喻精当,状人所难状之景,如在目前。"美人乳花玉胸滑"七字,生新隽妙,人所未道。

◎ 注释

[1] 水仙:传说中的水中神仙。且:将。莫莫:不要。
[2] 渠:他。
[3] "九龙"四句:形容瀑布的形态、色彩。浴佛,佛教徒于四月八日释迦牟尼诞生日举行浴礼,以水灌佛像,谓之浴佛,也称灌佛。
[4] "银虹"四句:形容瀑布倾入犀牛潭中的景象。谼壑,大的山谷、山沟。天马,骏马。汤沸鼎,热水在鼎中沸腾。潭日,太阳照在潭中水面的闪光。
[5] 占断:占尽。黔中:贵州。
[6] "世无"二句:苏李:苏轼与李白。李白有"谪仙"之称,苏轼亦被称为"坡仙"。此二句用李白《望庐山瀑布水》"海风吹不断,江月照还空"事。
[7] 观瀑亭:即望水亭。
[8] 恍曾经:恍惚曾经看到。
[9] "手把"二句:谓要用清泠的水洗涤经常听凡俗之事的耳朵,所不同的是自己的心却是一直像白水瀑布一样纯净。洗耳,用许由故事。皇甫谧《高士传·许由》:"尧又召为九州长,由不欲闻之,洗耳于颍水滨。""所不"句:《左传·僖公二十四年》载晋公子重耳自秦返晋,"及河,子犯以璧授公子曰:'臣负羁绁从君巡于天下,臣之罪甚多矣。臣犹知之,而况君乎!请由此亡。'公子曰:'所不与舅氏同心者,有如白水'。"此处用此典,白水兼切瀑布名。

自毛口宿花堌

郑　珍

盘江在枕下[1]，伸脚欲踏河塘堠[2]。
晓闻花堌子规啼[3]，暮踏花堌日已瘦。
问君道近行何迟，道果非远我非迟，
君试亲行当自知。此道如读昌黎之文少陵诗，
眼着一句见一句[4]，未来都非夷所思[5]。
云水相连到忽断，初在眼前行转远。
当年止求径路通[6]，闷杀行人渠不管。
忽思怒马驱中州，一目千里恣所游。[7]
安得便驰道挺挺[8]，大柳行边饭葱饼[9]，荒山惜此江湖影。

◎ 题解

　　这首诗作于道光十六年丙申（1836）诗人游白水瀑布之后，写一路经行盘江的所见所闻所感。毛口、花堌为盘江边上的两个小地名。诗人自注："毛口对岸即河塘，溯流渡江至之已十里。"此诗描绘了盘江谷深水急，两岸陡峻曲折的奇特的山水。比喻精当，大胆夸张。"此道如读昌黎之文少陵诗，眼着一句见一句，未来都非夷所思"数语，可以自况其诗笔之奇。

◎ 注释

[1] 盘江：广西黔江的上游，源出云南，流经贵州，为北盘江。
[2] 堠（hòu）：记里程的土堆。
[3] 子规：即杜鹃鸟。

[4]着：此指注意力集中。
[5]非夷所思：不是根据常理能想象到的。《易·涣》："涣有丘，匪夷所思。"匪，通"非"。夷，平常。
[6]止：仅。
[7]"忽思"二句：郑珍于清道光十四年甲午（1834）、十五年乙未（1835）北上应试，乙未春初经河南。中州，指河南。恣，放纵，无拘束。
[8]安得：如何能够。挺挺：正直的样子。
[9]大柳行：河南小地名。

彦冲画柳燕

江湜

柳枝西出叶向东，此非画柳实画风。
风无本质不上笔，巧借柳叶相形容。
笔端造化有如此[1]，真宰应嗔被驱使[2]。
君不见，昔年三月春风时，
杨柳方荣彦冲死，寿不若图中双燕子。

◎ 题解

彦冲为诗人友人。这是一首悼怀故人之作。前六句描绘彦冲所画的柳燕图，不仅生动地画出了柳枝柳叶，而且画出了风势，突出高超的技艺。后四句由画及人，从现实中的春风杨柳写到画家已经去世，结句从画家的寿命不及图中的双燕，既交代了彦冲早逝的季节，并点明了画意。全诗虚实相生，寓情入景。

◎ 注释

[1]造化：指所画的妙造自然。

[2]真宰:天为万物的主宰,故称天为真宰。嘘:生气。驱使:驱遣,役使。

连夜月下有作

江湜

月光如练阶前铺[1],写出庭树枝扶疏。
有如一幅双松图,忽然变灭瞥眼无[2],月轮正掩云模糊[3]。
久之云散月复出,树影移到墙东隅[4]。
循墙而行若可娱,一树一月及一吾。
此身昔由造物赋[5],本非有二今非孤。
胡为对景坐叹息[6],群栖羡彼枝头乌[7]。

◎ 题解

　　这首诗为即兴之作。先写阶前月光铺地,树影如画图,再从图的变灭,写到天空掩月之云;又从云散月出,写到树影东移,处处暗写时间的推移。最后由树、月及自己,发出对于人生的感喟。

◎ 注释

[1]练:白色的熟绢。
[2]瞥眼:转眼。比喻时间过得飞快。
[3]月轮:即圆月。
[4]隅:角落。
[5]造物:创造万物者。赋:给予。
[6]胡为:为何。
[7]"群栖"句:这时诗人家室不在一处,故羡慕那些群栖在枝头的乌鸦。

断指生歌

金 和

生何来，断其指。指则断，气如矢[1]。
老拳贯竹臂能使[2]，一日犹书一千纸。
生滁州人独行儒[3]，圣草善作黄门书[4]。
当世贵重等萍绿[5]，换羊求判何时无[6]！
十年鼙鼓江上头[7]，都督者谁踞此州[8]。
诸将岂但绛灌耻[9]，出身大抵巢芝流[10]。
生于尔日困乡井[11]，如抱荆棘为牢囚[12]。
一骑飞来花底宅，非分诛求到烟墨[13]。
倪迂之画戴逵琴[14]，誓不媚人请谢客[15]。
彼哉闻之勃然怒，大索捉生官里去[16]。
门外骈骈牛马走[17]，堂上吽吽虎狼吼[18]。
金在前，刀在后。书者得吾金，不书戮女手[19]。
生上堂叱叱且詈[20]，盗泉之酒我宁醉[21]。
女今杀吾意中事，语未及罢指堕地。[22]
左右百辈战色酡[23]，生出门笑笑且呵。
笔锋不畏刀锋多，刀乎刀乎奈笔何？
乃知世有铁男子，一字从来泰山比。
古今恶札常纷纷[24]，痛惜生平指头耳。
死灰既死不复吹[25]，生虽断指书益奇，
墨花带血光陆离[26]。从生乞取半丈幅，
张之草堂白日惊夔魑[27]。

金 和
(1818—1885)

字弓叔，号亚匏，江苏上元（今南京）人。他亲身经历了鸦片战争和太平天国起义，并且在其诗中反映了这些历史事变。其讽刺之作，往往受其外曾祖吴敬梓《儒林外史》的影响。陈衍以为其"所历危苦，视古之杜少陵，近之郑子尹，盖又过之。其古体极乎以文为诗之能事，而一种沉痛惨澹阴黑气象，又过乎少陵、子尹"。梁启超《清代学术概论》以金和与黄遵宪、康有为并举，誉为"元气淋漓，卓然称大家"。又为其《秋蟪吟馆诗钞》作序，称"其格律无一不规于古，而意境气象魄力，求诸有清一代未睹其偶。比诸远古，不名一家，而亦非一家之境所能域也。呜呼！得此而清之诗史为不寥寂已"。此实过当之论。金和诗才力虽雄伟，品格未高，故而胡光骕、徐英具著专文加以讥议。而胡、徐二文，又有"恶之欲其死"之病。唯夏敬观《无恙续稿序》论及江弢叔、金亚匏诗，谓"之二子者，非无当于吾意之诗。然弢叔酸寒，亚匏粗犷，病在空疏不学"差得其平。当然金和站在封建地主阶级的立场上，咒骂太平天国革命，这是其阶级的局限，今天对此也是应该批判的。

◎ 题解

断指生：姓侯，名度，字谨之，晚又自号隖民。安徽滁州人。家世庶族，少有孝行。尝受书法于苏州葛翁，益推究笔法，锐心篆隶之学。因不肯为权势所逼，被斫右手一大指。某学政按试滁州，以侯度断指事令诸生赋焉，又榜其堂曰"一节千秋之堂"，遂自号断指生。这首诗表彰了断指生大义凛然的不屈精神和光彩夺目的书法艺术。诗笔劲气直达，字字如生铁铸成。

◎ 注释

[1] 矢：箭。

[2] "老拳"句：老拳：结实的拳头。《晋书·石勒载记》："初勒与李阳邻居，岁常争麻池，迭相殴击……（及为赵王）乃使召阳。既至，勒与酣谑，引阳臂笑曰：'孤往日厌卿老拳，卿亦饱孤毒手。'"贯竹，穿竹，破竹。臂能使，手善能使笔作书。

[3] 滁州：即今安徽滁县。独行儒：有卓行的儒家。朱铭盘《断指生传》："（生）少有驯孝之行。尝受书法于苏州葛翁。葛翁死，无子，其墓在清河，去滁州六七百里，生岁岁徒步自滁州往祭之。"

[4] "圣草"句：圣草：唐太宗应玄奘之请，作《圣教序》，并命褚遂良书之刻石。后弘福寺僧怀仁集王羲之字，重书之，世称《集右军圣教序》。因王有"草圣"之誉，故称"圣草"。黄门：官署名。褚遂良曾官黄门侍郎。黄门书，指遂良书法。

[5] 萍绿：宝物名。

[6] "换羊"句：换羊：《侯鲭录》："鲁直戏东坡曰：昔王右军字为换鹅字，韩宗儒性饕餮，每得公一帖，于殿帅姚麟许换羊肉十数斤，可名二丈书为换羊书矣。"求判，《新唐书·张旭传》："为常熟尉，有老人陈牒求判，宿昔又来，旭怒其烦，责之，老人曰：'观公笔奇妙，欲以藏家尔。'旭因问所藏，尽出其父书，旭视之，天下奇笔也。自是尽其法。"

[7] 鼟鼓：军中乐器。

[8] 都督：官名，古时的军事长官。此都督指李兆受，原为太平军将领，降清，驻滁州。参后注[22]。

[9] 绛灌：汉绛侯周勃与颍阴侯灌婴。两人皆佐汉高祖（刘邦），累立军功，为一时名将。《史记·淮阴侯列传》："（韩）信由此日夜怨望，居常鞅鞅，羞与绛、灌等列。"

[10] 巢芝：巢：黄巢；芝：王仙芝。唐僖宗乾元年（874）王仙芝起兵，黄巢率众应之。未几，仙芝败，巢率众攻河南、江西等省，取洛阳，陷长安，自称齐帝。后为李克用所破，自起兵至失败，前后凡十年。

[11] 尔日：当时。乡井：家乡。

[12] 牢囚：监禁的囚徒。

[13] "非分"句：诛求：征求，需索。《左传·襄公三十一年》："诛求无时，是以不敢宁居。"烟墨：这里指代断指生的字。

[14] "倪迂"句：倪迂：即倪瓒（1301—1374），元末画家，江苏无锡人，字元镇，号云林子，善画山水，多为水墨之作。《明史·隐逸传》称其"为人有洁癖，盥灌不离手。俗

客造庐，比去，必洗涤其处""张士诚累欲钩致之，逃渔舟以免。其弟士信以币乞画，逵又斥去"。戴逵（326？—396），字安道，晋谯郡人。善鼓琴。武陵王司马晞曾召他鼓琴，逵对使者摔碎其琴曰："戴安道不为王门伶人。"

[15] 媚人：献媚于人。谢客：谢绝来客。

[16] 大索：大肆搜捕。

[17] 䀣䀣（áng）：马怒的样子。牛马走：仆人，自谦之词。司马迁《报任安书》："太史公牛马走。"

[18] 吽吽（hǒu）：象声词。康进之《李逵负荆》："一会家便怒吽吽在那柴门外。"

[19] 女：通"汝"。

[20] 叱（chì）：大声呵斥。詈（lì）：骂。

[21] 盗泉：泉名。在山东泗水东北。《水经·洙水注》："洙水西南流，盗泉水注之，泉出卞城东北卞山之阴。《尸子》曰：'孔子至于暮矣而不宿，于盗泉渴矣而不饮，恶其名也。'"

[22] "女今"二句：朱铭盘《断指生传》："咸丰中，（李）兆受以穷贼挈众来归，拥兵滁、泗之间，观两端自保。滁、泗数百里中士庶往往被其毒，害乃不可胜计，而滁州断指生为尤异者……兆受虽儜儜武人乎，然阳尊礼儒士。闻君名，则召君为题所居堂榜。既不许，即益遣其党诬君他罪逼请之……不听，乃斫君右手一大指以去。"

[23] 战色：畏惧变色。酡（tuó）：本指饮酒面红貌，这里指脸变色。

[24] 恶札：拙劣的书简，多指书法不善。米芾《海岳题跋·跋颜平原帖》："大抵颜、柳挑踢，为后世丑怪恶札之祖。"

[25] 死灰：已熄灭的冷灰。《庄子·齐物论》："形固可使如槁木，而心固可使如死灰乎？"

[26] "墨花"句：砚石久被墨渍而成的花纹。李贺《杨生青花紫石砚歌》："纱帷昼暖墨花春，轻沤漂沫松麝熏。"这里墨花犹言墨迹。陆离，形容光彩斑斓绚丽。《淮南子·本经》："五采争胜，流漫陆离。"

[27] 张：挂。夔（kuí）魑（chī）：能伤害人的兽怪。

圆明园词

王闿运

宜春苑中萤火飞，建章长乐柳十围。[1]
离宫从来奉游豫，皇居那复在郊圻？[2]

旧池澄绿流燕蓟[3]，洗马高梁游牧地[4]。
北藩本镇故元都[5]，西山自拥兴王气[6]。
九衢尘起暗连天，辰极星移北斗边。[7]
沟洫填淤成斥卤，宫廷映带觅泉原。
渟泓稍见丹棱沜，陂陀先起畅春园。[8]
畅春风光秀南苑，霓旌凤盖长游宴。[9]
地灵不惜邑山湖[10]，天题更创圆明殿[11]。
圆明始赐在潜龙，因回邸第作郊宫。[12]
十八篱门随曲涧[13]，七楹正殿倚乔松[14]。
轩堂四十皆依水[15]，山石参差尽亚风[16]。
甘泉避暑因留跸，长杨扈从且弢弓。[17]
纯皇缵业当全盛[18]，江海无波待游幸。
行所留连赏四园[19]，画师写放开双境[20]。
谁道江南风景佳，移天缩地在君怀。[21]
当时只拟成灵囿，小费何曾数露台。[22]
殷勤毋佚箴骄念[23]，岂意元皇失恭俭[24]！
秋狝俄闻罢木兰[25]，妖氛暗已传离坎[26]。
吏治陵迟民困痛[27]，长鲸跋浪海波枯[28]。
始惊计吏忧财赋，欲卖行宫助转输。[29]
沉吟五十年前事，厝火薪边然已至。[30]
揭竿敢欲犯阿房[31]，探丸早见诛文吏[32]。
此时先帝见忧危[33]，诏选三臣出视师[34]。
宣室无人侍前席[35]，郊坛有恨哭遗黎[36]。
年年辇路看春草，处处伤心对花鸟。[37]

玉女投壶强笑歌[38],金杯掷酒连昏晓。
四时景物爱郊居,玄冬入内望春初[39]。
袅袅四春随凤辇[40],沉沉五夜递铜鱼[41]。
内装颇学崔家髻[42],讽谏频除姜后珥[43]。
玉路旋悲车毂鸣,金銮莫问残灯事。
鼎湖弓剑恨空还,郊垒风烟一炬间[44]。
玉泉悲咽昆明塞[45],惟有铜犀守荆棘[46]。
青芝岫里狐夜啼[47],绣漪桥下鱼空泣[48]。
何人老监福园门[49],曾缀朝班奉至尊[50]。
昔日喧阗厌朝贵[51],于今寂寞喜游人[52]。
游人朝贵殊喧寂,偶来无复金闺客[53]。
贤良门闭有残砖[54],光明殿毁寻颓壁[55]。
文宗新构清辉堂[56],为近前湖纳晓光[57]。
妖梦林神辞二品[58],佛城舍卫散诸方[59]。
湖中蒲稗依依长,阶前蒿艾萧萧响。
枯树重抽盗作薪,游鳞暂跃惊逢网。
别有开云镂月台,太平三圣昔同来[60]。
宁知乱竹侵苔出,不见春风泣露开[61]。
平湖西去轩亭在[62],题壁银钩连倒薤[63]。
金梯步步度莲花[64],绿窗处处留赢黛[65]。
当时仓卒动铃驼,守宫上直余嫔娥[66]。
芦笳短吹随秋月,豆粥长饥望热河[67]。
上东门开胡雏过[68],正有王公班道左[69]。
敌兵未爇雍门荻[70],牧童已见骊山火[71]。

107

应怜蓬岛一孤臣,欲持高洁比灵均。[72]
丞相避兵生取节[73],徒人拒寇死当门[74]。
即今福海冤如海[75],谁信神州尚有神!
百年成毁何匆促,四海荒残如在目。
丹城紫禁犹可归,岂闻江燕巢林木?[76]
废宇倾基君好看,艰危始识中兴难。
已惩御史言修复[77],休遣中官织锦纨[78]。
锦纨枉竭江南赋,鸳文龙爪新还故[79]。
总饶结彩大宫门[80],何如旧日西湖路?
西湖地薄比郇瑕[81],武清暂住已倾家[82]。
惟应鱼稻资民利[83],莫教莺柳斗宫花[84]。
词臣讵解论都赋,挽辂难移幸雒车[85]。
相如徒有上林颂[86],不遇良时空自嗟[87]!

王闿运
（1833—1916）

字壬秋,又字壬父,湖南人。咸丰五年乙卯（1855）举人。太平天国起义时,曾入曾国藩幕,因意见不合,不久辞去。后讲学于四川各地。辛亥革命后,任清史馆馆长。他是近代湖湘派的首领,宗法汉魏六朝,下及盛唐,在近代同光体外另开一宗。陈衍《近代诗钞》称他"墨守古法,不随时代风气为转移,虽明之前后七子无以过之也"。但诗歌内容也有不少能反映国事,表达国势艰危的感叹,如《圆明园词》,无论是思想性还是艺术性,都达到了很高的水平,是近代诗歌中不可多得的名篇。著有《湘绮楼全集》。

◉ 题解

圆明园,清代著名宫苑,遗址在今北京西郊海淀附近。始建于康熙四十八年(1709),以后历年增建。咸丰十年(1860),英法联军侵占北京,大肆劫掠园中珍宝,最后纵火焚毁,一代名园,遂成废墟。同治十年(1871)春,诗人和张祖同、徐树钧同游圆明园遗址,目睹断垣残壁,追忆往事,百感交集,归后因作此诗。作者以深沉的诗笔,追记了圆明园建园和焚毁的经过,通过焚毁前后不同景象的对比描绘,申斥了英法联军侵华的罪恶,寄托了诗人对国势艰危而当权者却沉湎于声色犬马生活的无限感慨。全诗融记叙、描写、议论、抒情于一炉,交叉穿插,铺陈排比,显示了诗人深厚的功力。谭献曾将它和唐代《长恨歌》《连昌宫词》相并提,以为"谈何容易"。诗前原有徐树钧的序,因过长从略。

◉ 注释

[1] "宜春"二句:写眼前所见圆明园遗址破败荒凉的景象。宜春苑,秦代宫苑,故址在今陕西长安南。建章、长乐,汉宫名,均借指圆明园。

[2] "离宫"二句:这二句以下叙圆明园建园前的情况及建园经过。离宫,皇帝正宫以外临时居住的宫室,供游览、避暑等用。奉游豫,供作游乐。郊圻(qí),郊外。

[3] 旧池:即圆明园西湖,在圆明园前。郦道元《水经注》称它为"燕之旧池"。燕(yān)蓟:指北京。春秋时燕国建都于蓟,地在今北京西南角。

[4] 洗马、高梁:水名,在北京西郊,旧池之水东流入此。游牧地:谓圆明园建园之前,这里本是游牧之地。

[5] "北藩"句:北京原是北方的藩镇,元朝又建都于此。

[6] 西山:在北京西郊。拥:拥有。

[7] "九衢"二句:写明末战乱,清朝入主中原。九衢,四通八达的道路。辰极星,即北极星。旧时谓帝王之星。辰极星移北斗边,指建都北京。

[8] "沟洫(xù)"四句:写圆明园建园以前,康熙帝首先在这里填土导泉,筑起畅春园,以为游幸之处。沟洫,沟渠。斥卤,盐碱地。映带,景物位置,彼此联络有情致。渟泓(tíng háng),水深而静貌。丹棱沜,水池名,在北京海滨镇西,原为明代武清侯李伟的清华园所在,康熙帝游幸北京西郊,常驻足于此。沜,同"泮",半月形的水池。"陂陀"句,自注:"康熙中,始建行宫,以帝者不居,但名曰园。"陂陀,同陂池,把土堆

成不高的斜面,让水能流掉。

[9]"畅春"二句:自注:"明时但有南苑,未作畅春园。时圣主宴群臣,亦在南苑,今南西门外地也。自海淀兴修,稀复临幸矣。"南苑,宫苑名,在北京永定门外,明永乐年间建成,是明清时宫廷游猎场所。霓旌,古代帝王出行时的一种仪仗。张衡《思玄赋》:"霓旌飘而飞扬。"凤盖,绣有凤凰图案的华盖,供帝王遮阳之用。班固《西都赋》:"登龙舟,张凤盖,建华旗。"

[10]地灵:旧称地所体现的灵异。不惜:不吝惜。瓮山湖:指旧池。瓮山,又作瓮山,在北京西郊,旧池之水源出于此。

[11]"天题"句:自注:"世宗为皇子,侍游海淀,赐园一区,御题额曰圆明。"按:康熙四十八年(1709)。康熙命于畅春园西南辟地筑室,以为皇四子胤禛(即以后的雍正帝)的读书之所,并赐名圆明。胤禛即帝位后,经重修扩建而成圆明园。天题,皇帝亲自题名。圆明,按雍正《圆明园记》解释:"圆而入神,君子之时中也;明而普照,达人之睿智也。"

[12]"圆明"二句:自注:"世宗以畅春先帝旧幸,让而弗居,雍正三年(1725)乃改赐园,设朝房官门,以避暑听政。"潜龙,旧称圣人在下位,隐而未出。这里指胤禛。邸第,指胤禛的府第。

[13]十八篱门:圆明园内有十八座大门:大宫门,左朝门,右朝门,东夹门,西夹门,东如意门,西如意门,福园门,西南门,水闸门,藻园门,东楼门,铁门,明春门,蕊珠门,随墙门,北楼门,出入贤良门。篱门,晋宋时亢行官门称篱门。

[14]七楹正殿:出入贤良门内有正大光明殿,宽七楹。楹,一间为一楹。

[15]轩堂四十:自注:"园中四字题额者为一所,凡四十所,纯皇以为四十景。"

[16]"山石"句:语本杜甫《戏题画山水图歌》诗:"山木尽亚洪涛风。"亚:掩。

[17]"甘泉"二句:自注:"初但避暑,后遂春、秋皆居园中也。"甘泉,宫名。程大昌《雍录》:"古者以甘泉名者三:秦在渭南,汉在云阳,隋在鄠县。"此处借指圆明园。跸(bì),帝王的车驾。长杨,秦代宫苑,为秦汉时帝王游猎之所,借指圆明园。扈从,皇帝出巡时的护驾侍从人员。弢(tāo)弓,弓箭,指围猎。弢,弓袋。

[18]纯皇:清高宗乾隆帝,纯皇是他的谥号。缵业:继承先业。

[19]行所:离宫。四园:指圆明园中按海宁安澜园、江宁瞻园、苏州狮子林、钱塘小有天园仿建的四处胜景。

[20]写放:模仿。放,通"仿"。双境:指圆明园内模仿西式宫殿建造的建筑群"西洋楼"和模仿佛地建造的建筑群"舍卫城"。二处建筑均专聘外国人设计并监造。

[21]"谁道"二句:乾隆帝六次南巡,举凡江南名胜,均命画师绘图,然后仿其形制,一一在园中建造,如上述四园等,故云"移天缩地"。

[22]"当时"二句:当时的帝王只考虑将宫苑建筑得如何精美,根本没有去考虑建筑那么多的亭台楼阁所需浩繁的费用。灵囿(yòu),周文王畜养禽兽的园林。数,计算。露台,

110

凉台。《史记·孝文本纪》："尝欲作露台，召匠计之，直百金。上曰：'百金中民十家之产，吾奉先帝宫室，常恐羞之，何以台为！'"

[23] 殷勤：兢兢业业。佚：通"逸"，安逸。箴：规劝。

[24] 元皇：玄皇，唐玄宗，借指乾隆帝。

[25] "秋狝（xiǎn）"句：秋狝：秋天出猎。木兰：围场名，约当今河北围场。清康熙、雍正诸朝，皇帝常于每年秋季率王公等到木兰围场围猎习武，称"木兰秋狝"。道光以后，国内农民起义纷起，国外殖民主义国家入侵，国库日尽，国势危殆，"木兰秋狩"始罢。

[26] "妖氛"句：指嘉庆年间的八卦教农民起义。嘉庆十八年（1813），八卦教首领林清假托南方离宫头殿真人郜老爷门下，在京起义，乘嘉庆帝巡游木兰，进攻皇宫。后嘉庆自热河驰回，起义被镇压，林清被捕处死。妖氛，妖气，对农民起义的诬称。离坎，八卦中的二卦，此指八卦教。

[27] 吏治陵迟：官吏腐败。陵迟，衰颓。困痡（pū）：贫困。痡，过度疲劳。

[28] "长鲸"句：徐树钧《诗序》："先是道光二十年，英吉利夷舶至广东香港，求通商不得，又以烧烟起衅……咸丰元年，英吉利、佛兰西、米利坚各国，乘粤寇鸱张，中国多故，复以轮舶直入大沽台。"长鲸跋浪，语出杜甫《短歌行赠王郎司直》诗："鲸鱼跋浪沧溟开。"

[29] "始惊"二句：自注："道（光）咸（丰）间理财诸大臣，专好金银，欲其堆积。"又据徐树钧《诗序》："江淮行官，既皆斥卖，国之所患，岂在乏财！"这二句即记此事。计吏，旧时郡国上计的官吏。战国时郡臣于年终须将赋税收入写于木券，呈送国君考核，称"上计"，这里指理财的大臣。转输，转运输送。这里是周转之意。

[30] "沉吟"二句：自注："国家之乱，始于乾隆末政。"五十年前，指自清宣宗登基，道光元年（1821）以来。至作诗时，正值五十年。"厝火"句，语出《汉书·贾谊传》："夫抱火厝之积薪之下，而寝其上，火未及燃，因谓之安，方今之势，何以异此！"比喻潜伏着巨大的危机。厝（cuò），安放。然，同"燃"。

[31] "揭竿"句：以秦末陈胜起义军借指咸丰三年（1853）九月，太平天国北伐军攻天津，京师震动。揭竿，语出贾谊《过秦论》："斩木为兵，揭竿为旗。"指陈胜高举义旗，反抗秦王朝统治。阿房（páng），阿房宫，秦代宫殿，后被项羽焚毁。阿房宫为秦都所在，故诗中以指北京。

[32] "探丸"句：语出《汉书·酷吏传》："长安中奸猾浸多，闾里少年群辈杀吏，受赇报仇，相与探丸为弹。得赤丸者斫武吏，得黑丸者斫文吏，白者主治丧。"这里用此典，写豪侠辈处决贪官污吏。探丸，摸取弹丸。

[33] 先帝：指清文宗咸丰帝。诗作于同治帝时，故称先帝。

[34] "诏选"句：指选派胜保、曾国藩、袁甲三三大臣出师镇压太平军。太平军起义后，次年即建都南京，号太平天国，清朝统治摇摇欲坠，肃顺等因荐举曾国藩等出师镇压。视师，统率军队。

[35]"宣室"句：语出《史记·屈原贾生列传》："孝文帝方受釐，坐宣室，上因感鬼神事，而问鬼神之本。贾生因具道所以然之状。至夜半，文帝前席。既罢，曰：'吾久不见贾生，自以为过之，今不及也。'"这句用此典记咸丰帝事。据徐树钧《诗序》载，咸丰九年（1859）冬，文宗郊宿于斋宫，内忧外患，至夜失声痛哭，大考翰詹以贾生宣室事发题，稍以慰籍。宣室，汉未央宫中的殿名，为皇帝斋戒之处。前席，移坐而前。

[36]遗黎：劫后幸存的百姓。

[37]"年年"二句：唐文宗李昂《宫中题》诗："辇路生春草，上林花发时。凭高何限意，无复侍臣知。"

[38]"玉女"句：自注："上既厌倦庸臣，罕所晋接，退朝之后，始寄情于诗酒，时召妃御，日夜行游也。"玉女投壶，语出《艺文类聚》引《庄子》："玉女投壶，天为之笑则电。"玉女，天上仙女。投壶，古人宴会时的游戏。其制设一壶，宾主依次投矢其中，胜者则酌酒饮负者。这里以玉女投壶写咸丰帝不理政事，过着荒淫的生活。

[39]"四时"二句：咸丰帝爱郊居，常到冬至才回宫，正月十五日后，即来圆明园。玄冬，冬季。内，指皇帝的正宫。

[40]"袅袅"句：咸丰年间，在太平军的沉重打击下，咸丰帝终日寄情于声色，以排遣愁闷，遂大选美女入圆明园。是时有所谓"四春之宠"。四春，指四名选入园内的汉族少女，即武陵春、杏花春、牡丹春、海棠春，她们分居园中各亭馆，供咸丰帝玩乐。袅袅，形容体态轻盈柔美。凤辇，皇帝的车驾。

[41]"沉沉"句：自注："上所游幸，从者常百余人，数移坐处，侍膳无定所，午夜阁门，不得闭也。"五夜，一夜分甲、乙、丙、丁、戊五段，故称。铜鱼，即铜鱼符。《新唐书·百官志》："凡有召者，降墨敕，勘铜鱼木契，然后入。"

[42]内装：宫女的打扮。崔家髻：自注："崔氏，汉妇，曾入宫为乳妪。"

[43]"讽谏"句：《列女传·周宣姜后》："宣王尝早卧晏起，后夫人不出房，姜后脱簪珥，待罪于永巷，使其傅母通言于王曰：'妾之不才，妾之淫心见矣，至使君王失礼而晏朝……敢请婢子之罪。'王曰：'寡人不德，实自生过，非夫人之罪也。'遂复姜后，而勤于政事，早朝晏退，卒成中兴之名。"这里用此典，写咸丰帝后慈安的劝谏。咸丰帝耽于逸乐，慈安曾多次劝咸丰帝勤于政事，咸丰十年（1860）夏某日，咸丰帝夜饮酒晚朝，慈安后召侍寝者，欲鞭之。咸丰退朝入后殿，见白怒，问此犯何罪。慈安跪，自言不贤，不能督率群妾，使皇帝晚起，故将责此妃。咸丰自知有过，答应今后少饮。后谢而起，众皆称慈安之贤。珥，女子耳饰。

[44]"玉路"四句：写咸丰帝之死和圆明园被焚毁。咸丰十年（1860）八月，英法联军进逼北京，咸丰帝仓皇逃奔热河，次年七月，死于行宫。攻占北京后，英法联军十月六日攻入海淀镇，当晚即侵入圆明园；十天以后，下令可以任意劫掠，圆明园珍藏遂被劫掠一空。十月十七日，英法联军为掩盖其劫掠罪行，下令联军骑兵团在园内到处纵火，圆明园遂成废墟。玉路，帝王车辇经过的路。金銮，唐代宫殿名。鼎湖，古代传说中黄帝乘龙升天之处。《史记·封禅书》："黄帝采首山铜，铸鼎于荆山下。鼎既成，有龙

112

垂胡髯下迎黄帝，黄帝上骑……堕黄帝之弓。百姓仰望。黄帝既上天，乃抱其弓与胡髯号。"故后世名其处曰"鼎湖"，因以鼎湖为帝王之死的代称。

[45]"玉泉"句：这以下四句记诗人游圆明园遗址时所见。玉泉，在今北京海淀区颐和园西玉泉山麓，水自池底上翻，如沸汤滚腾，故有"玉泉垂虹"的美称。昆明，昆明湖。

[46]"惟有"句：徐树钧《诗序》："暮从昆明湖归，桥上铜犀卧荆棘中，犀背御铭朗然可诵。"

[47]青芝岫：圆明园中泉石，今移置颐和园乐寿堂庭园中。石原产北京房山，乾隆筑清漪园时采置园中，因色青而润，故名。

[48]绣漪桥：圆明园中桥名。

[49]老监：指董监，自道光初入侍园中，居福园门旁，诗人往访时，年已六十。福园门：圆明园东南门。

[50]缀：随从。朝班：朝见皇帝的行列。至尊：皇帝。

[51]喧阗（tián）：喧闹拥挤。

[52]喜游人：指董监为诗人等往访而高兴。

[53]金闺客：江淹《别赋》："金闺之诸彦。"李善注："金闺，金马门也……承明、金马，著作之庭。"

[54]贤良门：在圆明园正中宫庭区，进大宫门后的门。

[55]光明殿：即正大光明殿，在贤良门北。

[56]清辉堂：即清辉殿，在寝宫东，地近前湖，刚竣工即遭焚毁。

[57]前湖：在正大光明殿北万寿山后。

[58]"妖梦"句：徐树钧《诗序》："园宫未焚前一岁，妖言传上坐寝殿，见白须老翁自称园神，请辞而去，上梦中加神二品阶。明日至祠，谕祠之。未一稘而园毁。"

[59]舍卫：圆明园内后湖西北的大建筑群之一，模仿佛地而筑。其中供佛上千万，故云佛城，经英法联军之劫，佛像多被人盗走，散至国内外，故云"散诸方"。舍卫，古代印度城名，波斯匿王所居，城内有祇园精舍，佛讲道所在。诸方：各地方。

[60]"别有"二句：开云镂月台，即"镂月开云"，圆明园"九洲清宴"建筑群之一，原为牡丹春所居之所。泾，据徐树钧《诗序》载，清世宗为皇子时，曾于赏花时节迎圣祖至赐园，世宗之子高宗年十二，以皇孙召侍左右。三天子集于一堂，故称"三圣"。

[61]"宁知"二句：诗人访遗址时，北京正值牡丹盛开，而过去盛植牡丹的镂月开云台已经倾塌，故云。

[62]平湖：即"平湖秋月"，为圆明园福海区主要风景点之一，仿杭州西湖"平湖秋月"构筑而成。

[63]"题壁"句：自注："窗壁多嵌纸绢，皆乾隆时名手所书进。"银钩，指刚劲有力的书法。倒薤，篆书的一种体。庾肩吾《书品》："参差倒薤……长短悬针。"

[64] 金梯：华丽的阶梯。郭璞《游仙诗》："翘手攀金梯。"度莲花：指女子的脚步。语出《南史·齐东昏侯纪》："凿金为莲华以贴地，令潘妃行其上，曰此步步生莲华也。"

[65] "绿窗"句：自注："宫中窗多屋小，望望相通，脂粉之痕，存于壁纸。"赢黛，古代女子用以画眉的一种青黑色矿物颜料。赢，通"螺"。

[66] "当时"二句：写咸丰帝出逃热河，见前注。咸丰离京后，守宫、值班的人都是未从行的宫女，故云"余嫔娥"。直，承直，值班。

[67] "芦笳"二句：据徐树钧《诗序》载，咸丰帝逃出北京后，"道路初无供帐，途出密云，御食豆乳麦粥而已。"芦笳，以芦叶为管制作的乐器，清代兵营巡哨多用之。

[68] "上东门"句：上东门：古代洛阳城门名。《晋书·石勒载记》："年十四，随邑人行贩洛阳，倚啸上东门，王衍见而异之。"这里借指英法联军入京。

[69] "正有"句：自注："恭亲王隐于碧云寺，夜趣长新店，诸大臣迎以主和而归。"班道左，列于道路旁迎接。班，列。

[70] 爇（ruò）：点燃。雍门萩（qiū）：语出《左传·襄公十八年》："赵武、韩起以上军围卢，弗克。十二月戊戌，及秦周，伐雍门之萩。"雍门，齐西门。萩，梓树。

[71] "牧童"句：用秦始皇事。刘向《论起昌陵疏》："秦始皇帝葬于骊山之阿……官馆之盛，不可胜原……骊山之作未成，而周章百万之师至其下矣。项籍燔其宫室营宇，往者咸见发掘。其后牧儿亡羊，羊入其凿，牧者持火照求羊，失火烧其藏椁。"又兼用《史记·周本纪》："申侯怒，与缯、西夷犬戎攻幽王，幽王举烽火征兵，兵莫至，遂杀幽王骊山下。"以切英法联军入京劫掠并焚毁圆明园。骊山，秦阿房宫所依山名，在陕西临潼区南。

[72] "应怜"二句：蓬岛：即"蓬莱瑶台"，圆明园福海中的岛，文丰投湖处。孤臣：指圆明园管园大臣文丰。据徐树钧《诗序》载，英法联军至圆明园时，"管园大臣文丰当门说止之。夷兵已去，文都统知奸民当起，环问守卫禁兵，一无在者，索马还内，投福海死。"灵均：屈原的字。《楚辞·离骚》："名余曰正则兮，字余曰灵均。"

[73] "丞相"句：自注："死者（指文丰）不得为忠，生者乃可无愧也。"丞相，指大学士桂良等人，开安定门迎英法军者。

[74] 徒人：赤手空拳的人，指文丰。

[75] 福海：位于圆明园中部，面积二十七万多平方米。

[76] "丹城"二句：皇帝回京后还有皇城可居，而流离的百姓却已无巢可宿。丹城紫禁，指紫禁城，皇帝所在区域，清紫禁城在北京旧皇城中。江燕巢林木，语出《资治通鉴》，宋元嘉二十八年（451）魏破宋六州，"所过郡县，赤地无余，春燕归，巢于林木。"

[77] "已惩"句：圆明园被焚后，同治初，有御史德泰提奏复修园宫。诸大臣以侈请旨切责谪戍，未行，德泰忿悔而死。御史，指德泰。

[78] "休遣"句：据徐树钧《诗序》载，同治八、九年，为准备穆宗立后，费用"已千万，结彩宫门，至十余万"。这句是诗人的讽谏之词。中官，宦官。

114

[79]"鸳文"句：自注："制后宝衣，上舍珠玉值十余万金，已用十六万，成其半耳。"

[80]"总饶"句：同治婚礼，仅宫门结彩幔，便用去绉绸八十余万匹。饶，增加。

[81]郇（xún）瑕：古国名，在今山西解县附近，以土地贫瘠而闻名。

[82]武清：武清侯李伟。

[83]资：助。

[84]莺柳斗宫花：比喻沉迷于声色歌舞的淫乐生活。

[85]"词臣"二句：词臣：文学侍从之臣，诗人向指。讵：岂。论都赋，指班固《两都赋》，切迁都事。论都：议论迁都之事。英法联军进逼北京时，有人主张迁都西安，诸督抚言不便，未成。诗人也认为北京"地利竭矣"，应迁都，但因皇帝不让议论此事，只得作罢。辂：车辕前横木，指代车。幸雒车：帝王游幸洛阳的车驾。雒，"洛"古字，洛阳。

[86]上林颂：西汉司马相如的《上林赋》，宣扬诸侯国楚、齐的苑囿之盛，铺叙天子游猎之事，其卒章归之于节俭，意在讽谏皇帝。

[87]不遇良时：此为对当时清王朝的不满与讽刺。

鄱阳翁

高心夔

今我刺舟康郎曲[1]，舟前老翁走且哭。

蒙袂赤跣剑小男[2]，问之与我涕相续。

饶州城南旧姓子[3]，出入辇人被华服[4]。

岂知醉饱有时尽[5]，晚遭乱离日枵腹[6]。

往年县官沈与李[7]，仓卒教民执弓矟[8]。

长男二十视贼轻，两官俱死死亦足。

去年始见防东军，三月筑城废耕牧。

军中夜嚣昼又哗，往往潜占山村宿[9]。

后来将军毕金科[10]，能奔虏卒如豕鹿[11]。

饶人亡归再团练[12]，中男白皙时十六[13]。

115

将军马号连钱骢[14]，授儿揃剔刍苜蓿[15]。
此马迎阵健如虎，将军雷吼马电逐[16]。
昨怨追风景德镇[17]，袒膊千人去不复[18]。
将军无身有血食[19]，马后吾儿乌啄肉[20]。
命当战死那望生，如此雄师惜摧衄[21]。
不然拒壁城东头，辣手谁能拔五岳[22]。
蜀黔骑士绝猛激[23]，守戍胡令简书促[24]。
郡人已无好肌肤，莫再相惊堕溪谷。
此时老翁仰吞声[25]，舌卷入喉眼血瞠[26]。
衣敝踵穿不自救[27]，愿客且念怀中婴。
乌乎谁知此翁痛，赢老无力操州兵[28]。
山云莽莽磷四出[29]，湖上黑波明素旌[30]。
大帅一肩系百城[31]，一将柱折东南倾[32]。
我入无家出忧国，对翁兀兀伤难平[33]。
筐饭劳翁勿涕零[34]，穷途吾属皆偷生。

高心夔
（1835—1883）

字伯足，又字陶堂，号碧湄，江西人。咸丰九年己未（1859）进士，为肃顺门客，后官至江苏吴县知县。有《陶堂志微录》。心夔自谓所以称"陶堂"，是由于"弱而好诗，尤好渊明，溯焉而上，游焉而下，不耻其不似也"（《陶堂志微录述目》）。然其行事与诗，都不近陶渊明。大抵其诗学《文选》体与杜甫，而能自辟途径，千锤百炼，与邓辅纶相匹敌。有时过于艰涩，不易索解。王闿运《湘绮楼说诗》云：

"高伯足诗少拟陆(机)谢(灵运),长句在王(维)杜(甫)之间。中乃思树帜,自异湘吟。尤忌余讲论矜求新古,尝刻意作《咏怀诗》廿首,录稿传余,并探月旦。余云五字相连,皆不能解一二,刅之固自可识。吾无以名之矣。高颇自失。及将卒前数年,偶见其歌行一二篇,逸气高情,足压同辈。惜乎其中夭也。"

◎ 题解

此诗旨在颂扬清将,然客观上却暴露了清朝统治者为了血腥镇压太平天国革命而给广大人民带来了无穷的灾难。"三月筑城废耕牧""郡人已无好肌肤",就是有力的明证,并反映了清军将领与兵士牺牲后待遇的不公平。

◎ 注释

[1]"今我"句:刺舟:撑船。《庄子·渔父》:"客曰:'……吾去子矣!'乃刺船而去。"康郎:即康郎山,在江西余干西北鄱阳湖中,今称康山。相传有康姓居此,故名。也称抗浪山,谓能与风涛相抗,讹为"康郎"。

[2]"蒙袂"句:蒙袂:犹言披挂破衫。赤跣(xiǎn):光着脚。剑:挟。《礼记·曲礼》:"负剑辟咡诏之。"郑玄注:"负,谓置之于背;剑,谓挟之于旁。"欧阳修《泷冈阡表》:"回顾乳者剑汝而立于旁。"

[3]饶州:旧府名,地约当今江西上饶地区。明初曰鄱阳府,寻改曰饶州府,清因之,府治鄱阳县。

[4]"出入"句:辇(niǎn)人:拉车载人。辇,作动词用。被华服:犹言穿戴华丽的服饰。

[5]醉饱:酒足饭饱,喻生活富裕,无忧无虑。

[6]枵(xiāo)腹:空腹,指饥饿。

[7]"往年"句:沈名衍庆,李名仁元,见其自注。

[8]"仓卒"句:仓卒:仓促。弓矟(shuò):弓与矛。

[9]潜占:暗中占据。

[10]毕金科:字应侯,湖南临沅人。骁健亚于塔齐布。战樟树镇,复饶州,累官游击。攻景德镇,陷阵死,谥刚毅。

[11]"能奔"句：奔：使敌军战败奔逃。房卒：指清兵。

[12]"饶人"句：亡归：逃亡在外而复归。团练：编组而加以教练，指正规军以外，就地选取丁壮加以军事训练的清地主武装。

[13]白皙：肤色洁白。

[14]"将军"句：号：名字叫。连钱骢，《尔雅·释畜》："青骊驎驒。"郭璞注："色有深浅斑驳隐粼，今之连钱骢。"

[15]"授儿"句：揃（jiǎn）剔：剪割。刍（chú）：喂牲口的草，此作动词用。苜蓿：植物名，俗称黄花草子，可作饲料。

[16]电逐：如闪电般地追逐。

[17]"昨怒"句：追风：本是马名，以驰疾而称。崔豹《古今注·鸟兽》："秦始皇有名马七：一曰追风，二曰白兔，三曰蹑景，四曰奔电，五曰飞翩，六曰铜爵，七曰晨凫。"这里借用，极言其快如风驰电掣。景德镇：镇名，今为江西景德镇。

[18]"祖膊"句：祖膊：袒露着臂膊。去不复：一去不返。

[19]血食：古时杀牲取血，用以祭祀，故名。《汉书·高帝纪》："秦侵夺其地，使其社稷不得血食。"

[20]乌啄肉：谓乌鸦啄食尸体。

[21]摧衄（nù）：挫败。《三国志·魏志·管辂传》裴松之注："景春奔北，军师摧衄。"

[22]"辣手"句：辣手：厉害的手段。五岳：即嵩山（中岳）、泰山（东岳）、华山（西岳）、衡山（南岳）、恒山（北岳）。

[23]蜀黔：蜀：四川地域的别称；黔：贵州地域的别称。

[24]"守戍"句：守戍：守卫。胡令：未详。令，知县。简书：古时无纸，有事书之于竹简，谓书简。后因以统指文书、信札。这里犹言通告之类的文书。

[25]吞声：心有怨恨而不敢作声。

[26]瞠（chēng）：张目直视。

[27]衣敝：衣服破败。踵穿：鞋跟破而脚后跟露于外。

[28]羸（léi）老：瘦弱老病。

[29]磷：磷火。

[30]素旌：白色的旗子。

[31]大帅：指负责江西一带军事的湘军统帅曾国藩。

[32]一将：指毕金科。柱折：支撑之柱断折。

[33]兀兀：沉默不作声的样子。

[34]"筐饭"句：劳：慰劳。涕零：泪落。《诗·小雅·小明》："涕零如雨。"

晓 发

袁 昶

漠漠一江云,风吹如擘絮[1]。
渐闻篙石喧,稍辨青林曙。
推篷回望白云飞,须臾复度前山去[2]。

袁 昶
（1846—1900）

初名振蟾,字重黎,一字爽秋,浙江人。光绪二年丙子（1876）进士,官至太常寺卿。光绪二十六年（1900）,义和团事起,昶力主镇压,并反对围攻外国使馆,遂被杀。后追谥忠节。著有《渐西村人初集》十卷、《安般簃集》十卷等。昶为晚清宋诗派的代表作家,与沈曾植同为后期浙派魁首。为诗能以汉、魏、晋、宋为根柢,而化以北宋之面目,多清微之致、诙诡之趣。

◎ 题解

诗写拂晓时刚开船,诗人在船上所看到的景色。有清癯幽峭之致。

◎ 注释

[1] 擘（bò）絮：韩愈《晚寄张十八助教周郎博士》："晴云如擘絮。"擘,分剖,分裂。
[2] 须臾：片刻,一会儿。

吴江舟中（三首选一）

叶大庄

孤月溶溶波底生[1]，繁星点点林外荧。
二更三更无人行，水际萧摵多秋声[2]。
秋声忽远复忽近，汀雁樯乌不定鸣[3]。
曼吟幽啸孤亭发[4]，细听非笛亦非筝。
悄然吹竹作裂帛[5]，秋坟叶落诗魂惊[6]。
西风满城水拍岸，湖灯散尽天将明[7]。

叶大庄（1844—1898）

字临恭，号损轩，福建闽县（今福州）人。同治十二年癸酉（1873）举人，历官邳州知州。有《写经斋初稿》《续稿》。叶大庄中年曾家居，与龚易图、陈宝琛、陈书等以诗歌唱和，几无虚日。张之洞任两江总督，招之入幕，诗名益著。前期服膺厉鹗，句律皆研炼刻琢，不落凡俗。后读易顺鼎《四魂集》而喜之，改途学其体，风格遂变。

◎ 题解

　　这首诗原题列第三。吴江，在江苏苏州。此诗是叶大庄在一个秋天夜晚经过吴江时所作。风格学苏轼《舟中夜起》七古。作者用白描手法，展现了一幅江上秋夜图：秋月、秋波、秋声、秋鸟、秋叶、秋灯。在这秋的世界里，多彩和宁静构成了主旋律，诗人的情绪因之得以宣泄，而读者则得到了美的陶醉。

◎ 注释

[1] 溶溶：浮动貌。
[2] 萧摵：寂寥中的声响。
[3] 汀雁樯乌：栖留在水边的大雁和船桅上的乌鸦。
[4] "曼吟"句：谓悠悠的吟声从孤亭中发出。
[5] 裂帛：撕裂缯帛，形容声音的清厉。白居易《琵琶行》："四弦一声如裂帛。"
[6] "秋坟"句：李贺《秋来》诗："秋坟鬼唱鲍家诗。"
[7] 湖灯：湖上渔灯。

冯将军歌

黄遵宪

冯将军，英名天下闻。
将军少小能杀贼，一出旌旗云变色[1]。
江南十载战功高，黄褂色映花翎飘[2]，
中原荡清更无事，每日摩挲腰下刀[3]。
何物岛夷横割地[4]，更索黄金要岁币[5]。
北门管钥赖将军[6]，虎节重臣亲拜疏[7]。
将军剑光方出匣，将军谤书忽盈箧[8]。
将军卤莽不好谋，小敌虽勇大敌怯[9]。
将军气涌高于山[10]，看我长驱出玉关[11]。
平生蓄养敢死士[12]，不斩楼兰今不还[13]。
手执蛇矛长丈八[14]，谈笑欲吸匈奴血[15]。
左右横排断后刀，有进无退退则杀。
奋挺大呼从如云[16]，同拼一死随将军。

将军报国期死君,我辈忍孤将军恩[17]!
将军威严若天神,将军有令敢不遵!
负将军者诛及身[18]。
将军一叱人马惊[19],从而往者五千人[20]。
五千人马排墙进[21],绵绵延延相击应[22]。
轰雷巨炮欲发声,既戟交胸刀在颈[23]。
敌军披靡鼓声死,万头攒攒纷如蚁[24]。
十荡十决无当前[25],一日横驰三百里[26]。吁嗟乎!
马江一败军心慑[27],龙州拓地贼氛压[28]。
闪闪龙旗天上翻[29],道、咸以来无此捷[30]。
得如将军十数人,制梃能挞虎狼秦[31],
能兴灭国柔强邻。呜呼安得如将军[32]!

◎ 题解

　　此诗列于《人境庐诗草》光绪十一年乙酉(1885),初稿本无,后来补作。冯将军:冯子材,广东钦州(今广西钦县)人。行伍出身,早年曾随张国梁镇压太平军,升至提督。光绪八年壬午(1882)称疾归乡。十年甲申(1884),法国侵略军进犯滇桂边境时,以广东高雷钦廉四府团练督办,参加抗战。次年二月,任广西关外军务帮办,率王孝祺、王德榜、苏元春等部,在镇南关、谅山大败法军。后历任广西、贵州提督等职。黄遵宪此诗就是咏其谅山大捷。王蘧常《国耻诗话》论此诗云:"冯子材谅山之捷,法人溃不成军,西人自入中国以来,未有如此次之受巨创者,亦可以稍雪国耻矣。按察有《冯将军歌》纪其事。其辞云云。刻画将军,虎虎如生。连叠十六将军字,盖效史公《魏公子无忌列传》。"

◎ 注释

[1]"将军"二句：此言其早年镇压太平军。作者出于封建地主阶级立场的阶级局限，污蔑太平军为"贼"，并歌颂冯子材镇压农民起义为"战功高"。《清史稿·冯子材传》："初从向荣讨粤寇，补千总。改隶张国梁麾下，从克镇江、丹阳。尝一日夷寇至七十余，国梁拊其背曰：子勇，余愧弗如。积勋至副将。国梁殁，代领其众。"

[2]"江南"二句：《清史稿·冯子材传》："同治初，将三千人守镇江，……寇攻百余次，卒坚不可拔。事宁，擢广西提督，赏黄马褂，予世职。"《国史·冯子材传》："咸丰九年，补高州镇标外委。嗣以征剿有功，先后保奏至守备，赏戴蓝翎，赏换花翎。"花翎，清代官员的冠饰，用孔雀翎饰于冠后，翎眼多少，标志品位的高低。

[3]摩挲：抚摸。

[4]岛夷：古称海岛的居民。《书·禹贡》："岛夷卉服。"后常含贬意。此指法国入侵者。

[5]"更索"句：罗惇曧《中法兵事本末》："光绪十年七月，法国公使谢满禄下旗出京。谕旨言法人横索无名兵费，恣意要挟。"岁币，对外族屈辱求和每年所输纳的钱币。

[6]北门管钥：《左传·僖公三十二年》："杞子自郑使告于秦曰：'郑人使我掌其北门之管。'"后称镇守军事要地为北门管钥，如《宋史·寇準传》："北门锁钥，非準不可。"

[7]"虎节"句：《清史稿·张之洞传》："光绪八年，法、越事起。十年，两广总督张树声解任，遂以之洞任。之洞奏遣提督冯子材、总兵王孝祺等，皆宿将。"又，《冯子材传》："张之洞至，礼事之，请总前敌师干卫粤、桂。逾岁，朝命佐广西边外军事。"虎节，古代使节所持的虎形信物。《周礼·地官·掌节》："凡邦国之使节，山国用虎节，土国用人节，泽国用龙节。"虎节重臣指张之洞。拜疏：臣下向皇帝上疏，当恭敬从事，故称拜疏。疏，奏章。

[8]"将军谤书"句：王蘧常《国耻诗话》："越事起，将军被命佐广西边外军事。其时苏元春为督办，将军以其新进出己右，恒悒悒。广西巡抚潘鼎新又屡电不以冯军为得力，将军益愤，遂有致死之谋。故诗有'将军剑光方出匣，将军谤书忽盈箧'云云。"谤书盈箧，见《战国策》："魏文侯令乐羊将攻中山，三年而拔之。乐羊返而语功，文侯示之谤书一箧。"

[9]"小敌"句：《后汉书·光武帝本纪》："刘将军平生见小敌怯，今见大敌勇，甚可怪也。"此句和上句为诽谤者言。

[10]气涌高于山：《三国志·吴志·吴主传注》："权曰：近为鼠子所前却，令人气涌如山。"

[11]玉关：玉门关。此代指镇南关。

[12]"平生"句：徐珂《清稗类钞》："子材初练有藤牌队数百人。"敢死士：《南史·宋武帝纪》："帝筑城于故海盐，贼日来攻城，……帝乃选敢死士击走之。"

[13]"不斩"句：王昌龄《从军行》："不破楼兰终不还。"楼兰，西汉西域国名，在今新疆罗布泊西。

[14]"手执"句：《晋书·刘曜载记》："陈安左手奋七尺大刀，右手执丈八蛇矛。"蛇矛，古

123

兵器。

[15]"谈笑"句：岳飞《满江红》词："笑谈渴饮匈奴血。"匈奴，古时北方民族，常南下骚扰、掠夺。此处代指法国侵略者。

[16]"奋梃"句：苏轼《表忠观碑》："奋梃大呼，从者如云。"梃，棍棒，为古兵器。

[17]孤：辜负。李陵《答苏武书》："陵虽孤恩。"

[18]"负将军者"句：徐珂《清稗类钞》："将战，队长请以藤牌队冲锋，而后以大军继之。子材嘉之，且曰：若毋怯乎？对曰：平日受公豢养之谓何，今事亟矣，吾侪有不循是而行者，当刎颈以谢。"

[19]"将军一叱"句：《史记·项羽本纪》："项王瞋目叱之，赤泉侯人马俱惊，辟易数里。"

[20]"从而"句："奋梃大呼从如云，……从而往者五千人。"此脱胎于黄景仁《余忠宣祠》诗："将军戟手指贼语，死为厉鬼当杀汝。青萍一尺水一泓，去此一步无死所。将军已死殉合门，纷纷部曲呼其群，曰余将军死死君，我辈何忍孤将军。从而死者千余人。"公度连用将军字，乃《史》《汉》文法，用之于诗，壁垒一新。

[21]排墙进：言前进人之多而齐，有如墙壁。

[22]"绵绵"句：绵绵延延，连续不断。相击应，战斗时前后照应。《孙子·九地》："率然者，常山之蛇也。击其首则尾至，击其尾则首至，击其中则首尾俱至。"

[23]"轰雷"二句：轰雷巨炮，即震天雷，古火炮名。《金史·赤盏合喜传》："有火炮名震天雷者，铁罐盛药，以火点之，炮起火发，其声如雷，闻百里外。"当时法军方欲发炮，其炮手即被清军击毙。

[24]"敌军"二句：此言法军被战败。披靡，比喻军队溃败。鼓声死，形容败阵。常建《吊王将军墓》诗："军败鼓声死。"

[25]"十荡"句：《晋书·刘曜载记》载《陇上歌》："丈八蛇矛左右盘，十荡十决无当前。"十荡十决，是以洪水的冲击为喻。无当前，无人敢在前面抵挡。

[26]"一日"句：此言冯子材军大胜。《清史稿·冯子材传》："诸军以子材年七十，奋身陷阵，皆感奋殊死斗。关外游勇客民亦助战，斩法军数十人，追至关外二十里而还。越二日，克文渊、被赏赉。连复谅城、长庆，禽斩三画、五画兵总各一。乘胜规拉木，悉返侵地。"三百里为虚数。

[27]"马江"句：《福建通志》："光绪十年，法提督孤拔率兵船来福州马尾，有占据地方为质索赔兵费之说。七月初三日，马江舰队大败于法，兵轮燔焉。"慑，恐惧。

[28]龙州：地名，清属广西太平府，为边陲要地，冯子材出兵即在此。拓地：指冯军出关，开拓战地。贼氛压：把法军的气焰压下去。

[29]龙旗：清之国旗。

[30]"道、咸"句：《清史稿·冯子材传》："法、越之役，克镇南，复谅山，实为中西战争第一大捷。"道、咸，道光、咸丰。

124

[31]"制梃"句：《孟子·梁惠王上》："可使制梃以挞秦、楚之坚甲利兵矣。"虎狼秦：《战国策》："夫秦，虎狼之国也。"此借指外国侵略者。

[32]"能兴"二句：兴灭国：使灭亡的国家重振。《论语·尧曰》："兴灭国，继绝世。"柔：安抚之使顺服。此二句及前二句亦脱胎于黄景仁《余忠宣祠》诗："呜呼元亡尚有人，尽如将军元可存。呜呼安得如将军！"

缅侨叹

陈宝琛

开眼见杲日[1]，出门愁飞埃[2]。
冬晴气爽况春旱，夏潦秋涨将何哉[3]！
前者不归后且来[4]，娶妇生子死便埋。
嗟而岂若贪殉财[5]！
无田可耕乃至此，时节先垄宁忘怀[6]。
积资难餍乡里望[7]，有吏如虎胥如豺[8]。
中伤不售恣剽劫，要赎殃及坟中骸。
令君见惯厌雀鼠[9]，循例批答谁亲裁？
部文宪檄只益怒[10]，上吁无雨空闻雷[11]。
一廛异域岂得已[12]，邦族欲复心滋灰。
流人幸蒙圣主念[13]，倘置一吏贤且才。
护商万国有通则，行见同轨滇边开[14]。

❖ **陈宝琛**
（1848—1935）

字伯潜，号弢庵，一号橘隐，福建闽县（今福州）人。同治七年戊辰（1868）进士，官翰林院编修。光绪十年甲申（1884），因言事忤慈禧太后罢官归。溥仪即位复被召。后官至弼德院顾问大臣。著有《沧趣楼诗集》十卷。为闽派诗坛领袖之一。其诗于写景之作以外，感时抒怀之作颇多。又尝出游江南、广州及南洋群岛，有纪程之作。林庚白《丽白楼诗话》谓其"诗以昌黎（韩愈）、荆公（王安石）、眉山（苏轼）、双井（黄庭坚）为依归，落笔不苟，而少排奡之气，不甚似荆公，于其他三家皆有所得。诋之者病其有馆阁气，非笃论也"。宝琛亦极赏新派诗人黄遵宪之作，谓其"天才雅丽"。

◎ 题解

缅侨叹，哀叹在缅甸的中国侨民。作者于光绪三十二年丙午（1906）曾到过缅甸，《缅侨叹》作于此时。黄竞初《华侨名人故事录》："据《大清律例》一书所载，国人之赴海外者，如通敌通盗等，罪至死。相传有闽人陈某，经商南洋数十年，积资百余万元。后以系念祖国，束装携眷归里，营居室，置田产，事为闽驻防将军及督抚所闻，照例奏报，将其全家老幼男女三十余口，尽数加害，资产入官，可谓惨矣。此为清代中叶故事。"诗中"积资难餍乡里望"以下八句即反映此类事，为此诗主题宗旨。

◎ 注释

[1] 杲（gǎo）日：明亮的太阳。
[2] 飞埃：飞扬的尘埃。
[3] 潦：雨水大貌，也指雨后大水。
[4] 前者：指已在缅甸侨居的华民。
[5] 贪殉财：《汉书·贾谊传》："贪夫殉财，烈士殉名。"
[6] 先垄：祖先的坟墓。

126

[7] 餍（yàn）：满足。

[8] 吏、胥：地方官府的小吏。

[9] 雀鼠：《后汉书·祢衡传》："（曹）操怒谓（孔）融曰：祢衡竖子，孤杀之，犹雀鼠耳。顾此人素有虚名，远近将谓孤不能容之，今送与刘表，视当何如？"

[10] 部文宪檄：指上级的公文。

[11] 吁：呼告。

[12] 一廛：一人所居之地。《孟子·滕文公》："远方之人，闻君行仁政，愿受一廛而为氓。"

[13] 流人：流亡外地的人。桓宽《盐铁论·执务》："赋敛省而农不失时，则百姓足而流人归其田里。"

[14] 同轨：《礼记·中庸》："书同文，车同轨。"古代各诸侯国的车轨互异，天下统一后，做到车轨相同。滇：云南省。

彩云曲

王甲荣

曩在天津[1]，耳赛金花之名[2]，休沐之暇[3]，与朋辈访之。直其晨妆未竟，良久始出。一出而满室生春。坐客六人，囷不周旋合度。徐娘半老[4]，而秾粹犹不亚于雏鬟[5]，真尤物也[6]。往者侍郎某公[7]，奉使德意志[8]，宠妾傅彩云，有艳名，德后爱之，乃与同照小影[9]。后为英吉利女皇维多利亚之子，亦丽姝也[10]，贵宠震于欧洲，其事遂哄传海外。彩云故苏台歌妓[11]，侍郎薨后，不安于室，重隶教坊[12]，乃更名赛金花云。予不禁为之感叹，爰仿长庆体[13]，为赋斯篇。非但征尤物，间纬以时事，且谂来者尔。

冶坊浜里移兰棹[14]，船娘纤手调羹妙[15]。
袭人花气正慵眠[16]，隔岸山容如巧笑[17]。
有约邻娃斗草来[18]，游春公子飞笺召[19]。
晨梳蟢上玉搔头[20]，黠婢欢呼偏识窍[21]。

儿生璧月中秋夜,彩云拥出银河界。
小字拈来阿母怜[22],他年只许仙人跨[23]。
天生佳丽住横塘[24],日坐花前斗艳妆。
三五年华尚娇小[25],春风到处姓名香。
闻名但欲求识面,相见谁知即断肠。
万里阙前金殿客[26],三生石上玉箫娘[27]。
迎来绣毂应须早[28],怎奈泷冈犹待表[29]。
大妇恩情斯易求,词臣礼法敢轻掉[30]?
苦烦密友代藏娇[31],金屋偷营乌鹊桥[32]。
料得弹琴不成调[33],度他拥髻可怜宵[34]。
转瞬明年别乡树,双飞同向燕台去[35]。
夫婿朝衣待漏行[36],侍儿画阁熏香护[37]。
君王选使重怀柔[38],凤诏传宣第一流[39]。
远唱皇华三万里[40],闺中翻起细君愁[41]。
却教小妇相随往[42],好学夫人莫漫羞[43]。
异宠新颁紫霞佩[44],乌鸦飞入青鸾队[45]。
同行侠客虬髯公,便认李郎红拂妹[46]。
为译蛮奴缺舌音[47],遂娴绝国龟兹伎[48]。
花枝才展柏灵城[49],梨园唱遍罗敷媚[50]。
瑶宫仙子爱娉婷,博士披香欢接引[51]。
狡狯潜收威凤仪[52],琉璃照彻惊鸿影[53]。
从此丰姿海外传,别开生面星轺幸[54]。
星轺述职返皇都[55],千金买得方舆图[56]。
贾胡弄舌工欺诳[57],一寸山河千里诬[58]。

乖厓旧是同心友[59]，反覆无端一挥手。
蜀道褒斜随处成，人心鬼蜮奚从剖？[60]
茂陵秋雨但愁眠[61]，荡妇空床难独守。
爱唱云中赤凤来[62]，悄谐花底秦宫偶[63]。
无何寡鹄起长悲[64]，消渴文园竟莫医[65]。
燕子不栖关盼盼[66]，鹤儿重迓李师师[67]。
灯火樊楼温旧梦[68]，花砖学士缔新知[69]。
轻歌缓舞依然乐[70]，换羽移宫总弗思[71]。
万事荣枯车转毂[72]，一枕荒唐蕉覆鹿[73]。
俄惊庙火焚祆神[74]，争看黄巾拜张角[75]。
鼙鼓联邦动地来[76]，莺花满院随风逐[77]。
飞来天外一将军[78]，钿合金钗缘再续[79]。
七宝雕鞍细马驮[80]，九华锦帐双鸳宿[81]。
两宫西狩音尘断[82]，上国衣冠尽涂炭[83]。
宝玦王孙泣路隅[84]，金鱼朝贵遭索贯[85]。
锁骨菩萨心惨然，每向将军代乞怜。[86]
宰相和戎倾帑藏[87]，诸夷满欲整归鞭。
焱轮待发匆匆别[88]，珠泪轻弹粒粒圆[89]。
烽烟散尽回銮辂[90]，繁华气象还如故。
五陵侠少纵豪游[91]，一曲缠头不知数[92]。
尤物移人人自近，徐娘半老犹风韵。
充房面首聊自娱[93]，容尔心头敢何问？
白皙刚垂鸦婢涎，红颜遽绝鱼姑刃。[94]
妒花风雨黯长安[95]，铁铸爰书为雪冤[96]。

牍背多端从吏示[97]，橐饘还仗所欢传[98]。
刑庭对簿回天易[99]，孽海生波挽柁难[100]。
紫陌春浓歌缓缓，花开花落自江南[101]。

自跋：

作此诗后，未几拳事起[102]，遽付劫灰[103]。事阅二十余年，忘怀久矣。近甬上秦生[104]，以予稿本散佚，为钞此寄来。展览之余，浑如隔世。但所作廑及其去帏而止[105]，而庚子恩迹花门[106]，事尤奇恣，不可不加以渲染，因复衍数百言，缀诸其后。若传其楼傍玉台[107]，遨游京洛[108]，予所不审[109]，则从略焉。或曰：樊山方伯[110]，亦有此曲，命名正同。方伯雅什[111]，予未之见。东施独处，无心效颦[112]。鲁门不窥，放手弄斧[113]。得弗使人齿冷[114]？老年闲旷，近日正自录旧作，因即写在待选草中，其次序未免参错尔。辛酉长至后三日冰叟跋[115]。

王甲荣
（1850—1930）

字郛畇，号冰叟，浙江嘉兴人。光绪十五年己丑（1889）举人，官广西思恩府知府。有《二欣室诗集》八卷。其论诗，以雅正为归，不以时贤之吊诡幽涩为然。他自为诗情深志远，宗趣在唐李商隐、宋陆游之间。

◎ 题解

这首诗前半部分作于光绪二十六年（1900）前，后半部分作于1921年。《彩云曲》，咏傅彩云事。在清末民初，这是文人骚客笔下的绝好题材。最著名的文学作品，当是樊增祥的诗歌前后《彩云曲》和曾孟朴的小说《孽海花》。但是就文学作品的艺术成就而言，王甲荣的

《彩云曲》也是杰构。这首诗以长庆体记述了傅彩云的一生，渲染之处，令读者咏叹不已。特别是记载傅彩云与洪钧结合前后的那一部分，由于是亲闻自傅彩云口述，其意义就不再局限于文学领域，因此也具有史的价值。当然，必须剔除傅彩云为自高其位而进行的无中生有的编造。而这首诗在写傅彩云与八国联军之德军元帅瓦德西关系时，因采取了讽刺的文笔，所以也就比其他人所作显得高明。故沈曾植曾对王甲荣云："樊山不过梅村，子则是长庆体，不可同日而语矣。"（见王蘧常《国耻诗话》）

◉ 注释

[1] 曩：昔。天津：今天津市。

[2] 耳：闻。

[3] 休沐：古代官吏的例假。

[4] 徐娘半老：《南史·梁元帝徐妃传》："徐娘虽老，犹尚多情。"后称风韵犹存的中年妇女为"徐娘"。

[5] 秾粹：秾艳粹丽。雏鬟：少女。

[6] 尤物：特出的人物。《左传·昭公二十八年》："夫有尤物，足以移人。"后常以指绝色的美女。

[7] 侍郎某公：指洪钧。洪钧自光绪十六年起任兵部左侍郎。

[8] 奉使德意志：洪钧出使俄、德、奥、荷四国事，见费念慈《洪公墓志铭》。

[9] 同照小影：陈琰《艺苑丛话》卷二："洪钧简俄、德、奥、荷钦使，纳名倡傅彩云，携之航海。路出伦敦，英皇请公使夫人赴宴，傅盛妆而往。维多利亚颇加青眼，曾用电摄法与之合留小影。"按：此云英皇，王甲荣云德后，事本彩云捏造，俱不足信。单士厘《国朝闺秀正始再续集》在薛绍徽《老妓行》（亦咏傅彩云事）后有按语云："'忘年交'、'开天庖'、'偕照影'（俱薛绍徽诗中语）等句，仍是未谙外事者之语。德国后尊贵自居，欧土世爵妇女且不轻交，况吾国妇女乎？'开天庖'亦不过外交例宴，不足为重。'偕照影'则西土工人往往能合两幅以上之照相，凑成一幅，天衣无缝，不知者以为庐山真相，此正用是法也。予夫子（钱恂）习知外事，矧光绪庚寅、辛卯，夫子正在英、德两国间，不但确闻，并且确见，故为正之。总之，误于小说《孽海花》之澜言耳。"

[10] 丽姝：美女。

[11] 苏台：即姑苏台，在苏州西南。此借指苏州。

[12] 重隶教坊：教坊，唐代掌管女乐的官署名。此指傅彩云再充歌妓。

[13] 长庆体：指元稹、白居易所创的七言歌行体。因元稹有《元氏长庆集》，白居易有《白氏长庆集》，故云。代表作是《连昌宫词》《长恨歌》《琵琶行》。其艺术特点是白描，少用典。与后来以用典著称的"梅村体"不同。

[14] "冶坊"句：顾禄《桐桥倚棹录》："野芳浜：俗作冶坊浜，即古新泾。见毛珵《记》。在普济桥下塘。"冶坊浜在苏州去虎丘途中。兰棹，即兰舟。木兰所造之舟。

[15] "船娘"句：清时苏州山塘中游船上有厨娘供酒菜给游客，称船娘菜。

[16] "袭人"句：陆游诗："袭人花气知骤暖。"袭人花气，意思是花香扑人。慵眠：疲倦好睡。

[17] "隔岸"句：巧笑：美好的笑貌。《诗·卫风·硕人》："巧笑倩兮，美目盼兮。"此句言春天山色迷人。此诗前四句写苏州春景。

[18] 斗草：亦称斗百草，儿戏名。以草为比赛对象。或对花草名，如狗耳草对鸡冠花。或斗草的多寡、韧性等。白居易《观儿戏》诗："弄尘或对草，尽日乐嬉嬉。"

[19] 飞笺：急递书信。

[20] "晨梳"句：谓早上梳洗的时候有喜蛛爬到玉簪上，即言有喜事来临的征兆。蟢，即喜蛛。陆玑《毛诗草木鸟兽虫鱼疏》卷下谓"此虫来著人衣，当有亲客至，有喜也"。玉搔头，首饰，簪的别名。白居易《长恨歌》："花钿委地无人收，翠翘金雀玉搔头。"

[21] "黠婢"句：黠婢：狡黠的婢女。窍：窍门。自"有约"至此言洪钧初次来召。

[22] "小字"句：言傅彩云生中秋夜，时有彩云遮住银河，故取小名彩云。

[23] 仙人跨：仙人：此处指神采出众的人。跨：据有。自"小字"至此言彩云之出生。

[24] 横塘：水名，在苏州城西南横山东。胥江、越来溪在此合流，是游太湖的必经要道。

[25] 三五年华：十五岁。

[26] "万里"句：阙：指皇帝所居宫殿的阙门。金殿：帝皇的宫殿。此谓洪钧是皇帝身边的朝官。

[27] "三生"句：三生石，传说唐代李源同惠林寺和尚圆观友善，两人同游三峡时，见一妇人汲水，圆观对李源说：是某托身之所。更后十二年中秋月夜，杭州天竺寺外，与君相见。后李源如期到杭州访问，果遇一牧童唱《竹枝词》道："三生石上旧精魂，赏月吟风不要论。惭愧情人远相访，此身虽异性常存。"牧童就是圆观的后身。见袁郊《甘泽谣·圆观》。本为宣传佛教三世轮回的一种迷信传说，后人附会谓杭州天竺寺的后山有三生石，即李源和圆观相会之处。诗文中常把三生石作为因缘前定的典故，王甲荣亦是此意。玉箫，用玉装饰的箫。因傅彩云是歌妓，故称玉箫娘。自"天生"至此言傅彩云的美貌及与洪钧一见钟情。

[28] "迎来"句：指迎娶。毂：车轮中心可以插轴的地方。这里指代车。

[29] "怎奈"句：泷冈：地名。在江西永丰县南。宋欧阳修葬其父于此，并作《泷冈阡表》

文。表：墓表立于墓前。此谓洪钧孝服未除。

[30]"大妇"二句：大妇：正妻。斯：此。词臣：谓文学侍从之臣。因洪钧是状元，又曾官内阁学士，故云。所谓"词臣礼法"，指旧时父母死后，子女要在家守丧三年，不做官，不婚娶，不赴宴，不应考。自"迎来"至此，言洪钧虽热恋傅彩云，但碍于丁忧在家，不得迎娶。

[31]"苦烦"句：传说洪钧好友汪凤藻曾代洪钧从青楼中赎出傅彩云，并安置停顿。见曾孟朴《孽海花》。

[32]"金屋"句：金屋：班固《汉武故事》云："汉武帝为太子时，长公主欲以女配帝，问曰：阿娇好否？帝曰：好！若得阿娇作妇，当作金屋贮之。"后来称男子有外宠为"金屋藏娇"。乌鹊桥：古代神话传说每年七夕，乌鹊造桥以渡织女与牛郎相会。宋之问《明河篇》："乌鹊桥边一雁飞。"当时传洪钧曾在苏州大郎桥巷筑外宅置傅彩云，见曾孟朴《孽海花》。

[33]"料得"句：古时以琴音调和喻夫妻、朋友、兄弟和好。

[34]"度他"句：拥髻：捧持发髻。典出汉伶玄《赵飞燕外传》附《伶玄自叙》："通德占袖，顾示烛影，以手拥髻，凄然泣下，不胜其悲！"樊通德，伶玄妾。可怜宵：《太平广记》："沈警词曰：'徘徊花上月，空度可怜宵。'出《异闻录》。"此言凄凉独处。自"苦烦"至此，言洪钧偷娶傅彩云之情形。

[35]燕台：即黄金台，在河北省易县东南，原系燕昭王筑以接待贤士。后称河北省北部为燕台。

[36]"夫婿"句：漏：古代的计时器。待漏：指百官清早入朝准备朝拜皇帝。《东观汉纪·樊梵传》："每当直事，常晨驻马待漏。"

[37]"侍儿"句：谓傅彩云由婢女陪伴在画阁中熏香等候洪钧上朝归来。自"转瞬"至此，言洪钧丧服期满后与傅彩云同赴北京。

[38]"君王"句：使：使臣。怀柔：《诗经·周颂·时迈》："怀柔百神，及河乔岳。"后称统治者笼络外国或国内少数民族为怀柔。

[39]"凤诏"句：凤诏：即诏书。《邺中记》："石季龙（虎）与皇后在观上为诏书，五色纸，著凤口中。凤即衔诏，侍人放数百丈绯绳，辘轳回转，凤凰飞下，谓之凤诏。凤凰以木作之，五色漆画，脚皆用金。"传宣：传达。

[40]皇华：《诗经·小雅》有《皇皇者华》篇，《诗序》谓为君遣使臣之作。后来遂用皇华作使人或出使的典故。杜甫《寄韦有夏郎中》诗："万里皇华使，为僚记腐儒。"

[41]"闺中"句：细君：古时诸侯的妻称小君，也称细君。后为妻的通称。《汉书·东方朔传》："归遗细君，又何仁也？"

[42]小妇：妾。

[43]莫漫：漫：意为徒、空。赵彦端《鹊桥仙》词："东风莫漫送扁舟，为管取轻寒罗袖。"

[44]"异宠"句：颁：颁发。紫霞佩：清代高官夫人的佩饰，上有紫色霞彩。

[45]"乌鸦"句：青鸾：传说中的神鸟，有如凤凰。《五灯会元·琅邪觉禅师法嗣》："僧问：如何是异类？显端曰：鸦巢生凤。"后以鸦巢生凤喻劣中出优。此句谓傅彩云由歌妓而变为公使夫人。

[46]"同行"二句：此用张仲坚和李靖及红拂女典故。据《太平广记》卷一九三《虬髯客》载：隋末李靖以布衣谒越国公杨素，素侍婢罗列，中有一执红拂者，貌美，深情瞩目李。李归逆旅，夜五更，红拂女特来投，两人相与奔归太原。在途中遇虬髯客张仲坚，认为兄妹，后传言张驾海船千艘，入扶馀国，杀其主自立。王甲荣将洪钧比李靖，傅彩云比红拂女，而以傅彩云他们在船上所遇俄国博士毕叶比张仲坚。毕叶亦有髯。其事详见曾孟朴《孽海花》。

[47]"为译"句：蛮奴：外族。鴃（jué）舌：形容言语难懂。《孟子·滕文公上》："今也南蛮鴃舌之人，非先王之道。"

[48]"遂娴"句：娴：娴熟。绝国：极远的邦国。《淮南子·修务》："绝国殊俗，僻远幽闲之处，不能被德承泽。"龟兹（qiū cí），为古代西域国名，在今新疆库马县境。龟兹伎：乐舞名，见《新唐书·礼乐志》。这句与上句言傅彩云随毕叶习外文，并因此学会了外国交际舞。

[49]"花枝"句：花枝：形容妇女打扮得十分艳丽。柏灵：今译"柏林"，德国首都。

[50]"梨园"句：梨园：唐玄宗曾选乐工三百人，宫女数百人，教授乐曲于梨园，亲自订正声误，号"皇帝梨园子弟"。见《新唐书·礼乐志》。后世因称戏班为"梨园"。罗敷：美女名。《玉台新咏·日出东南隅行》："秦氏有好女，自言名罗敷。"此以罗敷比傅彩云。

[51]"瑶宫"二句：瑶宫：玉饰的宫殿。陶弘景《许长史旧馆坛碑》："瑶宫碧简，绚采垂文。"仙子：仙女。白居易《长恨歌》："楼阁玲珑五云起，其中绰约多仙子。"娉婷：姿态美好。辛延年《羽林郎》诗："不意金吾子，娉婷过我庐。"博士披香：即披香博士。见伶玄《赵飞燕外传》。披香，汉代后宫八区中宫殿名。汉宣帝时，侍臣淳方成教授披香殿中，时称"披香博士"。接引：接待、引进。瑶宫仙子指德皇后，博士指德后身边之人。此谓德皇后爱傅彩云的美好姿态，遂让博士来接引她。

[52]"狡狯"句：狡狯：嬉戏。威凤：神鸟。《关尹子》："威凤以难见为神。"此用以指德皇后。

[53]"琉璃"句：此句下有自注云："此一节予亲闻之彩云。"按：彩云捏造之事，王甲荣只是亲闻之彩云之口，不足凭信。琉璃，天然的各种有光宝石。惊鸿，惊飞的鸿雁，形容体态轻盈。曹植《洛神赋》："翩若惊鸿，婉若游龙。"后以代美人。此指傅彩云。

[54]"别开"句：别开生面，杜甫《丹青引赠曹将军霸》："凌烟功臣少颜色，将军下笔开生面。"赵次公注："凌烟画像颜色已暗，而曹将军重为之画，故云开生面。"星轺，古代称帝王使者为星使，因称使者所乘的车为星轺。也作为使者的代称。宋之问《奉和梁王宴龙泓应教诗》："水府沦幽壑，星轺下紫微。"此句谓傅彩云在德国所受殊荣，乃以前中国使者所未有。自"君王"至此，言傅彩云随洪钧出使情况。

[55]皇都：北京。

[56]"千金"句：方舆图：地图。《清史稿·洪钧传》："初，喀什噶尔续勘西边界约，中国图学未精，乏善本。钧莅俄，以俄人所订《中俄界图》红线均与约符，私虑英先发，乃译成汉字备不虞。十六年，使成，携之归。"此句即谓洪钧自俄国购《中俄界图》事。

[57]"贾胡"句：贾胡：经商的域外胡人。《后汉书·马援传》："伏波类西域贾胡，到一处辄止。"弄舌：巧辩。欺诳：欺骗蒙蔽。

[58]"一寸"句：《金史·左企弓传》："太祖既定燕，企弓献诗，略曰：君王莫听捐燕议，一寸山河一寸金。"此句与上句谓洪钧听信俄国商贾的胡言，购得了不准确的地图，地图上一寸的方位，相当于土地的千里之广，以至发生与俄人争执之事。《清史稿·洪钧传》："值帕米尔争界事起，大理寺少卿延茂谓钧所译地图画苏满诸卡置界外，致边事日棘，乃痛劾其贻误状。"

[59]"乖崖"二句：乖崖：宋代张咏字。此指张荫桓。陈琰《艺苑丛话》卷二："缪佑孙，江阴人。派往出洋游历者也。洪要之，俾充参赞。一日由俄赴奥，公使夫人上火车，参赞随员俱须站班伺候。缪曰：'此班诸君能站，我不能站。'于是一倡百和，纷然各散。事后，洪衔之次骨，五年期满，不为保举；缪往俄京游历，不为咨照。缪大恚。时洪画帕米尔界有浸溢处，缪著书立说，尽情攻击。自是劾洪者日凡三四起。"按：张荫桓即劾洪钧者之一。

[60]"蜀道"二句：蜀道：汉中入蜀之道，以险阻著称。褒斜（yé）：古栈道名，在陕西省西南，非常险峻，入汉中所必经。鬼蜮：蜮，古代传说一种能含沙射人使人发病的动物。后以鬼蜮指阴险害人的人。奚：何。此二句谓人心与蜀道之险一样难测。

[61]"茂陵"句：茂陵：汉武帝刘彻的陵墓。李商隐《寄令狐郎中》诗："茂陵秋雨病相如。"此以司马相如指洪钧，写洪钧之失势卧病。

[62]"爱唱"句：赤凤来：古曲名。伶玄《飞燕外传》载：汉成帝后赵飞燕与妹合德并通宫奴凤来，会十月十五日，歌《赤凤来》曲。飞燕问合德："赤凤为谁来？"合德说："赤凤自为姊来。"后以赤凤来指与奴仆私通。

[63]"悄谐"句：李贺《秦宫诗》："秦宫一生花底活。"悄谐花底，即偷香窃玉。秦宫，人名，东汉大将军梁冀的管家奴，为梁冀妻孙寿爱幸，得出入寿寝所，内外兼宠，威权大震。事见《后汉书·梁冀传》。此句与上句言傅彩云与奴仆阿福私通事。樊增祥《彩云曲自序》："学士代归，从居京邸，与小奴阿福奸生一女。学士逐福留彩，寝与疏隔。"

[64]寡鹄：失偶的天鹅。《列女传·鲁寡陶婴》："少寡，养幼孤。……作歌明己之不更二也。其歌曰：'黄鹄之早寡兮，七年不双。'"后用以比喻寡妇。

[65]"消渴"句：文园：汉文帝的墓所。司马相如曾为文帝陵园令。后来诗文中因以文园指相如。消渴文园：见《史记·司马相如列传》："相如口吃而善著书，尝有消渴疾，与卓氏婚，饶于财，……称病闲居，不慕官爵，……拜为孝文园令。"杜牧《为人题赠》诗："文园终病渴，休咏白头吟。"此言洪钧患病不治身死。

[66]"燕子"句：燕子：燕子楼。关盼盼：唐时徐州妓，善歌舞，工诗文。贞元中有徐州刺

史张愔纳为妾，为筑燕子楼。愔卒，楼居十五年不嫁。白居易为作《燕子楼诗》。此言关盼盼不住燕子楼，即谓傅彩云在洪钧死后不安本份。

［67］"鸨儿"句：鸨儿：妓院中人。迓：迎接。李师师：北宋徽宗时名妓。此言傅彩云重操妓女旧业。

［68］樊楼：宋代京师的著名酒楼。本为商贾卖白矾（矾）之所，故名。或谓楼主姓樊，故称。后改名丰乐楼。刘子翚《汴京纪事》诗："忆得少年多乐事，夜深灯火上樊楼。"

［69］花砖学士：花砖：有花纹的地砖。《翰林志》："北厅前阶有花砖道，冬日及五砖，为入直之候。李程性懒，好晚入，恒过八砖乃至，众呼为八砖学士。"

［70］"轻歌"句：白居易《长恨歌》："缓歌慢舞凝丝竹。"

［71］"换羽"句：换羽移宫，变换乐调。周邦彦《意难忘·美人》词："知音见说无双，解移宫换羽，未怕周郎。"羽和宫为古代五音中的二音。

［72］车转毂：车轮向前。喻时间过去不再来。

［73］蕉覆鹿：《列子·周穆王》："郑人有薪于野者，遇骇鹿，御而击之，毙之。恐人见之，遽而藏诸隍中，覆之以蕉，不胜其喜。俄而遗其所藏之所，遂以为梦焉，顺途而咏其事。傍人有闻者，用其言而取之。……薪者之归，……其夜真梦藏之之处，又梦得之之主。爽旦按所梦而寻得之，遂讼而争之。"后用以比喻人世真假杂陈、得失无常。自"灯灭"至此写傅彩云重返青楼后的生活。

［74］"俄惊"句：俄：不久。袄（xiān）神：杜佑《通典》："袄者，西域国天神。"《渊鉴类函》引《蜀志》："昔蜀帝生公主，诏乳母陈氏乳养。陈氏携幼子与公主居禁中，约十余年后，以宫禁出外。六载，其子以思公主思瘥，陈氏入宫有忧色。公主询其故，阴以实对。公主遂托幸袄庙为名，期与子会。公主入庙，子睡沉。公主遂解幼时所弄玉环，附之子怀而去。子醒见之，怨气成火，而庙焚也。"按：此处庙火焚袄神指义和团焚烧各国教堂。

［75］"争看"句：黄巾：东汉末年的黄巾军。张角：黄巾军的首领。此以黄巾军比义和团。

［76］"鼙鼓"句：白居易《长恨歌》："渔阳鼙鼓动地来。"鼙鼓，战鼓。联邦，指八国联军。

［77］"莺花"句：莺花：莺啼花开。本指春时景象，此处指妓女逃散。院：妓院。

［78］"飞来"句：指八国联军之德国元帅瓦德西。《汉书·周勃传》："诸侯闻之，以为将军从天而下也。"

［79］"钿合"句：钿合：金饰之盒。陈鸿《长恨歌传》："定情之夕，授金钗钿合以固之。"此谓瓦德西授傅彩云以信物。

［80］"七宝"句：七宝雕鞍：以多种宝物装饰的马鞍。细马：良马。《旧唐书·职官志》："凡马有左右监，以别其粗良。……细马之监称左，粗马之监称右。"

［81］九华锦帐：白居易《长恨歌》："闻道汉家天子使，九华帐里梦魂惊。"九华，形容色彩缤纷。

［82］"两宫"句：指八国联军攻破北京时慈禧太后和光绪皇帝出狩西安。

[83]"上国"句：上国：京师。衣冠：官吏。涂炭：烂泥和炭火。此喻处于水深火热之中。

[84]"宝玦"句：宝玦：佩玉。王孙：王者之孙或后代。杜甫《哀王孙》："腰下宝玦青珊瑚，可怜王孙泣路隅。"

[85]"金鱼"句：金鱼朝贵，唐制三品以上官佩紫衣金鱼袋。后借以指高官。索贯：旧时捆绑罪犯的绳索，此处作动词用。

[86]"锁骨"二句：锁骨菩萨：《玄怪录》："延州有妇人，……孤行城市，……及卒，有胡僧向墓敬礼，曰：此锁子骨菩萨也。不信可启视之。开墓视之，遍身骨钩结，皆如锁状。"此锁骨菩萨指傅彩云。王蘧常《国耻诗话》卷二："是时联军驻京，德为最横，虽鸡狗不得宁焉。留守诸公瞠目结舌，莫敢谁何。彩云恻然，切言于瓦，止其淫掠。又曰：琉璃厂，中国数千年文物所萃，幸勿毁。凡瓦之婪索责偿过苛者，彩云必力争。于是大局之斡旋，民生之利赖，不必诸公之衮衮，而系彩云之纤纤，不可谓非中国之奇耻极辱矣。"

[87]"宰相"句：宰相：指李鸿章。八国联军入京后，清政府以李鸿章为全权大臣与之议和。倾帑（tǎng）藏：指赔款。《和议准约》第六款载："上谕大清国大皇帝允定付诸国偿款海关银四百五十兆两。"帑：指收藏钱财的府库。

[88]焱轮：即"飙轮"。御风以行之车。《真诰》："茅山天市坛，昔东海青童君曾乘独轮飞飙之车。"此指火车或汽车。

[89]"珠泪"句：此谓傅彩云与瓦德西依依惜别。自"俄惊"至此，写庚子事变中傅、瓦之关系。

[90]銮辂：天子之车。

[91]"五陵"句：五陵：汉朝皇帝每立陵墓，都把四方富家豪族和外戚迁至陵墓附近居住。最著名的为五陵，即长陵、安陵、阳陵、茂陵、平陵。后来诗文中常以五陵为豪门贵族聚居之地。李白《少年行》："五陵年少金市东，银鞍白马度春风。"侠少：任侠的少年。王维《燕支行》："关西侠少何咆勃。"

[92]"一曲"句：缠头：古代歌舞艺人表演时以锦缠头，演毕，客以罗锦为赠，称缠头。后来又作为赠送妓女财物的通称。白居易《琵琶行》："五陵年少争缠头，一曲红绡不知数。"

[93]充房面首：众多的美男子。《宋书·前废帝纪》："山阴公主淫恣过度，谓帝曰：妾与陛下，虽男女有殊，俱托体先帝。陛下六宫万数，而妾唯驸马一人。事不均平，一何至此！帝乃为主置面首左右三十人。"

[94]"白皙"二句：徐珂《清稗类钞·娼妓类》："傅彩云……尝蓄雏妓六，中有名蝶芬者，花娇月媚，尤杰出。内务府某特爱之，暇辄往访，缠头之资不斩也。彩知其意，迫使度夜。蝶以齿稚哀免，不允，数凌虐之，鞭笞无完肤，不堪其毒，遂仰药死。"白皙：肤色洁白。此指内务府某。鸦鬓：鸦鬓青黑色的婢女。鸦鬓与红颜均指雏妓蝶芬。鱼姑：鱼玄机，唐女诗人，后为女道士，以笞杀女童绿翘，为京兆尹温璋所杀。此指傅彩云。

[95]"妒花"句：高启《惜花叹》："懊恼园中妒花女，画幡不禁狂风雨。"《大平御览》卷九

137

六七引《妒记》:"武阳女嫁阮宣武,绝忌。家有一株桃树,华叶灼耀,阮叹美之,即便大怒,使奴取刀斫树,摧折其华。"此言北京城中皆妒傅彩云。

[96]"铁铸"句:爰书:记录囚犯口供的文书。《史记·张汤列传》:"汤掘窟得盗鼠及余肉,劾鼠掠治,传爰书,讯鞫论报。"《索隐》:"韦昭曰:爰,换也。古者重刑,嫌有爱恶,故移换狱书,使他官考实之,故曰传爰书也。"徐珂《清稗类钞·娼妓类》:"(内务府)某至,闻其(蝶芬)死,伤悼不已,询之同辈,大疑。乃续识一雏妓,使之烧阿芙蓉,以言恬之,得端倪,即驱车返。次日,使仆报五城公所。掌中城者率番役往,掘尸身验之,鳞伤遍体,怒甚,乃将彩带案送刑部。于是琅珰枷锁,俯首而入犴狴矣。"

[97]"牍背"句:《史记·绛侯周勃世家》:"其后人有上书告勃欲反,下廷尉。……勃以千金与狱吏,狱吏乃书牍背示之,曰:'以公主为证。'公主者,孝文帝女也,勃太子胜之尚之。"牍背:简牍的背面。

[98]囊饘:衣食。《左传·僖公二十八年》:"(晋)执卫侯,归之于京师,置诸深室,宁子职纳橐饘焉。"杜预注:"宁俞以君在幽隘,故亲以衣食为己职。"

[99]"刑庭"句:对簿:受审。审问时据状文核对事实,故称对簿。回天:谏止皇帝的行动。后称用权势改变必然的行动亦为回天。樊增祥《后彩云曲自序》:"彩云虐一婢死,婢故秀才女也。事发到刑部,门官皆其相识,从轻递籍而已。"

[100]"孽海"句:孽海:同"业海",佛教指种种恶因,使人沦溺之海。《四十二章经注》:"罪始滥觞,祸终灭顶,恶心不息,业海转深。"摈柁,驾舵。此言傅彩云作孽深重。自"烽烟"至此,述傅彩云庚子事变后在北京情况。

[101]"紫陌"二句:苏轼《陌上花引》:"游九仙山,闻里中儿歌《陌上花》。父老云:吴越王妃每岁春必归临安,王以书遗妃曰:'陌上花开,可缓缓归矣。'吴人用其语为歌,含意宛转,听之凄然。"因傅彩云来自江南,又归于江南,故云。

[102]拳事:义和团。

[103]劫灰:劫火的余灰。慧皎《高僧传·竺法兰》:"又昔汉武穿昆明池底,得黑灰,问东方朔。朔云:不知,可问西域人。后法兰既至,众人追以问之,兰云:世界终尽,劫火洞烧,此灰是也。"

[104]甬上秦生:甬上,宁波。秦生,不详,当是王甲荣的后辈。

[105]去帏:帏,帷房,旧指妇女居住的内室。此言傅彩云离开洪家重操妓女旧业。

[106]恩迹:混迹。花门:唐代称回纥为"花门",此处指德帅瓦德西。

[107]玉台:张衡《西京赋》:"朝堂承东,温调延北,西有玉台,联以昆德。"后泛指宫廷的台观。

[108]京洛:因东周、东汉建都洛阳,后称京都曰京洛。

[109]不审:没有知道。

[110]樊山方伯:指樊增祥。樊山为增祥的号。方伯原为一方诸侯之长。《礼记·王制》:"千里之外设方伯。"后泛称地方长官。明清则专指布政使。樊增祥曾官江宁布政使。

[111] 雅什：《诗经》中《大雅》《小雅》《周颂》以十篇诗编为一卷，叫作"什"。后来泛指
诗篇或文卷。
[112] "东施"句：矉：皱眉，也作"颦"。《庄子·天运》："西施病心而矉其里，其里之丑人
见而美之，归亦捧心而矉其里；其里之富人见之，坚闭门而不出，贫人见之，挈妻子
而去之走。"后以"东施效矉"比喻以丑拙强学美好。
[113] "鲁门"句：鲁：鲁班，古之巧匠。鲁门弄斧言在大匠门前舞斧，不自量力。欧阳修
《与梅圣俞书》："昨在真定，有诗七八首，今录去，班门弄斧，可笑可笑。"此句与上
句都是王甲荣的谦词。
[114] 齿冷：笑必开口，久笑则齿为之冷。因谓贻笑于人而招致讥嘲为齿冷。《南齐书·乐
颐传》："人笑褚公，至今齿冷。"
[115] 辛酉长至：辛酉：公元1921年。长至：冬至的别称。

题钱南园画马一枯树一瘦马一小马

盛　昱

轮囷不材或者樗[1]，空山无人霜叶枯。
下有一马将一驹[2]，瘦若山立何其驽[3]。
千金燕市方选骏[4]，骅骝百辈开大涂[5]。
细茵美荐弃不顾[6]，奈何牧竖相追趋[7]。
伊谁为尔求青刍[8]，斜阳衰草粘天铺[9]。
慎勿自谓骨相殊[10]，渥洼之水为尔污[11]。
昆明通副不解事[12]，貌此丑态人揶揄[13]。
何如鸥波细谨笔[14]，谷量云锦千骕骦[15]。
今大司马有意无[16]？通马语者能题图[17]。
此马回头顾儿语，食三品料汝庶乎[18]。

盛　昱
（1850—1899）

字伯熙，一作伯希，号韵莳，隶满洲镶白旗，肃武亲王豪格七世孙。光绪三年丁丑（1877）进士，授编修。官至国子监祭酒。有《郁华阁遗集》。陈衍《近代诗钞·石遗室诗话》谓"韵莳诗兴趣不及偶斋（宝廷），书卷时复过之"。《光宣诗坛点将录》点为地察星青眼虎李云，评为"存国雅，振天声"。《近百年诗坛点将录》点为北山酒店地奴星催命判官李立，评其诗"肮脏悱恻，入人肝脾"。

◎ 题解

钱南园（1740—1795），名澧，字东注，云南人。清乾隆三十六年辛卯（1771）进士，官御史。当和珅用事，钱澧上疏摘举其奸，直声震天下。他又善书画，兴酣画马，识者珍之如拱璧。盛昱这首题画诗，狄葆贤《平等阁诗话》以为"妙语解人颐，少陵、东坡之变格也"。

◎ 注释

[1]"轮囷"句：轮囷：树木屈曲貌。《史记·邹阳列传》："蟠木根柢轮囷离诡，而为万乘器者。"《庄子·人间世》："匠石之齐，至乎曲辕，见栎社树，……曰：'……是不材之木也，无所可用'。"樗：无用之材。

[2]"下有"句：将：携带。驹：幼马。

[3]"瘦若"句：龚开《瘦马图》："今日有谁瘦若骨，夕阳沙岸影如山。"驽：劣马。

[4]"千金"句：《战国策·燕策》："古之君人，有以千金求千里马者，三年不能得。涓人言于君曰：请求之。君遣之，三月得千里马，马已死，买其骨，五百金。反以报君。君大怒曰：所求者生马，安事死马而捐五百金？涓人对曰：死马且买之五百金，况生马乎？天下必以王为能市马，马今至矣。于是不能期年，千里之马至者三。"

[5]"骅骝"句：骅骝：赤色骏马。《荀子·性恶》："骅骝、䯄骥、纤离、绿耳，此皆古之良马也。"涂：途，道路。此用杜甫《奉赠鲜于京兆二十韵》"骅骝开道路"句意。

[6] 茵：车席。荐：席。

[7] 牧竖：牧童。屈原《天问》："有扈牧竖，云何而逢？"

[8]"伊谁"句：伊：发语词，无意。青刍，青草料。

[9]粘天：连天。

[10]骨相：骨骼相貌。古以骨相推测命和性。王充《论衡》有《骨相篇》。

[11]渥洼：水名。在今甘肃瓜州县，党河的支流。《史记·乐书》："又尝得神马渥洼水中，复次以为太一之歌。"

[12]昆明通副：指钱澧。通副，官名。钱澧曾官通政司副使。

[13]"貌此"句：貌：描摹、写真。揶揄：嬉笑、嘲弄。

[14]鸥波：指赵孟頫（1254—1322），元代画家。鸥波亭在湖州，为赵孟頫游息之所。

[15]"谷量"句：谷量：谓畜多至不可胜计，置于谷以量之。《史记·货殖列传》："乌氏倮畜牧，及众，斥卖，求奇缯物间，献遗戎王。戎王什倍其偿，与之畜，畜至，用谷量马牛。"云锦，亦谓马多。《旧唐书·王毛仲传》："扈从东封以诸牧马数万匹从，每色为一队，望如云锦。"驹騟：马名。《山海经·海外北经》："北海内有兽，其状如马，名曰驹騟。"

[16]今大司马：指徐郙。大司马，旧称兵部尚书。

[17]通马语：苏轼《韩幹马十四匹》诗："老髯奚官骑且顾，前身作马通马语。"

[18]"食三"句：《新唐书·李林甫传》："林甫居相位，……谏官皆持禄养资，无敢正言者。补阙杜琎再进上书，言政事斥为下邽令。因以语动其余曰：……君等独不见立仗马乎？终日无声而饫三品刍豆，一鸣则黜之矣。"料，马吃的草料。食三品料是盛昱借以自指。盛昱官国子监祭酒，为三品衔。庶，庶几。

南康城下作

范当世

雪里乘舟出江渚[1]，维舟忽被南风阻[2]。
日日登高望北风，北风夜至狂无主。
似挟全湖扑我舟，更吹山石当空舞。
微命区区在布衾[3]，浮漂覆压皆由汝。
连宵达昼无人声，卧中已失南康城[4]。
眯眼惊窥断缆处，惟余废塔犹峥嵘[5]。
老仆颠跻强为饭[6]，慰我风微得远行[7]。

嗟尔何曾当大险[8]，一风十日天无情。
吾有光明十捆烛[9]，瓮有残醪钵有肉[10]；
新砚能容一斗墨，兔毫蛮纸堆盈簏[11]。
为吾遍塞窗中明，早晚澄清煮麋粥[12]。
吾欲偷闲疾著书，谁能更待山中屋[13]？

范当世
（1854—1905）

初名铸，字无错，后字肯堂，江苏南通州（今南通）人。岁贡生。曾为李鸿章幕僚。从张裕钊学古文。又同吴汝纶讲论政事文章，极为相得。散文取法桐城，但不为所拘。诗风宏肆瘦硬，兼学苏（轼）、黄（庭坚），为同时宋诗派诗人所推崇。桐城人吴闿生选《晚清四十家诗》，以范氏冠首，选录最多。姚永概曰："范君起江海之交，太息悲伤无所抒泄，一寓之于诗。其诗震荡开阖，变化无方。"陈衍曰："伯子识一时名公巨卿颇夥，徒以久不第，抑郁牢愁，诗境几于荆天棘地，不啻（孟）东野之诗囚也。工力甚深，下语不肯犹人，读之往往使人不欢。"金天羽曰："晚清诗人学苏（轼）最工者，推何蝯叟（绍基）、范伯子。"又曰："范肯堂贫穷老瘦，涕泪中皆天地名物。"有《范伯子诗集》十九卷。

◎ 题解

此诗作于清光绪十四年戊子（1888）十月，时范当世因吴汝纶介绍，续娶桐城姚倚云，就婚江西安福县姚父署中。途经南康，阻风城下。南康，清江西省南康府，治星子县。全诗从"风"上落笔，激荡回旋，绘声绘影，抒写了行旅之艰辛。最后八句却又峰回路转，倏忽转变，表现了自己镇静自如，偷闲著书的情怀。诗笔奇横无匹，转接处，往往突兀峥嵘，不落常套。

◉ 注释

[1] 江渚（zhǔ）：江边的小洲。
[2] 维舟：用绳系住船，即停船。
[3] 微命：指诗人自己。区区：微不足道。衾：被子。
[4] "卧中"句：谓睡眠中缆绳断了，船漂走，离开南康城。
[5] 废塔：颓败的塔，在南康府城旁，陈三立《清明前二日阻风南康府城下》亦云："隐隐南康城，旁有巍塔据。"
[6] 颠隮：坠落。《书·微子》："王子弗出，我乃颠隮。"强为饭：勉强做饭。
[7] 得：能够。
[8] 嗟尔：表示忧叹，感叹。当：面对。
[9] 光明烛：聂夷中《咏田家》："我愿君王心，化作光明烛。"
[10] 瓮：一种盛物的陶器。醪：浊酒。
[11] 兔毫：兔毫笔。蛮纸：即蛮笺，蜀地所产彩色花纸。这里是泛指。簏：竹箱。
[12] 麋粥：煮烂的粥。
[13] "吾欲"二句：谓在这艰苦的环境中，我要偷空赶快著书，那么谁能再在安静的山居中白白地闲待呢？

海军衙门歌同温慕柳同年作

丘逢甲

大东沟中炮声死[1]，旅顺口外逃舟驶[2]；
刘公岛上降幡起[3]，中人痛哭东人喜[4]。
旁有西人竞啾訾[5]：中国海军竟如此！
衙门主者伊何人[6]，万死何辞对天子？

坐糜廿三行省万万之金钱,经营惨淡三十年。
衙门循例保将领[7],翠翎鹤顶何翩翩[8]。
南军北军合操日[9],炮云翁起遮苍天[10];
群轮辗海迷青烟,谓此足当长城坚。
一东人耳且不敌,何况西人高掌远蹠纷来前[11]?
我不能工召洋匠[12],我不能军募洋将[13]。
衙门沉沉不可望[14],若有人兮坐武帐[15]。
早知隶也实不力[16],何事挥金置兵仗?
战守无能地能让,百万冤魂海中葬。
购船购炮仍纷纷,再拼一掷振海军[17]。
故将逃降出新将[18],得相从者皆风云[19]。
风云黯淡海无色,大有他人鼾吾侧[20]。
楼船又属今将军,会须重铸六州铁[21]。
宝刀拜赐趋衙门,军中岂知天子尊[22]?
敛缩海界张军屯[23],海风昼啸龙旗翻[24],
天吴海若群飞奔[25]。《阴符》秘授鬼莫测[26],
何取书生纸上之空言?噫吁乎!
书生结舌慎勿言,衙门主者方市权[27]。

丘逢甲
(1864—1912)

字仙根,号蛰仙,又号仲阏,别号南武山人、仓海君,祖籍广东镇平(今蕉岭),曾祖士俊随郑成功赴台湾。逢甲生于台湾苗栗,移居彰化。光绪十五年己丑(1889)进士,授工部主事。甲午(1894)中日之战,中方大败,清廷被迫与日订《马关条约》,

将台湾、澎湖割让日本。逢甲与台湾人士联合上书清廷，要求废约，不成，遂倡建"台湾民主共和国"，被推为副总统、义军统领，率义军抗日。兵败被迫离台内渡，先居广东潮州，后归镇平，致力于教育事业，创办学校，推行新学。辛亥革命时，历任广东革命军政府教育部长、广东谘议局副议长，又被举为广东代表，赴南京参加孙中山临时政府，当选为参议院议员。因病返粤，次年卒。有《岭云海日楼诗钞》十三卷、《集外集》《集外集补遗》等，今人有整理标点本。逢甲为晚清诗界革命巨子，黄遵宪称他为"真天下健者"，梁启超把他和黄遵宪、夏曾佑合称为"近世诗界三杰"。论诗既主张创新，又主张博取前人乃至同时人之长，熔于一炉，自成面目。所为诗题材广阔，与国家大事有关者极多，充满爱国主义精神。此外，其对台湾的怀念和对南洋奇丽风光的描写，在当时诗坛上是较突出的。艺术风格多样，或雄迈悲壮，或豪放凌厉，或飘逸清新，或婉适深秀，特别长于抒情，有振奋人心的作用。

◎ 题解

光绪十一年（1885）中法战争后，清廷总结教训，确定了"大治水师为主"的方针，于九月设总理海军事务衙门，简称海军衙门，统一指挥沿海水师。由醇亲王奕譞为总理，庆郡王奕劻、北洋大臣李鸿章为会办，正红旗汉军都统善庆和兵部右侍郎曾纪泽为帮办，实权则掌握在李鸿章手中。光绪二十年（1894）中日甲午战争爆发，次年正月，李鸿章苦心经营多年的北洋水师全军覆没。光绪三十三年（1907），诗人在粤东听到清廷又成立海军处，回忆往事，感慨万千，展望前景，又觉暗淡，写了此诗。温慕柳，名仲和，广东梅县松口人，光绪十五年己丑（1889）进士，官翰林院检讨，与逢甲为同年。

◎ 注释

[1]"大东"句：光绪二十年甲午八月十八日，北洋水师在鸭绿江口大东沟与日本舰队遭遇，大战五小时，双方损失皆重。史称"黄海海战"或"大东沟之役"。事后，李鸿章以"保船制敌"为借口，令北洋水师全部藏到威海卫军港。日本掌握了制海权。

[2]"旅顺"句：光绪二十年十月，日军进攻旅顺，清守军统帅龚照屿等逃往烟台，所部六军有五军纷纷逃跑。北洋海军基地威海卫与旅顺隔海相对，北洋水师提督丁汝昌亲赴天津见李鸿章，要求率舰队驰援旅顺，但李鸿章严令丁汝昌不准出战。旅顺口，在辽东半岛南端，地形险固，当时设有要塞，为军事重地。

[3]"刘公"句：光绪二十一年正月，日军进攻威海卫，占领南北两岸炮台，封锁东、西港口。日军海陆一齐发炮，轰击刘公岛和港内的北洋舰队。北洋舰队奋力抵抗，失败。提督丁汝昌、定远号管带刘步蟾自杀。英国顾问浩威假托丁汝昌的名义起草降书，向日军投降。日军占领刘公岛和威海港，北洋水师全军覆没。刘公岛，在山东文登市北威海卫东南海中。降幡（fān），降旗。刘禹锡《西塞山怀古》："千寻铁锁沉江底，一片降幡出石头。"

[4]中人：中国人。东人：东洋人，指日本人。

[5]西人：西洋人，指欧、美人。嗷訾（áo zǐ）：竞相责骂。

[6]"衙门"四句：斥责李鸿章。衙门主者，指李鸿章。伊，他。坐糜，坐在那里糟蹋。廿三行省，当时全国分廿三省。三十年，《清史稿·兵志七·海军》："同治初，曾国藩、左宗棠诸臣建议设船厂、铁厂，沈葆桢兴船政于闽海，李鸿章筑船坞于旅顺，练北洋海军，是为海军之始。"从同治初至光绪二十一年北洋水师覆没，约三十年。

[7]循例：遵循例规。保：保举。旧时大臣向朝廷推荐人材，并为其作担保。

[8]翠翎：清制，皇帝以孔雀翎赐臣下，作礼帽上的装饰品，称花翎。五品以上官员，皆戴孔雀花翎。六品以下称蓝翎。见昭梿《啸亭杂录》。鹤顶：鹤顶为红色。清制，一、二、三品文武官员，冠用红色；四、五、六品文武官员，冠中用红色，青缘。翩翩：即风度翩翩之意。

[9]南军：南洋水师，亦即福建水师。北军：北洋水师。

[10]蓊（wěng）：盛貌。

[11]高掌远蹠（zhí）：蹠：脚掌。张衡《西京赋》："缀以二华，巨灵赑屃（按：有力貌。），高掌远蹠，以流河曲。"传说太华、少华本为一山，因挡住了河水，河神巨灵以手擘开

146

山的上部，用脚蹋开山的下部，中分为二。于是，河水不再绕道。此喻欧美诸列强欲瓜分我国。

[12] 召洋匠：同治、光绪年间，江南制造总局等军事工业，聘请不少外国工匠任职。

[13] 募洋将：南洋、北洋舰队都聘欧美人当顾问、教官。

[14] 沉沉：深貌。

[15] 坐武帐：《汉书·霍光传》："太后被珠襦，盛服坐武帐中。"

[16] 隶：贱官。《左传·昭公四年》："舆人纳之，隶人藏之。"注："舆、隶，皆贱官。"兵仗：兵器的总称。

[17] "再拼"句：再拼孤注一掷。

[18] 故将：指原北洋水师的那些将领。

[19] 风云：《易·乾》："云从龙，风从虎。"喻新将之际遇亨通。

[20] "风云"二句：指局势严重，我国主权、领土等被列强侵犯，外国侵略者在我国土地上为所欲为。他人鼾（hān）吾侧，宋开宝八年，宋欲灭南唐，南唐主李煜遣使者见宋太祖，请缓兵。宋太祖说："卧榻之侧，岂容他人鼾睡！"

[21] "楼船"二句：楼船：古代一种高大的战船，此指兵舰。会须：该当。铸六州铁：唐天雄节度使罗绍威有部属五千人，骄横难制。罗便暗引朱全忠兵，将此五千人全部消灭。但朱全忠及其部下留在罗所管辖的地方达半年之久，军需全取给于罗，罗的积蓄为之一空，其兵力也大大削弱，从此不振。罗后悔说："合六州四十三县铁，不能为此错也。"事见《资治通鉴·唐昭宗天祐三年》。所谓六州四十三县，即其所镇守之地。罗语借"错刀"之"错"隐喻"错误"之"错"。

[22] "宝刀"二句：得到高升重赏的水师军官，只趋奉海军衙门，根本不知皇帝的尊严。此二句斥责李鸿章在海军中培植个人势力。宝刀拜赐，指军中的高升厚赏。趋，趋附，趋奉。

[23] 敛缩：缩小。张：扩充。军屯：此指军队。

[24] 龙旗：升在军舰上的黄龙旗，亦即清朝的国旗。

[25] 天吴、海若：传说中的海神名。

[26] 《阴符》：《周书阴符》《太公阴符钤录》，古兵书名，《隋书·经籍志》著录。此讥喻黄海大战后李鸿章对北洋水师发的所谓"保船制敌"的荒谬命令。

[27] 市权：以权力换取好处。

题长吉集

黄　人

踏天割云黑山坠[1]，日魂月魄玻璃碎[2]。
老鸮吹火烛龙睡[3]，三十六天走花魅[4]。
赤雷烧狐狐尾脱，髑髅载久成仙骨[5]。
提携万怪闯八垓[6]，煮凤屠龙据其窟[7]。
朱文秘笈放胆偷[8]，一夜愁白天翁头[9]。
急遣绯衣使者按户搜。
烟丝满室一网尽，囚之白玉三重楼[10]。
蹇驴疾遁化赤虬，囊锦碎割无人收[11]。
老胡碧眼识不得[12]，心死千年血犹赤[13]。
我初识得光逼眸，疑是娲皇炼天石[14]。
十年闭户求真经[15]，神通游戏皆平平[16]。
大丹九转紫烟起[17]，何心学尔婆罗技[18]。

黄　人
（1866—1913）

初名振元，字慕韩、慕庵，中年改名人，别字摩西，江苏昭文（今常熟）人。久任东吴大学堂教习，与章炳麟交契。与同乡庞树柏组织三千剑气文社。宣统元年（1909）南社成立后，三千剑气文社并入南社。辛亥革命爆发，南京成立临时政府，他奋起拥护，冀有建树，欲前往参加，因突发足疾而罢。不久因狂疾卒于苏州。生前景仰明末黄石斋（道周）、黄陶庵（淳耀）、黄梨洲（宗羲）、黄九烟（周星）的气节和学术文章，名其书斋曰"石陶梨烟室"。学问渊博，自诗词、小说以及逻辑学、法律、医药、内典、道籍，无不穷究。他的诗在清代继承了胡天游、王昙、龚自珍一派的艺术传统，奇肆横逸，藻采惊人，用以抒发感时激情，取得了较高的成就。萧蜕为他的诗集作序，称他兼有"青莲（李白）之逸，昌黎（韩愈）之奇，长吉（李贺）之怪，义山（李商隐）之丽"。著有《石陶梨烟室诗存》《摩西词》及二十九巨册《中国文学史》。其后裔并藏有其未刊诗词若干卷。

◉ 题解

长吉集，唐代诗人李贺诗歌的结集。这首题咏之作，诗人以丰富奇特的想象，化用李贺诗句和有关李贺的传说，形象地表现了李贺诗歌的艺术特色，也表达了诗人学习前人而又勇于创新的论诗见解。全诗体现了他"古体跌荡纵横，雄奇瑰丽，骨苍而韵逸，气勍而趣博"（秦琪《石陶梨烟室诗存序》）的特点。

◉ 注释

[1]"踏天"句：李贺《杨生青花紫石砚歌》诗："端州石工巧如神，踏天磨刀割紫云。"这里化用，描绘李贺作诗的情状，意谓李贺攀登危岩，采取砚石，砚台从天而降。云，指紫云色的砚石。黑山，比喻砚台。

[2]"日魂"句：意承上句，谓李贺挥笔作诗，连日月也为之惊碎，失去了光辉。日魂月魄，日月。《参同契》："阳神日魂，阴神月魄。"玻璃，指日月。李贺《秦王饮酒》诗："羲和敲日玻璃声。"

[3]"老鸮"句：老鸮吹火：李贺《神弦曲》："百年老鸮成木魅，笑声碧火巢中起。"鸮，猛禽，俗称猫头鹰。烛龙：传说中蛇身面赤的神怪。《山海经·大荒北经》："西北海之外，赤水之北，有章尾山。有神，人面蛇身而赤，直目正乘。其瞑乃晦，其视乃明。不食，不寝，不息，风雨是谒。是烛九阴，是谓烛龙。"这句借李贺诗中形象和传说中的烛龙，突出表现李贺"鬼诗"的特点。李贺有些鬼诗，在幽僻凄清的意境中，郁结着诗人抑郁不平的情愫，因而一直为后人视为"鬼才""鬼仙""诗妖"。见钱易《南部新书》、严羽

《沧浪诗话》等。

[4]"三十"句：三十六天；《云笈七籤》载：元始天王所居之大罗天，与玉清境之清微天，上清境之禹余天，太清境之大赤天，及东方八天，南方八天，西方八天，北方八天，共为三十六天。花魅：犹言花妖。这句意承上句，谓李贺诗中的形象像是三十六天上的花妖下降人世。

[5]"赤雷"二句：《聊斋志异》和小说《西游记》中常有这类描述。这里化用，意谓李贺乃鬼才，但已达到了鬼仙的境界。

[6]"提携"句：李贺诗中的形象就像是诗人带领着万怪闯荡在天地之间。八垓，八方的界限。语出司马相如《封禅文》："上畅九垓，下溯八埏"。垓、埏，互文见义。

[7]"煮凤"句：李贺在他的作品中驱走了龙凤，让万怪占据了它们的地位。煮凤屠龙，语出李贺《将进酒》："烹龙炮凤玉脂泣，罗帏绣幕围香风"。又《庄子·列御寇》："朱泙漫学屠龙于支离益，单（殚）千金之家，三年技成，而无所用其巧。"窟，洞穴。

[8]"朱文"句：李贺从道家著作中广泛地吸取诗歌创作的营养，以增加怪异浪漫的色彩。朱文，用朱砂笔书写的道家经文。秘笈，幽秘经籍。笈，书箱。

[9]天翁：天帝。道教中称上天的主宰。

[10]"急遣"三句：李商隐《李贺小传》："长吉将死时，忽昼见一绯衣人，驾赤虬，持一版书若太古篆或霹雳石文者，云：'当召长吉。'长吉了不能读，欻下榻叩头，言阿婆老且病，贺不愿去。绯衣人笑曰：'帝成白玉楼，立召君为记。天上差乐，不苦也。'长吉独泣。边人尽见之。少之，长吉气绝。常所居窗中，勃勃有烟气，闻行车嘒管之声。"这三句借用这一传说，巧妙地与李贺诗歌的特点联结起来，表现了诗人不同寻常的死。绯衣，红衣。一网尽，一网打尽。

[11]"蹇驴"二句：李商隐《李贺小传》："恒从小奚奴，骑距驴，背一古破锦囊，遇有所得，即书投囊中。"这句用此事，谓李贺死后，蹇驴急忙逃走，化作了赤虬；古锦囊破碎在地也无人收拾。蹇驴，驽钝的驴子。赤虬，见注[10]。虬，无角龙。

[12]"老胡"句：岑参《胡笳歌送颜真卿使赴河陇》诗："紫髯碧眼胡人吹。"李白《上云乐》诗："康老胡雏，生彼月窟，巉岩容仪，戌削风骨，碧玉炅炅双目瞳，黄金拳拳两鬓红。"这句用李白典，借用岑参"碧眼"字面，描绘李贺死后形象，寓李贺诗歌的艺术风貌不能为后人赏识之意。

[13]"心死"句：李贺《秋来》诗："恨血千年土中碧。"这句用此意，谓李贺虽已死去千年，但他的鲜血依然红赤，千载难消。

[14]娲皇炼天石：《淮南子·览冥训》："往古之时，四极废，九州裂，天不兼覆，地不周载，……于是女娲炼五色石以补苍天，断鳌足以立四极。"这里借女娲补天的五色石比喻李贺诗歌的艺术特点。

[15]真经：道家的经籍。这里指作诗的奥秘。

[16]"神通"句：神通游戏，佛家语。《大乘义章》："神通者就名彰名，所为神异，目之为

神，作用无拥，谓之为通。"又《维摩诘所说经》嘉祥疏："外道二乘，神通即有碍，不名游戏。今菩萨无碍，云戏也。"又《大庄严经》一名《神通游戏经》。这句是借佛语以说诗，意谓李贺的诗歌无论是神通，还是游戏，在我看来，都显得平常。

[17]"大丹"句：《抱朴子》："神丹一转之丹，服之三年得仙；二转之丹，服之二年得仙；三转之丹，服之一年得仙；四转之丹，服之半年得仙；五转之丹，服之百日得仙；六转之丹，服之四十日得仙；七转之丹，服之二十日得仙；八转之丹，服之十日得仙；九转之丹，服之三日得仙。若取九转之丹内神鼎中，夏至之后爆之鼎热，翕然辉煌，俱起神光五色，即化为还丹，取而服之，一刀圭即白日升天。"这里用以比喻自己的诗歌创作，意谓要像九转还丹一样，经过千锤百炼，达到神化的境界。

[18]"何心"句：婆罗技，古代天竺婆罗门，擅长各种幻术，婆罗技疑指此。又疑此处婆罗技，或是婆猴技之讹。婆猴技，古代杂技名。相传周成王时，南方有扶娄之国，其人善能机巧变化，易形改服，神怪倏忽。后来乐府传此技，语讹为婆猴技。见王嘉《拾遗记》。这句意承上句，以婆罗技喻李贺的诗歌创作技巧，谓自己哪有心思来学你的婆罗技呢！

题罗两峰《鬼趣图》

罗惇㬅

子非鬼，安知鬼之乐？[1]胡然开图令人愕[2]？
偶从非想非非想[3]，青天白日鬼剧作[4]。
群鬼作事自谓秘，逢迎万态胡不至。
岂虞鬼后不生眼[5]，一一丹青穷败类[6]。
中有数鬼飘峨冠[7]，自矜鬼术攫美官[8]。
果能变鬼如官好，余亦从鬼求奥援[9]。
问鬼不语鬼狞笑，鬼似揆我非同调[10]。
吁嗟鬼趣今何多，两峰其如新鬼何？[11]

罗惇曧
（1872—1924）

字孝遹，号掞东，又号瘿庵，广东顺德人。清代优贡生。官邮传部郎中。入民国，在北洋政府中任职。有《瘿庵诗集》。罗氏与梁鼎芬、黄节、曾习经并称"粤东四家"，诗俱宗宋。而罗氏得益最深者是陆游。黄节序其诗云："蚤岁学玉溪生，继乃由香山以入剑南，故其造境冲夷，则在中岁以后。"

◎ 题解

这是一首题画诗。罗两峰，即罗聘（1733—1799），字遯夫，两峰是其号，自号花之寺僧，江苏扬州人，一作安徽歙县人。为"扬州八怪"之一。墨梅、兰、竹，均极超妙，古趣盎然。人物、山水、花卉，无不臻妙。貌鬼独绝，《鬼趣图》即其奇作，意在讽世。刻印亦入上乘。有《香叶草堂诗存》。《清史稿》有传。

◎ 注释

[1]"子非鬼"二句：《庄子·秋水》："庄子与惠子游于濠梁之上，庄子曰：'鯈鱼出游从容，是鱼之乐也。'惠子曰：'子非鱼，安知鱼之乐？'庄子曰：'子非我，安知我不知鱼之乐？'"这里套用了《庄子》的句式。子，"你"的敬称。指《鬼趣图》作者罗两峰。

[2] 胡然：何故。

[3] 非想非非想：即非想非非想处。佛家语。《法蕴足论》："超一切种无所有处，入非想非非想处具足住。是名非想非非想处。"

[4] 青天白日：晴朗的天。

[5] 虞：猜测，预料。

[6] 丹青：泛指绘画用的颜色。这里也指绘画艺术。

[7] 峨冠：高冠。韩愈《示儿》："问客之所为，峨冠讲唐虞。"

[8] 矜：夸耀。攫（jué）：原意为用爪抓取，引申为夺取。

[9] 奥援：有大力者的援助，得力的靠山。

[10] 摈：排斥，抛弃。

[11] "吁嗟"二句：现今的鬼趣是多么的千变万化啊，两峰你拿新鬼怎么样呢？此二句是全

诗讽世的主旨。鬼趣，佛家语。《大毗婆沙论》："云何鬼趣？答：诸鬼一类伴侣众同分，乃至广说。"

罱泥船

金天羽

紫荷花开苔菜香[1]，柳阴般过趁风凉。
春畈将锄待泥壅[2]，罱得新泥压船重。
泥中拾取蚌与螺，船尾煮酒还唱歌。
太阳晒晒泥头白，搬向田畦壅菜麦。
麦秀阴阴梅雨天，割麦插禾成水田。
田中之泥肥且鲜，农夫劳力皆金钱。
罱泥船，清明边。

金天羽（1874—1947） 初名懋基，改名天翮，又名天羽，字松岑，自署天放楼主人。苏州人。光绪二十四年戊戌（1898）荐试经济特科，辞不赴。在乡里创立学校，兴办教育。后至上海，讼言革命，与爱国学社之章炳麟、邹容、吴敬恒、蔡元培等交游甚密。入民国，曾任江南水利局长。晚年在苏州创办国学会，一度任光华大学教授。自言其诗有汉、魏、鲍照、岑参、李、杜、韩、柳、张、王、元、白、李贺、李商隐、皮、陆、黄庭坚、元好问、杨维桢、高启。著有《孤根集》《天放楼诗集》《天放楼文言》等。集中反映中外新事物、新思想之作颇多，于黄遵宪以后别开生面。论诗宗旨,具见于《天放楼文言》之《答樊山老人论诗书》《与郑苏戡先生论诗书》《答苏戡先生书》《再答苏戡先生书》《五言楼诗草序》《梦苔庵诗存序》中,于同光体颇多抨击。可以说他是诗界革命在江苏的一面旗帜。

◉ 题解

此诗是作者《田家新乐府》四首中的第三首。一为《秧田歌》、二为《水车谣》、四为《稻上场》。自序云:"吾家世以田园为生,所居又僻在江乡,日夕观农事,心焉乐之,为谱乐府以旌三农之劳。"罱(lǎn):捞河泥的工具,这里作动词用,用罱捞的意思。

◉ 注释

[1]紫荷:沈曾植《撒花草子》诗:"雅言紫荷花,俗言荷花紫。"自注:"《鸳鸯湖棹歌》称紫荷花,俗称荷花紫草。"苔菜:即紫堇菜。
[2]壅(yōug):把土或肥料培在植物根部。

悯　农

金天羽

漏天沈沈雨脚直[1],湖神夜半叩我室[2]。
晓看湖云万片低,雪浪蛟鼉翻广泽[3]。
今年农夫告大有[4],底事秋霖忽淫溢[5]。
禾稼垂头根烂死,长穗多供雁鸭食。
水中捞泥作堤埂,日暮归来脚肿湿。
惊蛇入户鱼生灶,瓮无余粮罋乏棘[6]。

我家门巷势最高[7]，水过湖心捣衣石[8]。
支离庭菊开数重[9]，螃蟹虽肥不忍吃。
米贵便须禁酿酒，岁晚恐难补种麦。
一雨四旬方开霁[10]，水土何由分壑宅[11]。
垂虹桥下波沵沵[12]，寒菜荒畦试种植。
嗟尔流亡曷暂归[13]，鸦阵西风晚来急。

◎ 题解

此诗作于光绪十五年己丑（1889）。自序云："八月二十四日雨至十月五日止，田庐尽淹。禾稻生耳，自道光己酉（1849）以来未有之灾也。嗟我农夫，何以卒岁。"悯：怜悯。

◎ 注释

[1] 漏天：贵州地方多雨，俗称漏天。这里借指下雨天。雨脚：雨。杜甫《茅屋为秋风所破歌》："床头屋漏无干处，雨脚如麻未断绝。"
[2] "湖神"句：湖神，古代迷信传说中管理湖的神。叩：敲。
[3] 蛟鼍（tuó）：蛟，鲨鱼。鼍，即扬子鳄。
[4] 大有：好收成。
[5] "底事"句：底事，何以。霖：久雨。《左传·隐公九年》："凡雨，自三日以往为霖。"
[6] 爨（cuàn）：烧饭作菜。
[7] 势：地势。
[8] 捣衣石：捶衣的石砧。捣，捶。
[9] 支离：披离貌。
[10] 霁（jì）：雨后天气转晴。
[11] "水土"句：《礼记·郊特牲》："（祝辞）曰：土反其宅，水归其壑。"此处谓因田庐尽淹，故壑宅难分。
[12] 垂虹桥：江苏苏州吴江区东。本名利往桥，因上有垂虹亭故名。桥有七十二洞，宋庆历八年（1048）建。今圮。沵沵（mí）：水深满貌。
[13] 流亡：流浪，逃亡。曷（hé）：何不。

看蚕娘

金天羽

做天难做四月天,做人难做半中年。
秧要太阳麻要雨,看蚕娘子不雨无晴天。[1]
我家墙头桑叶鲜,邻家女儿采桑不用钱。
采桑归去喂蚕饱,相逢祝汝蚕丝好,
爱蚕如儿呼蚕宝[2]。三起三眠茧头白[3],
同功茧就蚕心巧[4],人家祝我蚕有秋[5],
那知侬家一月不梳头[6]。缲得丝成更织素[7],
侬家衣著还粗布。

◎ 题解

这首诗作于光绪二十五年(1899)。诗人家乡苏州吴江区是著名的蚕茧产区,此诗以村姑养蚕生活为题材,生动地描绘了她们辛勤的劳动,表现了她们美好的心灵,像一幅蚕区农村的风俗画,但诗人并未陶醉于此,诗末二句,对社会不平等的黑暗现实,作了深刻的揭露。诗中运用了民谚俗语,写得通俗易晓,诗句长短错落,音节浏亮,气势流动,体现了诗人善于从民歌中吸取营养的特色。

◎ 注释

[1]"做天"四句:自注,"吴谚。"江南四月,天气时晴时雨,故云。半中年,即中年。中年人上有老,下有小,负担沉重,故云"做人难做半中年"。不雨无晴天,是说采桑要晴干,养蚕要气候温和,要不雨不晴。

[2]蚕宝:自注:"蚕宝宝,吴侬语也。"

[3]三起三眠:蚕从卵孵化出来以后,要经过三次蜕变才结茧成蛹。其时,不食不动,称"眠"。

[4]同功茧：俗称"双宫茧"，两条蚕结的茧连在一起。
[5]秋：庄稼收获的季节，引申为收成。
[6]侬家：吴语，我。
[7]素：白色生绢。

嵩山高

金天羽

碧丛丛，高极天，吹笙王子冠列仙[1]。
腾龙跱鹤嵩高巅[2]，下观尘世三千年。
白水真人地下眠[3]，黄袍不上太尉肩[4]。
嵩高王气今萧然[5]，上不生高光[6]，下亦不生曹与袁[7]。
鸿名神器一暗干，渐台之水沦为渊。[8]
西陵歌吹送老瞒，妓衣空向高台悬。
分香卖履烧纸钱，会有瓦砚铜爵传。[9]
铜爵之台临漳起[10]，即今亦作当涂视[11]。
盖棺未到难论定[12]，晚节竟被千人指[13]。
千人指，一朝死[14]。南面王[15]，东流水[16]。
五岳骏极嵩当中[17]，愿天不生帝子生英雄。

◎ 题解

这首诗作于民国五年（1916）袁世凯称帝失败病死以后。嵩山，五岳中的中岳，传说为天帝所居，在今河南登封市北，以袁氏为河南项城人，故以嵩山起兴，并指洪宪皇帝。全诗运用有关嵩山的传说，以王子晋为历史的见证，借古事以讽刺袁氏不得人心和逆历史潮流而动的称帝行为，表达了诗人反对恢复帝制的鲜明立场和态度。

◎ 注释

[1] 吹笙王子：即王子晋，又作王子乔。《列仙传》："王子乔者，周灵王太子晋也。好吹笙作凤凰鸣，游伊洛间，道士浮丘公接以上嵩高山。三十余年后，求之于山上，见桓良，曰：告我家，七月七日，待我于缑氏山头。至时，果乘白鹤驻山头。望之不得到，举手谢时人，数日而去。"冠列仙：位居诸仙之首。

[2] 跱（zhì）：独立。

[3] 白水真人：指东汉光武帝刘秀。西汉末王莽篡位后，忌恨刘汉，以钱文有金刀，故改钱币名为货泉（"刘"的繁体字"劉"由"卯、金、刀"三字组成）。泉，由"白、水"二字组成，有人即以货泉文为白水，皇帝为"真命天子"，光武帝起兵于南阳白水乡，故称他为白水真人。

[4] "黄袍"句：五代后周时，宋太祖为太尉，军队驻扎于陈桥驿，醉卧，诸将披甲执兵，直扣寝门曰："诸将无主，愿策太尉为天子！"太祖惊起，未及应，即以黄袍加太祖身，且罗拜庭下称万岁。见《宋史·太祖本纪》。黄袍，帝服，始于隋代。后人常用"黄袍加身"指篡夺帝位。此处暗刺袁世凯。

[5] 王气：旧时迷信，以为有王者起，气或见风，称王气。庾信《哀江南赋》："将非江表王气，终于三百年乎？"萧然：萧条貌。

[6] 高、光：汉高祖、光武帝。泛指一切正统的帝王。

[7] 曹、袁：曹操、袁术。泛指篡权谋位的帝王。按，袁术，汝南汝阳（今河南商水县西北）人，东汉末，据寿春，僭称帝号，自称"仲家"，后为刘备击败，愤恚呕血而死。见《后汉书·袁术传》。此处暗指袁世凯。

[8] "鸿名"二句：写西汉末年王莽篡位，后被刘玄所杀事。据《汉书·王莽传》载，西汉末，平帝死，立孺子婴为帝。王莽以摄政者自称，三年废帝自立，改国号新。王莽地皇四年（23），刘玄军攻入长安，王莽逃至渐台上，为众兵所杀。鸿名：大名，崇高的名声。司马相如《封禅文》："前圣之所以永保鸿名而常为称首者用此。"神器，指帝位。张衡《东京赋》："巨猾间叠（伺隙），窃弄神器。"暗干，盗窃。班彪《王命论》："又况么么不及数子，而欲暗干天位者乎？"渐台，台名，汉武帝作建章宫，于太液池中筑渐台，高二十余丈，因台址在水中，故名。

[9] "西陵"四句：写曹操死后事，以刺袁氏。意谓曹操死后，铜雀台上空悬着曹操歌妓的舞衣，当年的姬妾歌妓早已风流云散，去干卖履的营生；铜雀台上的殿瓦，也被后人拿走当作砚台使用了。西陵，曹操遗书中以此称自己死后的陵墓。曹操《遗令》："汝等时时登铜雀台，望吾西陵。"老瞒，即曹操，小字阿瞒。高台，指铜雀台。东汉末建安十五年（210），曹操在邺城（今河北临漳县）建铜雀台，曹操的姬妾歌妓均住台中，为操暮年享乐之处。分香卖履，曹操《遗令》："余香可分与诸夫人，诸舍中无所为，学作履组卖也。"瓦砚铜爵，铜爵，即铜雀。汉魏未央宫、铜雀台等诸殿瓦，瓦身如半筒，面

至背厚一寸,背平可研墨,唐宋以后人们即取瓦作砚,俗称瓦头砚。

[10] 临漳:滨临漳河。

[11] "即今"句:今天如果有谁步曹操后尘,称帝筑台,人们也将把他看作和曹魏一样。当涂,曹魏的代称。见《冬述四首示子培》注[60]。

[12] "盖棺"句:《晋书·刘毅传》:"丈夫盖棺事方定。"后因以盖棺论定,指人死后,一生的是非功过始有公平的结论。

[13] 晚节:晚年的节操。千人指:为众人所唾骂。《汉书·王嘉传》:"里谚曰:千人所指,无病而死。"

[14] 一朝死:袁于民国四年(1915)十二月准备称帝,令明年改元为洪宪元年,遭到全国人民的反对。在蔡锷等人发动的护国战争的讨伐下,民国五年三月二十二日袁被迫宣布取消帝位,仍称大总统。六月初病死。

[15] 南面王:古代以坐北朝南为尊位,故帝王召见群臣,皆南面而坐。南面王,指称帝。《庄子·至乐》:"虽南面王乐不能过也。"

[16] 东流水:比喻历史人物被淘汰。李白《梦游天姥吟留别》诗:"古来万事东流水。"自民国五年正月初一袁氏登基,至三月被迫宣布取消帝位,袁氏仅做了八十多天的皇帝梦,因以东流水刺之。

[17] "五岳"句:《诗·大雅·崧高》:"崧高维岳,骏极于天。"毛传:"崧,高貌,山大而高曰崧。岳,四岳也。东岳岱,南岳衡,西岳华,北岳恒。……骏,大;极,至也。"孔颖达正义:"郭璞曰:'今中岳嵩高山,盖依此名'是也。"崧,通"嵩"。

秋风曲

秋　瑾

秋风起兮百草黄[1],秋风之性劲且刚。
能使群花皆缩首,助他秋菊傲秋霜[2]。
秋菊枝枝本黄种[3],重楼叠瓣风云涌[4]。
秋月如镜照江明,一派清波敢摇动?[5]
昨夜风风雨雨秋,秋霜秋露尽含愁[6]。
青青有叶畏摇落[7],胡鸟悲鸣绕树头[8]。
自是秋来最萧瑟[9],汉塞唐关秋思发[10]。

塞外秋高马正肥[11],将军怒索黄金甲[12]。
金甲披来战胡狗[13],胡奴百万回头走[14]。
将军大笑呼汉儿,痛饮黄龙自由酒[15]。

❀ 秋 瑾
（1875—1907）

字璿卿,号竞雄,又称鉴湖女侠,浙江山阴(今绍兴)人。光绪三十年(1904)赴日本留学,创共爱会、十人会等革命团体,并参加洪门天地会、光复会、同盟会等,担任其中的领导工作。归国后,继续从事革命活动。光绪三十三年在绍兴组织起义,事败后被捕就义。有《秋瑾集》。秋瑾是近代民主革命志士,她的诗歌都表现了爱国、反清和革命的主题,读来具有强烈的感染力量和巨大的鼓舞作用。就诗歌的艺术特点而言,秋瑾早年在湘中随曾广钧学,诗风亦受其影响,于晚唐为近。投身革命后,诗境更为广阔。

◎ 题解

秋瑾一生写下了许多以秋为题材的诗篇,如《秋海棠》《秋雨》《秋菊》《秋雁》等等。而她的绝命词"秋风秋雨愁煞人"更是传诵千古。秋瑾热爱秋天、歌颂秋天,主要是秋天有其独特的个性:肃杀、遒劲、狂放、豪迈,这与秋瑾的性格有相似相近之处。这首《秋风曲》,作于1905年秋瑾自日本归国后。当时,秋瑾正在从事秘密的革命斗争。在这首诗中,作者抒写了渴望革命能够像秋风般迅猛来临的心愿,同时也希望革命者能够如同秋菊一般傲霜争艳。

◎ 注释

[1]"秋风"句:汉武帝《秋风辞》,"秋风起兮白云飞,草木黄落兮雁南归。"

[2]傲秋霜：谓秋菊独高的品质。苏轼《赠刘景文》诗："荷尽已无擎雨盖，菊残犹有傲霜枝。"

[3]黄种：暗含"炎黄之种"意。

[4]重楼叠瓣：写菊花花瓣层层相叠的样子。

[5]"秋月"二句：江明：暗含"明朝"。清波：暗含"清朝"。"反清复明"，是当时革命者鼓起民众所借用的口号。

[6]含愁：《秋瑾史迹》作"含仇"，或可见其意。

[7]青青：青青之树。亦暗指清朝。

[8]"胡鸟"句：《秋瑾史迹》作"枝头胡鸟不胜愁"。胡鸟：指清贵族。胡是古代对西方和北方少数民族的泛称。

[9]"自是"句：自是，《秋瑾史迹》作"只有"。曹操《观沧海》诗："秋风萧瑟，洪波涌起。"

[10]"汉塞"句：汉塞唐关，汉、唐的军事要塞和关口。此谓肃杀的秋风把我的思绪引到了汉塞唐关的战场。

[11]"塞外"句：岑参《走马川行奉送封大夫出师西征》诗："匈奴草黄马正肥。"

[12]"将军"句：怒索，《秋瑾史迹》作"速索"。黄金甲：黄巢《菊花》诗："满城尽带黄金甲。"此由遍地黄花联想到黄金战甲。

[13]"金甲"句：金甲披来，《秋瑾史迹》作"披上金甲"。胡狗：清朝豢养的军队。

[14]"胡奴"句：《秋瑾史迹》作"胡骑百万抱头走"。

[15]"痛饮"句：岳飞抗击金兵时曾云："直抵黄龙府，与诸君痛饮。"黄龙府，在今长春农安县。

夜过海藏楼，归纪所语简太夷，并示拔可

诸宗元

海云敛月凉生芒[1]，栝竹影地森成行[2]。
马蹄趿踏若翻水[3]，但惜损此寒琼光[4]。
打门夜半撼邻睡[5]，主人延客先下堂[6]。
兼旬再见已足喜[7]，况能坐对秋宵长[8]。
主人论诗得真理，近称米氏推欧阳[9]；

上规韩白许永叔[10]，出以简淡非寻常。
老颠落笔不局曲[11]，意境往往齐苏黄[12]。
前闻沈侯语夏五[13]，文字不可轻其乡[14]。
此言当为永叔发，我意若合衡与量。[15]
嘉祐元祐在何世？纵有作者人谓狂。[16]
明星耿天露作霜[17]，我归所止神旁皇[18]。
人间俗论成嗤点[19]，段拂岂果师元章[20]。

诸宗元
（1875—1932）

字贞壮，一字大至，一字真长，绍兴人。中国同盟会会员，为南社发起人之一。辛亥革命后，曾任浙江都督府秘书、国民政府教育部秘书。南社诗人中诗以宗宋名者，当推黄节、诸宗元为巨擘。叶恭绰序其诗曰："少好为诗，骨格腾健，中岁益转为苍浑，骎骎与散原、咉庵诸公并驰。"朋辈选印其诗为《大至阁诗》。

◎ 题解

太夷，即郑孝胥，字苏戡，福建闽侯（今福州）人。诗与书法均有名。为同光体闽派代表诗人。拔可，即李宣龚，号观槿。为同光体闽派诗人后劲。这首诗作于民国二年（1913），为作者夜访太夷海藏楼，听其论诗，颇为赞许，归而有感，抒写了自己的诗学渊源和观点。陈衍曰："苏戡旧曾标举永叔（欧阳修），损轩（叶大庄）亦甚喜之。后苏戡复称米老（芾），余所常闻。沈侯殆指子培（沈曾植），夏五殆指剑丞（敬观）。子培旧服膺山谷（黄庭坚），所谓'不可轻其乡'者，当指山谷，欧阳似非其所喜。段拂南宋初官至执政。"沈子培论诗有"三关"

162

说，即"元祐、元和、元嘉三关"。这首诗中"嘉祐元祐在何世？纵有作者人谓狂"二句，以及作者提倡"出以简淡非寻常"的诗风，与沈子培服膺元祐的宗旨，表达了相同的看法。

◉ 注释

[1] 敛：聚集。凉生芒：发出阴凉的光芒。

[2] 栝（guō）：桧树。森：阴沉幽暗。

[3] 蹴踏：践踏。

[4] 琼光：美好的月光。

[5] 撼：惊动。

[6] 延客：迎客。

[7] 兼旬：二十天。再见：重新相见。

[8] 秋宵：秋夜。

[9] "近称"句：谓近来称赞米芾、推崇欧阳修。米，米芾，字元章，号鹿门居士，又称海岳外史、襄阳漫士。宋太原人，后徙居襄阳。著名书法家、画家、诗人。欧阳，欧阳修，字永叔，号醉翁、六一居士，宋庐陵（今江西吉安）人。古文家，诗人。诗学韩愈，气格雄壮，但流动自然，明浅通达。亦受韩愈"以文为诗"的影响。

[10] "上规"句：谓上及唐代，规范韩愈、白居易；宋代则推许欧阳修。韩，韩愈，诗有平易与奇奥两种，有时流于险怪，对宋诗影响颇大。白，白居易，其诗以语言通俗胜。

[11] 老颠：指米芾。

[12] 齐苏黄：相同于苏轼、黄庭坚。

[13] 沈侯：沈曾植，晚清同光体主要作家。语：对……说。夏五：夏敬观，排行第五。

[14] "文字"句：夏敬观，江西人，故沈曾植对他说：不要看轻江西人的诗。

[15] "此言"二句：谓这句话指的是欧阳修，因欧阳修是江西庐陵人。衡量一下，我是赞成沈曾植的话的。

[16] "嘉祐"二句：这是根据沈曾植元嘉、元和、元祐"三关"之说而言。嘉祐、元祐：北宋神宗、哲宗的年号，借指北宋。

[17] 耿天：照亮着天空。露作霜：《诗·秦风·蒹葭》："蒹葭苍苍，白露为霜。"

[18] 旁皇：彷徨，徘徊不定。

[19] 嗤点：讥笑的对象。

[20] 段拂：米芾婿南宋初官至执政。元章：宋代画家米芾，字元章。

净慈寺井

夏敬观

山寺云深万花冷,碧松倒破玻璃影[1]。
苔皴古甃绿如玉[2],的的丹砂夜飞井[3]。
琳宫牙牙高入天,虹梁荷栋相钩连。[4]
馀材沉弃九泉底[5],比之沟断千岁坚[6]。
虬龙瘖咽眠不得[7],丘山欲负苦无力[8]。
会当劫尽上天去[9],万里春雷昼生翼。
南屏千丈泼空翠[10],一禅酩酊万禅醉[11]。
寒钟透骨鸣一声,大心满山声满寺[12]。

◎ 题解

　　净慈寺在浙江杭州南屏山慧日峰下。始建于五代周显德元年（954）。原名慧日永明院,南宋绍兴九年（1139）改今名。净慈寺井在寺内东首,相传有济公运木建寺的神话,故称"运木古井"。这首诗作于光绪甲午（1894）,用丰富的想象,描绘了雄伟的殿宇建筑和神奇的运木古井,以及南屏山空翠欲滴的环境,衬托"南屏晚钟"山谷皆应、传声独远的情景。构思深窈,意味隽永。

◎ 注释

[1]"碧松"句：谓松树的倒影划破了宁静如玻璃般的井水。
[2]"苔皴（cūn）"句：谓青苔长满了古老的井壁,如绿玉一般。皴,皮肤干裂纹。此处作动词用。甃,井壁。
[3]的的：明白、昭著。此指丹砂的光芒。丹砂：朱砂。
[4]"琳宫"二句：描写净慈寺建筑的雄伟。琳宫,本为道院的美称,这里指佛殿。牙牙,

象牙般的屋角。虹梁，曲梁。班固《西都赋》："抗应龙之虹梁。"荷栋，绘有荷花的正梁。相钩连，李白《蜀道难》："然后天梯石道相钩连。"

[5] 九泉：九重深渊。指净慈寺井。
[6] 比之：比拟于。沟断：沟中断木。《庄子》："百年之木，破为牺尊，青黄而文之。其断在沟中。比牺尊于沟中之断，则美恶有间矣！"
[7] 虬龙：虬，无角龙；龙，有角龙。瘖咽：默不作声。
[8] "丘山"句：杜甫《古柏行》："万牛回首丘山重。"谓连丘山也拉不动。
[9] 会当：应当。劫：灾难。佛家语。
[10] 空翠：谢灵运《过白岸亭诗》："空翠难强名。"
[11] "一禅"句：一禅酩酊，传说济公不持戒，好饮酒。一禅：一僧。酩酊：大醉。万禅：指济公以外的僧众，暗中饮酒作乐的多到数不清。
[12] 大心：谓广大的佛智。《赞阿弥陀佛偈》："皆是法藏愿力为，稽首顶礼大心力。"又："集佛法藏为众生，故我顶礼大心海。"这里谓钟声满山满寺，体现佛的大智慧和大作用。

题陈叔通所藏江弢叔手书诗卷

周　达

江诗苦涩爱者谁，观槿斋头始见之[1]。
海藏扬挹极齿颊，渐令举世惊瑰奇[2]。
诗人遭乱例穷寒[3]，善作苦语凄心脾。
中兴开山几巨手，巢经秋螳胥伦魁[4]。
伏敌幽潜晚始襮[5]，异军突起张偏师。
并时熊盛亦健者[6]，敛手籍湜推昌黎[7]。
忆从技可乞残帙[8]，欲觅全豹无由窥[9]。
冷摊三卷落吾手，疑有诗魄阴扶持。
流传馀事到翰墨[10]，研笺短幅书春词[11]。

陈侯装袭视球璧[12]，郑叟题字翔鸾螭[13]。
亦如坡老赞和靖[14]，诗肖东野书西台[15]。
稍嫌偪硬骨胜肉，犹喜逸气行间驰。
文人一艺有不朽，苦希三绝宁非痴[16]。
我生于书略无得，执笔十指嗟沈椎[17]。
心声心画悟一理[18]，固哉妄别妍与媸[19]。

周 达
（1879—1949）

字梅泉，一字美叔，安徽建德（今东至）人。清诸生。少好六书，于甲骨文深有研究。以后又专攻数学。入民国，寓上海，以遗老自居。有《今觉庵诗》四卷。周达与陈诗论诗，自言"少时习西昆体，泛滥于陈黄门、吴祭酒诸家，及闻散原、海藏二老绪论，遂幡然一变而改宗北宋，尽弃少作。"（见陈诗《今觉庵诗序》）今观其诗，可明显看出受同光体影响之处。但也隐约可见其早年宗尚李商隐的痕迹，这主要是诗境比较清苍，而又讲究词句的藻采。因此，陈祖壬《今觉庵诗序》说他"能综玉溪、临川两家之长"。

◎ 题解

这首诗作于1921年。陈叔通为周达的朋友，名敬第，字字行，杭州人。清季翰林，辛亥革命后，历任国务院秘书长，清史馆编纂。江弢叔（1818—1866），即江湜，江苏长洲（今苏州）人，咸丰、同治时著名诗人。著《伏敔堂诗录》。见江湜《道中忆旧仆沈用作四诗以酬苦劳》作者介绍。周达在这首诗中，盛赞江湜的诗歌，并且对当时诗坛也作了概括的论述。而周达自己在这里表现出的清苍的风格，正是受了江湜的影响。

◉ 注释

[1] 观槿斋：李宣龚的室名。李宣龚见《徐州道中》作者介绍。

[2] "海藏"二句：海藏：郑孝胥（1860—1938）的号。一般认为，近代由于郑孝胥的极力推崇，才使江湜诗赢得了地位。对此郑孝胥在《伏敔堂诗选序》中有论述："余得《伏敔堂诗》，读而奇之，其于古人妙处深造有得。笔力复足以自达，近言诗者颇以余为不谬。"齿颊：牙齿与腮颊。

[3] 穷蹇：穷困多难。

[4] "巢经"句：巢经：即巢经巢，郑珍的室名。秋蟪：即秋蟪吟馆，金和的室名。胥：皆。伦魁：即抡魁，中状元，也泛指榜首。

[5] 伏敔（yǔ）：江湜堂名。襮：表露。

[6] "并时"句：熊：指熊苏林，青浦人。盛：指盛艮山，苏州人。熊和盛均是与江湜同时而佩服江湜者。

[7] "敛手"句：籍：张籍。湜：皇甫湜。张籍和皇甫湜都是韩愈的学生。昌黎：因韩愈自称郡望昌黎，故世称韩昌黎。周达此处以张籍、皇甫湜比熊苏林、盛艮山，以韩愈比江湜。关于熊苏林和盛艮山对江湜的推崇，见江湜《伏敔堂诗录自序》，其中有云："艮山天挺异材，苏林学博才富，二君于文学空一世，而见推如此，余盖稍稍自信矣。"

[8] "忆从"句：拔可：李宣龚的字。此谓周达曾从李宣龚处觅得《伏敔堂诗录》残帙。

[9] "欲觅"句：《世说新语·方正》："王子敬（献之）数岁时，尝看诸门生樗蒲，见有胜负，因曰：南风不竞。门生辈轻其小儿，乃曰：此郎亦管中窥豹，时见一斑。"周达以此比喻无法得到完整的《伏敔堂诗录》。

[10] 翰墨：笔墨。张衡《归田赋》："挥翰墨以奋藻。"借指诗文书画之类。

[11] "砑笺"句：砑（yà）笺：精美的砑光纸张。书春词：江湜这幅手书诗卷乃是咏春的诗篇。

[12] "陈侯"句：陈侯：指陈汉第。装袭：装裱。视球璧：视之如球璧，言其珍贵。球和璧都是美玉。

[13] "郑叟"句：郑叟：指郑孝胥。鸾：凤凰之类的神鸟。螭：传说中无角的龙。此句言江湜手书诗卷上有郑孝胥龙飞凤舞的题字。

[14] "亦如"句：坡老：苏轼。和靖：林逋。苏轼有《书林逋诗后》诗。

[15] "诗肖"句：东野：孟郊的字。西台：指宋代书法家李建中。李曾官西台御史。苏轼《书林逋诗后》有云："诗如东野不言寒，书似西台差少肉。"

[16] 三绝：指诗、书、画三方面都有超绝的技艺。

[17]"执笔"句：谓拿到笔就感叹如椎子一般沉重。这是周达自谦不懂书法。
[18]"心声"句：心声心画，指语言文字。扬雄《法言·问神》："故言，心声也；书，心画也。"
[19]"固哉"句：固哉，《孟子·告子下》："固哉高叟之为诗也。"妄别：胡乱的区别。妍与媸：美好与丑陋。

己酉十月朔，南社第一次雅集于虎溪张公祠，到者凡一十七人

庞树柏

夫容初发堤柳髿[1]，锦鞯画楫过阊门[2]。
携箫载酒寻常事，山塘空染胭脂痕[3]。
绿水湾头驻巾屐[4]，青山桥外开芳席[5]。
两岸儿童迎酒人，一川鱼鸟惊狂客。
高谭载伸逸兴飞[6]，指掌今古探义微[7]。
舣船争泻吟笺擘[8]，众客酬酢一客唏[9]。
西风残照催人去，回首苍烟带红树。
佗日重挐一舸来[10]，可怜光景无寻处。
吁嗟乎，旗亭诗句新亭泪[11]，赚得吾曹日憔悴[12]。
不如散发随老渔，月下长歌花下醉。
君不见溪山清寂三百年[13]，张杨风采今渺然[14]。
词人独吊真娘墓，谁向林中拜杜鹃[15]！

庞树柏
（1884—1916）

字檗子，号芑庵，江苏常熟人。早年即具有革命思想，1911年辛亥革命时，他主讲于上海圣约翰大学，和宋教仁等参与上海光复事宜，这年九月十八日，常熟响应，他是主要筹划者。他是南社初集十七人之一，被推为南社词集编辑。著有《庞檗子遗集》。

◎ 题解

这首诗作于宣统元年己酉（1909），记南社第一次雅集事。柳亚子《庞檗子遗集序》："昔岁在己酉，余与云间高天梅、同邑陈巢南始创为南社，驰檄召四方豪杰，以孟冬朔日期会吴中，会天梅杜门避赠缴，弗克至。至者自余与巢南外，有河东景太昭、南粤蔡寒琼、三山林秋叶、新安黄滨虹、魏塘沈道非、山阴诸贞壮、胡栗长、丹阳林立山、云间陈道一、朱屏之、娄东俞剑华、冯心侠、赵厚生、吴门朱君瞥辈十数人，而檗子实惠然肯来。觞于虎埠之张东阳祠，张东阳者，讳国维，朱明之季奉监国鲁王抗建虏、国亡殉义者也。时虏焰犹张，而吾曹咸抱亡国之痛，私欲借文字以抒蕴结。余既酒酣耳热，悲从中来，则放声大哭，自比于嗣宗、皋羽，檗子诗所谓'众客酬酢一客啼'者，是也。"南社：辛亥革命时期的进步文化团体，由柳亚子、陈去病、高旭（天梅）等人发起，社名取"操南音而不忘其旧"之意，旨在反对清朝专制统治，鼓吹资产阶级的民主革命，社员发展到一千一百七十人之多，经历时间十五年，辑有《南社丛刊》二十二集。虎溪：苏州市虎丘山塘，位于苏州西北郊。张公祠：明末兵部尚书张国维祠，在虎丘山塘绿水桥畔。国维，字玉笥，浙江东阳人，抗清殉国。

◎ 注释

[1] 夫容：即芙蓉，此指木芙蓉。髡（kūn）：剪去树枝。此处形容柳叶已经脱尽。
[2] 锦鞯画楫：指骑马乘船。锦鞯，锦制的马鞍；画楫，雕有图案的舟楫。阊门：苏州西

城门名,虎丘在阊门外。

[3] 山塘:溪名,在虎丘。胭脂痕:形容落日余辉映在水中的绚烂色彩。

[4] 绿水湾:在山塘绿水桥畔。巾屦:头巾和鞋子。借指人。

[5] 青山桥:桥名,傍山塘绿水桥。

[6] "高谭"句:高谈再起,逸兴遄飞。谭,同"谈"。遄,通"再"。逸兴,清闲脱俗的兴致。王勃《滕王阁序》:"遥吟俯畅,逸兴遄飞。"

[7] "指掌"句:柳亚子《庞檗子遗集序》:"已归,舟指昌亭,相与上下古今往复辨难。"指掌古今,谈论古今,了如指掌。探义微,探求深奥的道理。

[8] 觥船争泻:竞相饮酒。觥船,古代盛酒器,形如船,故名。李贺《河阳歌》诗:"觥船饫口红,蜜炬千枝烂。"吟笺擘:指分韵做诗。吟笺,诗稿。陆游《病起》诗:"收拾吟笺停酒碗。

[9] "众客"句:见题解。酬酢(zuò),主客相互敬酒。唏,哀叹。

[10] 佗:同"他"。

[11] "旗亭"句:旗亭诗句,用唐代诗人高适等旗亭饮酒事。薛用弱《集异记》载:唐开元中,高适、王昌龄、王之涣共诣旗亭贳酒。忽有伶官十数人会宴,三人因私约,若诗入歌辞多者为优。一伶唱昌龄一绝句,又一伶讴适一绝句,之涣指诸伶中最佳者曰:"此子所唱,如非我诗,终身不敢与争衡矣。"须臾,果唱"黄河远上白云间"。之涣遂揶揄二子曰:"我岂妄者?"新亭泪:用东晋新亭对泣事。《晋书·王导传》载:西晋亡后,南渡的东晋名士,常相邀至新亭宴饮。目睹中原沦亡,周顗坐而叹曰:"风景不殊,举目有河山之异。"皆相视而泣。王导愀然变色曰:"当共戮力王室,克复神州,何至作楚囚相对泣耶?"此句合用二典,切南社第一次雅集,并寄诗人反对清朝专制统治的思想感情。

[12] 赚得:赢得。吾曹:我们。

[13] 三百年:清朝自顺治元年(1644)建都北京,至作此诗时,值二百六十五年,三百年为约数。

[14] 张杨风采:张:指张国维。杨:指杨廷枢,字维斗,吴县人,崇祯三年(1630)应天乡试第一,明亡后抗清殉国。张、杨二人均为文学家,张有《玉笥剩稿》,杨有《古柏轩集》,故云"风采"。

[15] "词人"二句:当今的诗人只知多情凭吊真娘,却忘记了明亡之痛。真娘墓:在虎丘寺。唐李绅《题真娘墓诗序》:"真娘,吴之妓人,歌舞有名者。死葬于吴虎丘寺前,吴中少年从其志也。墓多花草蔽其上。"拜杜鹃,杜甫《杜鹃》诗:"杜鹃暮春至,哀哀叫其间。我见常再拜,重是古帝魂。"杜鹃,鸟名,传说古代蜀王杜宇称帝,号望帝,死后魂魄化为杜鹃。

五言律诗

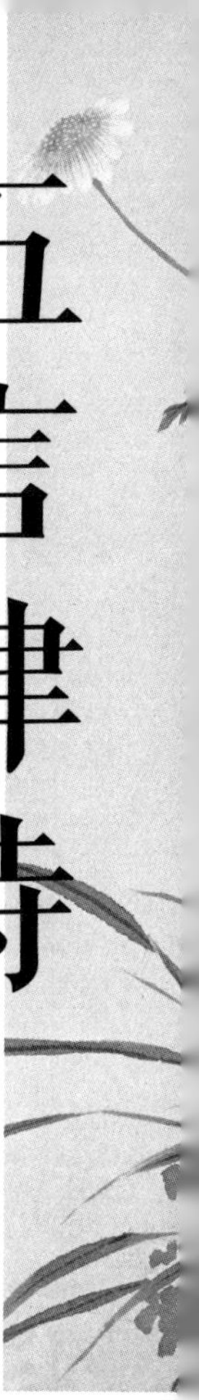

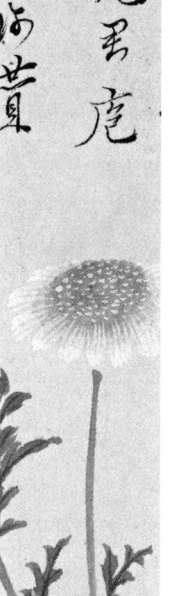

澄灵涧

姚 燮

玉局三生梦[1]，人间石铫泉[2]。
炼心初夜月[3]，洗耳再来禅[4]。
大海无真岸[5]，空山有逝川[6]。
远公馀旧屐[7]，谁结听琴缘？

◎ 题解

澄灵涧，浙江普陀山胜景之一，在圆应峰下，绕舍利塔北流。

◎ 注释

[1] 玉局：苏轼曾为玉局祠官，故称苏玉局，作者借以自指。三生：佛家谓前生、今生、来生为三生。

[2] 石铫（diào）泉：泉名。铫，有柄的小型烧器。

[3] 炼心：修炼心神。

[4] 洗耳：洗干净耳朵，喻不愿听尘世之事，以免污染了耳朵，心地不清净。再来禅：也叫再请禅，定式坐禅，至定钟鸣而止，如此后再坐禅，就叫再请禅。

[5] "大海"句：佛家认为现实世界是虚幻的，故云。

[6] 逝川：此指澄灵涧，涧水不断流逝，故云。

[7] 远公：慧远，东晋时的著名高僧，居庐山东林寺，凡三十余年。佛教净土宗推尊为初祖。

赤津岭

贝青乔

日落无人境，停鞭借一椽[1]。滩明流月碎，峰黑裹松圆[2]。

凄绝猿声里，凉生虎气边。残黎家荡尽[3]，何处哭苍烟[4]！

贝青乔
（1810—1863）

字子木，江苏苏州人。家境贫寒。道光二十一年（1841），激于爱国热情，他以一介书生，投军扬威将军奕经幕下，随奕经参加收复被英军侵占的宁波、镇海、定海的东征。曾亲上前线，并深入敌后，探听军情。东征失败，游历过浙南、云、贵、川等地，过着依人作客的生活，郁郁不得志。他在奕经军中时，目睹了清廷官吏的昏愦、英军的横暴和军士英勇抗敌的事迹，写下了许多反映鸦片战争的诗篇，其中由一百一十七首七绝组成的《咄咄吟》，以组诗的形式反映奕经东征至失败的全过程，字字血泪凝成，在诗歌体式上也有新的创造。游历云贵山水的作品，刻画奇险，独辟蹊径。所著《咄咄吟》外，有《半行庵诗存稿》。

◎ 题解

赤津岭，在浙江遂昌县北，山势险峻。这首诗描写途经赤津岭所见，在荒凉凄绝的景色描写中，寄托了诗人对背井离乡的山民的同情，反映了晚清政局动荡、战乱频仍的黑暗现实。诗中写景，炼字炼意，极见功力。

◎ 注释

[1] 椽（chuán）：屋梁上的椽木。此处指代房屋。
[2] "滩明"二句：写山间夜景。在月光下溪滩上流动着破碎的月影，峰峦黑郁郁一片，包裹着圆圆的松顶。

[3]残黎:残剩的百姓。荡:毁坏。

[4]"何处"句:连可以为之恸哭的苍烟也无处寻觅。诗意本杜甫《送樊二十三侍御赴汉中判官》诗:"恸哭苍烟根,山门万重闭。"苍烟,指烟突冒出的青烟。

寄弟(三首选一)

曾国藩

梦里携予季,亭亭似我长[1]。三年不相见,一变安可量[2]。
神骏初衔辔,牵牛肯服箱[3]。朝朝偷芊栗[4],知尔足奔忙[5]。

❖ 曾国藩 (1811—1872)

字伯涵,号涤生,湖南湘乡人。道光十八年戊戌(1838)进士。历任翰林院检讨、侍讲、侍读,内阁学士及侍郎。咸丰二年在籍组织地主武装"湘军",累官两江、直隶总督,大学士。封一等毅勇侯。卒谥"文正"。他是晚清诗坛宋诗运动的开创者之一,影响极大。理论上倡为"机神"说,继承和发展了姚鼐提倡黄庭坚诗的主张,写作上与同时的郑珍以学习韩愈、黄庭坚为主,对同光以来范当世、陈三立等人的写作有影响,陈衍曰:黄诗自"江西诗派外,千百年寂寂无颂声,湘乡出而诗字皆宗涪翁(黄庭坚)。"又曰:"五言古参学左太冲(思)、鲍明远(照),七言古全步趋山谷(黄庭坚)。"金天羽《答苏堪先生书》谓其诗"于涩鸷中犹涵选泽,微为气累"。在文学史上有重要地位,当不以人废言。有《曾文正公诗集》。

◎ 题解

《寄弟》诗共三首，此列第三，为作者在外寄给自己的季弟，回忆其童年时的趣事，亲切有味。自注："季弟今年十四岁，往年好食栗、煨芋，避人偷窃，顽趣可掬。"季弟为曾国葆，字季洪，又字事恒。

◎ 注释

[1]亭亭：耸立。

[2]安可量：如何能够估量。

[3]"神骏"二句：比喻季弟像神情骏逸的良马，刚刚衔着缰绳；像一头驾车的牛。神骏，良马。辔，驾驭牲口用的缰绳。牵牛肯服箱，《诗·小雅·大东》："睆彼牵牛，不以服箱。"服，驾。箱，车。

[4]朝朝：天天。芋栗：山芋、栗子。

[5]尔：你。

腊月廿四日，遣郑仆往周云先家迎吴四引之二首（选一）

徐子苓

莫作贫家仆，贫家仆最难。可怜风雪紧，短褐故单寒[1]。送汝出门去，梅花开正阑[2]。沿溪莫攀折，留供主人看。

徐子苓
（1812—1876）

字西叔，一字叔伟，号毅甫，又号南阳子，安徽合肥人。道光十五年乙未（1835）举人。后长期客陈源兖、江忠源、曾国藩幕府。同治五年（1866）拣选得知县，不乐为吏，改教职，选和州学正。有《敦艮吉斋诗存》二卷。徐子苓与戴家麟、王尚辰称"合肥三家",陈衍以为徐子苓最胜。其诗风格苍凉,意境远淡,逼近杜甫,历来为评论家所推服。但是,集中有关时事诸作,颇多污蔑太平天国之词。

◉ 题解

这组诗写于道光二十二年壬寅(1842),徐子苓此时从北京回到故里,生活贫困,靠卖文为生。这首诗就反映作者艰苦的境况,也抒写了他梅花般高尚纯洁的情趣。周云先、吴引之,均为徐子苓里居时的朋友。吴引之善画,徐子苓屡有诗相赠,曾比之为吴道子。所选此首原列第一。

◉ 注释

[1] 褐:粗毛或粗麻织的短衣,泛指贫苦人的粗布衣服。故:必定。
[2] 梅花:腊梅花。阑:残尽。

荻港吊黄靖南

王尚辰

橹声摇梦断,问境到繁昌[1]。江市人烟聚[2],山祠草木荒[3]。时危乘阇主,事去殉残疆。[4]咫尺巢湖水[5],英魂识故乡[6]。

王尚辰
(1826—1902)

字伯垣,安徽合肥人。清代举人,官典簿。有《遗园诗余》。仁和谭仲修选徐子苓诗与戴家麟、王尚辰所作,合为"合肥三家"。陈衍《近代诗钞·石遗室诗话》认为"戴不如王,王不如徐"。

◉ 题解

荻港，地名。在芜湖繁昌区，是长江沿岸的河港之一，港口有镇。黄靖南：黄得功。号虎山，奉天开原人。崇祯十七年封为靖南伯。旋与刘良佐、刘泽清、高杰为四镇。镇庐州，后又镇太平。清兵至，仓卒中流矢，知事不可为，拔箭刺喉而死。《明史》有传。

◉ 注释

[1] 繁昌：安徽芜湖繁昌区。
[2] 江市：江边城市。
[3] 山祠：指黄得功祠。《明史·黄得功传》："庐州、桐城、定远皆为立生祠。"
[4] "时危"二句：《明史·黄得功传》："时清兵已渡江，知福王奔，分兵袭太平。得功方收兵屯芜湖，福王潜入其营。……王曰：非卿无可仗者。得功曰：愿效死。……佩刀坐小舟，督麾下八总兵结束前迎敌。而刘良佐已先归命，大呼岸上招降。得功怒叱曰：汝乃降乎！忽飞矢至，中其喉偏左。得功知不可为，掷刀拾所射箭刺吭死。其妻闻之，亦自经。总兵翁之琪投江死，中军田雄遂挟福王降。"闇主，昏庸的君主。《荀子·君道》："主闇于上，臣诈于下，灭亡无日。"此指明福王。
[5] 巢湖：湖名。在安徽合肥、庐江、舒城、巢县四县之间。港汊大小三百多条，纳诸水以注大江。
[6] "英魂"句：黄得功祖籍合肥。

游西山见宝竹坡题名，因书其后

翁同龢

衮衮中朝彦，何人第一流？[1]苍茫万言疏[2]，悱恻五湖舟[3]。直谏吾终敬，长贫尔岂愁！何时枫叶下，同醉万山秋。

翁同龢
(1830—1904)

字叔平，江苏常熟人。咸丰六年（1856）状元，同治、光绪二帝的师傅，官至户部尚书协办大学士。维新变法，他支持康有为的某些变法主张，百日维新开始时，即被慈禧太后罢职，令回原籍。变法失败，又被革职，永不叙用，后郁郁死于家乡。谥文恭。他与其父翁心存均以工诗闻，心存诗恪守乾、嘉诗风，同龢则时参宋人。作品以题咏书画金石为最工，往往借以抒发悲愤，表达他身在江湖、心在朝廷的难言苦衷，不仅如陈衍所说"清隽无俗韵"而已，其他作品也诗味深郁。著有《瓶庐诗稿》八卷及他人所辑《瓶庐诗钞》《补遗》等。

◉ 题解

这首诗作于光绪十一年（1885）。西山：北京西山，此处指西山秘魔岩。宝竹坡：宝廷（1840—1890），字竹坡，号偶斋，清宗室，同治七年（1868）进士，官至礼部右侍郎。工诗，有《偶斋诗草》。他和张之洞、陈宝琛、张佩纶四人，均为当时朝中重臣，"以直谏有声天下"，"皆言人所不敢言"，号称"四清流"（陈三立：《陈文忠公（宝琛）墓志铭》）。张之洞在《拜宝竹坡墓》诗中也称"翰院犹传四谏风"。光绪七年，宝廷赴闽任学政，三年任满，归途经浙江江山，娶船家女为妾，然后上书自劾去官，其自劾附片中云："奴才以直言事，朝廷屡蒙恩眷。他人有罪则言之，己有罪则不言，何以为直？"传为一时韵事。此诗即有感于宝廷忠直敢谏，耿介不阿的思想品格和自劾去职一事而作，表达了诗人的敬慕怀念之情。此诗风格高古，骨力清劲，是《瓶庐诗稿》中有数的名篇。

◉ 注释

[1]"衮衮（gǔn）"二句：在当今众多的朝廷贤臣中，什么人才称得上是第一流呢？衮衮，连续众多貌。杜甫《醉时歌》诗："诸公衮衮登台省。"中朝，朝中。彦，才德杰出的人。

[2]"苍茫"句：写宝廷屡次上疏慷慨言事，有声于时。万言疏，上皇帝的万言书。

[3]"悱恻"句：写宝廷娶船家女为妾事。《清史稿·宗室宝廷传》："光绪七年，授内阁学士，出典福建乡试，既竣事，还朝，以在途纳妾自劾罢。"又李慈铭《越缦堂日记》："上谕：侍郎宝廷奏，途中买妾，自请从重惩责等语。宝廷奉命典试，宜如何束身自爱，乃竟于归途买妾，任意妄为，殊出情理之外。宝廷著交部严加议处。"按，宝竹坡自劾去职的原因，盖因光绪十年（1884），中法战争中福建马尾海军溃败，"四清流"之一张佩纶获罪遣戍（详见后张佩纶《雁》诗注），宝廷因借纳妾自污，自请去官。宝廷曾有《江山船曲》自述其事，内容颇详。中有句云："乘槎归指浙东路，恰向个人船上住。铁石心肠宋广平，可怜手把梅花赋。枝头梅子岂无媒，不语诙谐要主裁。已将多士收珊网，可惜中途下玉台。"又云："那惜微名登白简，故留韵事记红裙。""本来钟鼎若浮云，未必裙钗皆祸水。"可与此句参看。悱恻，深思缠绵。五湖舟，相传春秋时越国大夫范蠡助越王勾践灭吴后，携西施至五湖，"乃乘扁舟浮于江湖"。叶梦得《临江仙》词："兴阑却上五湖舟。"此处借指在江山纳妾事。五湖，太湖的别称。

独游妙相庵观道、咸诸卿相刻石

王闿运

成败劳公等，繁华悟此间。依然一片石[1]，长对六朝山[2]。花竹禅心定[3]，蓬蒿战血殷。谁能更游赏，斜日暮鸦还。

◉ 题解

妙相庵：在南京鸡鸣山西南一里许。道、咸诸卿相：道光、咸丰朝的诸重臣。道、咸诸公的功业成败、荣华富贵，都已无踪无影，所存唯一片石而已。诗人叹世人不悟此理，犹作龙争虎斗，徒然残害生灵！

◉ 注释

[1]一片石：碑碣，此指刻有道光、咸丰朝诸卿相名字的石碑。

[2]六朝:吴、东晋、宋、齐、梁、陈相继建都于建康(今江苏南京),为六朝。
[3]禅心:寂然之心。定:入定,谓坐禅时心定于一。

雁(五首选四)

张佩纶

一雁何殊色,空群世所惊。[1]萧条仍北乡[2],艰瘁为南征[3]。
叫旦冰难解[4],悲秋月自明[5]。主人终不杀[6],矜惜尚能鸣[7]。

行列由来整,临江急阵开。[8]沧州非信宿,衡浦岂惊回![9]
雪爪深谁辨,风毛逆不摧。[10]楚凫兼越乙,无迹任疑猜。[11]

今日桑乾曲[12],横飞带晚晖。惊弦浑欲堕[13],系帛敢求归[14]?
饥择中原粟,寒催绝幕衣[15]。轻鸥同拍水,闲在早忘机。[16]

枉嫁燕山婿[17],东西未有家[18]。也甘遵渚陆,终是隔风沙[19]。
病榻繁砧杵[20],严城咽鼓笳[21]。可怜无梦到[22],零落水荭花[23]。

张佩纶 (1848—1903) 字幼樵,号篑斋,直隶丰润(今属河北)人。同治十年(1871)进士,官至翰林院侍读学士。他和宝廷、陈宝琛、张之洞等评议朝政,以敢于直谏著称,号称"清流党"。光绪十年(1884),中法战争起,他被派往福建会办海防,当法国军舰驶入马尾港时,进击失利,致使南洋军舰被击毁七艘,佩纶因获罪,

181

被革职充军至今内蒙古地区。光绪十五年获释，入李鸿章幕。他的诗才力富有，用事稳切，获罪遣戍以后所作，更见情深意浓。陈衍《近代诗钞》曾称他"所处视琼，儋，柳，永，殆有过无不及，而诗笔遒健，所谓精悍之色，犹见眉间，与凄惋得江山助者，兼而有之，岂真愁苦之易好欤？抑亦蕴积有素，而遇景触事，乃恣所发挥淋漓尽致欤？"著有《涧于集》。

◎ 题解

这首诗作于获罪革职充军以后。全诗紧切诗题"雁"，广采有关雁的典故、传说，托物兴怀，抒发戍边后的复杂心情，用事工切，情真格老。所选原列第二、三、四、五首。

◎ 注释

[1] "一雁"二句：以雁作喻，谓自己敢于直谏，为世所惊。殊色，比喻超绝的才能。空群，同辈中所绝无。韩愈《送温处士赴河阳军序》："伯乐一过冀北之野，而马群遂空。"此借用其语。

[2] 北乡：向北飞。乡：向。

[3] 艰瘁：艰难困苦。南征：指诗人光绪十年被派赴福建会办海防后革职事。诗人家在北方，故云南征。

[4] 叫旦：呼唤天亮。冰解：比喻障碍、疑难等消除干净。语出《庄子·庚桑楚》："是乃所谓冰解冻释者能乎？"

[5] "悲秋"句：暗喻自己的悲痛当今皇帝是了解的。悲秋，宋玉《九辩》："悲哉秋之为气也。"此指文人的悲愁。月自明：杜牧《早雁》诗："仙掌月明孤影过。"此处暗用杜牧诗意，紧切雁，以月明喻皇帝对自己了解。

[6] 主人：暗指清帝。

[7] 矜惜：怜惜。

[8] "行列"二句：以雁阵作喻，回忆福建的海战，寓自己无处申诉无罪之意。二句意谓，自己到福建海防后，治军严谨，战舰行列整齐，始终严阵以待，面临战斗，也立即展开了作战的阵势。

[9]"沧洲"二句：意承上二句，以雁宿沧洲，未因衡浦惊回作喻，谓自己并非只在福建海滨住了一二夜，而是作了长期的作战准备，临阵自己也没有逃跑。沧洲，滨水之处，此指海滨。信宿，连宿两夜。《左传·庄公三年》："凡一宿为舍，再宿为信，过信为次。"衡浦惊回，湖南衡山，有回雁峰，传说雁飞不过此峰。衡浦，衡阳之浦。王勃《滕王阁序》："雁阵惊寒，声断衡阳之浦。"

[10]"雪爪"二句：今天谁能分辨已被深埋的往事，可我还是处身逆境不为所摧。雪爪，苏轼《和子由渑池怀旧》诗："人生到处知何似，应似飞鸿踏雪泥。泥上偶然留指爪，鸿飞那复计东西。"此处化用，紧切雁题，比喻往事遗留的痕迹。风毛，喻险恶的环境。班固《西都赋》："风毛雨血，洒野蔽天。"

[11]"楚凫"二句：《南史·顾欢传》："张融作《门律》云：道之与佛，遥极无二，吾见道士与道人战儒墨，道人与道士辨是非。昔有鸿飞天首，积远难亮，越人以为凫，楚人以为乙。人自楚越，鸿常一耳。"后人因常以比喻名异而实同。凫，水鸭；乙，通"鳦"，燕子。此处略变其意，比喻自己终究是自己，任凭人家去猜疑也不在乎。

[12]桑乾曲：桑乾，水名，源出山西马邑县桑乾山，东入河北及北京市郊外，下流入大清河。曲：水弯处。按，诗人充军地在内蒙古，须途经此处。

[13]"惊弦"句：以惊弓之乌作喻，谓自己惊心犹在。语出《战国策·楚策》："更羸与魏王处京台之下，仰见飞鸟，更羸谓魏王曰：臣为王引弓虚发而下鸟。魏王曰：然则射可至此乎？更羸曰：可。有间，雁从东方来，更羸以虚发而下之。魏王曰：然则射可至此乎？……对曰：其飞徐而鸣悲，飞徐者，故疮痛也；鸣悲者，久失群也，故疮未息而惊心未去也。闻弦音引而高飞，故疮陨也。"浑，简直，几乎。

[14]"系帛"句：《汉书·苏武传》载：苏武出使匈奴，为匈奴扣留。昭帝初年，"匈奴与汉和亲，汉求武等。匈奴诡言武死。后汉使复至匈奴，常惠请其守者与俱，得夜见汉使，具自陈过。教使者谓单于，言天子射上林中，得雁，足有系帛书，言武等在某泽中。使者大喜，如惠语以让单于。单于视左右而惊，谢汉使曰：武等实在。"遂放回。此处活用此典，借雁足帛书，表达求归的心情。

[15]绝幕：极远的沙漠地。幕，通"漠"。李白《出自蓟北门行》诗："兵威冲绝幕。"

[16]"轻鸥"二句：《列子·黄帝》："海上之人有好沤（鸥）鸟者，每旦之海上，从沤鸟游，沤鸟之至者百住而不止。其父曰：吾闻沤鸟皆从汝游，汝取来，吾玩之。明日之海上，沤鸟舞而不下也。"后人因常以与鸥鸟同游，比喻纯朴无杂念的人与他人真诚相处。此处用来表达诗人在充军期间对自由自在、忘身物外的生活的羡慕和向往。闲在，悠闲自在。忘机，忘却计较和巧诈之心。

[17]燕山婿：诗人自指。诗人家乡丰润县，在燕山。

[18]"东西"句：自己和妻室分居两地，一东一西，像没有家一样。

[19]"也甘"二句：《诗·豳风·九罭》："鸿飞遵渚，公归无所，于女信处；鸿飞遵陆，公归不复，于女信宿。"毛传："鸿不宜循渚也。"郑玄笺："鸿，大鸟也，不宜与凫鹥之属飞而循渚，以喻周公今与凡人处东都之邑，失其所也。"又："陆非鸿所宜止。"此处

用此典，谓自己也甘愿和周公一样处于流放之地，只是和妻室终被风沙远隔。

[20]"病榻"句：杜甫《秋兴八首》诗："寒衣处处催刀尺，白帝城高急暮砧。"此处翻用杜甫诗意，谓自己在病榻上听着远处传来繁促的捣练声，寄托了思念妻室的心情。砧杵，捣练石和捣练棒，此处指捣练的声音。捣练是古代制衣的一个步骤，古诗中常用以指准备赶制寒衣，寄给远方的征人。

[21] 严城：险要的关城。咽鼓笳：传来鼓笳的呜咽。笳，古代军中乐器。

[22] "可怜"句：陆游《南沮水道中》："家山空怅望，无梦到江南。"诗意本此。

[23] 水莚花：花草名，似蓼而叶大，赤白色，高丈馀。此处喻妻室。

香港感怀十首（选一）

黄遵宪

岂欲珠崖弃，其如城下盟！[1]帆樯通万国[2]，壁垒逼三城[3]。虎穴人雄据[4]，鸿沟界未明[5]。传闻哀痛诏，犹洒泪纵横[6]。

◉ 题解

道光二十二年壬寅（1842）七月，英国侵略军围南京，强迫清政府签订了《南京条约》，将香港置于英国的殖民统治之下。诗人于同治九年庚午（1870）自广州应乡试未售回家，经香港以所见、所闻、所感，写了《香港感怀》一组诗，此为第二首，追忆香港被割事，充满了强烈的爱国义愤和沉痛之情。

◉ 注释

[1] "岂欲"二句：难道是清廷要放弃香港，怎奈在敌人兵临城下时订了这样不平等的条约！指订《南京条约》事。珠崖，汉郡名，故地在今海南省琼山东南四十里。汉元帝时，珠崖反，朝廷从贾捐之之议，罢弃之，不发兵镇压。此用以喻香港。其如，怎奈。城下盟，兵临城下时被迫订立条约。

[2] 帆樯：指船舶。此言各国船舶往来之盛。

[3] 壁垒：军营的围墙，工事。三城：广州原为三城。此言英人占据香港，威胁广州。

[4] 虎穴：喻险要地。
[5]"鸿沟"句：自注："割地以后，每以海界争论。"鸿沟，古渠名，故道大部循今河南贾鲁河东，由荥阳北引黄河水曲折东至淮阳入颍水。秦末刘邦、项羽约定中分天下，即以鸿沟为界，西为刘邦所有，东为项羽所有。后以鸿沟指分界线，且多指疆界。
[6]"传闻"二句：自注："宣庙遗诏，深以弃香港为耻。"宣庙，清宣宗旻宁，即道光帝。

华严精舍（五首选二）

陈宝琛

廊广宜翔步[1]，堂空便结跏[2]。小松时作籁[3]，久竹倏生花[4]。农话昨收桔，僧供新摘茶。几分田舍味，举似向毗耶[5]。

小楼能聚远[6]，新更就为台。隔水呼山语，看云为日哀[7]。樨香宁尔隐[8]？荔老奈渠材。转意荒寒始，听蛩藉草来[9]。

◎ 题解

　　此诗作于光绪二十四年戊戌（1898）。陈宝琛与张之洞、宝廷、黄体芳、张佩纶被时人号为"清流党"，以敢于上谏太后有名。光绪十年甲申（1884），法兰西犯边，诏移宝琛由江西学政会办南洋防务，丁忧归。坐荐举张佩纶失当，降五级调用，于是归居乡里竟二十余年。戢影林壑，郁而不舒，袖手结舌，无可告语，常假吟咏自遣。此诗即是这时期的产物。原诗五首，此选末两首。华严精舍：在福建鼓山。精舍，僧徒所居地之称。

◎ 注释

[1] 翔步：犹言安舒漫步。《蜀志·秦宓传》："此乃承平之翔步，非乱世之急务也。"
[2] 结跏：即结跏趺坐，是佛教徒坐禅的一种姿势，即交叠左右足背于左右股上而坐。亦称"吉祥坐"。

[3]籁：声响。

[4]"久竹"句：久竹，草名。《庄子·至乐》："久竹生青宁（虫名）。"倏（shū）：忽然。生花：开花。

[5]"举似"句：似：奉。毗耶：毗耶离之省称，古印度城名，维摩诘居士所居，故借以指佛教中人。《维摩诘所说经》："尔时毗耶离大城中，有长者名维摩诘，其以方便现身有疾，以其疾，故国王、大臣、长者、居士、婆罗门等，及诸王子并余官属，无数千人皆往问疾。其往问者，维摩诘因以身疾广为说法。"

[6]聚远：苏轼诗："赖有高楼能聚远，一时收拾与闲人。"

[7]"看云"句：言身在野而系心君国，所谓"处江湖之远，则忧其君"也。

[8]"樨香"句："闻木樨香否？""吾无隐乎尔。"宋僧人问答机锋语，见宋人笔记。

[9]蛩（qióng）：蟋蟀。藉草：坐卧于草上。

梅痴子乞陈师曾为白梅写影，属赞三首（选一）

释敬安

寒雪一以霁[1]，浮尘了不生。偶从溪上过，忽见竹边明。花冷方能洁，香多不损清。谁堪宣净理[2]，应感道人情[3]。

释敬安（1851—1912） 字寄禅，别号八指头陀，俗姓黄，湖南湘潭人。十八岁在湘阴法华寺剃度为僧，主持过江浙等地著名古刹，晚年在浙江鄞县天童寺当方丈。辛亥革命后，任中华佛教总会会长。他是近代著名爱国诗僧，与王闿运等人多有交游，曾加入碧湖诗社。他的诗宗法六朝，诗格骀宕，不主故常。"我虽学佛未忘世"，作品中有不少反帝反侵略、抒发爱国情怀的内容，尤以白梅诗著称一时，多借以抒发对高洁情操的向往，因有"白梅诗僧"之称。著有《八指头陀诗集》。

◎ 题解

这首诗作于光绪二十四年（1898）。所选原列第三首。诗以传神之笔，描绘了画中白梅的高洁形象，寄托了诗人的情怀。既切画，又扣梅，形神毕备，环境的烘染尤富诗情画意。梅痴子：李瑞清，号梅庵，又号清道人，江西临川人。有诗名。有《清道人遗集》。陈师曾：陈三立之子衡恪。见《月下写怀》作者介绍。

◎ 注释

[1] 一以霁：一旦放晴。霁：雨雪止，云雾散。
[2] 堪：能。宣净理：抒泄净理。净理，佛家语，佛教称庄严洁净，没有五浊（劫浊、见浊、烦恼浊、众生浊、命浊）的境界为净。
[3] 道人：指李瑞清。

屡　出

张　謇

屡出真成惯，孤怀亦自遥。小车犹择路，独木已当桥。鹳影中霄月[1]，蛙声半夜朝。无人能共语，默默斗旋杓[2]。

张　謇
（1853—1926）

字季直，号啬庵，江苏通州（今南通）人。光绪二十年甲午（1894）殿试状元及第，授翰林院修撰。后致力于实业和教育。辛亥革命后，任南京临时政府实业总长，后又在北京任农林工商总长兼水利局总裁。后辞职南下，继续经办实业与教育。有《张季子诗录》十卷行世。张謇是实业家、政治家，诗为馀事，但有较高的成就。林庚白云："同光诗人什九无真感，惟二张为能自道其艰苦与怀抱。二张者，之洞与謇也。"张謇为诗，受到了江左宗尚晚唐的诗风影响，此外，与其师翁同龢一样，还得力于苏轼、黄庭坚。在"通州三怪"中，范当世宗宋，朱铭盘宗唐，张謇则唐宋兼法。陈衍评张謇诗云："超超玄箸，而时喜作诘屈语。"狄葆贤云："雄放峭峻，肖其为人。"

◎ 题解

诗人为了事业，屡屡奔波于外，此诗仅是一个剪影。无人能理解，无人能支持，他孤独，寂寞，感叹，然而他顽强！

◎ 注释

[1] 鹳（guàn）：鸟名。
[2] 杓（sháo）：北斗七星柄部的三颗星，又称斗柄、杓星。

病　起

张　謇

园林频厌雨，轩槛又东风[1]。病起看新绿，春微爱落红[2]。偶归家似客，忆旧稚成翁。只有山妻解[3]，矜劳惜瘁同[4]。

◎ 题解

此诗写尽一贯操劳的诗人病起后的心境与情怀，与上一首诗一样，乃林庚白所谓"能自道其艰苦与怀抱"者也。

◎ 注释

[1] 轩槛：栏杆。
[2] 春微：春天将尽。微，衰微。
[3] 山妻：自己的妻子。谦称。
[4] 矜：怜惜的意思。劳：辛劳。瘁：劳累。

赠丘履平

朱铭盘

苦道欲归去，家山无寸田。谁能临碧海[1]，长日对青天[2]。相见亦无语，能饥恐得仙[3]。不须论兵法，零落十三篇[4]。

朱铭盘
（1852—1893）

字日新，字曼君，江苏泰兴人。举人。有《桂之华轩诗集》四卷。清末南通州有二人以诗文名：一即范当世，一即朱铭盘。狄葆贤《平等阁诗话》云："朱曼君孝廉惊才盖代，太白之流。五古五律，萧寥之中，咸具胜韵。七律典重，微患才多。"陈衍《近代诗钞·石遗室诗话》称朱诗"天骨开张，风格隽上"。

◎ 题解

丘履平，名心坦。人称"海州大侠"。陈衍《石遗室诗话》称此诗"有盛唐人门面"。

◎ 注释

[1] 碧海：绿色的海，在扶桑东，见《十洲记》。
[2] 长日：整天。

[3]"能饥"句：因仙人是不食人间烟火食的，故云。
[4]十三篇：《孙子兵法》凡十三篇。可能丘履平有论兵法的著作。

野　望

陈三立

春满山如海，飞鸣不自知。杂花温日影，新柳长烟丝。田水听蛙急，吟楼过雁悲[1]。扶筇往来路[2]，寸寸泪痕滋[3]。

◎ 题解

戊戌政变失败后，因"招引奸邪"罪，陈宝箴、陈三立父子同被革职，并永不叙用。诗人一生政治抱负遂尽于此，但益切忧时爱国之心。此诗写景中，也抒发了郁勃之情。前半首由"望"字落笔；后半首抒怀。"温"字烹炼新创。

◎ 注释

[1]吟楼：吟诗之楼。
[2]扶筇：拄着竹杖。筇，杖。
[3]滋：滋生。

月　夜

陈三立

一片柳梢月，还为居士来[1]。砌虫秋自满，园鹊夜相猜[2]。闲坐成滋味[3]，残编且阖开[4]。遥怜照烽燧，海雁亦飞回[5]。

◉ 题解

这首诗虽然写的是秋深月夜情景,但隐含着诗人感秋伤忧国事之情。"满"字、"猜"字,精妙。

◉ 注释

[1] 居士:指士人。
[2] 猜:揣测,怀疑。
[3] 成:产生。
[4] 残编:不完整的书,破书。
[5] "遥怜"二句:谓我怜惜那些月光下守卫边疆的将士,海雁亦已经避北方的烽火而南飞,将士却未得归来。烽燧,即烽火。古代边防报警的两种信号。白天放烟叫"烽",夜间举火叫"燧"。

秋园居

王树枏

连日雨滂沱[1],西风势更颇[2]。人心皆向菊,我意独怜禾。乌雀愁窥野,鱼龙问决河。苍生岂余责[3],叹息老农过。

王树枏
（1851—1936）

字晋卿,直隶新城(今河北)人。清光绪十二年丙戌(1886)进士,官甘肃、新疆布政使。有《文莫室诗》。《光宣诗坛点将录》评云:"晋卿能文,诗以纪游诸作为胜,所造得杜、韩为多。"《近百年诗坛点将录》评云:"王树枏为北方学者祭酒。《文莫室诗》,肆力杜、韩,挥霍雷电,吞吐河岳,是何神勇。"

◎ 题解

　　此诗题为"秋园居"，而作者关心的不是像一般人所关心的秋天园圃里争相斗艳的秋菊，而是秋雨连绵、西风劲扫下的农作物，表现了作者关心人民疾苦的感情。

◎ 注释

[1] 滂沱：大雨貌。
[2] 颇：甚，大。
[3] 苍生：指百姓，众民。

甲午感事三首

宋育仁

万马渡辽河[1]，三军夜枕戈[2]。城亡诸将在[3]，律丧两师和[4]。伏阙书何用[5]，忧时泪苦多。节旄真脱尽[6]，归雁望云罗[7]。

不见榆关隘[8]，千营溃一惊[9]。潜师谋郑管[10]，赠策失秦庭[11]。星火催和约[12]，楼船息战声[13]。如何闻越甲，不耻向君鸣[14]。

万里望君门，论都已枉论[15]。艅艎先失水[16]，猿鹤自乘轩[17]。东海惭高蹈[18]，西邻畏责言[19]。呕心余有血，夜作海涛翻[20]。

宋育仁
（1857—1931）

　　字芸子，四川富顺人。光绪十二年丙戌（1886）进士。光绪二十四年，授检讨。有《哀怨集》。汪国垣云："芸子向以词赋见称于时，实则今之杜君卿

（佑）、郑夹漈（樵）也。……及所志不就，亲见危亡，乃以诗宣其伊郁，所谓古之伤心人也。《问琴阁诗录》多有为之言，其自注多有关光、宣掌故，余极重之。"

◉ 题解

光绪二十年甲午（1894）九月起，日本侵略军接连攻占我国辽东花园口、金州、大连、旅顺和九连城、丹东、凤凰城、长甸、海城等地，李鸿章的淮军纷纷溃逃。十二月，光绪帝起用湘军，出动六万人，驻扎在山海关内外，命两江总督、湘军名将刘坤一为钦差大臣，督办军务，准备与日军作战。慈禧太后则害怕日军进攻京、津，不顾光绪帝等的反对，命恭亲王奕䜣、李鸿章等向日本求和。诗即感时而发。

◉ 注释

[1] 辽河：在辽宁西部，山海关外。

[2] 三军：军队的统称。枕戈：睡时枕着武器，比喻随时准备战斗。《晋书·刘琨传》："吾枕戈待旦，志枭逆虏。"此二句言刘坤一等准备率湘军出山海关，渡辽河，与日军作战。

[3] "城亡"句：此言将领弃城逃命者大有人在，如吴大澂、魏光焘、李光久等。

[4] "律丧"句：约束丧失，清军溃散，两军不战。

[5] 伏阙：拜伏于宫殿下，古代臣下向皇帝有所陈请时多用此语。此言上书提建议，毫无用处。

[6] 节旄（máo）：节以竹制成，柄长八尺。节上所缀牦牛尾饰物，称节旄。节为古代使臣所持，证明他的使臣身份。汉代苏武出使匈奴，被扣留。苏武持汉节牧羊，节不离手，节旄尽落。见《汉书·苏武传》。此指清驻日使臣处境艰难，欲回不能。

[7] 云罗：似云的罗网。

[8] 榆关：山海关，也作渝关。在今河北秦皇岛市，是长城的起点，北依角山，南临渤海，形势险要。

[9] "千营"句：指日军进攻，清军溃败。

[10] "潜师"句：《左传·僖公三十二年》："杞子自郑使告于秦曰：'郑人使我掌其北门之管，若潜师以来，国可得也。'"管，钥匙。潜师，秘密行师，偷袭。此言日军进攻，都用偷袭的方式。旅顺等地为我国北门的锁钥。

[11] "赠策"句：春秋时，晋国有个叫士会的人因事逃到秦国，为秦人所用。晋国乃使魏寿余假为魏国的叛徒入秦国，劝说士会回晋。士会回晋时，秦国大夫绕朝赠给他马鞭，

说：你不要以为秦国无人，我的计策不用罢了。言早已发觉士会的实情。后以此指有先见之明的谋略。策，鞭子。《中国近代史》第三章：甲午战争前，"日本参谋部还不断派遣特务间谍潜入中国，窃取政治军事情报，秘密绘制了中国东北和渤海湾的详细地图，做好了发动大规模侵略战争的准备。"而中国方面竟没有觉察。

[12] "星火"句：日本入侵后，慈禧太后急于求和，先派邵友濂、张荫桓为全权大臣往日本，日本拒绝，乃改派李鸿章为头等全权大臣，与日本订和约于马关。

[13] "楼船"句：当旅顺危急时，海军提督丁汝昌亲赴天津见李鸿章，要求率北洋舰队驰援旅顺，与日军决一死战。但李鸿章严令丁汝昌"保船避战"，并说如违令进战，虽胜亦罪。

[14] "如何"二句：春秋时，越国的军队开到齐国，齐大夫雍门子狄请死。齐王说：仗还没打，你怎么就想死了？雍门子狄说：以前有一次大王出去打猎，左边的车轮响了，坐在车夫右边的武士就自杀了，因为他看到车轮对着您叫，于您不利。现在越国的军队来了，这可比车轮叫厉害得多，我难道不应该也自杀吗？于是，雍门子狄就自杀。越国军队统帅听到了这一消息，为雍门子狄的壮烈之举所感动，当天就率军撤退七十里，继而撤军回国。见刘向《说苑》。越甲，越国的披甲之士，即军队。甲，古将士上阵时所披的防护物。此二句斥责那些贪生怕死、临阵逃脱、丧师辱国的将领。

[15] 论都：汉光武时，有迁都洛阳之议，杜笃以为不可，上《论都赋》争之。见《后汉书·杜笃传》。

[16] "艅艎"句：甲午年八月，海军提督丁汝昌率舰队与日本舰队大战于黄海，史称"甲午海战"。此战重创日舰多艘，但我方损失较大。此后，李鸿章故意夸大此战损失，压制海军将士巡海迎敌的要求，以"保船制敌"为借口，命令北洋舰队全部藏到威海卫军港，造成了坐以待毙的局面。艅艎，古船名。

[17] "猿鹤"句：春秋时，卫懿公喜欢玩鹤，有的鹤竟然乘轩。轩是一种较高级的车子，当时只有大夫才能乘坐。诗中"猿"字是拼凑。鹤本是玩物，而尊贵如此。此指清廷庸才居于高位。

[18] "东海"句：战国时，秦国围赵国，魏使新垣衍请尊秦为帝。齐人鲁仲连不许，对新垣衍说：如果秦为帝，我蹈东海而死。秦罢兵，齐王欲任命鲁仲连做官，鲁逃隐于海上以终。此言自己有愧于鲁仲连。

[19] "西邻"句：《左传·僖公十五年》："西邻责言，不可偿也。"此西邻指欧西列强，欧洲各国先则怕出面责问日本的侵略行动，但后来俄、德、法三国海军开到黄海干涉。

[20] "呕心"二句：言诗人哀痛之极，心情如波澜翻腾，不能平静。

戊戌八月国变记事四首

康有为

历历维新梦,分明百日中。[1]庄严对宣室[2],哀痛起桐宫[3]。
祸水滔中夏[4],尧台悼圣躬[5]。小臣东海泪[6],望帝杜鹃红[7]。

遮云金翅鸟,啄食小龙飞。[8]海水看翻立[9],旻天怨式微[10]。
哀哀呼后土[11],惨惨梦金闺[12]。千载鼋鼍恨[13],王孙有是非[14]。

吾君真可恃,哀痛诏频闻。[15]未定维新业,先传禅让文[16]。
中原皆沸鼎[17],党狱起愁云[18]。上帝哀臣罪,巫阳筮予魂[19]。

南宫惭奉诏[20],北阙入无军[21]。抗议谁曾上?勤王竟不闻。[22]
更无敬业卒,空讨武曌文。[23]痛哭秦庭去,谁为救圣君?[24]

康有为
(1858—1927)

原名祖诒,字广厦,号长素,又号更生,广东南海(今佛山)人。光绪二十一年乙未(1895)进士,授工部主事。康有为少从朱次琦游。后在广州万木草堂聚徒讲学,又入都上万言书,倡言变法。甲午战争后,他集各省公车上书,请拒签和约。又在北京建立强学会,制造变法舆论。光绪二十四年戊戌(1898),参加"百日维新"。戊戌政变起,他逃亡国外,思想日趋保守。其诗学杜甫、学龚自珍,同时又要求创新,是岭南新派诗人代表之一。其前期作品反映了当时的重大事变,充满爱国精神。流亡国外后,多反映世界事物的作品,这些作品的艺术成就要较前期为高。梁启超以其诗与金和、黄遵宪并称为"元气淋漓,卓然称大家"。有《南海先生诗集》。

◉ 题解

这组诗是康有为戊戌年八月避难东渡日本后作。可算是对"百日维新"的回忆和总结。在这场斗争中,康有为作为维新党的首要人物,策动光绪皇帝接连发布了六十余道"上谕",推行新政。但是,由于维新派人物,甚至包括光绪皇帝都没有多少实权,因此,在以慈禧太后为代表的保守派的强大反攻下,他们惨遭失败:光绪帝被幽禁,谭嗣同等"六君子"被杀害,康、梁亦遭通缉,被迫亡命海外。这组诗中,倾注了作者的复杂感情:对光绪帝的怀念和对牺牲战友的悼念,对慈禧等的愤懑以及对局势的反思。

◉ 注释

[1]"历历"二句:历历:分明、清晰。因戊戌维新始自夏历四月二十三日(公历六月十一日)清帝诏定国是之日,止于八月初六日(公历九月二十一日)慈禧再训政,幽禁光绪帝,凡一百零三日,故又称"百日维新"。

[2]"宣室"句:宣室:古代宫殿名。《汉书·贾谊传》:"上方受厘,坐宣室。"又谓汉孝文帝曾在宣室召见贾谊。此句是回忆光绪皇帝召见康有为时的情景。

[3]"桐宫"句:桐宫:相传为商汤墓地,建有宫室,伊尹曾放太甲于此。见《尚书·太甲》上:"太甲既立,不明,伊尹放诸桐。"此句指光绪帝被囚。

[4]"祸水"句:祸水:指慈禧。滔:淹没。中夏:中国。

[5]"尧台"句:尧台:尧住过的地方。《史记·五帝本纪》张守节《正义》引《括地志》转引《竹书纪年》云:"昔尧德衰,为舜所囚也。"这里借指光绪帝被幽禁于尧台。圣躬,古代皇帝身体的尊称。

[6]"小臣"句:小臣:康有为自称。因当时他在日本,故云"东海泪"。

[7]"望帝"句:望帝:为古时蜀国帝杜宇之号,相传望帝为蜀除水患有功,不久禅位,退隐西山,化为杜鹃鸟,日夜哀啼,以至啼出血来,血又化作杜鹃花。人闻其声,都十分

怀念。见常璩《华阳国志·蜀志》。康有为以此缅怀光绪帝。

[8]"遮云"二句：金翅鸟：古印度传说中的大鸟。《法苑珠林》卷十《畜生报·受报》："金翅鸟有四种，一卵生，二胎生，三湿生，四化生……若卵生金翅鸟飞下海中，以翅搏水，水即两披，深二百由旬，取卵生龙，随意而食之。"此金翅鸟比慈禧，小龙比光绪帝。

[9]翻立：翻腾。

[10]"旻天"句：旻天：《诗·小雅·小旻》："旻天疾威，敷于下土。"式微：《诗·邶风·式微》："式微式微，胡不归？"据说此诗是春秋时黎侯流亡，寄居卫国，他的从臣劝他时所作。式是发语词，微为衰落。后来泛指人或物由盛而衰曰式微。此指光绪帝被幽禁的处境。

[11]"哀哀"句：后土：古代称大地曰后土。《楚辞·九辩》："皇天淫溢而秋霖兮，后土何时而得漧？"此句意是哀呼天地。

[12]"惨惨"句：金闺：江淹《别赋》："金闺之诸彦。"李善注："金闺，金马门也。"金马门是汉宫门名。这里，借指军机处。此句写康有为梦见林旭等四章京的被害。

[13]"千载"句：漦：吐沫。黿漦：即龙漦。古史相传，夏之衰，有二神龙止于王庭，夏帝卜请其漦，藏于柜椟。至周厉王末，发椟观之，漦流于庭，化为玄鼋。后宫童妾遇之怀孕，生褒姒。周幽王宠褒姒，欲杀申后所生太子而立褒姒子伯服，引起申戎之乱，西周因是而亡。事详《国语·郑语》《史记·周纪》。后世以喻祸国的后妃。此处比慈禧。

[14]"王孙"句：王孙：指光绪帝。有是非：指有问题，可能有危险。

[15]"吾君"二句：此二句下原有梁启超注："戊戌七月二十四日上谕云：'全国人民，皆上天之所畀，祖宗之所遗，非悉导之康乐而亲，朕躬未为尽职。'又云：'使天下臣民，共知其君之可恃。'"恃，依靠。哀痛诏，据《康南海自订年谱》，光绪二十四年康有为在皇帝召见时提出："自割台后，民志已离，非多得皇上哀痛之诏，无以收拾之也。"光绪帝因此在变法时期下了一系列诏书，常追述内乱外侮之由，并引咎自责，故有"哀痛诏"之称。

[16]"先传"句：禅让：古代君主传位于贤者，称禅让。后被迫交出皇位，亦常美其名曰禅让。这里的禅让文，指慈禧太后幽禁光绪皇帝后，迫使光绪帝下的一道"上谕"："谕内阁：现在国事艰难，朕勤劳宵旰，日综万几，恭溯同治年间以来……慈禧皇太后两次垂帘听政，办理朝政，宏济时艰，无不尽美尽善。因念宗社为重，再三吁恳慈恩训政，仰蒙俯如所谓，此乃天下臣民之福。由今日始，在便殿办事，本月初八日朕率王大臣在勤政殿行礼，一切应行礼节，著各该衙门敬谨豫各。"

[17]"中原"句：中原：原指黄河中下游地区，此借指整个中国。沸鼎：司马相如《上林赋》："潏潏淈淈，滀漯鼎沸。"后常借以形容形势纷扰动乱。

[18]党狱：指维新派人物被革职、监禁、流放、杀戮。

[19]"上帝"二句：《楚辞·招魂》："帝告巫阳曰：'有人在下，我欲辅之；魂魄离散，汝筮予之。'"上帝，天帝。哀，怜悯。臣，作者自称。巫阳，古神话中名阳的巫者。筮（shī），古代用蓍草占卦。予，给予。康有为在这二句中，庆幸自己在维新失败后能够

脱难，似乎是天帝救了他。

[20]"南宫"句：此句下原有梁启超注："先生当国变将作时，两次奉硃笔密诏，第一次乃七月二十九日，由四品卿衔军机章京杨锐传出者。第二次乃八月初二日，由四品卿衔军机章京林旭传出者。两诏启超皆获恭读。其第一诏，由杨锐之子于宣统二年诣都察院呈缴，宣付实录馆；其第二诏，末数语云：'尔其爱惜身体，善自保卫，他日再效驰驱，共兴大业，朕有厚望焉。'奉此二诏，乃是康有为一生中最感恩涕零之事，因此，他在其他诗篇中亦经常提及。南宫，汉官名。《后汉书·郑弘传》："为尚书令……弘前后所陈，有补益王政者，皆著之南宫，以为故事。"

[21]"北阙"句：北阙：古代宫殿北面的门楼。此句谓康有为欲入皇宫救光绪帝，但恨无兵权。

[22]"抗议"二句：勤王：出兵救援王朝。《后汉书·袁绍传》："乃下诏书于绍，责以地广兵多，而专自树党，不闻勤王之师，而但擅相讨伐。"此二句表达了康有为对政变失败后朝中文武百官不敢抗议的态度非常不满。

[23]"更无"二句：敬业：徐敬业，唐光宅元年（684）在扬州起兵反对武则天临朝称制。卒，士卒。讨武檄文：骆宾王在徐敬业起兵时所写的《讨武曌檄》。这二句谓既然无人起兵反对慈禧，我就是写了讨伐的文章也是徒劳的。

[24]"痛哭"二句：痛哭秦庭：乃用申包胥事以自喻。春秋楚昭王十年（前506），吴国攻破楚国，楚贵族包申胥到秦求救。在秦庭痛哭七昼夜，终于感动秦王，发兵救楚。康有为曾幻想日本能出兵干涉，扶助光绪皇帝重新执政。其《明夷阁诗集序》云："自戊戌蒙难，走英、日，为秦庭之哭。"圣君，英明的君主，此指光绪帝。

天　竺

俞明震

言从天竺寺[1]，偶步下云房[2]。新霁铃声活[3]，晨炊松叶香。片云驻灵石[4]，一鸟答松篁[5]。檐蔔花仍在[6]，禅心但坐忘[7]。

◎ 题解

天竺：即天竺山，在杭州西十七里，葛仙翁得道处。自灵鹫至上天竺琅珰岭止，周数十里，岩壑优美。下天竺寺后诸岩洞嵌空玲珑，林木皆自岩骨拔起，不土而生石间。这首诗是光绪二十三年丁酉（1897）俞明震在杭州游天竺所作。诗中描写山间早晨幽静的环境："新霁铃声活，晨炊松叶香。片云驻灵石，一鸟答松篁。"曾被胡先骕评为"极高秀，以视他作，有仙凡之别。盖得力于钱考功（起）有如此者也。"

◎ 注释

[1] 天竺寺：天竺有佛寺三：下天竺法镜寺，在灵鹫山麓；中天竺法净寺，在稽留峰北；上天竺法喜寺，在北高峰麓白云峰下。
[2] 云房：僧舍。马戴《寄西岳白石僧》："云房出定后，岳月在池西。"
[3] "新霁"句：新霁：雨刚止。铃声活：指挂在寺庙檐角上的铃铎声音十分清脆。
[4] 驻：停留。
[5] 篁：竹林。
[6] 檐葡花：花名。梵语。义译为郁金花。段成式《西阳杂俎》："陶贞白（弘景）言，栀子剪花六出，刻房七道，其花香甚，相传即西域薝葡花也。"
[7] 禅心：谓寂定之心。坐忘：《庄子·大宗师》："堕肢体，黜聪明，离形去知，同于大道，此谓坐忘。"

春寒登楼写意

俞明震

雨暗池冰合[1]，春寒鸟背高[2]。闭门无世法[3]，来日在醇醪[4]。待暝诸天寂[5]，因风独树号[6]。万家愁入夜，孤影下亭皋[7]。

◎ 题解

这是俞明震宣统二年庚戌（1910）在南京所作。诗中所描写的早春的寒意，与作者此时对政局的忧虑是一致的。"万家愁入夜"，他是"孤影下亭皋"，作为一个深受封建思想熏陶、但又具有正义感的知识分子，在清王朝暴露出种种危机、行将灭亡的时候，内心的矛盾显然十分激烈。

◎ 注释

[1]雨暗:不停的春雨,使天色显得昏暗。

[2]鸟背高:鸟飞得很高。

[3]世法:佛教把人世间一切生灭无常的事情都叫作世法。《大方广佛华严经》:"佛观世法如光影。"

[4]醇醪:味厚的美酒。

[5]"待瞑"句:瞑:天黑。诸天:佛家言。自四天王众天至三十三天至无色界天,总称诸天。见《大毗婆沙论》。

[6]号:吼叫。

[7]下亭皋:《南史·柳恽传》:"恽少工篇什,为诗云:'亭皋木叶下,陇首秋云飞。'"亭皋,水边的平地。

夜雨待萧稚泉不至

俞明震

逢君三月暮,不似往年春。况听荒城雨,同为永夜人[1]。安危灯共影,喧寂树成邻[2]。坐久晨光动[3],还看百态新。

◎ 题解

这首诗是俞明震民国二年癸丑(1913)春在南京时作。萧稚泉是他的朋友。尽管作者表达了彷徨、孤独的情感,但是,在全诗的最后,还可以看出他对光明的追求和心中所具有的新的希望。这与他对时局形势的看法和辛亥革命的态度产生的矛盾心理是一致的。

◎ 注释

[1]永夜:长夜。

[2]"喧寂"句:树在阵风的吹动下,一会儿喧,一会儿静,而这喧与静伴随着我。

[3]晨光动:晨光透漏。

舟过大沽望炮台二首

夏曾佑

大旗明落日[1]，雄镇拱神京[2]。朔气三军重[3]，平原万马轻。犀军环铁舰[4]，元老卧长城[5]。吹角楼船过[6]，寒潮入夜平。

登高东北望，滚滚暮涛黄。千古龙兴地[7]，风烟隔渺茫。山河资禁旅[8]，潮汐哭英王[9]。日落看佳气[10]，横天紫翠长[11]。

◉ 题解

　　大沽口，为天津东南的一个重要海口，附近有大沽、塘沽、新河、北塘等重镇，地当海陆咽喉，为天津、北京的门户。清咸丰八年戊午（1858），两岸修筑炮台。咸丰十年庚申（1860）七月，英法联军进攻塘沽、大沽等地，僧格林沁率部抵抗，大败于此，联军遂陷天津，攻进北京。第一首诗描写此战略要地之风貌。第二首远眺清王朝发祥之地，遥想当日之强盛，因感叹僧格林沁之败。结尾希望有人出来挽回国运。二诗境界宏阔，气势雄壮，风格苍凉。

◉ 注释

[1]"大旗"句：大旗在落日映照下，分外艳丽。杜甫《后出塞》："落日照大旗。"
[2]雄镇：地形险要的重镇。拱：拱卫，环卫。神京：帝都，京师。此指北京。
[3]朔气：北方寒气。三军：指军队。重：端重严肃。
[4]犀军：《国语·越语上》："今夫差衣水犀之甲者，亿有三千。"杜牧《润州》诗："夫差传里水犀军。"
[5]元老：老资格的大臣。长城：比喻国家的保卫者。
[6]角：军号。楼船：高大的战船，汉代有楼船将军。
[7]龙兴地：清朝兴起的地方。龙象征帝王。

[8]禁旅：禁军，守卫京师的军队。
[9]自注："僧忠亲王曾丧师于此。"潮汐：海水定时涨落为潮。早潮称潮，晚潮称汐。英王：对王的美称。此指蒙古科尔沁亲王僧格林沁。僧忠亲王：僧格林沁卒后谥"忠"，故称。
[10]佳气：象征祥瑞的光彩。王充《论衡》："王莽时，谒者苏伯阿能望气，使过春陵城郭，郁郁葱葱。及光武到河北，与伯阿见，问曰：卿前过春陵，何用知其气佳也？伯阿对曰：见其郁郁葱葱耳。"
[11]"横天"句：指清朝发祥地长白山一带。

赠金东雷

萧　蜕

东雷天下士，韬迹老衡门[1]。一室乾坤大[2]，千秋月旦尊[3]。酒怀茁春艳[4]，诗思结霜根[5]。寂寞邻家叟[6]，清狂安可论[7]。

◆ **萧　蜕**（1876—1958）　字中孚，一号退庵，江苏常熟人。诸生。南社社员。通中医、文字学，擅书法，工古文，能诗。其诗古音落落，与南社诸子异趣，为翁同龢所赏识。主讲师范学校十多年，晚年卜居苏州。

◎ 题解

　　金东雷，名震，江苏苏州人。著《东庐诗存》，又译《英国文学史》。这首酬赠之作，表达了对东雷的成就和为人的称誉，也抒发了诗人在那个扼杀人才的时代，有才无以施展的感慨。

◎ 注释

[1]韬迹：退隐自匿，不为人知。孔稚圭《北山移文》注引挚虞《征士胡昭赞》："投簪卷带，韬声匿迹。"老衡门：老于衡门。衡门，衡，通横；横木为门，极言简陋。《诗·陈风·衡门》："衡门之下，可以栖迟。"

[2]乾坤：天地。
[3]月旦：品评人物。《后汉书·许劭传》："劭与靖俱有高名，好共核论乡党人物，每月辄更其品题，故汝南俗有月旦评焉。"
[4]"酒怀"句：酒后感情喷发，像春花吐艳。茁（zhuó），草初长貌。
[5]"诗思"句：诗思坚实，像经霜松柏结成的老硬树根。
[6]邻家叟：诗人自指。
[7]清狂：高迈不羁。杜甫《壮游》诗："放荡齐赵间，裘马颇清狂。"安可论：怎能用言语表达。

游小云栖

萧　蜕

十年不到此，丈室故萧然[1]。绝壁锵悬溜，危藤络碎天。[2]幽禽送孤哢[3]，群绿斗新妍[4]。坐久遗生灭，松风已入禅。[5]

◉ 题解

小云栖，僧寺名，在江苏常熟虞山西麓。寺中有岩洞，俗称小石洞，深丈馀，上有石崖覆盖如屋，右边泉水从石坎中溢出，终年不断。风景幽秀，为虞山名胜之一。诗中所记，为僧寺和寺中石洞。

◉ 注释

[1]丈室：僧寺中方丈和尚所居之室。《法苑珠林》引《西域传》："大唐显庆年中，敕史卫长史王玄策因向印度，过净名宅，以笏量基，止有十笏，故号方丈之室也。"故萧然：本自如此萧索。故，本，自。萧然，冷落凄清貌。陶潜《五柳先生传》："环堵萧然。"
[2]"绝壁"二句：石壁上终日响着像悬珠向下垂注的铿锵声，洞顶歪歪斜斜的青藤像是网络着破碎的晴空。此处"络碎天"的描绘，体察入微，选词炼意极见精妙。绝壁，指小石洞覆盖的石崖。锵（qiāng），象声词。此处用作动词。悬溜，悬挂着的流泉。危藤，歪斜交叉的藤蔓。危，兼含高义。
[3]送孤哢（lòng）：送来一两声鸟的啼鸣。哢，鸟鸣声。

[4]"群绿"句：初春，各种新绿争妍斗丽。
[5]"坐久"二句：久坐此间，一切杂念都放下了，连松风也寂静无声，像禅定一般。遗生灭，佛家语，不生不灭之意。遗，遗忘。生灭，《大般涅槃经》："诸行无常，是生灭法，生灭灭已，寂灭为乐。"《维摩诘所说经》："一切法生灭不住。"

乙巳冬日，与伯严先生饮酒垆，即送归秣陵

陈　诗

夫子犹龙耳[1]，豪情问酒垆。尊前集风雨[2]，诗思隘江湖[3]。神物岂终晦[4]，俊游惊易徂[5]。乘潮挂帆去，极目渺愁吾[6]。

◉ 题解

此诗作于光绪三十一年乙巳（1905）冬。伯严：陈三立。据陈三立《散原精舍诗》卷六，乙巳十一月廿二日，三立赴上海，有诗。后又有《岁暮渡江入西山至长头岘》诗，则自上海返南京后又赴南昌西山。陈诗与三立在上海共饮，在十一月廿二日后。酒垆：酒店。秣陵：南京。

◉ 注释

[1]"夫子"句：夫子：指陈三立。犹龙：《史记·老庄申韩列传》："孔子去，谓弟子曰：鸟，吾知能飞；鱼，吾知能游；兽，吾知能走；至于龙，吾不能知其乘风云而上天。吾今日见老子，其犹龙乎！"
[2]尊：樽，酒杯。
[3]"诗思"句：谓诗意广阔，连江湖也显得狭窄了。隘（ài），迫窄。
[4]"神物"句：陈三立因在湖南助其父湖南巡抚陈宝箴创办新政，戊戌政变作，父子同被革职，永不叙用。神物，神奇灵异之物。
[5]"俊游"句：俊游，高明的朋友。陆游《自咏》："三十年前接俊游，即今身世寄沧州。"易徂（cú），容易消逝。
[6]"乘潮"二句：极目远送那乘潮挂帆而去的扁舟，心中禁不起无限愁怅。自上海江行往南京，乘海潮东来，自东南向西。又值东风，故挂帆西去更速。李白《夜泊牛渚怀古》：

"明朝挂帆去，枫叶落纷纷。"渺愁吾，《楚辞·九歌·湘夫人》："帝子降兮北渚，目眇眇兮愁予。"按："予"字在清代通用的《佩文诗韵》中属"六鱼"韵，此诗押"七虞"韵，故易"予"为"吾"。

夜　泊

谭嗣同

系缆北风劲，五更荒岸舟。戍楼孤角语[1]，残腊异乡愁[2]。月晕山如睡[3]，霜寒江不流。窅然万物静[4]，而我独何求？

谭嗣同（1865—1898）　字复生，号壮飞，湖南浏阳人，湖北巡抚谭继洵之子。甲午战争后，提倡新政，为湖南维新运动的中坚。光绪二十四年戊戌（1898），因徐致靖荐入京，任四品军机章京，参加康有为、梁启超为首的维新运动。变法失败，拒绝东渡日本避难，被捕入狱，与林旭、刘光第等同时被害，史称"戊戌六君子"。有《莽苍苍斋诗》二卷。为诗宗法唐人，风格恢阔豪放，富有爱国精神。

◎ 题解

这是一首写景之作。举目荒凉，一片萧条，生气奄奄，死气沉沉，山河昏睡，万籁无声！这是当时中国的真实写照。有救国救民宏大抱负的作者，面对这样的现实，无限惆怅。

◎ 注释

[1]戍（shù）楼：边防驻军的瞭望楼。角：军中乐器，作军号用。

[2]残腊：犹言残冬。
[3]月晕：环绕月亮周围的光气。
[4]窅(yǎo)然：深远貌。

萤

黄　人

芳草春魂化[1]，空床夜色深。能将明月照，不与月同沉[2]。冤染三年血，愁添万里心。[3]似闻新战垒[4]，磷火泣天阴[5]。

◎ 题解

　　作者早年与章太炎执教东吴大学，推崇唐甄《潜书》的思想，提倡种族革命，为时甚早。为南社成员。这首诗把革命者以萤作比，在晚清黑暗统治下，力量虽小，但爝火之光，至死不灭，终有人能发扬而光大之。

◎ 注释

[1]"芳草"句：谓萤为芳草所化。《礼记·月令》曰："季夏之月，腐草为萤。"
[2]沉：消失。
[3]"冤染"二句：把萤比作满怀冤愁的革命者，虽死不渝。《庄子·外物》："苌弘死于蜀，藏其血，三年化而为碧。"后常指忠臣志士为正义目标而流血牺牲。
[4]战垒：指战场。垒，堡垒。
[5]磷火：此比萤火。

嘉定舟中

赵 熙

一塔见嘉州[1],铜江水合流[2]。好山似神女[3],明镜照乌尤[4]。渡远人争市[5],天空雁入秋[6],扁舟渔唱晚[7],黄叶夕阳楼[8]。

赵 熙 (1867—1948)

字尧生,号香宋,四川荣县人。光绪十八年壬辰(1892)进士,授编修,转江西道监察御史。以抗直敢言,著称清季。陈衍、梁启超等都和他有深交。兼工词,擅戏曲。有《香宋诗前集》。赵熙为诗兼宗唐宋,以敏捷著称。在近代是一位有特色的诗人。他的峨眉诸诗屡为人称道。从本书所选的几首诗亦可以看出其邃远的意境与多彩的词藻完美结合这一艺术特色。

◎ 题解

嘉定,指嘉定府,今四川乐山。宋时升嘉州为嘉定府,沿至清代。入民国,废置,治地改为乐山县。赵熙家乡荣县与嘉定近邻。这是作者在岷江舟中写的一首诗,诗中所描绘的秋天景色,犹如一幅色彩斑驳艳丽的水粉画。

◎ 注释

[1]"一塔"句:陈衍《近代诗钞》选录此诗,作"一塔出嘉州"。此依《香宋诗前集》。塔,指灵宝塔,在凌云山大佛像后灵宝峰上。建于唐代,为嘉州制高点。见,通"现",显露。这句言作者在舟中望见了以高塔为标志的嘉定府。

[2]"铜江":即大渡河,亦称濛江、沫江。大渡江流至嘉州东南,入岷江,故云"水合流"。

[3] 神女：巫山有神女峰。此云嘉州美丽的山色可与三峡神女峰附近景色比美。
[4] "明镜"句：明镜：喻清澈的水面。乌尤：即乌尤山，在乐山县东，亦称青衣山。《方舆胜览》："乌尤山，突然水中，如犀牛然，一名乌牛山。山谷（黄庭坚）始谓之乌尤。俗谓之乌牛。"此谓乌尤山倒映在清澈的水面，犹如映照在明镜中。
[5] 渡：渡口。市：交易，贸易。
[6] 天空：天际空阔。雁入秋：大雁盘旋，带来了秋的气氛。三、四句写静景，五、六句写动景。
[7] "扁舟"句：此句用王勃《滕王阁序》"渔舟唱晚，响穷彭蠡之滨"意。扁舟，小船。渔唱，渔人唱的歌。
[8] "黄叶"句：此谓黄叶林与夕阳在楼头交相映照，汇成一片黄红相间的秋色。

秋　夜

赵　熙

静极小三昧[1]，夜蛩秋满庭[2]。风清闻远水，天碧撒群星。故友书多断，衰年梦每灵[3]。诗成呼病妇，试踞灶觚听[4]。

◎ 题解

　　这是一首较能反映赵熙音节苍凉、意味渊永诗风的作品。作者将秋晚恬静、幽雅的气氛渲染得深透。诗人感伤、孤独的情怀也呈现纸上。

◎ 注释

[1] 小三昧：李肇《翰林志》："（学士）每下直出门，相谑谓之小三昧，出银台乘马，谓之大三昧，如释氏之去缠缚而自在也。"三昧，佛家语，梵文音译又作"三摩提""三摩帝"。意为排除一切杂念，使心神平静。
[2] 夜蛩：指夜间的虫鸣声。蛩（qióng），蟋蟀。
[3] "衰年"句：谓衰老之年做梦每每能应验。
[4] 灶觚：灶口平地突出之处。《太平御览》引《庄子》逸篇："'仲尼读《春秋》，老聃踞灶觚而听。'觚（gū），灶额也。"

闻胶州近事二首

丁惠康

蹙国日百里[1]，匡时徒万言[2]。山河蒙耻事，江海几人存？罢黜伤元老[3]，忧危感至尊[4]。书生亦何补，流涕泣王孙[5]。

莽苍天仍醉[6]，民劳讫未康[7]。中原还逐鹿[8]，歧路泣亡羊[9]。芣楚欣在隰[10]，苕华嗟已黄[11]。微生亦安有[12]，永夕此彷徨[13]！

丁惠康
（1868—1909）

字叔雅，广东丰顺人。诸生，官主事。为福建巡抚丁日昌子。家富藏书，学问淹博。陈衍言其"标格直是晋、宋间人。诗文虽未大成，而绝无一毫尘俗气"。颇留心国事，感事伤时，时有佳作。

◎ 题解

胶州，清属山东莱芜府，后为直隶州。民国后为胶县。胶州湾是黄海海湾，为战略要地。光绪二十三年丁酉（1897）十月，山东曹州府巨野县民众因积忿杀德国传教士二人。德方以此为借口，派兵舰占领了胶州湾。清廷被迫接受德方无理要求，罢免山东巡抚李秉衡。德方进而提出租借胶州湾的要求。次年二月，清廷被迫与德国订立丧权辱国的不平等条约《中德胶奥租界条约》，将胶州湾租借德国九十九年。这诗感此而发，充满了悲愤哀痛之情和亡国的忧危感。原有序，太长，兹略去。

◎ 注释

[1]"蹙（cù）国"句：《诗·大雅·召旻》："今也日蹙国百里。"蹙，缩减。国，指国土。此指英、日、法、俄、德列强纷纷强行租借我领土。

[2]匡时:挽救艰危的时局。

[3]罢黜(chù):罢免。此句指李秉衡被革职。

[4]至尊:最尊贵者,指皇帝。

[5]"流涕"句:杜甫有《哀王孙》诗,写安史之乱,唐玄宗西逃,宗室王孙及妃子郡主二十余人为安禄山所杀,余者流离乞食为生。此叹国家丧乱,国土沦亡,富贵之家,也不免遭劫遭难。

[6]莽苍:空旷无际貌。天醉:庾信《哀江南赋》:"天何为而此醉?"

[7]"民劳"句:人民劳苦,而未得温饱。汔(qì),接近。《诗·大雅·民劳》:"民亦劳止,汔可小康。"

[8]逐鹿:《史记·淮阴侯列传》:"秦失其鹿,天下共逐之。"将取天下比作逐野鹿,人人欲得之。此句言列强争相瓜分我国土。

[9]"歧路"句:《列子·说符》:"杨子之邻人亡羊,既率其党,又请杨子之竖追之。杨子曰:嘻!亡一羊,何追者之众?邻人曰:多歧路。既反,问:获羊乎?曰:亡之矣。曰:奚亡之?曰:歧路之中又有歧焉,吾不知所之,所以反也。"歧路,岔路;亡,丢失。此言不知该采取什么措施能收回那些被列强侵占的国土和主权,唯有悲哀而已。

[10]苌(cháng)楚:植物名,长于低湿之地。《诗·桧风》有《隰有苌楚》篇。隰(xī):低湿之地。此句言人痛苦不堪,还不如苌楚,无忧无虑地长在它所喜爱的地方。

[11]苕(tiáo)华:苕的花,赤黄色。华,同"花"。《诗·小雅》有《苕之华》篇,是一首反映荒年饥馑的诗。此句言饥馑已至。

[12]微生:微小的生命。

[13]永夕:长夜,彻夜。徬徨:徘徊。

黑龙潭

章炳麟

昔践松花岸[1],今临黑水祠。穷荒行欲币[2],垂老策无奇[3]。载重看黄马[4],供厨致白羆[5]。五华山下宿[6],扶杖转支离[7]。

章炳麟
(1869—1936) 初名学乘,字枚叔,后改名绛,号太炎,以字行,浙江余杭(今浙江杭州)人。早年因参加维新运动流亡海外，辛亥革命前，与蔡元培等发起成立光复会，后加入同盟会，主编《民报》，积极投身民主革命。晚年脱离政界，在苏州设立章氏国学讲习会，以讲学为业。他的文学成就主要在政论和学术散文方面，作诗不多。早期作品比较高简，晚年作品高古而近于自然，是集中最佳的部分。著有《章太炎全集》。

◎ 题解

这首诗作于民国六年（1917），见于《章太炎自书诗稿》。袁世凯称帝时，章炳麟在北京被袁软禁，民国五年（1916）袁死后，章获释南行，历游香港、爪哇，回国后经滇、黔各地。此诗在昆明时作。从中可见诗人思想的变化。黑龙潭，在今昆明市北二十八里龙泉山麓黑水潭公园内，传为汉代益州郡的黑水祠，元代为道教的龙泉观。因山下有一碧潭，故名。

◎ 注释

[1]"昔践"句：松花，松花江，在今黑龙江省。章炳麟于民国初年曾任东三省筹边使。
[2] 穷荒：荒僻边远之处。帀（zā）：周，遍。
[3] 策无奇：没有新鲜的救国之策。
[4] "载重"句：自注，"云南皆以马任重。"
[5] 白羆（pí）：似指熊掌。羆，俗呼人熊，似熊而大。
[6] 五华山：在今昆明市城北。
[7] 支离：衰弱。语出《庄子·人间世》："夫支离其形者，犹足以养其身，终其天年。"

焦山中流遇急湍

陈去病

鳌柱独擎天，沧江涌一拳。[1] 奔流多激荡，于此一回旋。

谡谡疑松籁,淙淙响石泉。[2]投鞭非易事[3],还与涤腥膻[4]。

陈去病
（1874—1933）

字佩忍,号巢南,原名庆林,江苏吴江人（今苏州）。早年要求变法维新,甲午战役,丧师辱国,和金天翮组织雪耻学会,寓种族革命之志。后参加孙中山领导的同盟会。曾创办《警钟日报》及《二十世纪大舞台》。又为南社创始人之一。辛亥革命后,曾随孙中山参加护法运动,任大本营宣传主任。后执教东南大学,晚年在南京任革命博物馆馆长。其诗颇多悲愤国事之作,往往慨叹作激亢语。有《浩歌堂诗钞》。

◎ 题解

这首诗作于清光绪三十一年乙巳（1905）,为即景抒怀之作。是年春,诗人至镇江承志中学任教,游焦山途中,借"急湍"比作革命力量的掀起。这年孙中山于日本东京组织同盟会,故比作"擎天""鳌柱"。

◎ 注释

[1]"鳌柱"二句:写焦山的形状和地理位置。鳌柱,比喻焦山。鳌,传说海中巨鳌,背负岱舆、员峤、方壶、瀛洲、蓬莱五山。见《列子》。吴莱《观孙太古周天二十八宿星君像图》:"鳌柱屹不倾。"擎天,向上托着天。一拳,《礼记·中庸》:"今夫山,一卷石之多。"卷,通"拳"。

[2]"谡谡"二句:谓风声像松涛的声响,水声像泉水在山石间流淌的声响。谡谡,风声。籁,声响。淙淙,水声。

[3]投鞭:投掷马鞭。《晋书·苻坚载记》:"苻坚曰:'以吾之众旅,投鞭于江,足断其流。'"

[4]"还与"句:谓还是参加推翻清王朝的革命吧!涤,扫除。腥膻,指清王朝统治。对满族的诬称。因喜食牛羊肉,以为身上有腥气味。《宣和遗事》:"吾祖宗二百年基业,一旦罹外国之腥膻。"

感　事

秋　瑾

竟有危巢燕[1]，应怜故国驼[2]！东侵忧未已，西望计如何？[3]儒士思投笔，闺人欲负戈。[4]谁为济时彦[5]？相与挽颓波[6]。

◎ 题解

　　这首诗约作于光绪二十六年庚子（1900）。这年春，义和团进驻天津、北京。八月，英、美、俄、法、日、德、奥、意等八国联军自天津出发，进犯北京，至十一月联军增兵到十万左右，妄图瓜分中国。十月，东北三省又全被沙俄侵占。国家民族，多灾多难，亡在旦夕。诗人有感于国难当头，决心投笔负戈，表现了诗人浓郁的爱国激情。

◎ 注释

[1] 危巢燕：《左传·襄公二十九年》："夫子之在此也，犹燕之巢于幕上。"比喻置身于极危险的境地。

[2] "应怜"句：故国：此指国家、民族。驼：《晋书·索靖传》："靖有先识远量，知天下将乱，指洛阳宫门铜驼叹曰：会见汝在荆棘中耳。"这里指国家民族将遭厄运了。

[3] "东侵"二句：东侵：指光绪二十年（1894）的中日甲午战争。西望：指英美等八国联军入侵北京后，慈禧太后、光绪帝逃往西安。李白《黄鹤楼闻笛》："西望长安不见家。"西安，古长安。诗意谓逃在西安的清统治者，计将安出，暗中指斥他们进行和议。

[4] "儒士"二句：儒士：读书人，文人。投笔：掷笔。《后汉书·班超传》："（超）家贫，常为官佣书以供养。久劳苦，尝辍业投笔叹曰：大丈夫无他志略，犹当效傅介子、张骞立功异域，以取封侯，安能久事笔砚间乎？"后因以投笔喻弃文就武。闺人：妇人。此作者自谓。负戈：扛起武器。

[5] 济时彦：匡世之士。彦，古代对有才学之士的美称。

[6] 颓波：下流的水势，此喻颓危的国势。

得幼儿丰祚贞祚家书

杨　圻

乡书多琐屑,风物倍依依[1]。小县春偏早[2],今年花更肥。
自忘为客久,只解劝人归。早晚买山去[3],移家入翠微[4]。

杨　圻
（1875—1941）

榜名朝庆,字云史,号野王,江苏常熟人。光绪二十八年壬寅（1902）南元,官邮传部郎中、新加坡总领事。入民国后为吴佩孚秘书。抗战军兴,避地香港。诗学唐人,但不同于"明七子"之模拟,尤擅梅村体歌行,风格雄浑,才华艳发。名篇有《檀青引》《天山曲》等。康有为题其集曰"绝代江山"。并非遗老,而诗中充满西山薇蕨之言。有《江山万里楼诗钞》十二卷。《续钞》四卷未刊。

◎ 题解

诗人生性爱花木,所居称"石花林"。这首诗叙写自己游幕在外,接读家书后,对故乡风物的眷念。"今年花更肥",即是指石花林的花,早春是梅花盛开的季节。

◎ 注释

[1] 依依：恋恋不舍。
[2] 小县：指诗人家乡常熟。
[3] 买山：《世说新语》："支道林因人就深公买印山,深公答曰：'未闻巢、由买山而隐'。"后人称归隐为买山。
[4] 翠微：原指山色青葱,后以作青山的代称。

松径步月

夏敬观

落日杳然去[1],亭亭月入林[2]。鸣蜩耽露味,巢鹤敛秋心[3]。万籁息俱动[4],千江魄共沉[5]。还来呼胜友[6],风起荡衣襟。

◉ 题解

这首诗作于清宣统二年庚戌(1910)。描写秋夜松径步月情景。因"步"而无一不动,"去""入""耽""敛""呼""荡",层层烘染,风格苦涩朴素。

◉ 注释

[1] 杳然:远得没有尽头的样子。
[2] 亭亭:高洁美妙的状态。
[3] "鸣蜩"二句:谓鸣蝉正沉溺在露水中,窝里的鹤正收敛起悲秋之心。蜩(tiáo),蝉的别名。耽,沉溺。敛,收起。
[4] 万籁:指自然界的一切声响。息:停息。
[5] 魄:原指月将落时的微光。这儿即指月光。沉:消失。
[6] 胜友:好友。

壬子二月同恪士梅庵至西湖刘氏花园

陈曾寿

竹树深深地,天留听雨声。山藏余塔淡,阴迥逼花明[1]。点滴无春思,飘摇挽客情[2]。道人寒不睡,煮茗话深更[3]。

◉ 题解

恪士为俞明震字。梅庵为李瑞清，辛亥后自称清道人。刘氏花园俗称刘庄，一名水竹居，原为晚清刘学询别墅，在杭州西湖丁家山前隐秀桥西，背山濒水，环境幽静。楼台水榭，古朴别致，誉为西湖第一名园。这首诗作于壬子（1912）早春，描绘了园中竹树幽静的环境，以及诗人和朋友煮茗夜话的情景。

◉ 注释

[1] 迥（jiǒng）：远。逼：迫近。
[2] 挽：挽留。
[3] 茗：即茶。深更：深夜。一夜分五更，每更约二小时。

秋　晓

宋教仁

旅夜难成寐，起坐独徬徨。月落千山晓，鸡鸣万瓦霜。思家嫌梦短，苦病觉更长。徒有枕戈意[1]，飘零只自伤。

宋教仁
（1882—1913）

字遁初，又作钝初，湖南桃源人，因自号桃源渔父。年轻时读书武昌，即抱改革大志，被学校开除。后与黄兴等组织华兴会，赴日本留学时，加入同盟会，致力民主革命。辛亥革命后，联合统一共和党等几个小党派将同盟会改组为国民党，代理理事长。民国二年（1913）初，企图成立政党内阁，以制约袁世凯，不久被袁氏暗杀于上海车站。他为在中国建立内阁型资产阶级民主立宪政体而进行的斗争,是向西方寻找真理的爱国行动,他无愧为一个革命的先行者,爱国的政治家,反清的武装斗争的英勇战士。他是早期南社成员之一,工诗,多抒写献身革命的情怀,感情深挚,诗风质朴自然。有《宋教仁集》。

◉ 题解

　　这首诗作于光绪三十二年丙午(1906)十月,时诗人正旅居日本。诗写秋晓的所见所感,抒发了徒有报国雄心而无法实现的苦衷,情景交融,感情沉郁。

◉ 注释

[1] 枕戈:心存家国,不敢安寝。语出《晋书·刘琨传》:"吾枕戈待旦。"

舟行西郭即景

庞树柏

一棹夷犹去[1],三桥寻梦痕[2]。夕阳红缒路,春水绿柴门。[3]樵笠歌松顶[4],渔榔响苇根[5]。野桃开又落,何处武陵村[6]?

◉ 题解

　　这是首写景之作,生动地描绘了诗人故乡江南水乡的旖旎风光。诗人融视觉、听觉的形象于一体,选用色泽鲜明、富有音响的词语,绘声绘色地勾画了一幅夕阳下流动变幻的图画,在捕捉典型景物,炼词造境上,显示了高超的艺术造诣。西郭:西城门。

◎ 注释

[1] 夷犹：从容貌。《楚辞·九歌·湘君》："君不行兮夷犹。"
[2] 三桥：常熟西门外山前塘第三条桥，石砌拱形，为当地春日踏青胜地。寻梦痕：寻找往日游览时留下的痕迹。
[3] "夕阳"二句："红""绿"二字，是形容词作动词用。绛（qiàn）路：江河边拉绛的小路。绛，拉船前进的绳索。
[4] "樵笠"句：山前塘傍虞山，这句写对山上的见闻。樵夫的笠帽在松林间出没，樵歌不时从松顶飘出。
[5] 渔榔：渔人捕鱼时用以敲击船舷以惊动鱼群使之入网的长木条。
[6] 武陵村：陶潜《桃花源记》中所描写的世外桃源。常熟虞山北麓有桃源涧，诗人因作此联想。

马　关

郁　华

晚对门司泊[1]，相依一水间。江湖秋赴梦[2]，灯火夜临关。市隐千楼雨，舟藏两岸山。云中问鸡犬，何处是嫏嬛？[3]

郁　华
（1884—1939）

字庆云，又字曼陀，浙江富阳（今杭州富阳）人。郁达夫之兄。早年考取官费留学日本，先后肄业于早稻田大学和法政大学。回国后，在司法界任职。"九一八"事变时，他任沈阳最高法院东北分院刑庭庭长，沈阳沦陷，日方拟委以重任，他拒不接受，潜回北京。后在上海任江苏二分院刑庭庭长时，因坚持正义，惩办汉奸，为敌伪所恨，1939年，为奸徒暗害。他是南社成员之一，诗画双绝，集中以近体居多。著有《静远堂诗画集》。

◎ 题解

　　这首诗为诗人留学日本时作,描绘了日本滨海城市马关烟雨苍茫、万家灯火的迷人夜景,也寄托了诗人对祖国的深沉情思。全诗融情于景,充满诗情画意。马关:在日本本州岛西南端,滨临对马海峡。今作下关。

◎ 注释

[1] 门司:日本地名。

[2] 赴梦:入梦。

[3] "云中"二句:王充《论衡·道虚》:"儒书言:淮南王学道……奇方异术,莫不争出。王遂得道,举家升天,畜产皆仙,犬吠于天上,鸡鸣于云中。"伊世珍《琅嬛记》载:晋张华游洞宫,至一处,大石中开,别有天地。问其地,曰:"琅嬛福地也。"此处合用二典,以神话中的境界,赞美下关神奇的夜景,也暗寓思念祖国的深情。嫏嬛,同"琅嬛"。

哭宋遁初烈士

柳亚子

忽复吞声哭,苍凉到九原[1]。斯人如此死[2],吾党复何言[3]!危论天应忌,神奸世所尊。[4]来岑今已矣,努力殄公孙。[5]

柳亚子
(1887—1958)

初名慰高,后更名弃疾,号安如,改号亚庐、亚子,江苏苏州人。早年即献身于中国民族民主革命。1906年,参加孙中山领导的同盟会,积极从事民主革命活动。1909年又创立南社。后参加新民主主义革命,1924年加入改组后的中国国民党。中华人民共和国成立后,当选为全国人民代表大会常务委员会委员。他是一个爱国诗人,曾将南社诗人比为"点将录",自比为宋江。陈声聪《兼于阁诗话》谓:"先生之革命,盖以文字为血肉,笔墨为刀枪,与敌人搏斗。器识明达,意志坚定而又才气发越,其诗在旧体中有所解放,有所创新,但仍不失其体制与典丽。迅猛荡决,横绝六合,多抵掌江山、怆怀烈士之作,激昂慷慨,击碎唾壶,即其寻常游览,题画酬句,亦常有怒目金刚、拔剑相向之概。"可谓知言。曾著《磨剑室诗集、词集、文集》,有《柳亚子诗词选》行世。

◉ 题解

宋遁初,即宋教仁,参见《秋晓》作者介绍。这首诗作于宋教仁遇难之时,表达了作者悲愤的心情和继续革命的决心。

◉ 注释

[1] 九原:春秋时晋国卿大夫的墓地。《礼记·檀弓》:"赵文子与叔誉观乎九原。"后亦泛指墓地。

[2] 斯人:指宋教仁。斯,此。

[3] 吾党:指国民党。1912年8月,同盟会、统一共和党、国民共进会等五派系合组为国民党,推孙中山为理事长。

[4] "危论"二句:谓宋教仁的惊人之论天亦忌妒,而巧于作奸的袁世凯却为世所尊。神奸,地位高而巧于作奸的人为神奸。

[5] "来岑"二句:来:来歙,东汉光武帝部将,进攻公孙述,蜀人大惧,使刺客刺杀之。岑:岑彭,光武帝部将奉命击公孙述,至"彭亡"营地,蜀刺客诈为亡奴降,夜刺杀彭。来、岑都被刺死,故以指宋教仁。公孙:公孙述,王莽时自立为蜀王。光武帝建武初,自立为天子,尽有益州之地。光武遣吴汉、臧宫攻灭之,述被刺死。这里以比袁世凯。此句是对生存的国民党人的策励。

七言律诗

夜坐（二首选一）

龚自珍

春夜伤心坐画屏，不如放眼入青冥。[1]
一山突起丘陵妒[2]，万籁无言帝座灵[3]。
塞上似腾奇女气[4]，江东久陨少微星[5]。
平生不蓄湘纍问，唤出姮娥诗与听。[6]

◎ 题解

此诗作于清道光三年癸未（1823）春，诗人第四次会试不中之后。诗中抨击了当时"万马齐喑"的政治局面，对清王朝摧残、压抑人才的政策表现了满腔的愤慨，通过对"奇女"的期待，表达了他对社会变革的迫切愿望。意境奇幻、美丽，诗人的形象独立轩昂，倔强有力。

◎ 注释

[1]"春夜"二句：春夜面对画屏而坐，独自伤怀，倒不如室外去，放眼世界。画屏，饰以彩画的屏风。青冥，青黑色的极高极深的天空。

[2]"一山"句：一峰突出高耸于众山之上，招来了许多小山的嫉妒。隐喻诗人受许多人的嫉视、打击。

[3]"万籁"句：整个世界一片肃静，高高在上的帝座显示着它无上的威灵。万籁（lài），自然界万物发出的声音。帝座，北极星的第二星，借指人间的帝王之位。灵，威灵。

[4]"塞上"句：边远地方有奇才出现的征兆。塞上，指边远地区。奇女气：《汉书·外戚传》载："武帝巡狩，过河间，望气者言，此有奇女。天子亟使使召之。"

[5]"江东"句：《晋书·天文志》："少微四星，在太微西，士大夫之位也，一名处士。……明大而黄，则贤士举也。"又《谢敷传》："初，月犯少微，少微一名处士，占者以隐士当之。……俄而敷死。"按：《定盦文集》中所载，如《海门先啬陈君祠堂碑文》所记之陈和玉，龚氏称为"奇杰之士，达节之民，挺瑰怪之姿，躬淳古之行，生而魁于凡民，没而当祭于社者"，卒于乾隆时；《宋先生述》之宋璠，浙江仁和人，"瘁志纂述"，嘉庆九年中举人后，十五年即卒，未曾仕，为龚氏之师；《王仲瞿墓表铭》之王昙，浙江

223

秀水人，乾隆五十九年举人，嘉庆时坐和珅党之荐举，获不白名，不得仕，嘉庆二十年卒。至龚氏作此诗，皆已久没，即王昙亦已死了六年，故云"江东久陨少微星"，诸人皆江东人。

[6]"平生"二句：我不像屈原那样要写《天问》，我只把抒愤之诗，叫嫦娥来听。湘纍，屈原在湖南汨罗江投水死，人们称为湘纍。《汉书·扬雄传》载雄《反离骚》："钦吊楚之湘纍。"注："李奇曰：诸不以罪死曰纍。……屈原赴湘死，故曰湘纍也。"屈原《天问》，从自然、神话、历史等方面提出许多问题，呵壁问天，借以抒发自己的忧愤。姮娥，嫦娥。

释言四首之一

龚自珍

东华环顾愧群贤[1]，悔著新书近十年[2]。
木有文章曾是病[3]，虫多言语不能天[4]。
略耽掌故非匡济，敢侈心期在简编？[5]
守默守雌容努力，毋劳上相损宵眠！[6]

◉ 题解

此诗作于道光六年丙戌（1826）。在此之前，诗人写了《明良论》等不少政论文，评论时政，提倡革新。这些文章，持论精深有远见，笔锋犀利，颇能切中时弊，在当时影响很大。诗人如此"动触时忌"，招来了封建顽固派包括某些权贵的攻击和不满。诗人作此诗回击，傲然之气，愤慨之情，溢于言表。释言：以言论为自己辩解。唐代韩愈被权奸所逸，曾作《释言》一文以自解。诗人乃借韩文之题为诗题。诗共四首，现仅存此一首。

◎ 注释

[1] 东华:东华门,清代紫禁城的东南门,内阁官署在东华门内。诗人当时为内阁中书。群贤:指诗人的同僚。

[2] 新书:西汉青年政论家贾谊著《新书》十卷。此指诗人自己的那些政论之作。此句乃反语。

[3] "木有"句:美丽的花叶,对树木来说反是病害,难逃伐木人之斧。此意本韩愈《祭柳子厚文》:"凡物之生,不愿为材。牺尊青黄,乃木之灾。"

[4] "虫多"句:言善鸣之虫,不得全其天性,而有被人捕捉之祸。此语反用《庄子·庚桑楚》:"唯虫能虫,唯虫能天。"

[5] "略耽"二句:我稍爱研究朝章国故,并非妄想匡时济世,怎敢侈望以这样的文章流传千古呢?耽,爱好。匡济,匡时济世的省称。侈,侈望,非分之想。心期,心所期许。简编,古代无纸,文字书于竹简,连成册,即为书。此指著作。

[6] "守默"二句:要我沉默寡言,无所作为,那得容我努力试试看,用不着再劳您大人操心失眠!这两句语含讥嘲。守默,道家修炼养心之术,沉默寡言,静然处之。守雌,《老子》:"知其雄,守其雌。"守其柔弱以自晦。上相,宰相之尊称。清大学士相当于前代的宰相。诗中可能有所指。

读史杂感(五首选一)

鲁一同

铁舰云帆满上游[1],建牙吹角动高秋[2]。
三千组练弢犀弩[3]。一夜风烟散火牛[4]。
绝域威名惊小范[5],中朝党论送维州[6]。
虎门鹭岛孤悬地[7],坐甲从容待运筹[8]。

鲁一同
(1805—1863)

字兰岑,一字通甫,江苏山阳(今淮安)人。道光十五年乙未(1835)举人,屡试进士不第,益精于学。林则徐、江忠源、曾国藩都重其才,先后邀他入幕府，都不赴。有《通甫诗存》四卷。一同为晚清著名古文家、诗人。反映鸦片战争诸作，气象雄阔，苍凉悲壮，充满了爱国激情。李慈铭称其诗"浩荡之势，独来独往，传之将来，足当诗史"，并非溢美之词。

◉ 题解

《读史杂感》五首，作于鸦片战争时期，以古代史事论时事。这是第一首，赞颂林则徐禁烟抗英功绩，斥责清王朝中投降派的卖国行径。

◉ 注释

[1] 铁舰：坚固的兵舰。云帆：高大的帆。

[2] 建牙：牙，军前大旗，古代出兵，在军前树立大旗，称建牙。后也称兴兵建幕府或武将出镇为建牙。角：古时军中乐器，用作军号。高秋：秋高气爽之时。此二句言林则徐任两广总督，禁烟备战。

[3] 组练：《左传·襄公三年》："（楚子重）使邓廖帅组甲三百、被练三千以侵吴。"杜预注："组甲，漆甲成组文。被练，练袍。"组甲、被练，指将士的衣甲服装。后因借指精锐部队或军士的武装军容。弢：弓袋。此用如动词，弓袋中装着。犀弩：犀牛皮制的弓。

[4] 火牛：《史记·田单列传》载，燕国攻打齐国，齐将田单固守即墨城，用火牛阵大败燕军，收复齐地。此句指林则徐以火攻船，打败英国侵略军。

[5] 绝域：极远的地域。小范：宋范仲淹守延安，有威名。西夏人说："今小范老子腹中有数万甲兵，不比大范老子可欺也。"夏人称知州为老子，小范指范仲淹，大范指范雍。见孔平仲《孔氏谈苑》卷四。此句言林则徐的威名使英人惊恐。

[6] "中朝"句：维州为古地名，故治在今四川省理县，地势险要。唐时，吐蕃凭险自固，恃以窥蜀，常出骚扰。文宗大和五年（831），朝中李党首领李德裕率兵进西川，吐蕃将惊惧，谋以维州降。李德裕的政敌牛党首领牛僧孺则主张将维州送还吐蕃。朝廷竟从牛议。党论，出于党派之见的争论。这句指斥当时清廷的投降派。

[7] 虎门：又名虎头门，在广东东莞西南珠江口。入广州的海船，必经香港入珠江，经虎门而达黄埔。《虎头门记》："虎头门，以虎山得名。山有二，西曰小虎山，东曰大虎山，如连珠巨浸中。中稍折而东南，右横档山，左南山，相距五六里，岿然双阙，而海出入其间，界中外，故曰门。"鹭岛：厦门别称"鹭屿"，故称鹭岛。

[8] 坐甲：《左传·文公十二年》："裹粮坐甲。"战士披甲不卧，坐以待敌。运筹：谋划战事。

辛丑重有感（八首选一）

鲁一同

张公苦意绝天骄[1]，忽报呼韩款圣朝[2]。
便遣频阳老王翦，岂宜绝域弃班超![3]
跕鸢事业心纡折[4]，射虎河山气寂寥[5]。
珍重玉关天万里[6]，西风大树日萧萧[7]。

◉ 题解

晚唐李训、郑注谋诛宦官，事泄，被杀，李商隐曾作《有感》二首，不久又作《重有感》一首感其事。这里作者借用李商隐诗题，有学其诗风之意。诗写于清道光二十一年辛丑（1841），共八首，皆感鸦片战争时事而作。二十年（1840）六月，英军攻陷浙江定海，朝廷归罪于林则徐在广东的禁烟抗战，把他革职。次年五月，又将他遣戍伊犁。本诗即感林遣戍事。诗的艺术水平很高。王蘧常云："比附史事，亦皆确当，无愧诗史。"老杜《诸将》，后人学之者，多落空腔。如此苍劲，得未曾有。

◉ 注释

[1] 张公：张骞，汉代汉中人，屡出使西域，曾与西域乌孙等部族联系，以共同对付匈奴。天骄：汉朝称匈奴为"天之骄子"。此句言林则徐苦心经营，准备抵抗貌似强大、不可一世的英国侵略军。

[2] 呼韩：匈奴呼韩邪单于，名稽侯珊，汉宣帝神爵末年立。立后不久，因匈奴内部纷争，采纳臣下建议归汉，得汉助。汉朝为他消灭政敌，他又入朝，汉元帝将王昭君嫁给他。款：和，议和。圣朝：指朝廷。此句言英人与清廷议和。

[3] "便遣"二句：即便不用林则徐，就叫他像王翦那样回家乡去，以后再可用他，哪能把他远远放到极远的边地去呢？王翦，秦频阳（今陕西富平县）人，秦始皇时的名将，英勇善战。秦始皇攻楚时，秦将李信认为用二十万兵即可，王翦则言非六十万兵不可。始皇

以为他儒怯,于是用李信。王翦遂谢兵归。李信败,始皇还是用王翦的计划平楚。绝域,极远的地域,边地。班超,东汉人,字仲升。少有大志,投笔从戎。明、章二帝时,出征西域,在西域三十余年,多所建树。

[4]跕(dié)鸢:东汉马援征交趾,当地山林瘴气极重,虽飞鸟也为所伤,马援等仰视飞鸢"跕跕堕水中。"见《后汉书·马援传》。跕,坠落貌。纡折,反复周详貌。此言历尽艰辛的事业半途而废。

[5]射虎:西汉名将李广,曾屡有射虎的壮举。寂寥:静寂。此言林则徐曾保卫的大好河山,一片死气沉沉。

[6]玉关:玉门关,古关名,在今甘肃敦煌市西北,阳关在其南。古为通西域的要道。出玉门关者为北道,出阳关者为南道。林则徐遣戍伊犁,要出玉门关。

[7]大树:东汉冯异佐汉光武帝刘秀争天下,诸将并坐论功,冯异则常独处树下,军中号为"大树将军"。庾信《哀江南赋序》:"将军一去,大树飘零。"此句化用庾信语,言林则徐被遣戍后,国事大坏,不可收拾。

次杨林晚望

郑　珍

山头日白气荒迷[1],旷望沟塍尽大堤[2]。
马过一风抬路去,春归七日办花齐。[3]
衣冠蒙部新年里[4],烟树嵩明小海西[5]。
莫问旧时翻震事[6],万头赤子烂如泥[7]。

◉ 题解

　　杨林在云南嵩明县东,西去昆明百里,为往来交通要道。末句自注:"谓癸巳(1833)八月地震奇灾。"这首诗作于道光十八年戊戌(1838),离地震已五年,为诗人在新年去昆明途经杨林时所见所感。全诗由南国烟树、新年景象,想到数年前发生在这里的地震惨象。"马过"二句写春景,奇语形容得出。

◎ 注释

[1] 荒迷：荒远迷蒙，看不分明。

[2] 旷望：空旷处看出去。沟塍：田间的水沟和土埂。

[3] "马过"二句：谓骑马快，好像风抬着路过去。立春才七天，许多花都已开放了。春归七日，即正月初七，为"人日"。薛道衡《人日思归》诗："入春才七日，离家已二年。"

[4] 蒙部：云南少数民族的一个部落。

[5] 嵩明：今云南省嵩明县。小海：即滇池，亦称滇海，亦称昆明池。在昆明南面。

[6] 翻震：即地震。

[7] 赤子：百姓。烂如泥：谓死尸腐烂如泥。

南台酒家题壁

江　湜

忽忽青春客里休[1]，半生赢得一生愁。
与人会饮从沉醉[2]，是处无家且浪游[3]。
海气夜迷灯火市[4]，江风凉入管弦秋[5]。
不知一枕羁人梦[6]，更上谁家旧酒楼[7]？

◎ 题解

南台，江名，在福州南门外，有长桥跨江，数十里间，居民栉比，颇繁盛。清咸丰五年乙卯（1855），作者客居福州，秋夜会饮酒楼，即兴题壁，抒发了仕途坎坷、离家浪游的失意心情。凄清婉转，耐人寻味。

◎ 注释

[1] 忽忽：时间飞快。青春：比喻少年。休：停止。

[2] 从：任它。

[3] 是处：到处。浪游：到处漫游。

[4]迷:迷蒙。
[5]"江风"句:谓江风秋凉中飘着管弦的音乐声。
[6]一枕:一夜。枕,枕头。羁人:寄居作客的人。
[7]更:再。

回港舟中诗

洪仁玕

船帆如箭斗狂涛,风力相随志更豪。
海作疆场波列阵,浪翻星月影麾旌[1]。
雄驱岛屿飞千里,怒战貔貅走六鳌[2]。
四日凯旋欣奏绩[3],军声十万尚嘈嘈[4]。

洪仁玕
（1822—1864） 广东花县（今广州）人,洪秀全的族弟。1859年在天京（南京）,被封为干王。所著《资政新篇》,提出改革措施,在当时具有一定的进步意义。同治三年（1864）年八月,他保护幼天王转战到江西石城,全军覆没,被俘至南昌,十月就义。

◎ 题解

此诗见于《干王洪仁玕自传》。1854年作者由上海赴天京不果,折回香港,于舟中作。

◎ 注释

[1]麾（huī）旌:挥舞旌旗。麾,同"挥"。
[2]"怒战"句：貔貅（pí xiū）:猛兽名。以喻勇猛之士。《晋书·熊远传》上疏:"今顺天

下之心，命貔貅之士，鸣橄前驱，大军后至，威风赫然。"走：奔。六鳌：《列子·汤问》载，渤海之东有五山，曰岱舆、员峤、方壶、瀛洲、蓬莱。而五山之根，无所连着，常随潮波上下往还。于是天帝命禺彊使巨鳌十五，分三批轮流举首负载，五山始峙。而龙伯之国一大人一钓而连六鳌，于是岱舆、员峤二山便流于北极，沉于大海。这里以六鳌比喻反动的清统治阶级。

[3] 四日：《洪仁玕自述》：当时"坐火轮船，四日到港。"

[4] 嘈嘈：大声。

二月下浣，军次遂安城北，吟于行府

洪仁玕

鞑秽腥闻北斗昏[1]，谁新天地转乾坤？
丈夫不下英雄泪，壮士无忘漂母飧[2]。
志顶江山心欲奋，胸罗宇宙气潜吞。
吊民伐罪归来日[3]，草木咸歌雨露恩。

◎ 题解

此诗见于《太平天国官书十种·军次实录》。诗作于咸丰十一年（1861）二月。时洪仁玕奉命出京调兵，途经浙江遂安。下浣：月之下旬。古时职官十日一休息洗沐，故十日称浣。行府：中央官署派出在外代行指定事务的机构。

◎ 注释

[1] "鞑秽"句：鞑：即鞑靼，种族名，是北方古代少数民族的一支。这里指清统治者。北斗：星名，古时喻天子，皇帝。北斗昏，指清王朝政治昏暗。

[2] 漂母飧（sūn）：《史记·淮阴侯列传》："(韩)信钓于城下，诸母漂，有一母见信饥，饭信，竟漂数十日。信喜，谓漂母曰：'吾必有以重报母。'……信至国，召所从食漂母，赐千金。"飧，熟食。

[3] 吊民伐罪：抚慰人民，讨伐有罪。《孟子·滕文公下》："诛其君，吊其民。"魏明帝《棹歌行》："伐罪以吊民，清我东南疆。"

闻都门消息（五首）

樊增祥

上林秋雁忽西翔[1]，凝碧池头孰举觞[2]？
市有醉人称异瑞[3]，巢无完卵亦奇殃[4]。
犬衔朱邸焚馀骨[5]，乌啄黄骢战后疮[6]。
满目蓬蒿人迹少，向来多是管弦场[7]。

京师赫赫陷鲸牙[8]，十国纵横万户嗟[9]。
旧宅不归王谢燕[10]，新亭分守楚梁瓜[11]。
蛾眉身世惟青冢[12]，貂珥门庭但落花[13]。
龙虎诸军谁宿卫[14]，孤儿一一委虫沙[15]。

百年乔木委秋风[16]，三月铜街火尚红[17]。
崇恺珊瑚兵子手[18]，宋元书画冷摊中[19]。
金华学士羁僧寺[20]，玉雪儿郎杂酒佣[21]。
闻得圆明双鹤语，庚申庚子再相逢[22]。

岛人列檄罪诸王[23]，玉牒瑶潢绝可伤[24]。
待取血膋觞福鹿[25]，谁将眼箸谜贪狼[26]？
伯霜仲雪俱危苦[27]，宋劭殷辛僭比方[28]。

公法每宽亲贵议，可须函首越重洋[29]。

繁华非复凤城春[30]，玉辂于今隔陇秦[31]。
金雀觚棱虚御仗[32]，铜驼荆棘泣孤臣[33]。
朱门白屋多新鬼[34]，卜肆僧寮几故人[35]？
莫问北池旧烟月，雨霖铃夜一沾巾。[36]

樊增祥
（1846—1931）

字嘉父，号云门，别号樊山，湖北恩施人。早年以文章游京师，李慈铭亟称其才。光绪三年丁丑（1877）进士，改庶吉士，出补陕西渭南知县。后官至江宁布政使。著有《樊山集》二十四卷、《樊山续集》二十五卷。樊山成名较早，与易顺鼎并称"樊易"。李慈铭为诗颇自负，而对樊山亦多赞语，以为"吾与云门所为乐府，天下无双"（见余诚格《樊山全集正集叙》）。其实樊山诗取径不高。他自言少喜随园（袁枚），长喜瓯北（赵翼），而陈衍则以为他似陈文述、杨芳灿、杨揆（见《石遗室诗话》）。其集中咏物闲情之作连篇累牍，征典隶事，不过尽其对偶工巧之能。唯为谭嗣同称道的《灞桥旅壁》绝句和此处所选《闻都门消息》，风骨较高，有一定的价值。

◎ 题解

光绪二十六年庚子（1900），在北京爆发了声势浩大的、人民的反帝斗争——义和团运动，可以说，这是几十年来帝国主义对中国人民凌辱和欺压而造成的剧烈的反抗行动。但是，帝国主义却以此为借口，由英、法、俄、美、德、日、奥、意八国组成联军，进犯中国。他们在北京大肆烧杀淫抢，造成了空前的惨景。樊增祥此时在陕西，闻说北京的情况，心潮起伏，感慨万千，写下了这组诗。由于是有感而发，因此，这组诗无论在内容上，还是艺术上，都具有很高的价值。如"犬衔朱邸焚馀骨，乌啄黄骢战后疮""蛾眉身世惟青冢，貂珥门庭但落花""崇恺珊瑚兵子手，宋元书画冷摊中"等，足与吴梅村金陵诸律抗衡。都门：首都代称。

◎ 注释

[1] "上林"句：上林：苑名。秦代即有，汉武帝扩建，周围至三百里，有离宫七十所。苑中养禽兽，供皇帝春秋打猎。秋雁：《汉书》载：汉武帝时苏武出使匈奴被拘不屈，徙居北海上牧公羊。后匈奴与汉和亲，汉求武等，匈奴谎言武已死。武属吏常惠夜见汉使，教其诡言帝射上林中，得北来雁，雁足有系帛书，言武等在某泽中。后即以雁比信使。此谓樊增祥在陕西得北京消息，故有"忽西翔"语。时正值秋天，故云"秋雁"。

[2] "凝碧"句：凝碧池：唐禁苑中池名。唐天宝十五年安禄山兵入长安，宴其部属于此。当时王维赋诗，有"秋槐叶落空宫里，凝碧池头奏管弦"之句。此指八国联军在北京官中欢宴。

[3] "市有"句：醉人：曾慥《类说》卷二引《邺侯家传》："（唐）德宗播迁，人多乏食，无酿酒者。后京师稍宁，有一醉人，聚观以为祥瑞。"这里醉人指义和团。异瑞：奇异的征兆。罗惇曧《庚子国变记》："义和团当神降时，距跃类巫觋，自谓能祝枪炮不燃，又能在空中指画，则火起，刀槊不能伤。出则命市人向东南拜，都人崇拜极虔。"

[4] 巢无完卵：刘义庆《世说新语·言语》："孔融被收，中外惶怖。时融儿大者九岁，小者八岁。二儿故琢钉戏，了无遽容。融谓使者曰：'冀罪止于身，二儿可得全不？'儿徐进曰：'大人岂见覆巢之下，复有完卵乎？'"

[5] "犬衔"句：谓野狗在争食烧掉了的官宦人家的废墟中的肉。朱邸，红漆门的官员第宅。

[6] 黄骢：唐时马名。唐太宗平窦建德后，曾制《黄骢曲》。

[7] 管弦场：指繁华歌唱之地。

[8] "京师"句：赫赫：显赫盛大貌。鲸牙：此以鲸鲵比列强诸国。《左传·宣公十二年》："取其鲸鲵而封之。"杜预注："鲸鲵，大鱼名，以喻不义之人，吞食小国。"

[9] 十国：当时入侵的外国联军，除英、美、法、德、日、意、奥、俄八国外，还有西班牙、比利时、荷兰三国，共十一国。

[10] "旧宅"句：刘禹锡《乌衣巷》："旧时王谢堂前燕，飞入寻常百姓家。"王、谢，晋南渡后聚居南京乌衣巷的望族。

[11]"新亭"句：此句下原有作者自注："诸国各有疆界。"新亭，故址在今江苏江宁县南，即劳劳亭。东晋初，北方领土为少数民族所占领，流亡到江南的官吏，常至新亭饮宴。这里借用其名，指北京城内各个地区。分守楚瓜，谓各国瓜分北京，派兵驻守。楚和梁均为战国时国名。罗惇曧《拳变馀闻》："联军诸帅，协议分理区域：由朝阳门至宫城划一直线，俄法占其东，英美占其西，日本占其北，各设民政厅辖民事。"

[12]"蛾眉"句：蛾眉：《诗·卫风·硕人》："螓首蛾眉。"后以蛾眉指美女。青冢：坟墓。汉代王昭君墓所在，生青草，故名。此借以泛指。罗惇曧《拳变馀闻》："联军皆大掠，鲜得免者。……妇女虑受辱，多自经，朝衣冠及凤冠补服之尸，触目皆是。"

[13]貂珥：汉代贵官冠上插貂尾、悬珥以为饰，如金日磾、张安世等均七代貂珥。后遂以貂珥喻显贵。

[14]龙虎：唐禁兵称号，后世沿用称京城卫军。

[15]虫沙：《太平御览》："《抱朴子》云：'周穆王南征，一军尽化，君子为猿为鹤，小人为虫为沙。'"原指战死的士兵，这里泛指死者。

[16]"百年"句：《孟子·梁惠王》："所谓故国者，非谓有乔木之谓也，有世臣之谓也。"委，弃。

[17]"三月"句：铜街：古洛阳有铜驼街，亦称铜街。自义和团五月进北京，至八国联军七月陷北京，凡三月。

[18]崇恺珊瑚：《世说新语·汰侈门》载：晋石崇与王恺争豪，王恺以外甥晋武帝所赐高二尺许的珊瑚树给石崇看，石崇击碎之，王恺深为惋惜，石崇取六、七枚三、四尺高的珊瑚树赔给王恺，后以崇、恺珊瑚比喻价值连城的宝物。此指侵略军掠夺官邸珍宝。

[19]冷摊：冷落的摊市。

[20]"金华"句：金华：殿名。学士：官名，自翰林学士上至大学士（宰相）都是。

[21]"玉雪"句：玉雪：比喻雪白洁净。韩愈《殿中少监马君墓志》："姆抱幼子立侧，眉眼如画，发漆黑，肌肉玉雪可念，殿中君也。"酒佣：在酒肆受雇为人劳动。《史记·栾布列传》："穷困赁佣于齐，为酒人保。"

[22]"闻得"二句：圆明：圆明园。详见王闿运《圆明园词》题解及注。圆明园中，循福海西行为"平湖秋月"，西北至双鹤斋。圆明园被英法联军焚毁在咸丰十年庚申（1860），故云。

[23]"岛人"句：罗惇曧《庚子国变记》："联军以非李鸿章来不能言和，乃命鸿章与奕劻同为议和全权大臣。……联军索罪魁载漪、载勋、载澜、刚毅，赵舒翘等数十人。"因载漪为端郡王，载勋为庄亲王，故云。

[24]玉牒瑶潢：借指皇族。玉牒，帝王族谱。瑶潢，即天潢，指帝王的族系。《乐府诗集·始基乐恢祚舞》："瑶源弥泻，琼根愈秀。"

[25]"待取"句：血膋（liáo），《诗·小雅·信南山》："以启其毛，取其血膋。"膋，脂膏。福鹿，指"福鹿酒"，亦称"福禄酒"。计六奇《明季北略》："丁酉，（李）自成迄福

王（朱常洵）所在，执之。……'贼'杀王……王体肥，重三百余斤。'贼'置酒大会，以王为醢，杂鹿肉食之，号'福禄酒'。"

[26]"谁将"句：眼箸：《史记·留侯世家》："张良从外来谒。汉王方食，曰：子房前！客有为我计挠楚权者。具以郦生语告于子房曰：何如？良曰：谁为陛下画此计者？陛下事去矣。汉王曰：何哉？张良对曰：臣请藉前箸为大王筹之。"眼箸，谓借箸（筷子）定筹时以眼色示意。贪狼：贪狼之狼。《汉书·董仲舒传》："师申商之法，行韩非之说，憎帝王之道，以贪狼为俗。"此指八国联军。此句承上句而言。

[27]"伯霜"句：此句下有作者自注："谓庄邸及濂、滢贝勒。"按，伯仲，谓载漪辈兄弟。霜雪，古以指狱系及动乱。《太平御览》引《淮南子》："邹衍事燕惠王，尽忠。左右潜之王，王系之狱。仰天哭，夏五月，天为之下霜。"《晋书·五行志》："穆帝永和十年五月，凉州雪，明年八月，张祚枰护军张瓘率宋混等攻灭祚，更立张曜灵弟玄靓。京房《易传》曰：'夏雪，戒臣为乱。'此其乱之应也。"萧一山《清代通史》卷下云："（庚子）八月二十八日，瓦德西在沪接德皇电云：'在中国未交出北京祸首，处以相当刑罚以前，决不与之开始谈判。……在闰八月初二日下，庄王载勋、怡王溥静，贝勒载濂、载滢，均革去爵职；端王载漪着从宽撤去一切差使，交宗人府严加议处。"故诗及自注云云。

[28]"宋劭"句：此句下有自注云："敦邸服中生子即端邸也。"敦郡王在孝服中生载漪，故樊增祥以宋劭、殷辛比之。宋劭，即刘宋时的刘劭。劭为文帝长子，六岁立为皇太子，因多过失，文帝将废之。遂弑君，篡帝位，史称元凶。殷辛，即商纣王，事见《史记·殷本纪》："帝乙长子曰微子启，启母贱，不得嗣。少子辛，辛母正后，辛为嗣。帝乙崩，子辛立，是为帝辛，天下谓之纣。"僭，超越本份。比方，比拟。

[29]函首：将首级装在盒子中。《宋史·韩侂胄传》："嘉定元年（1208），金人求函侂胄首，乃命临安府斫侂胄棺，取其首遗之。"

[30]凤城：旧时称京都为凤城。

[31]"玉辂"句：玉辂：天子之车。陇秦：甘肃、陕西一带。此指八国联军破北京时光绪皇帝和慈禧太后逃离，西狩西安。

[32]"金雀"句：金雀觚棱：指宫阙。班固《西都赋》："设璧门之凤阙，上觚棱而栖金爵。"虚：空。御仗：皇帝所用仪仗。因光绪帝不在北京宫中，故云。

[33]铜驼荆棘：西晋索靖有远识，至洛阳见朝政不纲，知天下将乱，因指宫门铜驼曰：会见汝在荆棘中耳！见《晋书·索靖传》。后因以铜驼荆棘指国乱残破景象。

[34]朱门白屋：朱门指贵族，白屋指平民。新鬼：《左传·文公二年》："吾见新鬼大，故鬼小。"

[35]卜肆：占卜之处。僧寮：僧房。

[36]"莫问"二句：此是将唐玄宗在安史之乱时逃离长安去四川，来比光绪帝离北京去西安。北池，唐长安池名，此比昆明湖。雨霖铃，相传唐玄宗逃离长安后，初入斜谷，霖雨涉旬，夜时于栈道中闻铃声与山相应，因悼念杨贵妃，遂采其声制《雨霖铃》曲以寄恨。此比光绪帝追悼在北京遇难的珍妃。

236

居　庸

张佩纶

落日黄沙古堠台[1]，清时词客几人来[2]？
八陉列戍风云阔[3]，重译通商锁钥开[4]。
暮兽晓禽催旅梦[5]，长枪大戟论边才[6]。
从今咫尺天都远，疲马当关首屡回。[7]

◉ 题解

居庸，即居庸关，旧称军都关，在北京市昌平西北。是长城要口之一，控军都山隘道（军都陉）中枢。明洪武元年（1368）建，与紫荆、倒马合称"内三关"。光绪十年（1884）张佩纶在福州马尾港被法军战败，遣戍边疆。这首诗是作者途经居庸关所作。由于作者遣戍有他人诬陷的因素，所以，此诗既写了居庸关的壮丽景色，也抒发了作者的悲愤心情。

◉ 注释

[1] 堠台：古时瞭望敌情的土堡，即烽火台。
[2] 清时：清平的时世。首二句谓落日、黄沙、古城堡，边关景色尽管壮丽，但太平的时候有几个词客骚人来观赏、凭吊呢？
[3] "八陉"句：八陉（xíng）：谓太行八陉。《小学绀珠》："太行八陉：轵关陉、太行陉、白陉、滏口陉、井陉、飞狐陉、蒲阴陉、军都陉。"皆为古代险要地。列：陈列。戍：守边之官兵。此句描写当时军事上的气氛。
[4] "重译"句：古代外国至中国，路程遥远，要经历重重的翻译而后可抵达。锁钥，城门的锁钥，指重要关口。锁钥开，谓门户洞开。
[5] "暮兽"句：暮兽：傍晚出没的野兽。晓禽：清晨飞鸣的鸟儿。《水经》："湿余水出上谷居庸关东。"郦道元注："累石为关址，崇墉峻壁，非轻功可举，山岫层深，侧道褊峡，林鄣邃险，路才容轨，晓禽暮兽，寒鸣相和，羁官游子，聆之者莫不伤思矣。"作者用

237

《水经注》语，既切题目居庸，又切谪官身份，可谓工于用典。

[6]"长枪"句：《五代史·史弘肇传》："弘肇尝曰：安朝廷，定祸乱，直须长枪大剑，若毛锥子，安足用哉？"此句即用其意。边才，防边之才。

[7]"天都"二句：天都：帝王的都城，指北京。居庸、北京近在咫尺，但谪官北去，京都又似远隔万里。最后二句表达了作者对北京留恋不舍之意，但不直言，而说疲马，即《诗·周南·卷耳》"陟彼崔嵬，我马虺隤""陟彼高冈，我马玄黄""陟彼砠矣，我马瘏矣"的写法。

酬曾重伯编修（二首选一）

黄遵宪

废君一月官书力[1]，读我连篇新派诗[2]。
风雅不亡由善变[3]，光丰之后益矜奇[4]。
文章巨蟹横行日[5]，世界群龙见首时[6]。
手撷芙蓉策虬驷[7]，出门惘惘更寻谁[8]？

◉ 题解

这首诗作于光绪二十三年丁酉（1897）。《新民丛报》第三年第四号载此诗，有自序："重伯序余诗，谓古今以诗名家者，无不变体；而称余善变，故诗意及之。"所选为第二首，从中可见到以黄遵宪为代表的诗界革命派的论诗主张。曾重伯：名广钧，湖南湘乡人，曾国藩之孙。有诗名。著有《环天室诗集》。时官翰林院编修。

◉ 注释

[1]"废君"句：花费了您一个月本当撰写官书的时间和精力。官书，公文。

[2]新派诗：指体现诗界革命精神的诗。

[3]"风雅"句：风雅：《诗经》中的《国风》《大雅》《小雅》。《风》《雅》有正风正雅、变风变雅之别。周王朝自厉王、幽王以后，变乱踵起，《诗经》所收的这一时期的作品，属

于变风变雅。此句诗意,不限于此,而是说风雅之所以不亡,是由于诗人写作不墨守正风正雅的陈规,而善于随时世的变化而变化,即后来《南齐书·文学传论》所谓"若无新变,不能代雄"的意思。诗界革命派的主张,就是要新变。

[4]"光丰"句:光丰:道光、咸丰。光丰之后,指道光末鸦片战争以后。进入近代,旧体诗歌适应时代的现实而开创出新的意境。"奇"对"正"而言。

[5]"文章"句:当时称西方拼音文字为蟹行文字,因蟹有横行介士之称而取喻。这句由西方文字的横行特点,暗示西方帝国主义的横行一时。

[6]"世界"句:《周易·乾》:"见群龙无首。"此处反其意而用之,意谓世界群龙争霸已到最有力者独霸的时候。

[7]"手擷"句:《楚辞·离骚》:"集芙蓉以为裳。"又:"驷玉虬以乘鹥兮。"此处本屈原文字塑造诗人自我形象。擷(xié),摘取。策,驱策。虬驷(qiú sì),古代一车套四马,称驷;此处以驷代马。虬,古代传说中的无角龙。

[8]出门惘惘:语出韩愈《送殷员外序》:"出门惘惘,有离别可怜之色。"惘惘,迷惘。更寻谁:意谓像曾重伯这样的同调不可多得。

感　春

陈宝琛

一春无日可开眉[1],未及飞红已暗悲[2]。
雨甚犹思吹笛验,风来始悔树幡迟。[3]
蜂衙撩乱声无准,鸟使逡巡事可知。[4]
输却玉尘三万斛,天公不语对枯棋。[5]

阿母欢娱众女狂[6],十年养就满庭芳[7]。
谁知绿怨红啼景,便在莺歌燕舞场[8]。
处处凤楼劳剪彩[9],声声羯鼓促传觞[10]。
可怜买尽西园醉[11],赢得嘉辰一断肠[12]。

倚天照海倏成空,脆薄原知不耐风。[13]
忍见化萍随柳絮[14],倘因集蓼悲桃虫[15]。
一场蝶梦谁真觉[16],满耳鹃声恐未终[17]。
苦倚桔槔事浇灌,绿阴涕尺种花翁。[18]

北胜南强较去留,泪波直注海东头。[19]
槐柯梦短殊多事[20],花槛春移不自由[21]。
从此路迷渔父棹[22],可无人坠石家楼[23]。
故林好在烦珍护,莫再飘摇断送休。

◎ 题解

　　《感春》四首,《沧趣楼诗集》中不载。关于此四首诗的作期及所指,陈衍《石遗室诗话》卷十七有一段话说得明白:"沧趣有《感春》四律,作于光绪二十一年乙未(1895)中日和议成时。……此四诗见之已久,作者秘不欲宣。时世沧桑,又方有刻集之议,屡与余商定去留。余为删存六百首。因详此诗所指,以告观览者。"

◎ 注释

[1] 开眉:谓笑。贾岛《落第东归逢僧伯阳》:"老病难为乐,开眉赖故人。"

[2] 飞红:指落花。

[3] "雨甚"二句:陈衍《石遗室诗话》:"略言冒昧主战,一败涂地,实毫无把握也。"光绪二十年甲午(1894),日本海军违背国际公约,袭沉清政府装载援兵赴朝鲜之高升号轮船。七月,中国对日本仓促宣战。两军交战,虽日军亦有重大损失,但清军节节溃败,一败涂地,到十二月底,清政府只得派张荫桓、邵友濂赴日本讲和,宣布失败。吹笛,《述异记》:周穆王时,天下连雨三月,穆王乃吹笛,其雨遂止。验,应验。树幡(fān),挂旗。唐宋时有所谓"护花幡",树幡于花丛以护花。

[4] "蜂衙"二句:《石遗室诗话》:"(前句)言台谏及各衙门争和议,亦空言而已。(后句)言初派张荫桓、邵友濂议和,日人不接待。改派李鸿章为全权大臣赴马关媾和。迟迟不

240

行。"蜂衙，众蜂簇拥蜂王，如朝拜屏卫，称蜂衙。撩乱，纷乱，乱哄哄。鸟使，三青鸟为西王母使者。逡巡，迟疑徘徊，欲行又止。《史记·秦始皇本纪》太史公引贾谊论："秦人开关延敌，九国之师逡巡遁逃而不敢进。"

[5]"输却"二句：《石遗室诗话》："则赔款二百兆，德宗与主战枢臣，坐视此局全输耳。"《玄怪录》载，巴邛人橘园中有二大橘，剖开，每橘有二老叟相对象戏，赌讫，叟曰：君输我瀛洲玉尘九斛等各物，后日于王先生青城草堂还我。玉尘，这里指代白银。斛（hú），量器名。古代以十斗为一斛。天公，指德宗光绪皇帝载湉。枯棋，犹言死棋，败局。

[6]"阿母"句：阿母：本称西王母，此指代慈禧太后。《石遗室诗话》："（阿母）此首言孝钦太后以海军经费，浪用建筑颐和园与诸娱乐之事。是年适六旬寿辰，当大庆贺，以战事败衄而罢。"众女：指与慈禧一派的人及慈禧周围的侍从。

[7]满庭芳：词牌名，此借用。

[8]莺歌燕舞：形容春光。苏轼《披锦亭》诗："烟红露绿晓风香，燕舞莺啼春日长。"

[9]"凤楼"句：凤楼：宫内楼阁。鲍照《代陈思王京洛篇》："凤楼十二重，四户八绮窗。"剪彩，剪裁锦帛或彩纸，作"装饰"用。

[10]"声声"句：羯鼓：古羯族乐器。传觞：传递酒杯，指饮酒。

[11]西园：此指颐和园，慈禧太后行乐之地。

[12]嘉辰：指慈禧太后六十寿辰。

[13]"倚天"二句：《石遗室诗话》："（倚天）此首言海军告殁。"苏轼《和蔡景繁海州石室》诗："倚天照海花无数。"倏，忽然。

[14]"忍见"句：苏轼《水龙吟》旧注："杨花落水为浮萍，验之信然。"

[15]"倘因"句：集蓼（liǎo）：《诗·周颂·小毖》："未堪家多难，予又集于蓼。"孔颖达正义："蓼，辛苦之菜，故云又集于蓼，言辛苦也。"毖（bì）：慎。《诗·周颂·小毖》："予其惩，而毖后患。"桃虫：鸟名。即鹪鹩。《诗·周颂·小毖》："肇允彼桃虫，拼飞维鸟。"

[16]蝶梦：《庄子·齐物论》："昔者庄周梦为胡蝶，栩栩然胡蝶也……俄然觉，则蘧蘧然周也。不知周之梦为胡蝶与，胡蝶之梦为周与？"

[17]"满耳"句：《石遗室诗话》："（此句）言翁同龢以南人作相也。"翁同龢，见五言律诗部分的作者介绍。邵伯温《闻见后录》："（邵）康节（雍）先公治平间与客散步天津桥上，闻杜鹃声，惨然不乐。客问其故，则曰：'洛阳旧日无杜鹃，今始至，有所主'。客曰：'何也？'康节先公曰：'不二年，用南人为相，多引南人，专务变更，天下自此多事矣'。"按，翁同龢亦南人，主张改革，故用此典。

[18]"苦倚"二句：《石遗室诗话》："（此二句）言北洋枉学许多机器制造，付诸一掷而已。"桔槔（jié gāo）：井上汲水的工具。《庄子·天运》："且子独不见夫桔槔者乎？引之则俯，舍之则仰。"涕尺：王襃《僮约》："鼻涕长一尺。"

[19]"北胜"二句：《石遗室诗话》："（此首）首联言俄、德、法三国，代争已失之辽南，

241

而移祸于割台也。"甲午战争失败后，清政府全权大臣李鸿章于光绪二十一年乙未（1895）去日本，签订了马关条约。俄、德、法三国反对中日马关条约，迫使日本归还辽东半岛与中国。而日本割得台湾，派兵进驻。北胜南强，五代时南汉称茉莉为"小南强"，以夸岭海之强。后其主刘龚降宋，见洛阳牡丹，人谓之曰，此名"大北强"。见陶穀《清异录》。

[20]"槐柯"句：《石遗室诗话》："此句言台抚唐景崧自立民主国，仅数日而已。"槐柯梦，即指槐安梦或南柯梦。唐李公佐《南柯太守传》，称淳于棼家居广陵郡，饮酒古槐树下，醉后梦入古槐穴，见一城楼题曰大槐安国。其王招为驸马，任南柯太守三十年，享尽富贵荣华。醒后在槐树下见一大蚁穴，南枝又有一小穴，即梦中的槐安国和南柯郡。这里比喻自立民主国的短暂。

[21]"花槛"句：《石遗室诗话》："此句言李经方充割台使，在舰中定约签字。"光绪二十一年乙未（1895）五月十八日，清廷"着派二品顶戴前出使大臣李经方前往台湾，与日本派出大臣商办事件"。三十日，李经方与科问、科士达及文武员十人启程。六月二日在日舰上与日方代表桦山资纪相晤，出具割让"台湾全岛及所有附属各岛屿并澎湖列岛，所有堡垒、军器工厂及属公物件"清单一纸，并在《交接台湾协定》上署名盖印。四日回到上海。他电告李鸿章"平顺回沪，台事交接清楚，甚顺手"。台湾就这样被割给了日本。（参见《光绪朝东华录》《清光绪朝中日交涉史料》等）

[22]"从此"句：陶潜《桃花源记》："（渔人）既出……寻向所志，遂迷，不复得路。"这句用其字面，犹言无路可寻，无计可施。

[23]石家楼：《晋书·石崇传》："崇有妓曰绿珠，美而艳，善吹笛。孙秀使人求之，崇勃然曰：'绿珠吾所爱，不可得也。'秀怒矫诏收崇，崇正宴于楼上，介士到门，崇谓绿珠曰：'我今为尔得罪。'绿珠泣曰：'当效死于官前。'因自投于楼下而死。"

肯堂为我录其甲午客天津中秋玩月之作，诵之叹绝，苏、黄而下无此奇矣，用前韵奉报

陈三立

吾生恨晚生千岁，不与苏黄数子游。
得有斯人力复古[1]，公然高咏气横秋[2]。
深杯犹惜长谈地，六月难窥彻骨忧。
旷望心期对江水[3]，为君洒涕忆南楼[4]。

◎ 题解

　　肯堂为范当世号。范当世录给陈三立的诗题为《中秋次韵高季迪张校理宅玩月》，见《范伯子诗集》卷九，是一首长篇七言古诗。陈三立此诗作于光绪二十八年壬寅（1902），他对范当世在诗歌创作中的成就颂扬之至。由此也可以看出陈三立作为同光体江西派领袖的诗学观点。苏、黄，指苏轼、黄庭坚。所谓"用前韵奉报"，是用陈三立《中秋夜携客棹舟青溪看月》韵。

◎ 注释

[1] 斯人：指范当世。
[2] 气横秋：即老气横秋。最早见孔稚珪《北山移文》："风情张日，霜气横秋。"意思是霜气充溢秋空。后称老练自负的气概为老气横秋。如楼钥《题杨子元琪所藏东坡古木》诗："东坡笔端游戏，槎牙老气横秋。"陈三立即用此意。
[3] 旷望：远望。
[4] 南楼：古楼名，也叫玩月楼。在湖北鄂州市南。《世说新语·容止》："庾太尉（亮）在武昌，秋夜气佳景清，使吏殷浩、王胡之徒登南楼。"陈三立以此借指范当世当年赏月赋诗之处。

正月十九日园望

陈三立

秃柳城边风散鸦，嫩晴闲护短丛芽[1]。
窥襟了了半池水[2]，挂鬓腾腾一角霞[3]。
久客情怀依破甑[4]，新年云物入悲笳[5]。
春光端与游蜂共[6]，欲缚茅亭听煮茶[7]。

243

◉ 题解

　　这首诗是光绪二十九年癸卯（1903）陈三立在南京作。陈三立在戊戌政变后，以"招引奸邪"，与父亲陈宝箴同时革职，自此随父乡居。直到庚子年（1900）父亲去世后才来居南京。由于对当时政治和社会的失望，他的政治热情也渐渐消退。这首诗写早春园中景色，但是，在这春光中并没有给人透露多少希望。淡淡的景、淡淡的情，或许是这位"神州袖手人"的真实写照。

◉ 注释

[1] 嫩晴：初晴。杨万里《宿小沙溪》诗："诸峰知我厌泥行，卷尽痴云放嫩晴。"
[2] "窥襟"句：窥襟：言池水倒映衣襟，使人可以窥见。了了：清楚。李白《秋浦歌》："桃波一步地，了了语声闻。"
[3] "挂鬓"句：言一角霞光染红鬓发。腾腾，迅疾貌。
[4] 破甑：《世说新语》刘峻注引《郭林宗别传》："钜鹿孟敏……尝至市买甑，荷担堕地坏之，径去不顾。适遇林宗，见而异之，因问曰：坏甑可惜，何以不顾？客曰：甑既已破，视之何益。"作者用此典，寓对自己被革职后的身世的感慨。甑，瓦制煮器。
[5] "新年"句：云物：景物。刘勰《文心雕龙·比兴》："图状山川，影写云物。"悲笳：笳是古代军中号角。其声悲壮，故云。杜甫《后出塞》诗："悲笳数声动，壮士惨不骄。"
[6] 端：正好。
[7] 煮茶：黄庭坚诗常用"煮茶"字，三立诗宗法庭坚，故亦用之。

赠畏庐

严　复

左海畸人林畏庐[1]，早年补柳遍西湖[2]。
数茎白发看沉陆[3]，无限青山入画图[4]。
自有高文媲汉始[5]，更搜重译续虞初[6]。
饶他短后成风俗[7]，佩玉居然利走趋[8]。

严 复
（1854—1921）

初名传初，改名宗光，字又陵，入仕后又改名为复，字几道，晚号瘉壄老人，福建侯官（今福州）人。诸生。清光绪三年丁丑（1877），留学英国，攻读海军科学和其他自然科学、哲学。光绪五年己卯（1879）回国后，从事教育事业和西方哲学名著的翻译工作，成为近代很有影响的进步思想家。同时，严复又是个有一定成就的诗人。他是闽人，作诗受同光体闽派的影响，取径王安石，得清苍幽峭之旨。内容多为改良主张和爱国思想。晚年思想渐趋保守，和林纾等一起，对新文化运动抱反对态度。

◎ 题解

畏庐：林纾（1852—1924），字琴南，号畏庐，别号冷红生、六桥补柳翁，福建闽县（今福州）人，光绪八年壬午（1882）举人。任教于京师大学堂。入民国，以遗老自居。新文化运动起，他竭力反对。其诗文都有较高的成就，亦工画。不习外文，待人口述而笔录，以古文译西方小说一百七十余部，影响极大。民国十年辛酉（1921），林纾将七十岁，严复便以此诗预为祝贺。诗中对林纾一生的主要成就作了概括和评价。

◎ 注释

[1] 左海：福建的别称，以位于东海之左而得名。畸人：奇特之人。
[2] 补柳：林纾早年曾客杭州，主东城讲舍，别号"六桥补柳翁"。六桥，杭州西湖苏堤上有映波、锁澜、望山、压堤、东浦、跨虹六桥。后湖有环璧、流金、卧龙、隐秀、景行、浚源六桥。
[3] "数茎"句：数茎白发：杜甫《乐游园歌》："数茎白发那抛得。"沉陆："陆沉"倒语，国土沉沦。此指清朝覆亡。
[4] "无限"句：言林纾擅画山水。
[5] 高文：高妙的文章。媲（pi）：比配。汉始：汉代早期。

[6] 重（chóng）译：辗转翻译。语言须多重翻译才能传达意思，言地方之极远。虞初：西汉时河南洛阳人。他曾根据《周书》改写成《周说》九百四十三篇，已佚。张衡《西京赋》："小说九百，本自虞初。"

[7] 饶：任凭。短后：谓衣服后幅较短。指西服。

[8] "佩玉"句：韩愈《试大理评事王君墓志铭》："佩玉长裾，不利走趋。"此翻用之。佩玉，古人佩玉为饰。

迟明看荷呈恪士

程颂万

水窗苍镜照湖天，一倍生香破早眠。[1]
芳墅半沉孤塔外[2]，好花开及五更前。
风凉点鬓商移榻，月晓随心促放船。[3]
倪许移山借蚊力，南屏应变鹿川田。[4]

◎ **程颂万**（1865—1932） 字子大，湖南宁乡人。官湖北候补知府。早岁结湘社，与湘西才子易顺鼎诸人雅集酬唱。陈衍《石遗室诗话》："子大惊才绝艳，初刻《楚望阁诗集》，专为古乐府六朝以迨温、李、昌谷，不越湖外体格。乱后续出《鹿川田父集》，则生新雅健，迥非凡手所能貌袭矣。"

◎ 题解

恪士，为俞明震字。这一首诗描绘了杭州西湖上黎明看荷，抒写了作者闲逸的生活。前半首写景，后半首抒情，而又情中寓景，体现了"生新雅健"的风格。

◉ 注释

[1]"水窗"二句：谓临水的窗子映照着湖上的天空，像一面深蓝色的镜子，黎明时荷花特别香，使我不再睡眠。
[2]芳墅：别墅的美称。沉：沉没。
[3]"风凉"二句：谓凉风吹着脸上便商量搬移睡榻，晓月将落时，随着心愿赶忙催促开船游湖。写出了作者闲逸的生活。
[4]"倪许"二句：谓倘若能用很小的力量把山移去，那么南屏山应该成为鹿川田，自己可以在此种田隐居。倪，倘若。蚊力，形容力量微弱。南屏，南屏山。在杭州西湖之南。鹿川田，鹿川，作者家乡宁乡的地名，故作者诗集名《鹿川田父集》。

守风至六七日之久，夜不复成寐，百虑交至，起眺书怀

范当世

宵来梦觉更相因[1]，数数肝肠变苦辛[2]。
旅病江湖抛弱弟[3]，岁寒门户累衰亲[4]。
朝昏兀兀成何事[5]？生死茫茫只负人[6]。
欲把愁心散空阔，开门稠叠雪花新。[7]

◉ 题解

　　这首诗是光绪十四年戊子（1888）十月作者就婚江西安福，阻风南康城下作。因守风而夜不成寐，百感交集，穷困潦倒，感叹身世，兀傲排荡，不同凡响。

◉ 注释

[1]梦觉更相因：时而梦，时而醒。
[2]"数数"句：谓回忆着不得意的事内心充满了痛苦。数数（shuò），屡次。肝肠，指内心。
[3]旅病：生病在外。弱弟：年幼的弟弟，指范铠。

[4] 岁寒：寒冬。累衰亲：拖累衰老的双亲。
[5] 朝昏：早晨和黄昏。指每天。兀兀：昏沉的样子。白居易《对酒》："所以刘阮辈，终年醉兀兀。"
[6] 生死茫茫：苏轼《江城子·乙卯正月二十日夜记梦》："十年生死两茫茫。"苏词为悼亡之作。范当世时已丧前夫人吴大桥，因吴汝纶之介，就婚姚氏，故用苏语。茫茫：遥远。负人：对不起吴夫人。
[7] "欲把"二句：谓想要把愁闷的心绪消散在空阔的天地间，可是开门只看到新下着稠密而重叠的雪花，更觉得愁绪茫茫。

果　然

范当世

一纸相看事果然[1]，朝娱旰哭到穷年[2]。
游丝忽落三千丈，锦瑟真成五十弦。[3]
老寡可怜垂涕晚[4]，大僚应记受恩偏[5]。
愚生自把春王笔，载自尧天入舜天。[6]

◎ 题解

这首诗作于光绪二十五年己亥（1899）十二月，作者旅居上海时。这年十二月二十四日，上谕立端郡王载漪之子溥儁为皇子。这是慈禧太后用光绪帝的名义所下的诏，意在废光绪帝。此诗即感此事而作，题为《果然》者，戊戌变法失败后，光绪帝久被幽禁瀛台，太后废帝蓄谋已久，海内皆知。今见二十四日上谕，所以有"果然如此"之感。

◎ 注释

[1] 一纸：指十二月二十四日上谕。
[2] 朝娱旰哭：形容早晚悲欢无常。旰：晚上。穷年：年底。
[3] "游丝"二句：上句谓光绪帝从最高帝位上陡然掉落的命运已定。游丝：表示皇帝的命

运，像游丝一样地飘浮。"锦瑟"句，谓事发生于光绪二十五年。李商隐《锦瑟》："锦瑟无端五十弦。"二十五弦，是五十弦的半数。
[4] 老寡：指慈禧太后。太后原是咸丰帝的贵妃，已是寡妇。垂涕晚：立溥儁以继承同治帝，太后由此而想到已死的亲生子同治及其夫咸丰，所以云"垂涕晚"。
[5] "大僚"句：大臣应该记住特别受到皇帝的恩宠。此句意含讽刺，谓上谕下来，大臣无人敢为光绪帝一言。
[6] "愚生"二句：谓我一生只是拿了一支笔，来表达尊皇帝的心情，把光绪的统治即将让位于溥儁的事实记录下来。愚，自称的谦词。春王，《春秋》隐公元年："春王正月"。意谓隐公的始年，为周王的正月，公羊家认《春秋》为孔子所作，"春王正月"表示孔子尊王室、大一统的思想。载，记载。尧天，《论语·泰伯》："唯天为大，唯尧则之。"舜天，指尧晚年让位于舜，成为舜的天下。这里尧天指光绪，舜天指即将实现的溥儁为帝。

暮春金陵城北见桃李花有感

范当世

春在雨中凋蚀尽，居然桃李放晴来。
贪叨日月无多候[1]，点缀山川有是才。
江介一番通舰舶，海人随处起楼台。[2]
可怜花木乘时异，不称风前烂漫开[3]。

◎ 题解

诗中所写阴雨消尽春光之后、桃李花始开放是一种不正常现象。由此引出对时事的感慨。"点缀山川有是才"，是作者自负之语。

◎ 注释

[1] 贪叨：贪婪。候：一候为五天，一春凡十八候。
[2] "江介"二句：江介：江岸，指沿海一带。海人：洋人，因他们多从海上来，故称。此二句言洋人来华之盛。
[3] 不称（chèn）：不合适，不相当。

出都留别诸公（五首选三）

康有为

天龙作骑万灵从，独立飞来缥缈峰。[1]
怀抱芳馨兰一握[2]，纵横宙合雾千重[3]。
眼中战国成争鹿[4]，海内人才孰卧龙[5]？
抚剑长号归去也，千山风雨啸青锋！[6]

表海神旗启大都，西山王气未榛芜。[7]
百年感怆伊川发，万里苍茫属国图。[8]
原庙幽灵呵仿佛，钧天广乐听模糊。[9]
无端又作觚棱梦，醒视扁舟落五湖。[10]

两载京华久滞留，无终从此老田畴。[11]
安排行集成千卷，料理芒鞋出九州。[12]
天下英雄输问舍[13]，地中山海遍登楼[14]。
只愁莽莽乾坤大，无处沧浪着钓舟！[15]

◎ 题解

  此题原有五首。此选第二、三、四首。诗作于光绪十五年己丑（1889）。上年十月，康有为鉴于深重的民族危机，第一次上书光绪皇帝，建议向西方学习，维新变法，较为系统地提出了改良政治的主张。但此次上书未能上达光绪帝。故诗自序云："吾以诸生上书请变法，开国未有，群疑交集，乃行。"虽然上书未达，但是这几首诗却广为传播。

梁启超自称与诸友高歌这几首诗，"觉胸次浩然，大有舞雩三三两两之意"(见《饮冰室诗话》)。

◉ 注释

[1]"天龙"二句：骑（jì）：坐骑。万灵：众神。第二句化用杜甫《白帝城最高楼》诗："独立缥缈之飞楼。"峰：借用飞来峰。杭州灵隐寺内的一座山，传说本是中天竺的灵鹫山，不知何年飞来。"天龙""万灵""缥缈峰"都是天上神灵仙境，天龙为骑，众神随从，独立于缥缈峰上。这二句借以表现诗人孤洁高傲的品格。

[2]"怀抱"句：芳馨（xīn）：香草。作者《题从父竹荪广文公画兰》有句云："怀抱芳馨欲与谁？"

[3]"纵横"句：宙合：宇宙。《管子·宙合》："宙合之意，上通于天之上，下泉于地之下，外出于四海之外，合络天地，以为一裹。"纵横宙合：即指广阔无边的宇宙。雾千重：比喻时局的昏暗。

[4]"眼中"句：战国：从事战争的国家。《管子·霸言》："战国众，后举可以霸；战国少，先举可以王。"诗中借指发动侵华战争的帝国主义列强。争鹿：犹言"逐鹿"。《史记·淮阴侯列传》："秦失其鹿，天下共逐之。"比喻列强为争夺中国的利益而各自争逐。

[5]"海内"句：孰：谁。卧龙：指诸葛亮。《三国志·蜀书·诸葛亮传》："诸葛孔明者，卧龙也。"孔明，诸葛亮的字。此为诗人自喻之辞，亦为梁鼎芬赠康诗之语，黄遵宪《己亥杂诗》自注："又闻□与康至交，所赠诗有南阳卧龙之语。"古直笺："空白中人，或云梁鼎芬也。"按古说是，光绪八九年间，梁鼎芬《赠康长素诗》有"更无三顾起南阳"句，即黄诗所指。后梁、康以政见不合，交谊不终。

[6]"抚剑"二句：手抚出鞘之剑而口呼"归去也"，千山万壑风雨之声为之不平，与我长剑青锋共鸣啸。号（háo），叫喊。青锋，雪亮的剑锋。

[7]"表海"二句：表海：《左传·襄公二十九年》："表东海者，其太公乎！"北京邻近渤海。神旗：代表清朝的旗帜。大都，元代北京之称。这句意思是说满族入关，定都北京。西山：在北京之西。王气：指象征帝王运数的祥瑞之气。榛芜：败废。

[8]"百年"二句：伊川发，《左传·僖公二十二年》载，周平王东迁洛邑（洛阳）后，大夫辛有过伊川，见居民如戎人披发野祭，便感慨地说："不及百年，此其戎乎！其礼先亡矣。"伊川，周代地名，在河南省西部，伊河斜贯境内。今置有伊川县。属国，附属国。其名始于汉代。清朝的属国有朝鲜、琉球、越南、缅甸、暹罗、南掌、苏禄、廓尔喀、浩罕、坎巨提等。

[9]"原庙"二句：原庙：正庙之外别立之庙。《史记·叔孙通列传》："愿陛下为原庙渭北，衣冠月出游之……上乃诏有司立原庙。"呵：呵护。犹言保护、保佑。钧天广乐：神话中天帝的音乐。《史记·赵世家》："简子寤，语大夫曰：'我之帝所甚乐，与百神游于钧天，广乐九奏万舞，不类三代之乐，其声动人心。'"这二句意思是说，听那象征清代

祖先神灵在天帝之处的音乐，已感到模糊不清了。喻清朝国势之衰。

[10]"无端"二句：觚（gū）棱梦：梦见觚棱，意为眷念朝廷。觚棱，宫阙上转角处的瓦脊，指代宫殿。五湖：太湖。《史记·货殖列传》：春秋时范蠡助越王勾践败灭吴国后，功成身退，遂乘扁舟以游于五湖。这二句意思是，我无缘无故怎么又做起眷念宫阙的梦来了呢？醒来看看小舟已隐于五湖之中了。"无端"二句，是反语，表现出诗人的政治怀抱不为世用而无可奈何，只得离京归乡的郁愤心情。

[11]"两载"二句：两载：两年。实际上作者自光绪十四年（1888）夏历五月入京应试至次年夏八月出都，在北京居留一年三个月。无终：古县名。在今天津市蓟州区。田畴：字子泰，三国时魏人，董卓乱时，率数百乡人入无终山中，避乱躬耕自存。此实为作者自喻。

[12]"安排"二句：化用龚自珍《己亥杂诗》"安排写集三千卷，料理看山五十年"句意。芒鞋，草鞋。

[13]"天下"句：天下英雄：《三国志·蜀书·先主纪》：曹操对刘备说："天下英雄，唯使君与操耳！"这里是作者自指。输：不如。问舍：《三国志·魏书·陈登传》："备（刘备）曰：君（许汜）有国士之名，今天下大乱，帝主失所，望君忧国忘家，有救世之意；而君求田问舍，言无可采。"求田问舍，意思是没有忧国忘家的救世志向，而只为个人利益打算。诗中的"英雄问舍"，是诗人愤激语。

[14]"地中"句：即"料理芒鞋出九州"之意。

[15]"只愁"二句：只愁广大无垠的莽莽世界，恐怕没有安放我小小钓舟的地方吧！杜甫《将赴荆南寄别李剑州》："天入沧浪一钓舟。"沧浪（láng），青苍的水色。全诗字字言归隐，而字字是积极入世之意。

望峨眉山

刘光第

插天菡萏是疑非[1]，万古名山佛迹归[2]。
香象河流腾白足[3]，淡蛾江影照青衣[4]。
寸心尘外寻烟客[5]，一笑云端见玉妃[6]。
绰约何人说冰雪，始知庄叟意深微。[7]

刘光第
(1859—1898)

字裴村,四川富顺人。光绪九年癸未(1883)进士。光绪二十四年戊戌(1898),因陈宝箴引荐,参与新政,与谭嗣同、杨锐、林旭被称为"军机四京卿"。戊戌政变起,与谭嗣同等同时被害,史称"戊戌六君子"。有《介白堂诗集》二卷行世。参与戊戌变法的诗人,多提倡诗界革命,而刘光第则取法汉魏三唐。他的创作态度极为严肃,取得了较高的成就。感时纪事之作,堪称晚清史诗;刻画山水之作,佳构极多。陈衍评其诗云:"笔力雅健,思路迥不犹人。"胡先骕认为其诗"为戊戌六君子之冠,近世亦鲜有过之者。以局度论,《介白堂诗》不得称为广大,晚清末季胜之者甚夥;以精严粹美论,则远可追踪柳柳州(宗元)、阮石巢(大铖),近可平揖高陶堂(心夔)、陈仁先(曾寿)、夏映庵(敬观)。"

◎ 题解

峨眉山纪游组诗为刘光第山水诗的代表作。峨眉山在四川盆地的西南,主峰海拔三千〇九十九米,为我国名山之冠。荒怪神奇,秀出人境。故咏峨眉,必须别具手眼,以寻常模山范水之笔状之,必不能取胜。裴村知之,而才力又足以副之,遂成此空前之绝作。这些诗光怪奇诡,千锤百炼,能使读者仿佛目睹峨眉山的奇异风光。胡先骕认为,"非阮石巢(大铖)所能及。不但阮石巢,古今来作者咏山水之什,殆未有若此者。"在清代仅有黎简、姚燮、高心夔几家,能与之比美。此首想落天外,所刻画的形象都能给人以美感。

◎ 注释

[1] 菡萏（hàn dàn）：荷花。此将峨眉山比作插天荷花。
[2] 佛迹归：佛教以为峨眉山是普贤菩萨的圣地。
[3] 香象：佛教传说中的巨象，青色，有香气，多勇力。《大般涅槃经》："如彼驶河，能漂香象。"《景德传灯录》："亦如香象截流而过，更无疑滞。"腾：腾跃，引申作跨、骑解。白足：《鸡跖集》："释昙始足白于面，虽跣涉泥水，未尝沾湿，称白足和尚。"《魏书·释老志》称"白足师"。此句承上联"佛迹"而来。
[4] 淡蛾：淡淡的峨眉。此指照于青衣江中的峨眉山影。青衣：江名，在四川省中部，又名沫水、平羌江。源出四川芦山县，流至乐山入岷江，在峨眉山东北。此句启下联之"云端""玉妃"。
[5] 烟客：仙人。传说仙人托身云烟，故云。
[6] 玉妃：《灵宝赤书经》："元始登命太真案笔，玉妃拂筵。"
[7] "绰约"二句：《庄子·逍遥游》："藐姑射之山，有神人居焉，肌肤若冰雪，绰约若处子。"绰约，柔美貌。冰雪，言其肌肤之洁白细腻。庄叟，庄子。

峨眉最高顶 在锡瓦殿后

刘光第

白龙池上走轻雷[1]，万瓦如霜日照开[2]。
诗客入天争秀骨[3]，神僧埋地结真胎[4]。
三秦鸟道衣边接[5]，六诏蛮云杖底来[6]。
南北风烟通一气，雪山西望是瑶台[7]。

◎ 题解

锡瓦殿，峨眉山顶部殿名。此诗气象宏伟，境界阔大，与峨眉之高相称。

◎ 注释

[1] 白龙池：在峨眉大峨山顶，近净土庵，水极甘美，传说池中有小龙。轻雷：轻微的雷声。峨眉有雷洞七十三，时出云雨，俗以为雷神所居。

[2] "万瓦"句：指锡瓦殿之瓦。

[3] 诗客：诗人。

[4] 神僧：有道高僧的美称。真胎：真珠。胎，珠。此指舍利子，有道僧人尸体焚化后骨灰中的结晶物。宋代峨眉山僧密印安民禅师圆寂焚化后，舍利子颇多，有的散失在外，被人掘得，光明莹洁。见《峨眉山志》。

[5] 三秦：地名，故地在今陕西一带。鸟道：绝险的山路，仅通飞鸟。李白《蜀道难》："西当太白有鸟道，可以横绝峨眉巅。"

[6] 六诏：唐时我国西南部的少数民族称王为"诏"，当时有越析诏、浪穹诏、蒙舍诏等六诏。其地在今云南及四川西南部。后泛指云南为六诏。蛮：古代对南方少数民族的泛称。

[7] 雪山：岷山，其山顶四季积雪，故云。峨眉在其南端。瑶台：王嘉《拾遗记》卷十："昆仑山者，西方曰须弥，山对七星之下，出碧海之中，上有九层。……第九层山形渐小狭，下有芝田蕙圃，皆数百顷，群仙种耨焉。傍有瑶台十二，各广千步，皆五色玉为台基。"此为神话传说，刘光第则将瑶台归属于我国西北部之昆仑山，将神话和现实糅合在一起。

夜　灯

刘光第

阴火潜然海上生[1]，名山怀宝肯藏精[2]？
二更出地金银气[3]，万丈腾空木叶声。
久抱尘心伤黯淡[4]，迟来世界住光明。
如何无尽漫天焰，不照穷檐照化城[5]？

◎ 题解

峨眉山顶，常有放光的自然现象，俗以为"佛灯"。何式恒《佛灯辩》写道："至是暝钟初息,沙弥来报灯现。余急趋顶上,乍见一二荧荧处。……未几,如千朵莲花,照耀眼前,有从林出者,有从云出者,有由远渐近、冉冉而至者,殆不可数计。"上半首写这一自然现象,奇幻瑰丽;下半首,则身处如仙之境,而怀忧国忧民之心。

◎ 注释

[1]"阴火"句:木华《海赋》:"阳冰不冶,阴火潜然。"阴火,指北极光。然,同"燃"。

[2] 精:精气,精光。此指"佛灯"。

[3] 二更:古夜间计时,一夜分为五更。二更约相当于现九至十点左右。金银气:《史记·天官书》:"金宝之上皆有气。"《地镜图》:"黄金之气赤黄,千万斤以上,光大如镜盘也。"杜甫《题张氏隐居二首》:"不贪夜识金银气。"此指佛灯。

[4] 尘心:佛教称人间世界为尘世,关注社会现实的心情为尘心。黯淡:阴沉。

[5] 穷檐:穷苦的人家。化城:幻化的城郭,详见《妙法莲华经·化城喻品》。此处指佛境。

章江晚泊

俞明震

日没群峰争向西,片帆东指客程迷。[1]
江山寥落同萤照[2],城郭苍茫与雁齐[3]。
久坐欲呼河汉语[4],苦吟如索肺肝题[5]。
风含百种凄凉意,吹入人间作笑啼。

◎ 题解

　　这首诗是俞明震于宣统元年己酉(1909)分巡江西信丰,舟经章江所作。章江,赣江之西源,出崇义县聂都山,流经大庾、南康,至赣县与贡江合流而为赣江。胡先骕《评俞恪士〈觚庵诗存〉》以为他"至赣州后诸作,笔力尤雄浑"。此诗写章江边夜晚时分的苍茫山色,又融入了作者凄清的情思,构成了苍凉的意境。

◎ 注释

[1]"日没"二句:写傍晚在章江中乘船东去的感觉:夕阳西下,片帆东去,群峰落在身后。当夜幕降临的时候,客程渐渐迷濛。

[2]寥落:寂静、暗淡。

[3]"城郭"句:此谓夜色中高远的城郭,上接天边飞行的大雁。构思本于刘长卿《登余干古城》:"孤城上与白云齐。"刘诗亦写于江西。

[4]"久坐"句:河汉:银河。《古诗十九首》:"迢迢牵牛星,皎皎河汉女。"诗中指天上的星。这句意思是很长时间地坐在那里,真想和天上的星星交谈。

[5]"苦吟"句:肺肝:内心。此写其作诗苦吟状。

病起夜坐

俞明震

微闻花气夜沈沈,入世何人觉病深[1]?
残月渐移成曙色,寒风忽起结层阴。[2]
悲欢自造原无事[3],醒醉相望各有心。
还向纸窗寻我相[4],一灯明灭去来今[5]。

◎ 题解

此诗是俞明震民国五年丙辰(1916)早春时节在西湖所作。由于此时的作者健康状况和心情都不佳,因此他寄情山水,寻求安慰。但是,他并没有能因此逃脱社会现实。透过这首诗低沉的景色描写,我们还是可以看到作者内心隐约的矛盾。

◎ 注释

[1] 入世：进入尘世。
[2] "残月"二句：层阴：层层阴云。此二句精思入微。
[3] "悲欢"句：谓悲欢原不存在，均由各人自己造成。
[4] 我相：《金刚经》："无人相，无我相。"
[5] "一灯"句：明灭：忽明忽暗。去来今：佛教所谓过去、未来、现在三世。《维摩诘所说经》："皆以世俗文字数，故说有三世，非谓菩提有去来今。"此句意本于苏轼《过永乐文长老已卒》诗："一弹指顷去来今。"

雨后湖楼晓起

俞明震

水鸟无声风满亭，起看微月在南屏[1]。
云山款我秋前雨，露叶如沾曙后萤[2]。
思逐远钟同脉脉[3]，身经残梦但冥冥[4]。
养心渐喜知茶味，预汲寒泉入夜瓶[5]。

◎ 题解

　　这首诗作于民国五年丙辰（1916）夏。诗题一作《雨后湖上》。诗中描写了夏日一场夜雨后的湖上景象：无声的水鸟，满亭的清风，微月和曙光交映在天空。这一切令人感到清新，也使人陶醉。

◎ 注释

[1] 南屏：南屏山。《杭州府志》："南屏山，在县西南三里，九曜分支也。怪石秀耸，高崖若屏障然。"
[2] "露叶"句：谓草木叶子上的露珠，在初日照罐下，闪闪发光，如同萤火一般。
[3] "思逐"句：远钟：指南屏钟声。胡祥翰《西湖新志》："南屏山在净慈寺左右，正对苏堤。寺钟初动，山谷皆应，逾时乃息。盖兹山隆起，内多空穴，传声独远。康熙三十八

年御书十景，易'晚钟'为'晓钟'，勒石建亭于净慈寺前。"脉脉，含情不语。《迢迢牵牛星》："盈盈一水间，脉脉不得语。"

[4]冥冥：深远、暗淡。

[5]夜瓶：苏轼《汲江煎茶》诗："大瓢贮月归春瓮，小杓分江入夜瓶。"

帝　子

李希圣

帝子苔痕玉座青[1]，鹧鸪啼处雨冥冥[2]。
北门剑佩迎蕃使[3]，南极风涛接御亭[4]。
江海佳期愁晼晚[5]，水天旧事梦娉婷[6]。
秦丝解与春潮语[7]，一曲蘼芜忍泪听[8]。

李希圣
（1864—1905）

字亦元，湖南湘乡人。光绪十八年壬辰（1892）进士，官刑部主事。他是近代西昆诗派的代表诗人，一生专宗李商隐，成就在当时西昆派其他诗人之上。有作必七律及七绝，内容大多寄托晚清国事，抒发感慨。著有《雁影斋诗存》。

◎ 题解

这首诗作于光绪二十七年（1901）辛丑和约签订以后，叙写了八国联军入侵前后全国动荡、复杂的政治局势，表现了诗人关注国事的爱国感情。全诗使事用典，极为精切，笔调深沉凝重，语言精工绮丽。帝子：皇帝及后妃的通称。《楚辞·九歌·湘夫人》："帝子降兮北渚。"此处指光绪帝。

⊙ 注释

[1]"帝子"句：光绪二十六年庚子（1900），八国联军入陷北京，慈禧太后挟光绪帝逃奔西安。这句描绘宫苑一片荒芜的景象，谓宫廷的帝座和台阶上长满了青苔。玉座，皇帝的御座。谢朓《同谢谘议咏铜雀台》："玉座犹寂寞，况乃妾身轻。"

[2]"鹧鸪"句：戊戌变法失败后，慈禧太后即阴谋废光绪帝。光绪二十五年（1899）十二月，慈禧立端郡王之子溥儁为"大阿哥"，着手谋废光绪，遭到了帝国主义列强的干涉。次年八国联军入侵。此事暂时搁置。十月，在国内外压力下，废大阿哥溥儁。鹧鸪啼声如"行不得也哥哥"，后人常用它表示劝阻出行。此处巧用，语义双关，既指慈禧太后的逃奔西安，也指慈禧谋废光绪、立大阿哥为嗣，此事万万行不得。雨冥冥，《楚辞·九歌·山鬼》："雷填填兮雨冥冥。"冥冥，昏暗貌。此处暗喻时局。

[3]"北门"句：光绪二十六年七月，八国联军攻陷北京；八月，清廷即命庆亲王奕劻与各国议和。此句即谓奕劻等迎接外国使臣入京请求和议。北门，语出《左传·僖公三十二年》："杞子自郑使告于秦曰：郑人使我掌其北门之管（钥匙）。"后以北门之管喻北方守御的重任。蕃使，指外国使臣。《周礼·秋官·大行人》："九州之外，谓之蕃国。"

[4]"南极"句：黄鸿寿《清史记事本末》载：慈禧西奔西安后，下诏各地勤王，"征集勤王之命下，鹿传霖、锡良等遥应之；而南方督抚皆不奉诏"。又范文澜《中国近代史》："那拉氏要李鸿章迅速来京，李鸿章观望不行。那拉氏要刘坤一带兵援助，刘坤一拒绝北上。"南极风涛，即指此。御亭，皇帝出行，沿途设置供休憩的驿亭。此时慈禧太后和光绪帝正出奔西安，故云。

[5]"江海"句：八国联军入侵时，李鸿章在广州任两广总督，帝国主义者企图在广东拥李鸿章独立，后因李奉诏北上与各国议和而未成。此句即谓帝国主义拥李鸿章独立之举可惜为时太晚。寓讥刺之意。晼（wǎn）晚，日将暮。《楚辞·九辩》："白日晼晚其将入兮。"

[6]"水天"句：水天旧事，李商隐诗题《水天闲话旧事》。此处借指清宫旧事，即慈禧出逃西安时命人将光绪帝妃珍妃推堕井中而死。参见后《拟古宫词》注。娉娉，姿态美好，也指美貌的女子。此指珍妃。

[7]"秦丝"句：秦丝，语出李商隐《河内诗·楼上》："鼍鼓沉沉虬水咽，秦丝不上蛮弦绝。"冯浩注："《通典》：筝，秦声也，或以为蒙恬所造。"秦丝，指秦筝。这时慈禧和光绪帝逃在西安，即故秦地。春潮：上海春申江上的浪潮。此处暗喻东南五省互保条约。当时议订东南互保之地在上海租界。《清史稿·张之洞传》："京师'拳乱'时，刘坤一督两江，鸿章督两广，袁世凯抚山东，要请之洞同与外国领事保定东南之约。及联军内犯，两宫西幸，而东南幸无事。"又郭则沄《十朝诗乘》："东南互保之约，外则李文忠（鸿章）、刘忠诚（坤一）协谋定策，而荣文忠（禄）、王文勤（文韶）居中策画，亦力赞厥成。其间往返商榷，胥由先文安公（曾炘）任之，故知之特详。"又严复《送沈涛园备兵淮阳》诗自注云："东南互保条件，由东南督府出面，盛宣怀在沪主其事，实则发其议及具体在沪奔走者，为沈瑜庆。"此句即切此事，谓在西安的大臣荣禄、岑春煊、王文韶等均主和议，与东南督抚暗中互通声气。

260

[8]"一曲"句：汉古乐府有"上山采蘼芜，下山逢故夫"一首，故云"一曲蘼芜"。古人诗文中常以"夫"喻"君"，此处即以"故夫"暗指光绪。当时慈禧太后图谋废帝，两江总督刘坤一致电清廷有"君臣之分已定，中外之口宜防"的话反对废帝，产生了颇大的效力。辛丑和约签订后，慈禧迫于中外的压力，不得不撤去（溥儁）大阿哥名号，立即命其出宫，废帝图谋宣告破产。此时，刘坤一、张之洞在密陈大计疏中有"臣等自五月以来，惊魂欲断，泪眼将枯"之语。此处"忍泪听"，正表现了这一情景。

寄怀维卿师桂林（八首选一）

丘逢甲

百疏哀陈阻九阍[1]，东南形势系鲲洋[2]。
留黔臣敢希庄蹻[3]，守绛民思磔聂昌[4]。
计竭拒秦全上党[5]，力图戴晋等前凉[6]。
千秋成败凭谁论[7]，回首台山泪万行[8]。

◉ 题解

这首诗作于清光绪二十四年戊戌（1898）。原诗八首，据逢甲子丘琮《丘仓海诗选》，此首列在第三。今《岭云海日楼诗钞》此首单独抽出列入选外集中，仍注明八首之一。维卿，唐景崧的字，广西灌阳人，同治四年乙丑（1865）进士，光绪时任台湾布政使，后升台湾巡抚。中日甲午战争，中方失败，清廷割让台湾给日本。光绪二十一年乙未（1895）五月，台湾士民拥戴其为首领，一起抗日。台北失陷，他已先回大陆。诗人二十四岁时，在幕府师事景崧。抗日时，诗人先为义军大将军，守台中。台北告急，曾率所部往援。这首寄怀之作，回忆了当年和景崧在台湾抗日的情景，抒写了对台湾沦陷于日本的痛楚，蕴含了诗人的爱国深情。诗中多处用典，既体现了诗人深厚的学问根柢，也深化了诗歌的蕴涵。

◎ 注释

[1]"百疏"句：屡次上疏，陈诉割让台湾给日本的严重后果，但都被朝廷阻留。据《清史稿·唐景崧传》载，中日达成和议后，唐景崧、丘逢甲等人曾"抗疏援赎辽先例，请免割（台湾），不报，命内渡。"九阍，犹"九阍"，九天之门，比喻帝王的宫门。此指清廷。

[2]鲲洋：台湾安平县外海，有七鲲身小屿；嘉义县外海，有南、北鲲身、青鲲身等小屿，因称台海曰"鲲洋"。

[3]"留黔"句：庄蹻（jué）：战国时人，楚庄王之后。顷襄王时，使庄蹻率兵，循长江上游开拓巴、蜀、黔中等地，至滇池，以兵威定属楚，欲归报，适值秦击夺巴、黔中郡地，因退据滇中。见《史记》《后汉书》。此处用此典为喻，指景崧自谓岂能如庄蹻之长期留黔（今贵州省），喻长期保持台湾。

[4]"守绛"句：绛：县名，在今山西省。聂昌：北宋临州人，字辛远，由太学上舍累官户部尚书。宋钦宗靖康元年（1126），金兵大举南下，次年，宋割让河北、河东与金，命聂昌等持诏报聘，至绛县，绛县人闭城门拒绝，昌持诏抵城下，缒而登，为州钤辖赵子清所杀。见《宋史·聂昌传》。此处用此典，以聂昌指清廷卖国官吏，以守绛之民喻留台抗日义军。

[5]"计竭"句：战国时韩桓惠王十年（前263），秦进攻韩地太行，韩上党郡守为保全计，以上党郡归赵，共同对付秦国。至十四年，上党才为秦攻占。见《史记·韩世家》。此处借韩抗秦计尽，以上党归赵，希望保全局部事，比喻唐景崧等无法全面抗日，只能寄希望于保全台湾一隅。上党，在今山西东南部。

[6]"力图"句：戴：拥戴，拥护。前凉：五胡十六国之一，为汉族人统治之国。凉州大姓张轨，301年受西晋任命为凉州刺史。五胡乱华时，张轨保卫州境，以晋忠臣自任，深得汉族人拥护。其孙张骏，始自称假凉王，仍对东晋朝廷表示忠诚。至张天锡为凉王时，战败降于前秦。前凉亡。见《晋书》。唐景崧在台湾领导抗日时，即"电告自主于清廷，言'遥奉正朔，永作屏藩'云云。"（见江山渊《丘仓海传》）此句即谓唐景崧此举与前凉拥戴晋国的情况相同。

[7]"千秋"句：不能以成败论英雄。

[8]台山：台湾多山，故云。

孤山独坐雪意甚足

何振岱

山孤有客与徘徊[1]，悄向幽亭藉绿苔。

钟定声依无际水,诗成意在欲开梅。
暮寒潜自湖心起,雪点疑随雨脚来[2]。
一饮恣情宜早睡[3],两峰晓待玉成堆[4]。

◎ 题解

古往今来,咏雪佳什甚多。而何振岱此诗不写雪封大地的景象,只抓住未雪而将雪这样一种"雪意甚足"的特殊气候加以描写,可谓独具匠心。末句想象以为辞,更富有浓郁的诗意。孤山:山名。在浙江杭州市西湖中,界里外二湖之间,一屿耸立,旁无联附,为湖山胜绝处。

◎ 注释

[1]客:作者自指。
[2]雪点:俗称雪珠。
[3]恣情:放情。
[4]两峰:西湖旁的南高峰、北高峰。

登清凉山

罗惇曧

烟峦林杪出云扃[1],欲挈江流赴石城[2]。
袖底三山收紫翠[3],尊前六代入空冥[4]。
一流向尽伤颓照[5],千劫苍茫剩此亭[6]。
收拾湖光从倦鸟[7],疏杨归路带寒星[8]。

◎ 题解

　　这是一首即景抒情诗。清凉山：在江苏南京市西，南唐避暑宫所在地。山上有清凉寺、扫叶楼、翠微亭、石头城、南唐遗井等古迹。

◎ 注释

[1]"烟峦"句：烟峦：云烟缭绕的山峦。林杪（miǎo）：树梢。云扃（jiōng）：如门被紧锁着的云雾。鲍照《从登香炉峰》："罗景蔼云扃。"

[2]石城：石头城在清凉山。

[3]"袖底"句：三山：山名。在今南京北十二里，有三山相接，李白《登金陵凤凰台》："三山半落青天外，二水中分白鹭洲。"紫翠：远山树林呈现的青紫色。

[4]"尊前"句：尊：即"樽"，酒杯。六代：三国吴、东晋、南朝宋、齐、梁、陈六代都建都于南京，又称六朝。

[5]"一流"句：一流：指长江。向尽：远望长江尽处。颓照：夕阳。

[6]剩：余下。亭：翠微亭。

[7]倦鸟：陶潜《归去来辞》："云无心以出岫，鸟倦飞而知还。"喻归隐。

[8]疏杨：稀疏的杨柳。

万松寺待晓

罗惇曧

万峰高下影窗前，星斗依微接曙天[1]。
温酒径思然宿火[2]，寻诗无着近枯禅[3]。
霞光动海诸天豁[4]，日气蒸山众态妍。
百折篮舆过鸟背[5]，梵钟先我落平阡[6]。

◎ 题解

　　此诗选用了"星斗依微""霞光动海""日气蒸山""钟落平阡"等词语，生动细腻而又有层次地描写出了东方欲曙、红日东升时的壮美景象。万松寺：在天津蓟州区西北盘山。即旧时卫公庵，因李卫公而得名。清康熙改名万松寺。

◎ 注释

[1] 依微：隐约，依稀。
[2] 然宿火：然：即"燃"，燃烧。宿火：整夜未熄灭的火。
[3] 枯禅：佛教徒称静坐参禅为枯禅。杨万里《晚晴》："先生老态似枯禅。"
[4] 诸天：见五言律诗俞明震《春寒登楼写意》注[5]。
[5] "百折"句：箯（biān）舆：竹编的轿子。其名始见于《史记》。鸟背：鸟的背，看得见鸟的背，以言其高。孔平仲《曹亭独登》："落日更凭栏，下看飞鸟背。"
[6] "梵钟"句：梵钟：寺庙里的钟，这里指梵钟之声。平阡：平野。

上盘顶云罩寺暮不达而返

罗惇曧

一筇身出万松颠[1]，脚底诸峰气藐然[2]。
张袂平收东海水[3]，剪云散作蓟门烟[4]。
飘摇清梵斜阳古[5]，睥睨荒台冷月悬[6]。
惭谢僧雏容匿笑[7]，投林还在暮鸦先[8]。

◎ 题解

这首诗，《瘿公诗集》中不存，与《万松寺待晓》当是先后之作，是一首记游诗。盘顶：盘山之顶。云罩寺：在天津蓟州区西北盘山自来峰下，东倚挂月峰，唐时所建。旧名降龙庵，明万历间改为云罩寺。相传为宝积禅师卓锡地。

◎ 注释

[1] 筇（qióng）：一种竹子，可做手杖，这里指代手杖。

[2] 藐：通"邈"，广远。

[3] 袂（mèi）：袖子。

[4] 蓟门：即蓟丘。"蓟门烟树"，为北京八景之一，元代已有之。

[5] 清梵：谓寺僧诵经之声。王僧孺《初夜文》："清梵含吐，一唱三叹。"

[6] 睥（pì）睨：斜视。

[7] 匿笑：掩口暗笑。

[8] 投林：杜甫诗："仰羡黄昏鸟，投林羽翮轻。"

庚戌岁暮感怀（六首选一）

梁启超

故园岁暮足悲风[1]，吹入千门万户中。
是处无衣搜杼轴[2]，几人鬻子算租庸[3]。
近闻诛敛空罗雀，傥肯哀鸣念泽鸿。[4]
金穴如山非国富[5]，流民休亦怨天公[6]。

◎ 题解

戊戌政变失败后，梁启超亡命日本，直到辛亥革命后返国。身在异域，心怀故国。这组诗写于清宣统二年庚戌（1910）岁暮。清王朝政治腐败，民生凋敝，诗以抒愤懑之情。陈衍《石遗室诗话》："所谓远托异国，昔人所悲，苏子卿之河梁耶？蔡文姬之笳拍耶？沈初明通天台之表耶？庾子山哀江南之赋耶？"推崇备至。共六首。今录第四首。

◎ 注释

[1] 故园：旧家园，故乡。这儿指祖国。悲风：凄厉的寒风。
[2] "是处"句：《诗·小雅·大东》："小东大东，杼轴其空。"杼轴，织布机上两个部件梭子与滚筒。这里谓清政府搜刮民脂民膏。
[3] "几人"句：杜甫《岁晏行》："况闻处处鬻男女，割慈忍爱还租庸。"鬻，卖。算，筹谋。租庸，租、庸、调，唐代赋役名称。
[4] "近闻"二句：谓近来听说搜刮到罗雀一空的地步，或许肯哀伤痛苦、流离失所的人。诛，要求。要别人供给东西。敛，征收。罗雀，张网捕雀。指在极端匮乏中尽力筹集物资。傥，或许。哀鸣念泽鸿，《诗·小雅·鸿雁》："鸿雁于飞，哀鸣嗷嗷。"用以比喻哀伤痛苦、流离失所的人。
[5] 金穴：藏黄金的土室。东汉光武帝郭皇后弟况，家巨富，时人称其家为"金穴"。
[6] 流民：流浪外地的人。休：不要。

岁暮示秋枚

黄　节

来日云何亦大难[1]，文章尔我各辛酸[2]。
强年岂分心先死[3]？倦客相依岁又寒[4]。
试挈壶觞饮江水[5]，不辞风露入脾肝。
何如且复看花去[6]，蓑笠人归雪未残[7]。

◎ 题解

　　这首诗光绪三十二年丙午（1906）冬作于上海。秋枚：邓实，字秋枚，广东顺德人。上一年，和黄节、章炳麟等创办《国粹学报》，宣传反清的种族革命思想，并从事国学的研究整理。诗作比较真切地反映了在革命风暴来临前部分进步的知识分子心忧天下、向往革命，但又看不到革命前途而迷惘消极的复杂心情。在凄惋中郁结着一股刚直之气。

◎ 注释

[1]"来日"句：今后的前途会怎么样呢？恐怕依然是灾难深重。语出古乐府《善哉行》："来日大难。"

[2]尔我：你我。

[3]"强年"句：人到中年，岂能料到心已先死。强年，《礼记·曲礼》："四十曰强而仕。"后因以男子强仕之年为四十岁的代称。这年诗人三十四岁，故云。岂分，岂料。心先死，喻理想破灭。

[4]岁又寒：《论语》："岁寒，然后知松柏之后凋也。"此处暗用此典，既切时令，又暗示两人像松柏一样的心迹。

[5]挈：携带。江水：指黄浦江水。

[6]且复看花去：姑且以看花排遣心中的苦闷。

[7]"蓑笠"句：柳宗元《江雪》诗："孤舟蓑笠翁，独钓寒江雪。"此处化用，紧切岁暮，又暗示当时黑暗的时局。

二月十二日过新汀屈翁山先生故里，望泣墓亭，吊马头岭铸兵残灶，屈氏子孙出示先生遗像，谨题二首（选一）

黄　节

式间过里独彷徨[1]，尽日追寻到此乡。
一族义声存废灶[2]，孤臣词赋痛浮湘[3]。
更谁真意细诗外[4]，不减春阴过夕阳。
我愧长沙能作赋[5]，摄衣来拜道援堂[6]。

◎ 题解

　　这首诗是作者于光绪三十四年戊申（1908）春访问屈大均故里时所作。明为屈氏遗像题照，实是诗人反清革命思想的表露。屈大均

（1630—1696），初名绍隆，字介子、翁山，广东番禺（今广州市）人。明诸生。清兵南下后，他曾在山阴与祁班孙等参与郑成功、张煌言水师进袭金陵之谋。事败后，周游各地，联络志士，与顾炎武等反清志士订交。其诗富于民族意识，描写人民疾苦，风格高浑雄肆，兼有杜甫、李白之长。与陈恭尹、梁佩兰并称"岭南三家"。著有《翁山诗外》《翁山文外》《广东新语》等，乾隆时遭禁毁，至清末始复有印本行世。新汀：即屈大均的故乡番禺县茭塘都思贤乡。泣墓亭：不详。疑即屈氏祖坟前之草亭。马头岭：当地冈名。

◎ 注释

[1] 式闾：崇敬之意。式，通"轼"，车前横木。闾，里门。车至里门，人立车中，俯凭车前横木，以示敬意。《梁书·何胤传》："太守衡阳王元简深加礼敬，月中常命驾式闾，谈论终日。"

[2] "一族"句：明亡后，新汀屈氏一族皆参加过反清活动。废灶，指马头岭的铸兵残灶。

[3] "孤臣"句：孤臣：指不投降清朝的遗臣屈大均。词赋：谓文学作品。浮湘：指屈大均的诗作。屈大均在康熙十三年（1674）由广东赴湖南参加吴三桂反清军事途中，写下了《浮湘》诗十五首，语多含国破家亡之痛。

[4] "更谁"句：真意：指屈氏诗中的反清思想。绌（chōu）：抽引，引出。诗外：屈大均的诗集名《翁山诗外》。

[5] "我愧"句：长沙能作赋，指贾谊出为长沙王太傅时，渡湘水，曾为赋以吊屈原。世称贾太傅、贾长沙。事见《史记》《汉书》本传。

[6] "摄衣"句：摄衣：整理衣冠，表示恭敬。道援堂：屈大均的堂名。

七月初六赴沪，海上大风

黄　节

舵楼时起浪千重[1]，自摄心魂惝恍中[2]。
飘泊正如秋一叶[3]，寻常经见海多风[4]。

高帆鸟翼呜呜黑[5]，落日鱼涎拍拍红[6]。
坐叹狂流垂未息[7]，送人无那与俱东[8]！

◎ 题解

　　这首诗作于光绪三十四年戊申（1908），描绘了海上遇大风浪的情景，并寓情于景，寄托了诗人的国事、身世之慨。诗作雄伟瑰奇，大气磅礴，笔力遒劲。

◎ 注释

[1]"舵楼"句：自己所乘的大船不时被千重浪涛高高托起。舵楼，有楼的大船。此指海轮。

[2]"自摄"句：身处船中，将自己恍恍惚惚的魂魄收摄起来。惝恍（chǎng huǎng），心神不定。

[3]秋一叶：虞世南《北堂书钞》引《湘州记》："绕川行舟，遥望若一树叶。"又《淮南子·说山》："见一叶落，而知岁之将暮。"唐李子卿《听秋虫赋》："一叶落兮天地秋。"此处兼用数典，既以一叶喻舟，紧切海上行舟，感慨自己多年来飘泊无定的生活；又以秋之一叶，暗寓身世国事之慨，一方面寄寓自己已渐入衰境，一方面也暗喻清王朝已濒临末日。

[4]"寻常"句：意谓自己见怪不怪，"海多风"这样的灾难已经见得多了，也暗示清王朝已出现灾变的征兆。作此诗时光绪帝多病垂危，外界谣传迭生，谓光绪已死，国事不宁。诗人自二十岁以来，又经历了甲午、戊戌、庚子等世变，故有"经见"之语。

[5]"高帆"句：在鸟翼拍击、汽笛呜呜声中，显出黑色的高高的船影。

[6]"落日"句：在鱼吐泡沫、水浪拍击声里，泛照着落日的余辉。

[7]狂流垂未息：狂涛像高悬在空中不肯停息。

[8]无那：无奈。

十月十一夜月中有怀曼殊

黄　节

四载离惊感索居[1]，忆君南渡又年馀。

未违踪迹人间世，稍慰平安海外书[2]。
向晚梅花才数点[3]，当头明月满前除[4]。
绝胜风景怀人地，回首江楼却不如。

◎ 题解

此诗作于宣统二年庚戌（1910），时曼殊在爪哇。屈向邦《粤东诗话》云："晦闻与（苏）曼殊感情至深，盖编《国粹学报》时有同寓江楼之一段因缘也。曼殊寄晦闻诗云：'忽闻邻女艳阳歌，南国诗人近若何？欲寄数行相问讯，落花如雨乱愁多。'晦闻《寄曼殊邪婆岛》诗云云。"

◎ 注释

[1]索居：独居。《礼记·檀弓》："吾离群而索居，亦已久矣。"
[2]海外书：指苏曼殊寄黄节诗"忽闻邻女艳阳歌……"。
[3]向晚：犹言傍晚。
[4]除：台阶。

南归至沪寄京邸旧游

黄　节

绕道江皋计早纡[1]，经行淞曲又旬馀[2]。
无多怀抱将销歇，已换寒温问起居。[3]
听曲再来当暮雨，题诗还寄及春初。[4]
迟归别有沈绵意[5]，难为临风一一书。

◎ 题解

此诗作于民国三年甲寅（1914）。它不是一般朋友之间的应酬赠答文字，除了"已换寒温问起居"这种对朋友的关心外，我们还可以窥见诗人"无多怀抱将销歇"的郁闷心绪。陈衍《近代诗钞》选黄节诗，首列此诗，合于衍所云节诗"笔必拗折，语必凄惋"者。京邸：北京的住所。

◎ 注释

[1] 江皋：江边的高地。
[2] 淞曲：吴淞江入黄浦江的弯曲处，指上海。
[3] "无多"二句：销歇：解除，停止。寒温：冷暖，指气候、季节。这里兼指当时的政治气候。起居：日常生活。
[4] "听曲"二句："听曲""题诗"，都指旧游之间的活动。白居易诗："吴娘暮雨潇潇曲。"自注："江南吴二娘曲云：'暮雨潇潇郎不归。'"
[5] "迟归"句：沈绵：形容久病不愈。杜甫《秋日夔府咏怀奉寄郑监李宾客一百韵》："雕虫蒙记忆，烹鲤问沈绵。"

送贞壮南归

黄　节

我尚栖迟在此邦[1]，萧然来与话西窗[2]。
寒秋昨夜初过雨，归梦从君共溯江[3]。
瞠目绝尘知不反[4]，举头当世未终降[5]。
冥鸿自远非无意[6]，不为分携泪满腔[7]。

◎ 题解

这首诗民国四年乙卯（1915）作于北京。贞壮：诸宗元的字。见

《夜过海藏楼归记所语简太夷并示拔可》作者介绍。时宗元在北京任水利总局局长。这年秋，袁世凯正积极筹划恢复帝制，杨度、孙毓筠、严复、刘师培、李燮和、胡瑛六人发表组织筹安会宣言，鼓吹帝制。刘师培多次诱迫诸宗元加入，诸氏不愿，为避纠缠，毅然弃官南下。此诗即作于送行之际。

◎ 注释

[1]"我尚"句：我暂且停留在北京。栖迟，游息、居住。《诗·陈风·衡门》："衡门之下，可以栖迟。"

[2]萧然：萧索貌。话西窗：语出李商隐《夜雨寄北》诗："何当共剪西窗烛，却话巴山夜雨时。"此写与诸氏话别的情景。

[3]"归梦"句：我只能在梦境中随你一起沿江南下。溯，《诗·秦风·蒹葭》毛传："顺流而涉曰溯游。"宗元家在浙江绍兴，自北往南，须渡江而行。

[4]"瞠目"句：《庄子·田子方》："颜渊问于仲尼曰：夫子步亦步，夫子趋亦趋，夫子驰亦驰，夫子奔逸绝尘，而回瞠若乎后矣。"瞠目，张目直视；绝尘，形容奔走迅速。此典原是喻孔子的道德学问难以企及。又《文选·范晔〈逸民传论〉》五臣本有"绝尘不反"语。此处合用二典，写诸氏为摆脱筹安会的纠缠而毅然南归，对此表示推许之意。

[5]"举头"句：看到当代一些著名人物，像严复等所谓"六君子"都参加了筹安会，而你则终究没有屈服。未终降，即终未降。降，屈服。

[6]"冥鸿"句：你这次决然离京，决不愿与刘师培等人同流合污，表示对筹安会的唾弃。冥鸿，语出《法言·问明》："鸿飞冥冥。"喻有识之士的高飞远举。

[7]"不为"句：不要因为分别而流泪。分携，分手，离别。

社园茗座迟瘿公不至

黄　节

苍然桧柏杉松地[1]，得与游人坐夕凉[2]。
六月将秋仍病暑[3]，众嚚宜舜一浇肠[4]。
晚来栖息能相过，举国劬劳自未央[5]。

到此不无林木叹，士夫名节独寻常[6]。

◉ 题解

此诗作于民国五年丙辰（1916）。这年黄节在北京，入铁路局供职。与梁启超、罗惇曧等游，郁郁不得志。社园：即社稷坛，在北京皇城内午门之右侧（今中山公园）。明永乐间建，清乾隆间重修。旧为皇帝祭社土神、谷神之所。迟：等候。瘿公：罗惇曧号。

◉ 注释

[1] 栝（guā）：桧树。
[2] 夕凉：傍晚的凉快。
[3] 病暑：苦于暑热。
[4] 众嚣（xiāo）：吵闹，杂乱。荈（chuǎn）：晚采的茶。《三国志·吴·韦曜传》："或密赐茶荈以当酒。"
[5] "举国"句：劬（qú）劳：劳累。未央：未尽，没有结束。
[6] "士夫"句：士夫，士大夫。名节，名誉与节操。作者入民国后，北洋政府曾屡聘之，坚拒不就。而当时知识分子任职北洋政府的很多，罗惇曧即其中之一。诗云："士夫名节独寻常"，对之不无微词。

自厦门泛海登鼓浪屿有感

陈去病

西风落日晚天晴，列岛遥看战一枰[1]。
番舶正连鹅鹳阵[2]，怒涛如振鼓鼙声[3]。
凭高独揽沧溟远[4]，斫地谁为楚汉争[5]？
海水自深山自壮，不堪重忆郑延平[6]。

◉ 题解

这首诗作于清光绪三十四年戊申（1908）。是年诗人南游闽省，在厦门泛舟登鼓浪屿，隔海看到日本帝国主义窥视我国、陈兵台湾的局面，怀念明末清初在这里督练水师、收复台湾、赶走荷兰侵略者的民族英雄郑成功。同时有《与漳州游君谈郑延平遗事》诗。

◉ 注释

[1] 列岛：众多的岛屿。枰：棋盘。
[2] "番舶"句：谓日本的船舶正一只连着一只，像鹅鹳阵似的。鹅鹳，古代阵法名，见《左传·昭公二十一年》："郑翩愿为鹳，其御愿为鹅。"注："鹳、鹅，皆阵名。"
[3] 鼓鼙：军鼓。《礼记·乐记》："君子听鼓鼙之声，则思将帅之臣。"
[4] 沧溟：大海。
[5] 斫（zhuó）：劈，砍。楚汉争：秦末项羽与刘邦之争。项羽封西楚霸王，刘邦封汉王。
[6] 延平：南明桂王封郑成功为延平郡王。

张园梅花

林　旭

张家园里数株梅，岁岁相逢总盛开。
花上盈盈歌一阕[1]，风前滟滟酒千杯[2]。
芳波照影知谁见[3]？斜日攀条却独来[4]。
眼底风光浑不是[5]，一回思念一回灰[6]。

林　旭
（1875—1898）
字暾谷，福建侯官（今福州）人。"戊戌六君子"之一。光绪二十一年乙未（1895）入京应试，结识康有为，积极参与维新运动，为闽学会重要领袖人物。

光绪二十四年戊戌（1898），与谭嗣同等同授四品章京衔，在军机章京上行走，从事新政活动。变法失败，为慈禧捕杀，年仅二十四岁。近代闽派诗，林旭为重要作家之一，宗法陈师道。自谓"诗成不得夸神韵，只好从人笑钝根"。陈衍曰："暾谷力学山谷、后山，宁艰辛勿流易，宁可憎勿可鄙。"有《晚翠轩诗集》。

◎ 题解

张园：清末上海名园，今已成住宅区，在南京西路中段。清末名流常在此饮茶或开政治性会议。此诗前半首写昔年梅花时节，与朋友饮酒欢歌的情景。后半首抒发今年独游寂寞感伤的心情。结句从李商隐《无题》诗"一寸相思一寸灰"化出。

◎ 注释

[1] 盈盈：美好的样子。指人的风姿、仪态。
[2] 滟滟：形容酒波。
[3] 芳波：美好的水波。
[4] 斜日：日西斜，指傍晚时。
[5] 浑不是：指全不是先前的样子。
[6] 灰：消沉。

直　夜

林　旭

凤城六月微凉夜[1]，省宿无眠思欲殚[2]。
月转觚棱成曙色[3]，风摇烛影作清寒。

依违难述平生好,寂寞差欣咎眚宽[4]。
身锁千门心万里,清辉为照倚栏杆[5]。

◎ 题解

　　光绪戊戌变法期间,作者为军机章京,从事新政活动。此诗为农历六月值夜时望月思家之作。前半首写景,后半首抒怀。结句取杜甫《月夜》诗"清辉玉臂寒"句意,设想万里之外的妻子正倚着栏杆望月,思念自己的情景。

◎ 注释

[1]凤城:指北京。旧时称京都为凤城。
[2]省宿:值夜。省,古代称宰相衙为省,如尚书省、中书省等。这里指军机处。殚:尽。
[3]觚棱:殿堂屋角的瓦脊成方角棱瓣之形,故名。
[4]差欣:略微欣慰。咎眚(shěng):过失。宽:宽容。
[5]清辉:月光。倚栏杆:倚着栏杆的人。指其妻沈氏,乃沈瑜庆之女。

上海胡家闸茶楼

林　旭

已近乡心那得休[1],谁曾一笔妄成留[2]。
依回避役情何怯[3],牵率言欢意易遒[4]。
十里人声趋短夜[5],百年海水变东流。
闲来独倚原无事,只为凉风爱此楼。

◎ 题解

　　这首诗为作者途经上海,暑夜乘凉于茶楼,感怀之作。通首抒情,曲折地表达了作者对祖国命运、时事的关切以及不计个人得失的心情。"十里"一联为诗中名句。

◎ 注释

[1] 那得休：哪里能够停止。
[2] 妄：胡乱。
[3] 依回：迟疑不决。役：指公务。怯：胆怯。
[4] 牵率：引导。白居易《游悟真寺》诗："牵率使读书，推挽令效官。"道：尽。
[5] 趣：催促。短夜：短促的夏夜。

夜游约同去病

诸宗元

酒馀奇气不能收[1]，林薄驱车作野游[2]。
片月早升光在树[3]，万家无睡梦成秋[4]。
楼台近海宜忘暑[5]，士女围灯不解愁[6]。
难遣近来怀抱恶，凄然越谩复吴讴[7]。

◎ 题解

　　这首诗光绪二十七年辛丑（1901）七月上旬作于上海，约在《辛丑条约》签订前半月，时八国联军和清廷的全权代表正在谈判中。去病：陈去病，字巢南，一字佩忍，江苏吴江人，南社三位创始人之一。诸宗元亦为南社社员。两人有交谊，时南社尚未成立。

◎ 注释

[1] 奇气：此处指诸、陈都向往龚自珍、魏源的为人和诗风，两人思想上有共同之处。按，诸氏曾将其居室命名为"默定书堂"（默，指魏源，字默深；定，指龚自珍，名定庵），

以寄托对龚、魏的仰慕；又自称"狂生"。

[2] 林薄：草木丛杂之处。《楚辞·九章·涉江》："露申辛夷，死林薄兮。"

[3] "片月"句：写上弦月初上林梢的景象。

[4] "万家"句：写酷暑之夜，千家万户都无法入睡，只是在梦中才有秋意。暗寓社会动荡，人心不定，只是在梦中才有片刻安宁。

[5] "楼台"句：上海滨海，天气凉爽，故云"宜忘暑"。也暗寓上海有《东南互保条约》保护，上海市民忘记了八国联军入侵给中国人民带来的灾难。关于《东南互保条约》详见《帝子》诗注。

[6] 士女：男女。解：懂得。

[7] "难遣"二句：承上四句而来，意谓看到八国联军入侵给中国人民造成的深重灾难，东南人民对世事的冷漠，自己空有唤醒国人的愿望而又无能为力，近来这样恶劣的心情难以排遣，于是只能和陈去病吟唱这凄楚的诗歌了。越谩吴讴，指和陈氏一起吟诗。诸宗元，绍兴人，故称越；陈去病，吴江人，故称吴。谩、讴，此处都指诗歌。

徐　州

诸宗元

北望寒云晓不收，南归今始过徐州。
日光将出云奔马，风力初温渚泛鸥。
地画中原风尚儳[1]，民居山碛气难柔[2]。
半生乘障思为法[3]，世论悠悠孰可谋[4]？

◎ 题解

这首诗作于民国四年乙卯（1915）冬，时诗人从北京弃官南归（参见《送贞壮南归》题解），途经徐州。前六句写徐州风物，透露了一丝渐近家乡的欣喜之情，末二句转抒感慨，借用典故，表达了报国无门的心情。中间四句紧切时地，可谓得江山之助。

◎ 注释

[1]"地画"句：徐州地近中原，风气还是闭塞的。儢（sài），不诚恳。此处引申作闭塞。
[2]山碛（qì）：多岩的山地。碛，草木不长的沙石地。气难柔：谓这里居民性格刚烈，难以柔顺。
[3]"半生"句：韩愈《答崔立之书》："上希卿大夫之位，下犹取一障而乘之。"此处用此典，谓自己平生也有韩愈"取一障以乘之"的志向。乘，登；障，边境要塞。思为法，想要效法（韩愈）。
[4]世论悠悠：庸俗的谈论。悠悠，庸俗。《晋书·王导传》："悠悠之谈，宜绝智者之口。"孰可谋：可以跟谁商议呢！

雨中夜发上海，晓晴达金陵，复渡江趋浦口，舟中感纪

诸宗元

一夜奔车越六城[1]，我行冲雨晓还晴。
乱流单舸浮江去[2]，障日千峰出雾明[3]。
春远初看榆柳大[4]，民闲犹说鼓鼙惊[5]。
东南物力将何策[6]，悔不归营谷口耕[7]。

◎ 题解

这首诗作于民国五年丙辰（1916）春。诗作在景物的描写中，融进了对时局的认识，面对当时袁氏称帝、社会动荡的现实，表露了诗人救国无策的忧虑。浦口：镇名，在南京市西北长江北岸。

◎ 注释

[1]六城：指沪宁线上的六座城市：上海、苏州、无锡、常州、镇江、南京。
[2]乱流：截江而渡。单舸：一叶之舟。
[3]"障日"句：切"晓晴"，写天色渐明的景象，隐指局势渐见明朗。按，民国四年十二

月，袁世凯正式称帝，定次年为洪宪元年。袁氏的倒行逆施，遭到了全国人民的反对，十二月二十五日，蔡锷等起义于云南，声讨袁世凯。次年春，贵州、广西等地都起兵讨袁。三月下旬，在全国人民的愤怒声讨下，袁氏被迫撤消帝制，废止洪宪年号。

[4]"春远"句：春色还远，才看到榆柳萌芽。也隐指政治形势。
[5]"民闲"句：百姓还在诉说战争造成的惊怖。鼓鼙，军中乐器，借指战争。
[6]将何策：意谓对着物力凋敝的东南，我能拿出什么办法呢。
[7]"悔不"句：《汉书·王贡两龚鲍传》载：汉代隐士郑子真曾耕于谷口，汉成帝时，大将军王凤礼聘他出山，他不允，声震京师。后因以归耕谷口为归隐的代称。按，上年诸宗元因不愿加入筹安会，弃官南归（见黄节《送贞壮南归》诗题解），此行北上，亦未在北京久留，同年三月，便南归移家返杭，有诗。可见诗人并不是真愿归隐，而是不愿与袁氏同流合污，也表现了救国无策的感慨。

哀寒碧

诸宗元

昨游犹踏隔湖山[1]，歧路真成痛哭还[2]。
壮岁胡为俄顷别[3]，雄心不耐病时闲[4]。
可怜箧笥存衣汗[5]，想见车茵溅血斑[6]。
昨与张陈同吊语[7]，不随儿女作哀姗[8]。

◎ 题解

这首诗作于民国五年丙辰（1916）。寒碧：林景行的号，生平见《畏暑入山，得行严京国书却寄》作者介绍。这年八月七日夜，林景行赴友人约会，在上海静安寺路马霍路口被英国商人克明的汽车撞死，时年仅三十岁。此诗为悼念而作。此诗《大至阁诗》未收，载《近代诗钞》。

注释

[1]"昨游"句：这年三月，诸宗元南归移家返杭，林氏亦在杭州，二人曾多次同游西湖，林氏并有诗记及，如《湖泛口占示贞壮》等。如今念及往事，倍感辛酸。全句意谓昨天我们还在并肩共游，如今却是湖山相隔，永远不能再见。

[2]"歧路"句：《淮南子·说林训》："杨子见歧路而哭之，为其可以南可以北。"此处借用字面，谓二人的分手真成了痛哭而别，一南一北了。

[3]胡为：为什么。俄顷别：形容死得突然。俄顷，顷刻。

[4]"雄心"句：追念林景行生前情景，意谓林氏生前雄心勃勃，即使是生病也耐不住清闲。

[5]"可怜"句：自注："君有遗衣在余箧。"箧笥（qiè sì），衣箱。

[6]车茵溅血斑：《汉书·丙吉传》："驭吏嗜酒，尝从吉出，醉呕丞相车上，西曹主吏白欲斥之，吉曰：以醉饱之失去士，使此人将复何容。西曹第忍之，此不过污丞相车茵耳。"此处借用字面，写林氏遇车祸的惨状。车茵，车子座位上所垫的席子。

[7]张陈：自注："君励，佩忍。"张君劢，名嘉森，后以字行，江苏宝山（今属上海市）人。佩忍，陈去病。

[8]哀姗：伤悼。

渡　淮

夏敬观

淮流及此更漫漫[1]，窜挟风沙入地宽。
直使写天难掩覆[2]，惟馀落日敌荒寒[3]。
雁声一一南飞尽，山色微微北去残[4]。
十月舆梁初渡客[5]，帷车闭置带愁看[6]。

题解

这首诗作于民国元年壬子（1912）。时值初冬，诗人经滁州渡淮河北游。全诗从"愁"字着眼，写出了淮河荒寒的景象。

◎ 注释

[1]漫漫：长远、无际的样子。

[2]直：副词。穹天：天空。古人视天形如圆穹故名。掩覆：覆盖。

[3]敌：抵挡。

[4]微微：渺小，轻微。残：残缺。

[5]舆梁：可通车的桥。《孟子·离娄》："十二月舆梁成。"

[6]帷车闭：《梁书·曹景宗传》："闭置车中，如三日新妇。"帷车，有帐幕的车子。

夜坐示贞壮并寄呭庵江南

李宣龚

眼中时事益纷纷[1]，默坐相看我与君[2]。
秋老叶声时作雨[3]，夜寒海气易成云[4]。
穷愁强饮终难遣[5]，异地狂歌不可闻[6]。
千里呭庵明月在，故应分照白鸥群[7]。

◎ 题解

　　这首诗是民国元年壬子（1912）秋在山东芝罘（fú）岛所作。贞壮，是诸宗元的字。呭庵，是夏敬观室名。时夏敬观居上海康家桥。作为一个在清朝做过官的知识分子，李宣龚在这首诗里对当时混乱的时局表示担忧。而这种担忧的心情被作者融化在深秋海滨夜晚的景色中，使诗歌构成了沉郁的意境。

◎ 注释

[1]益纷纷：更加杂乱。

[2]君：指诸宗元。

[3]"秋老"句：秋老：深秋。这句写深秋西风吹落枯叶如下雨的声音。

[4]海气：海上的雾气。此二句极精警。
[5]"穷愁"句：穷愁：困穷而忧伤。《史记·平原君虞卿列传》："然虞卿非穷愁。亦不能著书以自见于后世云。"
[6]"异地"句：异地：因李宣龚时在山东，故称夏所居的江南为异地。狂歌：狂放的歌声。
[7]分照：分别照射。白鸥：白色的鸥鸟，这里是指作者和夏敬观等。因为古时称隐者生活为"鸥盟"，即与鸥鸟为友。最早见于《列子·黄帝》："海上之人有好沤（同"鸥"）鸟者，每旦之海上，从沤鸟游。"

焦山枕江阁同沤尹丈夜坐

李宣龚

风江终日意难平[1]，不掩秋虫入夜声[2]。
地尽偶容山突兀，林深微露月峥嵘[3]。
陆沉自古将谁罪[4]，息壤如今尚可盟[5]。
汲水采薪吾亦惯，甘从寂寞送馀生[6]。

◉ 题解

　　焦山：在江苏镇江。《丹徒县志》卷二："焦山在城东九里大江中，与金山并峙，相距十里许，本名谯山。"枕江阁在焦山上。沤尹：为朱祖谋号，他是晚清著名词人。这首诗是民国元年壬子（1912）秋自山东归上海后出游镇江时作。诗中所表现的情感与《夜坐示贞壮并寄映庵江南》有相似之处。

◉ 注释

[1]"风江"句：风江：为风掀起波涛的江水。杜甫《简吴郎司法》："云石荧荧高叶曙，风江飒飒乱帆秋。"意难平：谓江上终日风吹浪打，不能平息。
[2]入夜声：夜来的鸣叫声。
[3]"地尽"二句：突兀：高耸特出貌。此谓夜坐在江边，似乎是在地的尽头，偶然还能容纳下

突兀的山峰。峥嵘：高貌。此谓四周树木参天，月亮从树叶丛中微微露出。此二句本于郑孝胥诗"月黑忽惊林突兀，泉枯惟对石峥嵘"。清末民初，闽派诗人为诗，多不免承袭郑孝胥。李宣龚也是以学习郑诗著名的人，并为郑所赞赏。

[4] 陆沉：喻国土沉沦。《世说新语·轻诋》："(桓温)与诸僚属登平乘楼，眺瞩中原，慨然曰：'遂使神州陆沉，百年丘墟，王夷甫(衍)诸人不得不任其责。'"

[5] 息壤：地名，秦邑。据《战国策》等载：战国秦武王三年使甘茂约魏以伐韩，茂恐王中悔，乃与王盟于息壤以为信。后以息壤为信誓盟约之言。

[6] "汲水"二句：汲水：取水。采薪：打柴。汲水打柴喻隐居生活。李宣龚自此后便居上海。

故　国

汪荣宝

故国烟尘首重回[1]，风廊愁对夜帘开。
天临大野星辰远[2]，秋入空山草木哀。
一夕商歌催鬓改[3]，万方羽檄阻书来[4]。
龙挐蚁斗知何限[5]，同付残僧话劫灰[6]。

汪荣宝
(1878—1932)

字衮父，江苏吴县（今苏州）人。光绪二十三年丁酉（1897）拔贡。光绪三十三年，授民政部右参议，宣统三年（1911）迁左丞。后长期出使日本。游章炳麟门。有《思玄堂诗》刊行。荣宝是近代吴下晚唐诗派的健将。他早年在北京与张鸿、曹元忠等唱和，编成《西砖酬唱集》，他作了序，充分肯定了北宋的西昆体。他自己为诗，宗法李商隐，佳者沉博绝丽。晚年所作，转趋平淡。

◎ 题解

　　故国：本国，祖国。时作者身在日本，回望祖国战乱纷纷，灾难深重，忧从中来，思绪万千。诗风婉约清超，兼而有之。

◎ 注释

[1] 烟尘：喻战乱。

[2] 大野：广大的原野。

[3] 商歌：悲凉低音的歌。催鬓改：加快了鬓毛变白的速度。李商隐《无题》："晓镜但愁云鬓改。"

[4] 万方：各方。羽檄：即羽书，军事文书，插鸟羽毛以示紧急，故称。书：信。此句是说：由于国内战乱纷纷，祖国的信都收不到了。

[5] 龙拏：龙斗，龙战，喻群雄割据，军阀混战。喻汝砺《八阵图》："龙拏虎掷填胸胃。"蚁斗：刘义庆《世说新语·纰漏》载：殷仲堪父病虚悸，听见床下蚂蚁动的声音，以为是牛斗。此亦指战乱。

[6] 劫灰：见七言古诗王甲荣《彩云曲》注（103）。这末二句是说：这些战乱争斗的军阀，终将同归于尽。

去国辞（五首选一）

马君武

黑龙王气黯然消，莽莽神州革命潮。[1]
甘以清流蒙党祸[2]，耻于亡国作文豪。
鸟鱼惊恐闻钧乐[3]，恩怨模糊问佩刀。
行矣高丘更无女[4]，频年吴市倦吹箫[5]。

马君武

（1881—1940）

原名名和，以字行，一字贵公，广西桂林人。早年留学日本时参加同盟会，回国后因清政府追捕，又逃亡国外，留学德国柏林，习冶金。南社社员。民国成立，任孙中山临时政府实业部次长，后经营工业。晚年任广西大学校长。其诗格律自由，他也是最早介绍西欧诗歌的一位诗人，用歌行体翻译拜伦、席勒等人的作品。有《马君武诗稿》。

◎ 题解

这组诗作于清光绪三十三年丁未（1907），共五首，选一。时马君武任教于上海中国公学，为同盟会上海分会会长。两江总督端方拘捕甚急，于是他从友人杨笃生之劝，复得高啸桐兄弟、岑云阶等资助，西游欧洲，留学德国柏林工艺大学。诗中表明作者未曾消磨革命意志，而乐于为"莽莽神州"献身。此诗颔联与《自由》诗中"为奴岂是先民志，纪事终遗后史羞"一联，传诵一时。

◎ 注释

[1]"黑龙"二句：说清王朝的气数将尽了，全国掀起了反清的革命浪潮。语本刘禹锡《西塞山怀古》："金陵王气黯然收。"黑龙，指黑龙江流域，清王朝发祥地。王气，所谓象征帝王运数的祥瑞之气。莽莽，无边无际。神州，指中国。

[2]清流：旧时用以指负有时望的清高的士大夫。《三国志·魏·陈群传》："陈群动仗名义，有清流雅望。"党祸：因党争而引起的祸害，如东汉党祸及明末东林党等。此指从事革命，被清朝拘捕。

[3]"鸟鱼"句：作者把自己比作鸟鱼，闻钧天乐而感到惊恐。表示自己当时的心情。钧乐，春秋时晋赵简子梦游天上，天帝以钧天广乐接待之。这里指清朝帝、后的声音。

[4]"行矣"句：作者慨伤自己离开祖国。《离骚》："哀高丘之无女。"高丘：楚人传说中的神山，屈原用以暗指故国。无女，没有理想的仙女可以追求。这里指清廷没有救国的人才。

[5]"频年"句：谓自己年来已度过艰苦的流浪生活。《史记·范雎传》："伍子胥……鼓腹吹箎，乞食于吴市。"《集解》引徐广曰："箎，一作箫。"后来称乞食街头为"吴市吹箫"。

频年,连年。倦,厌倦,不耐烦。

大汉报社次和默君女士赠别韵(二首选一)

傅熊湘

岁晚沧江百感侵[1],独携危涕到哀吟[2]。
浮杯绿蚁惊寒早[3],照座青灯接夜深[4]。
文字几能撑末俗[5],江湖闲与滞归心。
空桑三宿犹回首[6],愧说吾行突未黔[7]。

傅熊湘（1882—1930）

字文渠,一字钝根,又作屯根,湖南醴陵人。辛亥革命时,与宁调元同创《洞庭波》和《汉帜》,宣传革命,后在上海创《竞业日报》。曾任沅江县县长、三十五军参议兼师部秘书、长沙中山图书馆馆长等。南社成员。

◎ 题解

张默君:名昭汉,湖南湘乡人,邵元冲之妻,二人同为南社成员。辛亥革命时,她在苏州沧浪亭对面的可园,创办《大汉报》,陈去病任总编辑。这首诗是诗人离苏州时对默君赠别诗的回赠之作。

◎ 注释

[1]沧江:泛称江水。江水呈青苍色,故称。此指环绕沧浪亭的水。
[2]危涕:江淹《恨赋》:"孤臣危涕,孽子坠心。"原意是坠涕危心,互文见义。意谓因哀伤而垂泪。
[3]绿蚁:酒面上的绿色泡沫,指酒。白居易《问刘十九》诗:"绿蚁新醅酒。"

[4]青灯：油灯。以其光青荧，故称。陆游《秋夜读书每以二鼓尽为节》诗："青灯有味似儿时。"

[5]几：几曾、何曾。撑末俗：支撑末世的衰败习俗。董仲舒《士不遇赋》："生不丁三代之盛隆兮，而丁三季之末俗。"

[6]空桑三宿：依依不舍。语出《后汉书·襄楷传》："浮屠不三宿桑下，不欲久生恩爱，精之至也。"

[7]突未黔：形容急于离此而行。语出《淮南子·修务训》："孔子无黔突，墨子无暖席。"高诱注："灶突不至于黑，坐席不至于暖，汲汲于行道也。"突：烟囱；黔：黑。

岁除前一日作

周 实

豪气腾为万丈虹，酒徒何惜醉颜红[1]。
九州人物尊游侠[2]，六代江山托寓公[3]。
无限国仇谁砺剑[4]？共知天道若张弓[5]。
茅檐昨夜潇潇雨，梦斩楼兰气尚雄[6]。

◈ **周 实**（1885—1911） 字实丹，号无尽，江苏山阳（今淮安）人。为"淮上三杰"之一。早年在革命思潮影响下，就胸怀革命大志。光绪三十三年（1907）入南京两江师范学校读书。宣统元年（1909）加入南社，为初集十七人之一。武昌起义时，他从南京回山阳，与友人共同策划响应，被山阳县令阴谋杀害，年仅二十六岁。他是南社较有成就的诗人，能诗善饮，自号"山阳酒徒"。其诗多感伤时世、抒发救国理想之作，奔放雄劲，感慨无端。著有《无尽庵选集》《周实丹烈士遗集》。

◎ 题解

　　这首诗约作于宣统元年与二年（1909—1910）之间，抒写了推翻清朝专制统治、杀敌报国的壮志，豪迈奔放，洋溢着爱国的激情。岁除：农历除夕。

◎ 注释

[1] 酒徒：诗人自称。
[2] "九州"句：中华大地上最受人尊敬的是游侠之士。游侠，旧指好交游、勇于急人之难的人。《史记》有《游侠列传》。
[3] 六代江山：指南京。六代，六朝。南京是六朝建都之地，故称。托寓公：谓南京的光复要依靠像我这样献身革命的人。寓公，作客他乡的人。此指包括自己在内的革命者。
[4] 砺剑：磨剑。
[5] 天道若张弓：《老子》："天之道其犹张弓与？高者抑之，下者举之，有余者损之，不足者补之。"此处用典，意谓清朝统治者也像天道一样，已经到了定被人民推翻的时候。
[6] 梦斩楼兰：王昌龄《从军行》："不斩（一作"破"）楼兰终不还。"楼兰是汉唐时西域国名。汉武帝时，遣使通大宛，楼兰阻挡道路，攻击汉朝使臣。昭帝元凤四年（前77），大将霍光派平乐监傅介子前往楼兰，用计斩杀其王。见《汉书·傅介子传》。此处指清朝统治者。当时的革命者常常以暗杀作为反清手段之一，故云。

畏暑入湖，得行严京国书却寄

林景行

夜气犹荒曙未明[1]，柁楼无际待风生[2]。
病中千态君能写，湖外双眸我最清[3]。
漫喜校量篴与舸，乍应问讯雨还晴[4]。
湿云不散鸥先倦[5]，何取烟波狎此盟[6]？

林景行

(1886—1916)

字亮奇，原名昶，别字寒碧，福建侯官（今福州）人。幼聪颖，有"神童"之称。十七岁留学日本，回国后，正值辛亥革命，他四处奔走，不辞辛劳。民国建立，入众议院。民国五年（1916）在上海死于车祸。他是早期南社成员。著有《寒碧集》。

◎ 题解

这首诗约作于民国四年乙卯（1915）夏。湖，指杭州西湖。行严：章士钊，字行严，湖南长沙人。主编《甲寅杂志》，时在北京。京国：国都。

◎ 注释

[1] 荒：苍茫。

[2] 柁楼：同"舵楼"，见《七月初六日赴沪，海上大风》注。

[3] 湖外双眸：指杭州西湖苏堤、白堤外的后湖和里湖。我最清：喻自己对时势有清醒的认识。

[4] "漫喜"二句：且不要高兴地急着挑选坐轿游山还是坐船游湖，正应问一下是下雨还是天晴。暗喻面对复杂剧变的时势，应细加审察，不要盲目行事。按，时袁世凯正在阴谋恢复帝制，此二句即对此而发。漫，率意。校量，比较，选择。篁（biān），篁舆，竹轿。乍应，正应。雨还晴，语出苏轼《饮湖上初晴后雨》："水光潋滟晴方好，山色空濛雨亦奇。"又厉鹗《春湖夜泛歌》："晴湖不如游雨湖，雨湖不如游月湖。"

[5] "湿云"句：此句紧切"入湖"，写湖上景色，并寄寓时世之慨。湿云不散，暗喻当时袁世凯势力尚强，正在筹划称帝。鸥，隐指消极隐退的人。

[6] "何取"句：鸥盟，见《雁》注。此处用此典，承上句，谓自己无取于寻求和自己志同道合的人。狎，玩。

吊鉴湖秋女士（选二）

柳亚子

饮刃匆匆别鉴湖，秋风秋雨血模糊。[1]
填平沧海怜精卫，啼断空山泣鹧鸪。[2]
马革裹尸原不负[3]，蛾眉短命竟何如[4]！
凭君莫把沉冤说[5]，十日扬州抵得无[6]？

漫说天飞六月霜，珠沉玉碎不须伤。[7]
已拼侠骨成孤注[8]，赢得英名震万方。
碧血摧残酬祖国[9]，怒潮呜咽怨钱塘[10]。
于祠岳庙中间路[11]，留取荒坟葬女郎。

◎ 题解

　　秋瑾，号鉴湖女侠。参见七古部分《秋风曲》的作者介绍。这一组诗作于秋瑾遇难后，共四首，这里选录三、四两首。

◎ 注释

[1]"饮刃"二句：写秋瑾被清政府匆匆杀害时秋风秋雨凄厉的悲壮情景。临刑前秋瑾有绝笔词"秋风秋雨愁杀人"。饮刃，被杀害。鉴湖，在绍兴。
[2]"填平"二句：把秋瑾从事革命，不惜牺牲，比作精卫填海和深负幽恨哀思的鹧鸪。《山海经·北山经》："炎帝之少女，名曰女娃。女娃游于东海，溺而不返，故为精卫。常衔西山之木石，以堙于东海。"《北户录》引《广志》云："鹧鸪鸣云，但南不北。"《埤雅》以为亦"胡马嘶北之义"，于是将鹧鸪作为一种深负幽恨哀思的鸟。韦应物《鹧鸪啼》："可怜鹧鸪飞，飞向树南枝，南枝日照暖，北枝霜露滋；露滋不堪栖，使我夜长啼。"
[3]马革裹尸：力战死于疆场。《后汉书·马援传》："大丈夫当死于疆场，以马革裹尸还葬耳！"
[4]蛾眉：比喻女子长而美的眉毛。这里指代女子。

[5]凭：请，请求。

[6]十日扬州：清兵初入扬州，杀戮很惨，王秀楚身历其境，撰《扬州十日记》。

[7]"漫说"二句：大意说，秋瑾自觉为革命壮烈牺牲，不须感叹她死得冤枉，为她伤悼。六月霜，邹衍事燕惠王，尽忠，左右谮之，王系之狱，衍仰天哭，盛夏六月，天为降霜。后指含冤而死。

[8]孤注：《宋史·寇準传》："（王）钦若曰：陛下闻博乎？博者输钱欲尽，乃罄所有出之，谓之孤注。"这儿指豁出性命作最后一次获胜的努力。

[9]碧血：传说周大夫苌弘被杀，藏其血，三年而化为碧。见《庄子·外物》。碧，碧玉。这里借喻为革命抛头颅、洒热血。

[10]"怒潮"句：用伍子胥怨气化怒潮事，比喻秋瑾壮志未酬的巨大悲愤。传说伍子胥谏吴王防越国报仇，不听，赐死，怨气化为钱塘江怒潮。

[11]于祠：明代于谦的祠庙。于谦在"土木之变"后，保卫北京，抵抗也先。后英宗复辟，于谦被害。死后葬于西湖之南侧。

寄题西湖岳王冢同慧云作

柳亚子

自坏长城奈汝何！黄龙有约恨蹉跎。[1]
无愁天子朝廷小[2]，痛哭遗民涕泪多[3]。
草木不欣胡日月[4]，风云犹壮汉山河[5]。
秋坟一例成冤狱，可许长松附女萝？[6]

◎ 题解

这首诗作于民国七年戊午（1918）。秋瑾被难，陈去病协助秋瑾盟姊徐自华，从越中移其棺至杭州西湖，安葬于岳王坟侧。全诗赞颂的是民族英雄岳飞，而暗写的是秋瑾。因为秋瑾墓和岳王墓相近，故比作女萝依附长松。慧云：高旭，字天梅，一字慧云。江苏金山人，南社发起人之一。

◎ 注释

[1]"自坏"二句：谓南宋朝廷奸臣秦桧杀害了抗金名将岳飞，从而失去了直捣黄龙府战胜金国的机会。长城，南朝刘宋名将檀道济为朝廷冤杀，有"自坏长城"之浩叹。比喻捍卫者或御敌立功的将领。此指岳飞。黄龙有约，岳飞谓："直抵黄龙府，与诸君痛饮尔。"恨，遗憾。蹉跎，失时，虚度光阴。

[2]无愁天子：《北齐书·幼主纪》："乃益骄纵，盛为无愁之曲，帝自弹胡琵琶而唱之，侍和之者以百数，人间谓之无愁天子。"这里指南宋高宗赵构。朝廷小：旧时称偏安一隅的封建王朝为"小朝廷"。

[3]遗民：改朝换代后不仕新朝的人。

[4]胡日月：北方少数民族统治中国的年头。此指清王朝。

[5]风云：比喻局势。此指反清革命形势。壮：强盛。汉山河：中国的土地。

[6]"秋坟"二句：谓秋瑾被杀害，一样成为冤案，那么就让她埋葬在岳坟的附近吧！一例，一样。可许，能够容许吗？长松附女萝：《诗·小雅·颊弁》："茑与女萝，施于松柏。"女萝为地衣类植物。这里是比喻秋坟。

五言绝句

边闻三首(选二)

李慈铭

闻说阳关外[1]，烽烟遍列城[2]。天山半轮月[3]，犹照汉家营[4]。

急驿朝传敕[5]，刀环望总休[6]。可怜葱岭水[7]，日夜向西流。

李慈铭（1830—1894）

初名模，字式侯，更今名，字爱伯，号莼客，浙江会稽（今绍兴）人。光绪六年庚辰（1880）进士，官山西道监察御史。通经史百家，工诗词骈文。论诗主张"不名一家，不专一代"，须"陶冶古人，自成面目"。自夸能"八面受敌为大家"。然其为诗，明秀清隽，仍是厉鹗以来的浙派风格。感时及题画金石之作，亦多佳构。沈曾植极推重之。

◎ 题解

边闻，意谓内容写边疆之事。诗作于同治三年甲子（1864）。先是同治二年，陕西、甘肃回民起事，与清军战。次年七月，新疆汉回民也在乌鲁木齐等地起事，很快攻占了许多地方。十月，清廷把伊犁将军常清革职，命杨岳斌率湘军赴甘肃镇压回军。诗即感此而作。

◎ 注释

[1] 阳关：关名，在今甘肃省敦煌市西南，玉门关之南。为古代通西域（即今新疆、甘肃等地）的要隘。

[2] 烽烟：古代边塞常以烽烟传递军情，后以烽烟指战事。列城：许多城。

[3] 天山：即今新疆的天山。

[4]汉家营：汉代屡出兵与匈奴等部族作战，故后来常以"汉家"指当时统治王朝。此"汉家营"即清军营。

[5]驿：传递官方文书的马、车。

[6]刀环：刀头的环。古代臣子获罪贬谪，皇帝赐以刀环则可以还。"环"与"还"同音，故以"环"暗示"还"意。此言驻守在新疆的将士还乡之愿，已成绝望。

[7]葱岭：古代对今帕米尔高原和昆仑山、天山西段的统名。

为潘星斋侍郎题秦宜亭岁晚江村小景三绝句（选二）

李慈铭

扁舟载鹤来，烟水不知处。遥指板桥西，当门一朽树。

茅堂对水开，风貌映清绝。爆竹一声起，寒林落残雪。

◎ 题解

　　潘星斋：名曾莹，字申甫，号星斋，江苏吴县人。道光进士，官至吏部左侍郎。工书画，能诗文词。秦宜亭：名炳文，字砚云，号谊亭，亦作宜亭，江苏无锡人。道光举人，官吴江教谕。工画山水。张之洞评李慈铭诗，用"明秀"二字，此二诗颇能体现其"明秀"的特点。

竹　亭

叶大庄

风泉不定鸣[1]，天籁无人籁[2]。日影下亭砖，小亭竹渐大。

◎ 题解

红日东升，夕阳西下。亭渐小而竹渐大，记录着太阳的轨迹，时光的流逝。诗人观察生活细致，语言自然。

◎ 注释

[1] 风泉：风声泉声。《水经注》："风泉传响于青林之下，岩猿流声于白云之上。"
[2] 天籁。自然界的音响。这里即指风声泉声。人籁：古代竹制乐器，即排箫。后来泛指人所发出的音响。《庄子·齐物论》："女（你）闻人籁而未闻地籁，女闻地籁而未闻天籁夫。"

懊侬曲（五首）

沈曾植

尺布亦可缝，斗粟亦可舂。[1]侬是无米炊[2]，丈人未从容[3]。

东云故是鳞，西云故非爪。[4]莫作天龙身，终生居热恼。[5]

勿笑五杂组[6]，侬是三眠蚕[7]。新丝行且尽[8]，郎衣冬不堪[9]。

可怜九张机，及此一绚丝。[10]非侬强和合[11]，惨见争梨时[12]。

桐根参差生，桐心坚且苦[13]。夜夜听西风，艰难我与汝[14]。

沈曾植
（1850—1922）

字子培，号乙庵，晚号寐叟，浙江嘉兴人。光绪六年庚辰（1880）进士，官刑部主事。曾同情、赞助康有为变法。后官至安徽布政使、护理安徽巡抚。

入民国，以遗老寓居上海。有《海日楼诗集》。沈曾植是清末著名学者，也是同光体浙派的代表诗人。他提倡元祐、元和、元嘉"三关"之说，学习谢灵运、颜延之、韩愈、孟郊、李商隐、黄庭坚诸家，继承其乡朱彝尊、钱载的"秀水派"传统。独创之处，则表现在融通经学、玄学、佛学等思想内容以入诗，取材于经史百子、佛道二藏、西北地理、辽金史籍、医药、金石篆刻的奥语奇词以入诗，从而形成了自己奥僻奇伟、沈郁盘硬的风格。陈衍指出其"聱牙钩棘中，时复清言见骨，诉真宰，荡精灵"，"俊爽迈往处，正复不少"。陈三立、张尔田等对他都有极高的评价。

◉ 题解

《懊侬曲》是乐府古题，亦作《懊侬歌》，产生于东晋、南朝吴地。流传下来的此题乐府诗大多是情歌。懊侬，是烦闷的意思。此组诗作于光绪二十一年乙未（1895），当时光绪皇帝和慈禧太后互相猜忌，日后祸机已经潜伏。沈曾植是感时而作。

◉ 注释

[1]"尺布"二句：《史记·淮南衡山传》："孝文十二年，民有作歌歌淮南厉王曰：'一尺布，尚可缝；一斗粟，尚可舂。兄弟二人，不能相容。'"此影射当时帝后不能相容。

[2]"侬是"句：侬：我。指光绪帝。无米炊：翟灏《通俗编》："《鸡肋编》陈无己诗'巧手莫为无面饼'，即俗语云无米之炊也。"

[3]"丈人"句：丈人：王充《论衡·气寿》："名男人为丈夫，尊公妪为丈人。"丈人，指慈禧太后。从容，舒缓。

[4]"东云"二句：龚自珍《识某大令集尾》："东云一鳞焉，西云一爪焉，使后求之而皆在。"龙在云中，东面云似乎是鳞，西面云又不是爪，难见其全，难见其真。东云，指帝。西云，指太后，居西宫，时称西太后。

[5]"莫作"二句：《长阿含经》："此阎浮提所有龙王，尽有三患，唯阿耨达龙无有三患。云

何为三：一者，举阎浮提所有诸龙，皆被热风热沙着身，烧其皮肉及烧骨髓，以为苦恼，唯阿耨达龙无有此患；二者，举阎浮提所有龙宫，恶风暴起，吹其宫内，失宝饰衣，龙身自现以为苦恼，唯阿耨达龙王无如是患；三者，举阎浮提所有龙王，各在宫中相娱乐时，金翅大鸟入宫搏撮，或始生方便欲取龙食，诸龙怖惧，常怀热恼，唯阿耨达龙无如是患。若金翅鸟念欲往，即便命终，故名阿耨达。阿耨达，秦言无恼热。"天龙，亦指光绪帝。

[6] 五杂组：古乐府诗名，一作"五杂俎"，三言六句："五杂组，冈头革。往复还，车马道。不获已，人将老。"

[7] 三眠蚕：秦观《蚕书》："蚕生明日，桑或柘叶，风戾以食之，寸二十分，昼夜五食，九日；不食一日一夜，谓之初眠。又七日再眠如初，乃食叶寸十分，昼夜六食，又七日三眠如再。"蚕三眠后吐丝。

[8] "新丝"：此谓蚕吐丝且将吐尽。丝，双关"思"。

[9] 冬不堪：不堪过冬。

[10] "可怜"二句：曾慥《乐府雅词》："九张机，双花双叶又双枝。薄情自古多离别，从头到底，将心萦系，穿过一条丝。"刘𬤊《隋唐嘉话》："张昌仪兄弟恃易之、昌宗之宠，所居奢溢，逾于王主。末年有人题其门曰'一绚丝，能得几日络？'昌仪见之，遽以笔书其下曰：'一日即足。'无何而祸及。"机，织机。绚（qú），丝五两。丝，双关"思"。九张机只一绚丝，可见丝少。

[11] 强：勉强。

[12] 梨：双关"离"。

[13] 桐：双关"同"。

[14] "西风"二句：西风：西指西太后，托之西风，是拟人化。我与汝：谓太后自指并指帝。

春晴步后园晚望（五首选一）

陈三立

吾意不可裁[1]，倏与片云暝[2]。
莫忘灌园翁，手劚蓬蒿径。[3]

◉ 题解

　　这组诗作于光绪三十年甲辰（1904）。所选原列第四。一个晴朗的春日的傍晚，陈三立漫步在家中的后花园，周围一些景物引起了他的遐想。这首诗从园中小路联想到管理园林的花匠，从中似乎又透露了一个含义深刻的哲理。

◎ 注释

[1] 裁：控制。

[2] 倏：迅速。瞑：晦暗。

[3] "莫忘"二句：暗示自己当年在湖南助其父办理新政，有开辟荒芜的创始之功。劚（zhú），大锄，作动词用。

渡湖至吴城（二首选一）

陈三立

钉眼望湖亭[1]，烘以残阳柳[2]。
中兴数人物，都在啼鸦口[3]。

◎ 题解

此首原列第二。吴城，即吴城镇，在江西新建区北，当赣江入鄱阳湖之口。光绪三十二年丙午（1906）秋，陈三立渡过鄱阳湖来到吴城。由于鄱阳湖是清王朝镇压太平天国的旧战场，而对太平天国的镇压又被统治者视为中兴，陈三立触景生情，写下了此诗。面对着满目夕阳残柳，他联想到了危机四伏的清王朝，并认为所谓的"中兴"人物也不过是给啼鸦之口去"凭吊"而已。意谓中兴人物也不免于消失。

◎ 注释

[1] 钉眼：凝视。

[2] 烘：烘托。

[3]"中兴"句：此处指曾国藩、彭玉麟等在江西与太平军作战的人。

十三夜月

严　复

霜月寒如此，江南想独看[1]。
无教作阴曀[2]，双照泪汍澜[3]。

◎ 题解

　　这首诗是诗人在北京时为思念南方的妻室而作。全诗脱胎于杜甫五律《月夜》的首尾四句："今夜鄜州月，闺中只独看"，"何时倚虚幌，双照泪痕干。"借想象中妻室对自己的思念抒发感情，凝炼真切，与杜诗各有千秋。

◎ 注释

[1]"江南"句：以下三句，均写想象中妻室对自己的思念。
[2]无教：不要让。阴曀（yì）：《诗·邶风·终风》："曀曀其阴。"毛传："阴而风曰曀。"
[3]汍（huán）澜：泪流貌。冯衍《显志赋》："泪汍澜而雨集兮。"

古　意

严　复

情重身难主，凄凉石季伦[1]，
明珠三百斛[2]，空换坠楼人。

◎ 题解

严复《瘉壄堂诗集》原注:"伤林暾谷旭也。"《诗集》编者按:"严复致熊纯如(季廉)书札云:'《绿珠词》(按,即本诗)……乃戊戌年为清德宗发愤而作,不仅指晚翠也'。"林旭,字暾谷,斋名晚翠轩,"戊戌六君子"之一。生平见《张园梅花》作者介绍。此诗脱胎于朱彝尊《无题》六首之一:"金谷繁华地,风流石季伦。量珠凡几斛,买取堕楼人。"但寄托之意不同。朱诗盖以晋石崇故事,讽刺当时降清的刘泽清等辈亦未免被清廷以谋叛罪诛杀的下场,刘以明珠买来的四十余美人也落得了坠楼的可悲结局。事见《小腆纪传·逆臣传》。而严复此诗则在伤悼林旭,诗中石崇则暗喻光绪,谓光绪帝重用六君子,像用了三百明珠,空换了这些为光绪而死的变法志士。全诗仅二十字,但意蕴丰富,用事精切,翻化前人诗句,也能自出新意。

◎ 注释

[1]"情重"二句:光绪帝对六君子虽然情深义重,但毕竟身不由己,自己难以作主,最终落得一个凄凉的下场。石季伦,晋代富豪石崇,字季伦。曾于洛阳置金谷园,奢靡成风。又以千斛明珠,买取歌妓绿珠置园中。后附事贾后。永康元年(300),赵王伦废杀贾后,崇党与免官,后为伦甥人孙秀告发,甲士上门逮崇,绿珠跳楼自杀。见《晋书·石崇传》。此处以石崇喻光绪在戊戌政变中被慈禧软禁。
[2]琲(bèi):《玉篇》:"琲,珠五百枚也。"

天童山中月夜独坐二首

易顺鼎

青山无一尘,青天无一云;天上惟一月,山中惟一人。

此时闻松声,此时闻钟声;此时闻涧声,此时闻虫声。

易顺鼎
（1858—1920）

字仲硕，一字实父，号眉伽，别号哭庵，湖北龙阳（今汉寿）人。清光绪元年乙亥（1875）举人，官广西右江道。作诗极多，见《琴志楼丛书》中。他自称："诗歌文词，天下见之，称曰才子。"又云："二十余年内，初为神童，为才子，继为酒人，为游侠。"王闿运称他为"仙童"，樊增祥称他为"奇才"。陈衍言其为诗"学谢（灵运）、学杜（甫）、学韩（愈）、学元（稹）白（居易），无所不学，无所不似。"他也自谓"或古或今，或朴或华，莫能以一诣绳之。"其诗最工者，是占他全部诗篇一半以上的行役游览之作。他写景，能寄情于山水之间，真如他自己所说，"尚有在山水外者"。晚年诗多率易及游戏之作。

◎ 题解

天童山，在浙江省宁波市东。此二诗充分显现了天童山中月夜那种清净、幽隽、静穆之美，远离尘世、情趣悠闲、心境空寂的诗人，也早已化在这美景之中。二诗句法连用排比，明白如话。

罗浮纪游二首

潘飞声

罗浮大云海，洞阴多野云。云水日相涤，仙山古无尘。（涤云桥）

云涛天半飞，月乃出石罅[1]。万壑荡空明，仙山古无夜。（洗月洞）

潘飞声
(1858—1934)

字兰史，别署剑士，广东番禺人。光绪中，赴德国柏林大学讲授中国文学。回国后，举经济特科，不应。后参加南社，与高旭（钝剑）、俞锷（剑华）、傅屯艮（君剑），号称"南社四剑"。寓居上海终身。诗笔清隽。有《说剑堂诗集》。

◎ 题解

罗浮山在广东，以瑰奇灵秀著称，为我国名山之一。山上胜景极多，涤云桥、洗月洞即是。陈衍《石遗室诗话》："兰史有《罗浮纪游》一卷，附诗十余首，可与易实甫（顺鼎）《罗浮纪游》诗竞秀"，"清响可听"。此所选二首，更有气象空阔、奇丽隽秀之胜。

◎ 注释

[1]石罅（xià）：石头缝。

入杭舟中杂咏（二首）

何振岱

江声尔何恨[1]？入夜殊怒咤[2]。青山绝有情，船头纷来迓[3]。家家门前树，树树尽临江。看尽江船过，红楼人倚窗。[4]

◎ 题解

作者是福建人，杭州的山与水、人与物，对他来说都有一种新鲜之感。这两首诗正是写出了诗人将入杭州时的这种真切感受。

◉ 注释

[1]尔:你。
[2]入夜:将夜,傍晚。咤:呼啸:指江涛声。
[3]纷来:纷至沓来。迓(yà):迎接。
[4]"看尽"二句:温庭筠《忆江南》词:"梳洗罢,独倚望江楼。过尽千帆皆不是,斜晖脉脉水悠悠。"这里暗用其意。

雨过二首

夏敬观

雷苏一雨过[1],云散四壁立[2]。疏溜挂檐端[3],斜阳拔关入[4]。

翔鸦入天空,微若辞秋燕。稍焉落林端[5],风拥叶片片。

◉ 题解

这二首诗作于清光绪三十四年戊申(1908),描绘了夏日雷雨之后初霁的景象。通篇写景,耐人寻味。

◉ 注释

[1]雷苏:雷声停下来。
[2]四壁立:借用《史记·司马相如传》"家徒四壁立"语。
[3]疏溜:稀疏的屋檐水。
[4]拔关:破门。
[5]稍:逐渐。焉:语助词。

江　夜

夏敬观

缺月初吐山[1]，其色黄如酒。澄江一醉翁[2]，冷眼淡星斗。

◉ 题解

　　这首诗写诗人于光绪三十二年丙午（1906）秋由南京至上海舟中看到的江上夜景。前两句写月，由杜甫"五更山吐月"句化出；后两句诗人自比醉翁，在冷眼看着满天星斗，别出新裁。

◉ 注释

[1]"缺月"句：谓不圆的月亮刚刚从山上露出来。
[2]澄江：水色清澈的江。谢朓《晚登三山还望京邑》："余霞散成绮，澄江静如练。"醉翁：欧阳修自号"醉翁"，作者借以指自己。

月下写怀

陈衡恪

丛竹绿到地[1]，月明影斑斑[2]。不照死者心，空照生人颜。

陈衡恪
（1876—1923）

字师曾，号槐堂，又号朽道人，江西义宁（今修水）人。陈三立长子。早年留学日本，归国后从事美术教育。其画法得吴昌硕指授。有《陈师曾遗诗》二卷、《补遗》一卷。师曾工诗，而风格与其父不同。沈其光《瓶粟斋诗话》云："义宁陈师曾诗学深造，囊读乃翁《散原精舍诗》,苦其奥涩,师曾却似简斋(陈与义)而不为后山(陈师道),其工者,虽其妇翁范伯子亦不能过。"同时,他所造诗境往往与画理相通。

◎ 题解

这是一首悼亡诗。据龚产兴《陈师曾年表》云:"光绪二十六年庚子(1900)二十五岁。夏,师曾妻范孝嫦卒,年仅二十五岁。"诗当作于此时。

◎ 注释

[1]丛竹:犹言竹多而密。
[2]斑斑:斑点众多貌。

读谭壮飞先生传感赋

高 旭

砍头便砍头[1],男儿保国休。无魂人尽死[2],有血我须流[3]。

高 旭
(1877—1925)

字天梅,江苏金山县(今上海金山)人。早年留学日本,加入同盟会。回国后曾任同盟会江苏支部部长。宣统元年己酉(1909)与柳亚子、陈去病等创立南社。辛亥革命后,被举为众议院议员。曹锟贿选总统,天梅不能拔污泥而不染,后受良心谴责,郁郁死。有《天梅遗集》。在高旭早年的诗歌中,充满着爱国的情感和革命的理想,因此,诗风也显得豪迈热烈。晚年悲伤失望的阴影笼罩他的作品，诗歌的格调就比较低沉。

◎ 题解

谭壮飞，即谭嗣同，为"戊戌六君子"之一。殉难后，梁启超为撰《谭嗣同传》。高旭此诗就是读了梁氏所为传而赋。诗中表达了革命者的雄心壮志和浩然正气。

◎ 注释

[1]"砍头"句：语出《三国志·蜀书·张飞传》：张飞至江州，破获刘璋巴郡守将严颜，令左右牵去砍头。严颜脸不变色，曰："砍头便砍头，何为怒邪？"张飞因此释放之。

[2]魂：指崇高的精神。即民族魂、国魂。

[3]"有血"句：见梁启超《谭嗣同传》："初君之未被逮也，有日本志士数辈，劝其东游，君不听。再四强之，君曰：'各国变法，无不从流血而成。吾中国数千年来，未闻有因变法而流血者。此国之所以不昌也。有之，请自嗣同始。'卒不去，故及于难。"

简法忍

苏曼殊

来醉金茎露[1]，胭脂画牡丹[2]。落花深一尺[3]，不用带蒲团[4]。

◎ 题解

这首诗民国元年壬子（1912）四月作于杭州。曼殊以诗代简，意在邀请陈去病前去相聚，饮酒作画。关于这次聚会，陈去病有诗忆及："荷风十里桂三秋，艇子瓜皮忆旧游。最是孤山梅最好，不曾磨镜易眠牛。"简：同"柬"，书信，此处作寄与解。法忍：陈去病，一字佩忍，别署法忍。

◎ 注释

[1] 金茎露：甘露。语出班固《西都赋》："抗仙掌以承露，擢双立之金茎。"张铣注："抗，举也；金茎，铜柱也，作仙人掌以举盘其上。"又李商隐《汉宫词》诗："侍臣最有相如渴，不赐金茎露一杯。"此处指美酒。

[2] "胭脂"句：写请法忍前来作画。语出李唐《题画》诗："早知不入时人眼，多买胭脂画牡丹。"胭脂，红色颜料。

[3] "落花"句：龚自珍《西郊落花歌》诗："又闻净土落花深四寸，冥目观想尤神驰。"此句是以落花喻女子（歌妓）。深一尺，指深入其中，写西湖聚会的情景。

[4] "不用"句：意承上句，谓有如许的女子相伴，你来赴会时不用带上蒲团来修行了。按，曼殊此时已出家为僧，故以此相戏谑。蒲团，蒲草编成的圆形垫具，为僧人打坐或跪拜时所用。

七言绝句

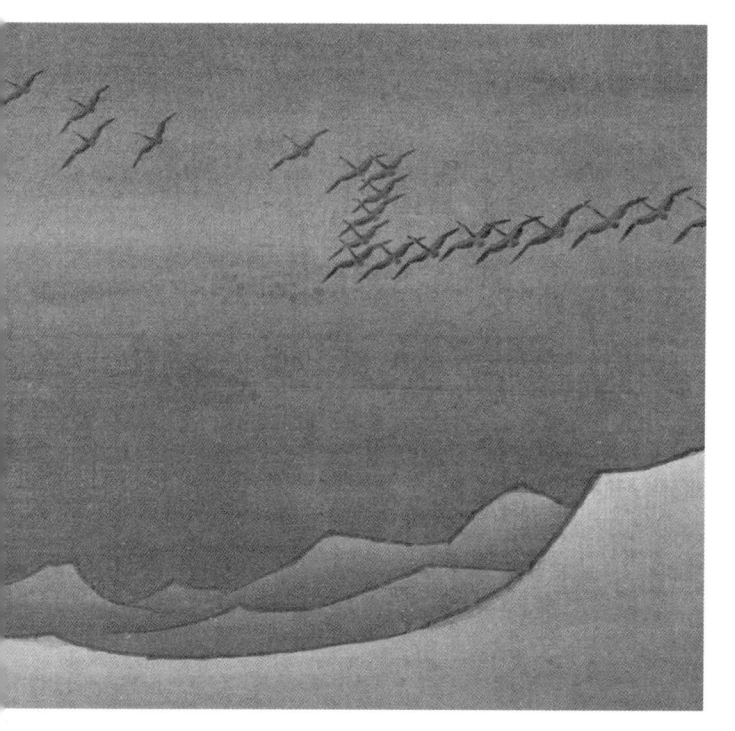

己亥杂诗（选五）

龚自珍

浩荡离愁白日斜，吟鞭东指即天涯[1]。
落红不是无情物，化作春泥更护花。[2]

鬼灯队队散秋萤[3]，落魄参军泪眼荧[4]。
何不专城花县去？春眠寒食未曾醒。[5]

故人横海拜将军，侧立南天未蒇勋。[6]
我有阴符三百字，蜡丸难寄惜雄文。[7]

河汾房杜有人疑[8]，名位千秋处士卑[9]。
一事平生无齮龁[10]，但开风气不为师。

九州生气恃风雷[11]，万马齐喑究可哀[12]！
我劝天公重抖擞[13]，不拘一格降人才[14]。

◎ 题解

己亥为清道光十九年（1839），鸦片战争爆发的前一年。这年作者四十八岁，因厌恶仕途，辞官离京返杭。后因迎接眷属，又往返一次。在往返京杭途中，共写了三百十五首七绝，总题《己亥杂诗》，是一组自叙诗，写了平生出处、著述、交游等，题材极为广泛，这里选了其中的五首。

第一首写初上征途，离京返杭时的离愁别绪。诗人以落红自喻，虽然委落尘埃，但仍会化作春泥，培育百花的成长。

第二首写由于鸦片走私严重，人们普遍贩卖吸食，危及国计民生。林则徐曾指出"衙门中吸食最多"，"皆力能包庇贩卖之人"。可知禁烟的迫切与困难。

第三首怀念林则徐，祝愿他将禁烟斗争进行到底。同时抒发自己有志未酬的心情。因诗人曾表示愿随同林则徐南下，后因林则徐表示"事势有难言者"，婉言谢绝，遂未能成行。

第四首抒发自己从事经世致用之学，只开风气，不为人师。这种风气就是魏源所说"以朝章国政世情民隐为质"，张维屏所说"诵史鉴、考掌故，慷慨论天下事"，梁启超说他写文章"往往引《公羊》义讥切时政、抵排专制"的风气。自注："予生平不蓄门弟子。"

第五首自注："过镇江，见赛玉皇及风神、雷神者。祷词万数，道士乞撰青词。"看见风神、雷神，立刻意识到应该利用风雷的威力来打破死气沉沉的局面；看见玉皇，就希望他下降各种人才，以挽救这个社会。诗人抒发了处在"万马齐喑"的黑暗社会中迫切渴望改革的心情。

◉ 注释

[1] 吟鞭：诗人边吟边进时所持的马鞭。天涯：天边。这里指极远的地方，即诗人的家乡杭州。

[2] "落红"二句：谓花朵虽然委落尘埃，但仍会化作春泥，培育来年新开的花。落红，落花。诗人自喻。护花，指培育新的一代。

[3] 鬼灯：指鸦片灯。秋萤：秋天的萤火，形容鸦片灯。

[4] "落魄"句：谓穷困失意的小官烟瘾来时泪眼荧荧。落魄参军，如南朝鲍照，曾为前军参军，一生不得意。

[5] "何不"二句：谓何不到鸦片烟走私最盛的广州去做官呢？那么可以吸食鸦片；昏昏欲睡，连清明禁烟火的日子也未曾清醒。专城，指主宰一城的州牧、知府等地方官。《艳歌罗敷行》："三十侍中郎，四十专城居。"花县，晋时指洛阳，这里指广州。寒食，节令名。农历清明前一或二日，旧俗禁止生火煮食，只吃冷食，称为寒食禁火。

[6]"故人"二句：谓林则徐被任命为钦差大臣，加兵部尚书、右都御史衔，前往广东禁烟，但是还没有建立功业。故人，老朋友，指林则徐。横海，汉将军名号，谓能横行海上。《史记·卫将军骠骑列传》附韩说："元鼎六年，以待诏为横海将军。"侧立，侧身而立，表示心怀戒惧。南天，指广东。未葳（chǎn）勋，尚未建立功业。

[7]"我有"二句：谓我有帮助你禁烟主战的良策，可惜没有办法能够及时告诉你。阴符，《阴符经》，旧题黄帝撰，经文三百八十四字，为兵家著作。蜡丸，蜡制的丸。用以密封书信或奏状等，可保密防湿。

[8]河汾：黄河、汾河。借指王通。隋末山西龙门人，西游长安，曾奏太平十二策，不为上用，遂隐居河、汾之间，以讲学著书为业，门人自远而至者千余人。房杜：房玄龄、杜如晦。二人均为唐代开国功臣，出自王通门下。有人疑：指房、杜为王通弟子一事，有人怀疑为伪撰《文中子》者所捏造。

[9]"名位"句：谓房、杜二人名载史册，流传千古，而王通不过是一个处士，地位低微，即被怀疑的原因。

[10]龃龉（yǐ hé）：牙齿相咬，抵触之意。

[11]九州：中国。恃风雷：依靠风神雷神。指敢于变革的有志之士。

[12]万马齐喑：苏轼《三马图赞序》："振鬣长鸣，万马皆喑。"喑：哑，无声。比喻当时沉闷的政治局面，人才被扼杀，思想遭压抑。究：毕竟。

[13]天公：玉皇、天帝。抖擞：奋举，振作精神。

[14]不拘一格：打破常规，多种多样。

晓发看月

何绍基

梦魂飞越度重关，千里长安半夜还。[1]
明月不知归路熟[2]，十分圆与照江山[3]。

◎ 题解

这首诗是何绍基于清道光元年辛巳（1821）年底赴京途中经过河南襄城附近所作。这时的何绍基是赴京赶考，少年气盛，踌躇满志。这首小诗就表现了他的这种情怀。

◎ 注释

[1]"梦魂"二句：长安，借指北京。何绍基此时在河南，与北京有千里之隔，此二句谓作者赴北京心情十分迫切，以至夜半时分做梦飞越重关，来到了北京。"千里"句，化用李白《早发白帝城》诗，"千里江陵一日还"句。
[2]归路：预想自京南归之路。
[3]"十分"句：何绍基作此诗是在农历十二月十五，故云"十分圆"。

邯　郸

郑　珍

尽说邯郸歌舞场，客车停处草遮墙[1]。
少年老去才人嫁[2]，独对春城看夕阳。

◎ 题解

邯郸在河北省，战国时赵国建都之地，极繁华。这首诗为清道光十五年乙未（1835）春，诗人北上应试，傍晚时途经邯郸所作。抒发了自己有才不售、岁月流逝的无可奈何心情。

◎ 注释

[1]墙：指城墙。
[2]少年老去：指自己不得意。

咄咄吟（选三）

贝青乔

瘾到材官定若僧[1]，当前一任泰山崩[2]。

铅丸如雨烟如墨[3]，尸卧穹庐吸一灯[4]。

骆驼桥距镇（海）、宁（波）二城约二十余里，故张应云屯兵于此，以为两路后应。廿八日夜半，瞭见二城火光烛天，胜负莫决，继闻炮声四起，或请于应云曰：我兵不带枪炮，而今炮声大作，恐或失利，急宜运赴前队以助战。而应云素吸鸦片烟，时方烟瘾至，不能视事。及廿九日天明，探报四至，迄无确耗。日中，镇海前队刘天保等败回，傍晚，宁波前队余步云、李廷扬自慈溪带兵至，知其并未进城，而段永福等败入大隐山。讹言蜂起，加以败残军士乏食，哭声震野，或谓宜再进，或谓宜速退，聚谋至黄昏不决。而英夷旋从樟市来犯，先焚我所弃火攻船以助声威，继闻发枪炮豕突而至，我兵望风股栗，不敢接战，咸向慈溪城退避。而应云犹卧吸鸦片烟半时许，始踉跄升舆而走。

天魔群舞骇心魂[5]，儿戏从来笑棘门[6]。
漫说狄家铜面具，良宵飞骑夺昆仑。[7]

初，杭嘉湖道宋国经欲以奇兵制胜，特向市中购买纸糊面具数百个，募乡勇三百四十二人，装作鬼怪，私于内署昼夜演习之。及英夷陷乍浦，国经派都司罗建业、千总李金鳌帅往应援。时方白昼，跳舞而前。英夷以枪炮来击，我兵耳目为面具所蔽，不能格斗，遂溃散。

新募余皇惯习流[8]，分成偏伍聚江头[9]。
舵楼一觉酣眠起[10]，钓个鲜鱼上酒楼。

初，将军欲专用"北勇"进战，而论者谓南人熟于地利，且其身家所在，宜较北勇为得力，以故张应云、郑鼎臣等广为召募，几及二万人，名之曰"南勇"。宁波败后，将军急令应云裁去，而北勇究不习水战，鼎臣部下称系舵工水手，故别言之曰"水勇"，始终不撤也。又知府王寿昌募熟于沙线者四百廿人，名曰"沙勇"，知县胡培荃等募善于驾船者三百五十人，名曰"船勇"。中惟补陀洋与英夷一接仗，后皆散驻银杏埠、三江口、平湖、乍浦、岱山、大嵩山等处，借防堵之名，居悠闲之地，而所费口粮为最巨云。

◎ 题解

《咄咄吟》为一百二十首七绝组成的大型组诗。所记为清道光二十一年辛丑（1841）十月奕经奉命东征，至道光二十二年壬寅（1842）末奕经因兵败被"拿问进京"。这段时期，作者在奕经军中任职，他以亲自见闻的怪事，写成组诗，每首诗后，又附一小文，因事赋诗，就诗作注，诗与事互证，使《咄咄吟》兼具文学意义与史料价值。咄咄：语出《世说新语·黜免》："殷中书（浩）被废，在信安，终日恒书空作字。扬州吏民寻义逐之，窃视，唯作'咄咄怪事'四字而已。"诗题即取义于此。全诗重点对清军官兵的昏庸懦怯的可笑可愤情状，给以大胆的揭露和辛辣的讽刺，反映了鸦片战争期间清王朝的没落、腐朽，同时，也颂扬了一些爱国官兵和人民群众的反侵略精神。叙事状物，形象生动，语言精炼自然，时能融方言俗语、民谣民谚以至新词语入诗。在诗歌体式上，继承宋人刘子翚《汴京纪事》、汪元量《湖州歌》《越州歌》等记载国事的大型组诗，并有新的创造和发展。这里选三首。

◎ 注释

[1]"瘾到"句：奕经的门生、东征之役中任前营总理的张应云，在炮声四起、战火纷飞之时，鸦片烟瘾发作，竟如和尚禅定一般无动于衷。材官，武官。
[2]"当前"句：即使泰山在前面倒塌，也不惊动。人们常以"泰山崩于前而色不变"形容

人的定力修行之深,此指张应云烟瘾之大,除抽烟而外,一切不管。
[3]铅丸:枪弹。此句言敌军炮火猛烈。
[4]尸卧:像死尸般躺着。穹庐:本指北方游牧民族所居的毡房。此指军中营帐。灯:指鸦片烟灯。
[5]天魔群舞:元顺帝时,宫中有舞名"天魔舞"。以宫女十六人,头戴象牙佛冠,身穿缨络大红销金长短裙,赞佛而舞。此借指宋国经军。
[6]"儿戏"句:语出《史记·绛侯周勃世家》:"曩者霸上、棘门军(指刘礼驻军),若儿戏耳。"此以刘礼驻军喻宋国经军。儿戏,谓处事轻率玩忽。棘门,秦时宫门名,在今陕西咸阳市东北。
[7]"漫说"二句:用宋将狄青事。据朱熹《五朝名臣言行录》载:狄青与西夏赵元昊战,曾披发带铜面具,敌兵大骇,"惊为天人"。后又与壮族侬智高作战,以皇祐四年上元夜三更,突袭敌兵,破昆仑关。昆仑,昆仑关,在今广西南宁市东北一百二十里昆仑山上。这两句意谓今昔时代不同,想用狄青的办法吓退船坚炮利的外国侵略者是行不通的。
[8]余皇:同"艅艎",古代舟名。此指水军。习流:熟习水性。
[9]偏伍:春秋战国时列国作战时的军队编制单位。二十五乘为偏,步卒五人为伍。
[10]舵楼:有楼的大船。

花　下

王尚辰

记得寻芳二月时,辛夷开尽柳如丝[1]。
而今事事居人后,花木逢春也觉迟。

◎ 题解

这首诗作者描写自己徘徊于花下的沉思。

◎ 注释

[1]辛夷:香木名,即玉兰。

野兴（六首选一）

江　湜

日光入水写溪苔[1]，遂有鲦鱼弄影来[2]。
疑此空明堪掬取[3]，一鱼一影各惊回。

◎ 题解

　　这组诗共六首，这里选的是第五首。写日光入水，鲦鱼弄影，富有生趣。全诗没有写水，但处处显出水的澄澈。如读柳宗元《至小丘西小石潭记》："潭中鱼可百许头，皆若空游无所依。日光下澈，影布石上，怡然不动；俶尔远逝，往来翕忽，似与游者相乐。"一韵一散，各得其妙。

◎ 注释

[1]写：倾泻。
[2]鲦（tiáo）鱼：黑色的鱼。
[3]空明：通明透彻。堪：能够。掬：探取。

舟中二绝

江　湜

浮生已是一孤舟，更被孤舟载出游[1]。
却羡舟人挟妻子[2]，家于舟上去无愁。

我向西行风向东，心随风去到家中。
凭风莫撼庭前树[3]，恐被家人知阻风[4]。

◎ 题解

　　这两首诗为诗人舟行所感。第一首由舟生发,把孤舟比喻浮生奔波旅途。又与舟人作对比,抒写自己的离愁别绪。第二首由风兴感,写出思家之情。语言明白如话。

◎ 注释

[1]更:又。
[2]却:还。挟妻子:带着妻子、儿女。
[3]凭:依靠。莫撼:不要摇动。
[4]阻风:被风阻拦不能行舟。

雨　中

江　湜

山城日日感秋深,更着秋霖恼客心[1]。
恐有家书来岭外[2],将教湿却又教沉[3]。

◎ 题解

　　这首诗描绘了诗人客居他乡,思家心切之情。全诗层层递进,因秋而感,因秋霖而思家,最后把希望都寄托在家书上,却又担心因雨而家书发生意外。真所谓以曲达之笔,状难写之情。

◎ 注释

[1]"更着"句:谓加上秋雨使客居他乡人的心情更添烦恼。霖,久下不停的雨。
[2]岭外:时作者作客福建,故言岭外。
[3]教:使。湿却:弄湿。沉:没入水中。

故　府

张之洞

秋梧故府剩荒烟，豪士消沉赋一篇[1]。
荆棘满城怜不了，厉人无暇替王怜。[2]

张之洞
(1837—1909)　字孝达，号香涛，一号壶公，又称广雅，直隶南皮（今河北）人。清同治二年癸亥（1863）进士，官湖广总督、两江总督、体仁阁大学士、军机大臣。致力于洋务运动。其论诗主张融"宋意入唐格"。自为诗宏肆典雅，不尚高古奇崛，也不落平易肤浅之习。与当时湖湘、江西派的首领王闿运、陈三立相抗衡，而别开一宗。谭献、樊增祥等皆其弟子。陈衍《石遗室诗话》："相国生平文字以奏议及古今体诗为第一，古体诗才力雄富，今体诗士马精妍，以发挥其名论特识。在南北宋诸大老中，兼有安阳（韩维）、庐陵（欧阳修）、眉山（苏轼）、半山（王安石）、简斋（陈与义）、止斋（陈傅良）、石湖（范成大）之胜。"林庚白曰："同、光诗人什九无真感，惟二张为能自道其艰苦与怀抱。二张者，之洞与謇也。……之洞于各体诗并工绝，其五七言古体诗，直可与荆公（王安石）抗手，无能高下。"有《广雅堂诗集》。

◎ 题解

　　这首诗为张之洞于清光绪三十年甲辰（1904）入京经过旧端郡王载漪府第，感庚子前后事而作。载漪阿附慈禧太后，光绪二十五年己亥（1899）十二月，其子溥儁被封为皇子，太后作为废黜光绪帝的准备。由此导致义和团入京。次年庚子（1900），八国联军进犯，清军战败。各国与清廷议和，目载漪为首祸，张之洞建议朝廷治罪。因此载漪夺爵戍新疆，溥儁被斥废。作者在诗中曲折地表达了申斥端郡王父子的微旨。

◎ 注释

[1]"豪士"句：《晋书·陆机传》："齐王冏既矜功自伐，受爵不让，机恶之，作《豪士赋》以刺焉。"豪士，原指齐王。《豪士赋》谓豪士居高位，为山自陨，祸至无及，名编凶顽，身遭荼毒。这里借指端郡王载漪。这句谓端王父子遭到贬斥。

[2]"荆棘"二句：谓八国联军入侵北京后，颓垣断瓦，一片破败景象；受尽创伤的人民为眼前的景象哀悼也来不及，哪里还有空闲时间去哀怜载漪父子呢！《晋书·索靖传》："靖有先识远量，知天下将乱，指洛阳宫门铜驼叹曰：会见汝在荆棘中耳！""厉人"句，厉（lài），通"癞"，恶疾名。怜，怜悯。《韩非子·奸劫弑臣》："谚曰：'厉怜王'，此不恭之言也，虽然，古无虚谚，不可不察也。此为劫杀死亡之主言也。厉虽臃肿疱疡，上比于春秋，未至于绞颈射股也；下比于近世，未至于饿死擢筋也。故劫杀死亡之君，此心之忧惧、形之苦痛也，必甚于厉矣。由此观之，虽厉怜王可也。"说患癞病者犹怜不幸之王。诗中之"王"，指端郡王。

题画（二首选一）

陈　豪

故山多少好烟霞[1]，自挈琴书且住家[2]。
老木修篁人迹远，删除凡艳不栽花。[3]

陈 豪
(1839—1910)

字蓝洲,号迈庵,晚号止庵,浙江仁和(今杭州)人。清同治九年庚午(1870)优贡生,官湖北汉川县知县。有《冬暄草堂诗文集》。陈豪喜读陶渊明诗,其五言古诗有冲和淡雅之音,近体则学陆游。工书善画,诗中常充满画意。

◎ 题解

所选此首原列第一。根据诗的内容,可知这是一幅写杭州山水的图画。作者在这画和诗中,寄托了自己高远的情趣。潘鸿说他"题画绝句含情绵邈,言短意长,尤非胸无尘滓者不能有其境地"(《冬暄草堂诗文集跋》)。读这首诗就有这样的感受。

◎ 注释

[1] 故山:故乡之山。此指杭州之山。
[2] 挈:带。
[3] "老木"二句:极意向往老树修竹的出尘境界,为了不许俗艳与木竹并比,所以连花也不愿栽种。篁,竹。

八月二十一日之夜,仆卧已久,苹湘忽出寄拂青三绝句相质,效拂青体也,既复强仆效之。时窗外雨声淙淙,苦不得寐,亦成三首。来朝放晴,仆又将强漱泉也(选一)

冯 煦

玉簟秋回梦欲阑[1],相思迢递碧云端[2]。
淮南一夜潇潇雨[3],莫倚空帘弄晓寒。

冯 煦
（1842—1927）

字梦华，号蒿庵，江苏金坛人。清光绪十二年丙戌（1886）进士，官至安徽巡抚。入民国，曾督办江淮赈务，受江苏省长聘纂《江南通志》。有《蒿庵类稿》三十二卷、《续稿》三卷。冯煦工诗词骈文，有"江南才子"之称，词最负盛名。诗长于绝句，清新隽永，风神秀逸，情韵俱佳，是王士禛绝句的嗣响。

◎ 题解

此诗三首中列第一首。苹湘：曾行淦，字苹湘，四川长宁人。擅诗词。拂青：姓刘，与冯煦青少年时即为好友。潄泉：成肇麟，字潄泉，江苏宝应人，同治十二年癸酉（1873）举人。

◎ 注释

[1] 玉簟（diàn）：竹席的美称。阑：尽，结束。
[2] 迢递：高远貌。
[3] 潇潇：雨声。

瓜　步

冯　煦

瓜步荒烟上远墟[1]，金焦南望赋归欤[2]。
乱鸦正掠斜帆过，寒柳黄于二月初[3]。

◎ 题解

瓜步镇，在江苏六合区东南，南临长江。水际谓之"步"，相传吴人卖瓜于江畔，故名。西有瓜步山，亦名桃叶山。此诗意境淡远，含蓄蕴藉，恰似一幅山水画。

◎ 注释

[1] 墟：墟市。
[2] 金焦：金山、焦山。金山在江苏镇江市西北七里，焦山在江中与金山对峙，相距十里许。赋归欤：《论语·公冶长》："子在陈曰：'归与，归与。'"后因以"赋归"或"赋归欤"为告归的代称。
[3] "寒柳"句：句法本于杜牧《山行》："霜叶红于二月花"句。

送研孙归湘中（二首）

冯　煦

阴阴霁色赴遥岚[1]，携手荒城思不堪[2]。
为语离人莫回首，乱鸦残照是江南。

横笛吹寒断雁秋，旧时云物此淹留[3]。
黄陵暮雨孤帆远[4]，楚竹湘烟一望愁[5]。

◎ 题解

　　研孙，何维栋字。何为湖南道州人，清光绪九年癸未（1883）进士，历官刑部主事。友人远去，在旧游之地作别，秋光萧瑟，更添伤感，更增惆怅。

◎ 注释

[1] 霁色：阴雨初晴时的景色。岚：山上的烟气。
[2] 不堪：不能忍受。
[3] 云物：风景，景物。淹留：停留。

[4]黄陵:在湖南湘阴县北,洞庭湖畔。
[5]楚竹:楚地之竹。湖南为古楚国地。湘烟:湘水间的烟霭。末二句写研孙去处,点题。

西轩睡起偶成绝句

袁 昶

无心危坐学黄庭[1],门外烟墙接远汀[2]。
睡起西园春已去,却看飞絮度风棂[3]。

◎ 题解

　　这首诗是袁昶于清光绪十一年乙酉(1885)在北京寓所作。与其生涩奥衍的诗风迥然不同,此诗在描写暮春景色和作者刚刚睡醒时那种百无聊赖的情态时,显得非常清新,非常自然。读这样的诗篇,决没有张之洞评价袁昶诗"江西魔派不堪吟"的感受。

◎ 注释

[1]黄庭:《黄庭经》。道教经名。全称《太上黄庭内景经》《太上黄庭外景经》。内容是以七言歌诀,讲道家养生修炼的道理。
[2]墙:桅杆。
[3]棂:窗格。

村居书事四首(选二)

叶大庄

东越分明两传垂[1],风流老辈是吾师[2]。
谁能有意翻闽派,不赝唐诗赝宋诗[3]。

田券山租讼县堂[4]，乡人俎豆愧难当[5]。
一弓怕占邻翁地[6]，不遣藤花覆过墙。

◉ 题解

　　这是叶大庄早年乡居时所作。写的都是他日常生活中的小事和他读书作诗过程中的心得。这里选的二首就是他论诗和记载民风乡情的诗篇。与他总的诗风相一致，叶大庄在这里也是用淡淡的笔法烘托出了浓浓的地方色彩。

◉ 注释

[1]"东越"句：东越：指福建。两传垂，指唐代福建两位成就最高的诗人的传文。一是欧阳詹，字行周，晋江人，举德宗贞元八年壬申（792）进士时，与韩愈等同榜，时称龙虎榜。著有《四门集》，李翱为撰传文。一是黄滔，字文江，莆田人，昭宗乾宁二年乙卯（895）进士，官至监察御史里行，充威武军节度推官。唐亡后不仕。有《泉山秀句集》及文集。其侄黄璞撰《闽川名士传》，中有滔传。

[2]"风流"句：杜甫《论诗六绝句》："风流儒雅亦吾师。"

[3]"谁能"二句：翻：翻前人之案。按，近代"同光体"中有"闽派"，是宋诗运动中的流派。这里所说"闽派"，是指以宗唐为主的旧"闽派"。旧"闽派"溯源于明初的林鸿。鸿为"闽中十才子"之冠，提倡唐诗，导明七子之先声。下至清代，福建黄任、张际亮等，都属于旧"闽派"。作者是学宋诗，但也反对赝体宋诗，故以为不必有意去翻旧"闽派"之案。赝，伪造、模仿。

[4]"田券"句：谓为山、田所有和租佃的契约去县衙诉讼。

[5]"俎豆"句：俎：豆，古代祭祀用的器具，引申为祭祀、崇奉之意。《庄子·庚桑楚》："今以畏垒之细民，而窃窃焉欲俎豆予于贤人之间……"此句意谓作为乡下老百姓去对簿公堂，实在有愧于心。

[6]一弓：弓为旧时丈量地亩的器具和计算单位。一弓合一点六米。

往游洪塘沿路即目三首（选二）

叶大庄

荔子深冬绿不凋[1]，酸风昨夜送吟舠[2]。
横江两塔如针小[3]，分压洪塘上下潮。

寒漪风定不生波[4]，一派笆篱带女萝[5]。
半是渔郎半花匠，此村怪得熟人多。

◎ 题解

　　这是叶大庄乡居时所作。洪塘，在闽侯县（今福州市）西北，临闽江为市。作者在冬天往游洪塘，一路所见的风情景物，都采之入诗，构成了绝妙的闽乡风俗图。特别是诗中写到的很多熟人，"半是渔郎半花匠"，反映了作者平时与劳动人民接近的态度。

◎ 注释

[1]"荔子"句：此首原列第一。荔子，即荔枝树，为常青植物。
[2]"酸风"句：酸风，冷风。李贺《金铜仙人辞汉歌》："东关酸风射眸子。"舠（diāo）：船。
[3]"横江"句：江，闽江。两塔：福州千佛陶塔，计一对，烧造于北宋元丰五年（1082），原立于福州南台岛龙瑞寺，东塔名"庄严劫千佛宝塔"，西塔名"贤劫千佛宝塔"，各计九层。南台岛在闽江中。这诗所咏即此。1927年，此塔已移至鼓山涌泉寺，则远在作者写此诗之后了。
[4]"寒漪"句：此首原列第三。漪：微波。
[5]女萝：地衣类植物，即松萝。

溪堂闲居六首（选一）

叶大庄

微波无力不生鳞，却似将春尚未春[1]。
只好入诗休入画，画来愁绝水边人[2]。

◎ 题解

　　溪堂，是叶大庄在水边的别墅。与前面选的叶大庄的几首诗一样，这首诗写的也是普通生活中随时可见的景象，不过是加入了作者的主观感情色彩，因此也就在简单的情趣中产生了比较深刻的理趣。

◎ 注释

[1]"却似"句：言仿佛是将到春天还未到春天。
[2]水边人：指作者自己。

桐江舟中漫成寄兰溪补堂明府

叶大庄

水远山平去路长，梦残拥被晓天凉。
平生听遍江南橹，第一关心是富阳[1]。

◎ 题解

　　桐江：浙江富春江在桐庐县境合桐溪为桐江。这是叶大庄途经桐江时在船上寄给朋友的一首诗。兰溪：浙江县名，旧属金华府。礼堂：生平不详，时官兰溪知县。明府：唐人称县令为明府，后世因之。

◎ 注释

[1]富阳：浙江县名，在富春江畔，以美丽的山光水色和春江第一楼等名胜著称。

沧趣楼杂诗（九首选一）

陈宝琛

建瓴千里走滩声。汇到双流濑顿平。[1]
入峡海潮还出峡[2]，和沙淘尽可怜生[3]。

◎ 题解

这组诗作于光绪二十九年癸卯（1903）。所选原列第二首。陈宝琛是当时朝廷中以敢于直谏而著称的"四清流"之一（详见作者生平和《游西山见宝竹坡题名因书其后》诗注）。光绪十年（1884）中法战争起，因与张佩纶上书论和战利害，而被贬官。"朝旨以公会办南洋，张公（佩纶）会办福建海疆事宜。比公至江宁，事权多不属所，疏请又不尽用。讲将成，丁林太夫人忧归，张公坐军败遣戍，公亦以所举人失当降五级调用，于是终德宗之世不复出。"（陈三立《陈文忠公墓志铭》）此诗即为降官家居时所作。全诗将景色的描绘和诗人对身世的感慨融为一体，抒发了郁结于胸的感慨，清苍老健，诗情浓郁。沧趣楼：陈宝琛隐居家乡福建闽县（今福州市）后的居室。陈衍《石遗室诗话》："吾乡诗人多在会城（省会）之西南乡，弢庵（宝琛）居螺洲，去城三十余里，南而稍偏西，筑沧趣楼，面隔江尚干乡之方山。"

◎ 注释

[1]"建瓴"二句：沧趣楼所在地闽县螺洲，处闽江和大漳溪汇流处。闽江及其上游建溪以多险滩而著称，至闽县汇合后，水流平缓，入东海。这二句即状写建溪多滩之险和至闽

县顿时平缓的情景，也寄托了为官时处境险恶和归隐后生活平静的感喟。建瓴，高屋建瓴的略语。语出《史记·高祖本纪》："(秦中)地势便利，其以下兵于诸侯，譬犹居高屋之上建瓴水也。"裴骃集解引如淳曰："瓴，盛水瓶也。居高屋之上而翻瓴水，言其向下之势易也。"此处建瓴，形容其势直下，水湍流急。濑，湍急之水。

[2]"入峡"句：暗寓自己入朝为官和降官出朝的身世。

[3]"和沙"句：苏轼《念奴娇·赤壁怀古》："浪淘尽千古风流人物。"此处化用此意，暗寄自己的一生就在这无所作为的退居生涯中默默度过的感慨。可怜生，生，语助词，唐人口语用于形容词之后，如"太瘦生"。可怜生，犹云可怜得，可怜着。此处用在"淘尽"之后，有可怜的人生之意。

吉隆车中口号

陈宝琛

荒榛野菁满空山[1]，瓯脱宁知不放闲[2]。
三十年前谁过此[3]，琼州莫再作台湾[4]。

◎ 题解

　　陈宝琛降官家居以后，曾游历南洋群岛。这首诗是光绪三十二年（1906）游历马来半岛吉隆坡时于车中所作。诗人由眼前所见的景象，想到了它的历史，并由此联想到沦陷于日本的台湾，联想到中国另一个宝岛海南岛，表达了对祖国每一寸土地的热爱，也抒发了对清廷在列强面前屈辱投降的愤慨。可谓情深意蕴。吉隆：今马来西亚首都吉隆坡，当时是英属马来联邦首府。在马来半岛西部巴生河畔。口号：意为随口吟诗。

◎ 注释

[1]荒榛（zhēn）野菁（jīng）：野生的树丛和竹林。《广雅·释木》："木丛生曰榛。"

[2]"瓯脱"句：哪里知道像这样的"瓯脱"之地也不得安闲呢！言外之意是这里也经历了

世事的沧桑，遭到了列强的入侵。瓯脱，汉时匈奴语，意为边境屯戍或守望之土室。《史记·匈奴列传》："（东胡）与匈奴间，中有弃地，莫居，千余里，各据其边为瓯脱。"此处指异域弃地。宁知，岂知。放闲，悠闲、安闲。

[3]"三十"句：据黄遵宪《己亥杂诗》自注："同治年。有叶来在吉隆，与土酋斗争，得其地。卒以无力割据，归之英人。"又据理查德·温斯泰德《马来亚史》："吉隆坡的开辟者叶阿来用招募中国矿工的办法，协助雪兰的经济复兴。"译者注："叶阿来（Yap Ah Loy），即叶来，曾开辟现为马来西亚首都的吉隆坡，并自1868年（同治七年）起至1885年（光绪十一年）止任该地的中国甲必丹。"按，黄氏注中的叶来，嘉应（今广东梅县）人。注中所云，指清嘉庆末年事，时叶来营锡矿于新加坡，柔佛王下令逐华人，叶来率族万余人，血战八年，卒定柔佛全境，又助槟榔屿华侨，平定其地。其后英国势力日盛，叶来无力割据，以领土主权归英国，仅纳税而保持其土地所有权。而非同治间事。联系后一首诗叶来任甲必丹之事与黄诗所记时间，两个叶来疑指一人。三十年前，指同治年间。三十，是约数。

[4]"琼州"句：琼州，海南岛。诗人由吉隆的为英国所占，联想到光绪二十年（1894）中日甲午战争失败后割让台湾给日本，发出了不要让海南岛成为第二个台湾的呼吁。

馆故甲必丹叶来宅，叶盖土人拥以平乱者，既因惠、潮客民不协，质成于英人，遂隶英。时有演说革命者，援此晓之

陈宝琛

螳雀相乘鹬蚌持[1]，开门延敌悟来迟[2]。
扶馀尚乏虬髯主，枉眙中原劫后棋。[3]

◎ 题解

　　这首诗与上一首作于同时。正如诗题所述，此诗意在援引叶来的先例，告诫当时在南洋各地宣传民主主义革命的人士，不要鹬蚌相争，开门延敌，招致帝国主义入侵中国。一方面反映了诗人对当时革命的性质和力量认识不足，一方面也表现了诗人对帝国主义者乘机入侵中

国的忧虑。诗涉议论,但写得具体形象,意蕴深刻,用典也十分精切。甲必丹:《清朝文献通考》:"初,噶喇巴为荷兰人所占,委夷目镇守更代,皆听荷兰之命。汉人居之者以数万计,生长其地曰'土生仔',司汉人贸易者曰'甲必丹'。"叶来:见《吉隆车中口号》注[3]。惠、潮客民:广东惠州、潮州移居马来半岛的华侨。据黄遵宪《己亥杂诗》自注,自明代郑和下西洋,沟通南洋群岛以后,"趋南洋谋生者,凡岁以万计,多业采锡,遇窖藏则暴富。近则荷兰之日里,英吉利之北蜡、槟榔屿,法兰西之西贡,皆有积资至百数十万者。总计南洋华商,客人居十之三。"客人,汉末至西晋永嘉年间,中原战乱频繁,居民南徙,北宋末又有大批南移,定居粤、湘、赣、闽等省交界地区,尤以粤为多,当地居民称他们为客家,又称客人、客民。质成:求人评判是非。隶英:隶属于英国。演说革命者:指当时在南洋群岛宣传资产阶级民主革命的同盟会的人。援:援引。晓:晓示。

◎ 注释

[1] "螳雀"句:刘向《说苑》:"园中有树,其上有蝉,蝉高居悲鸣饮露,不知螳螂在其后也;螳螂委身曲附欲取蝉,而不知黄雀在其旁也。"又《战国策·燕策》:"蚌方出曝,而鹬啄其肉,蚌合而箝其喙。鹬曰:今日不雨,明日不雨,即有死蚌。蚌亦谓鹬曰:今日不出,明日不出,即有死鹬。两者不肯相舍,渔者得而并禽之。"此处合用二典,比喻革命党人从事推翻清朝的革命活动,将使帝国主义者乘机而入,从中渔利。相乘,相互利用机会。鹬(yù),水鸟名。

[2] 开门延敌:敞开国门,招致敌国入侵。贾谊《过秦论》:"秦人开关延敌,九国之士逡巡遁逃而不敢进。"延,引进。

[3] "扶馀"二句:杜光庭《虬髯客传》:"贞观……东南蛮入奏曰:有海船千艘,甲兵数十万入扶馀国,杀其王自立,国已定矣。(李)靖知虬髯成功也。"此处借用唐代传奇虬髯客的故事,意谓革命党人中还没有像虬髯客一样能充当一国之君的领袖,要想收拾历遭劫难的国家,取得革命胜利,恐怕只能是空想而已。扶馀,古国名,位于松花江流域。《虬髯客传》中借用作东海中的岛国。劫后棋,比喻屡遭劫难的中国政局。

仿元遗山论诗绝句五十首（选四）

杨深秀

魂如厉鬼髯如神[1]，闻笛高吟虏马屯[2]。
万古睢阳城下路[3]，阵云边月不成春[4]。张巡[5]

诗中有画调无弦[6]，学佛真宜住辋川[7]。
解识维摩祖师语[8]，渔洋殊得指头禅[9]。王维

浟浟河流入断山[10]，山河两戒此回环[11]。
朗吟鹳鹊楼头句，逸气飘飘天地间。畅当[12]

谁妄言之谁妄听，故将韦柳两相形。[13]
渔洋不识唐灵运，真赏终输野史亭。[14] 柳宗元

杨深秀（1849—1898）

字漪村（一作仪村），本名毓秀，山西人。光绪十五年（1889）进士，累官监察御史。好义理之学，以气节自励。屡疏言事，多切时务。德宗推行新政，深秀多所赞助。尝言："时势危迫，不革旧无以图新，不变法无以图存。"及慈禧太后垂帘"训政"，与谭嗣同等被戮，为"戊戌六君子"之一。深秀工诗，有《雪虚声堂诗钞》三卷。陈衍《石遗室诗话》以为六君子诗"似以漪春为最，漪春根柢盘深，笔力荡决，而发音又皆诗人之诗。"其实刘光弟、林旭俱胜之。

◎ 题解

　　元好问（1190—1257），字裕之，遗山是其号，太原秀容（今山西忻县）人。金宣宗兴定元年（1217）进士，官至行尚书省左司员外郎。金亡不仕，诗和文都很有名。他的诗论主要见于《论诗三十首》，他是杜甫《戏为六绝句》之后，比较系统地运用绝句形式来表达诗歌理论的重要诗人。王士禛《戏仿元遗山论诗绝句》、袁枚《仿元遗山论诗》等后人所作论诗绝句，达万首之多，可以看出元遗山《论诗三十首》影响之深远。

◎ 注释

[1] 厉鬼：恶鬼。《左传·昭公七年》：郑子产聘于晋，韩宣子曰：寡君寝疾于今三月矣。今梦黄熊入于寝门，其何厉鬼也？

[2] "闻笛"句：闻笛：是张巡一首五律诗的题目，全诗是："岧峣试一临，虏骑附城阴。不辨风尘色，安知天地心。门开边月近，战苦阵云深。旦夕更楼上，遥闻横笛音。"

[3] 睢阳：地名，故城在今河南商丘市南。

[4] 阵云边月：张巡《闻笛》诗中用语。

[5] 张巡：博通群书，晓战阵法。唐开元中擢进士第，出为清河令。天宝中安禄山反，巡起兵讨之，每战辄克。后至睢阳，与太守许远合。贼将尹子琦合众十万攻城，巡厉士卒固守数月，救兵不至，食尽，巡杀爱妾以飨士卒，至罗雀鼠煮铠弩以食。最后城陷被执遇害。赠扬州大都督。

[6] "诗中"句：诗中有画，苏轼《东坡题跋·书摩诘蓝田烟雨图》："味摩诘之诗，诗中有画；观摩诘之画，画中有诗。"

[7] 学佛：王维喜佛学，与禅宗僧侣来往，曾为六祖慧能撰碑。辋川：水名。又名辋谷水。在陕西蓝田县南。山峦掩映，风景幽美。王维晚年在蓝田辋口得宋之问蓝田别墅，改筑别业，水环舍下，风景奇胜，与友裴迪浮舟往来其间。

[8] 维摩：指王维，字摩诘，是以《维摩诘所说经》中的维摩居士自比。祖师：禅宗称开宗的和尚为祖师。

[9] 渔洋：王士禛（1634—1711），字子真，一字贻上，号阮亭，又号渔洋山人。清顺治进士，官至刑部尚书。论诗承王、孟、韦、柳一脉，倡"不着一字，尽得风流"之神韵说。指头禅：禅宗用语，喻万法归一。俱胝和尚向天龙和尚询问佛教教义时，天龙竖一手指，俱胝立即大悟。此后凡有人向俱胝请教，他也尝竖一指，临死前谓众人曰：吾得天龙一指头禅，一生用不尽。见《景德传灯录·俱胝和尚》。

[10] 河流入断山：畅当《登鹳雀楼》中语。其诗云："迥临飞鸟上，高出世尘间。天势围平野，河流入断山。"

[11] 山河两戒：《新唐书·天文志》："一行（僧名）以为天下山河之象，存乎两戒。"按：北戒相当于今青海、陕北、山西、河北、辽宁一线，南戒相当于四川、陕南、河南、湖北、湖南、江西、福建一线。
[12] 畅当：唐代诗人。擢进士第。贞元初为太常博士。官果州刺史。沈德潜评其《登鹳雀楼》二十字，"不减王之涣作"。
[13] "谁妄"二句：王士禛《题〈聊斋志异〉》诗："姑妄言之姑听之。"又《戏仿元遗山论诗绝句》第七首云："风怀澄澹推韦柳，佳处多从五字求。解识无声弦指妙，柳州那得比苏州。"韦柳，韦应物、柳宗元。柳宗元曾做过柳州刺史，故称为"柳柳州"；韦应物曾做过苏州刺史，故称"韦苏州"。这里王氏把韦、柳比较，扬韦抑柳。作者不同意其观点，故言"谁妄言之谁妄听"。
[14] "渔洋"二句：王士禛认为"柳州那得比苏州"，而作者针锋相对，认为"真赏终输野史亭"，理由是王士禛不识柳柳州是"唐灵运"。唐灵运，作者案曰："元遗山诗自注云，'柳柳州唐之谢灵运。'"真赏，真正的赏音、行家。野史亭，元好问所筑书亭名。

为黄仲弢编修_{绍箕}题《龙女图》

张　謇

浪费真皇一丈文[1]，诸天雷雨事纷纷[2]。
人间何限痴龙睡[3]，未觉云中别有君[4]。
尺简音书渺洞庭[5]，不曾珍髻怨芳馨[6]。
金堂玉室群仙事[7]，自辔天龙睇八溟[8]。

◎ 题解

　　这是一首题画诗。黄仲弢（1854—1907）名绍箕。浙江瑞安人。光绪六年庚辰（1880）进士，官侍讲。博学工文章，善鉴别书画，尤爱好才士。康有为未遇时，绍箕力为延誉，及戊戌政变作，绍箕闻信，奔告有为，遂脱于难。嗣后为荣禄所恶，告归，寻起为湖北提学使。卒于官。李慈铭《荀学斋日记》："光绪十一年乙酉正月十七日，黄仲弢来，以姚梅伯（燮）所画《龙女行水图》乞题。"又"二月初四日，《为黄仲弢题龙女行雨图》三绝句自注云：'道光庚子五月，为叶润臣（澧）作，题曰：天龙自在瑶台女。'"按：盛昱、王仁堪、王颂蔚、沈曾植、袁昶、康有为、樊增祥诸家先后有题诗。龙女行雨，本为佛家故事，《大宝积经》："尔时彼诸龙女，复更雨于种种天花，种种天香，与水俱下。"此诗所咏，则本于小说家言。

◉ 注释

[1] 真皇：道教言主宰天的玉皇大帝。

[2] 诸天：见五言律诗俞明震《春寒登楼写意》注[5]。

[3] 痴龙：神话传说，洛中有洞穴，有人误坠穴中，见有大羊，后出以问张华，华曰："此痴龙也。"见《法苑珠林》引《幽明录》。

[4] 云中君：《楚辞·九歌》有《云中君》。朱熹《楚辞集注》："谓云神也。"

[5] "尺简"句：小说《柳毅传》载洞庭龙女遭夫家虐待，柳毅为其捎带书信至洞庭龙王处，助其脱离苦难，遂相爱慕，几经波折，终成夫妻。尺简，古代竹简长一尺二寸，或加倍，一说长二尺，短者半之，故称尺简。此指书信。

[6] "不曾"句：珍髢（dì）：《汉书·扬雄传》："资娵娃之珍髢兮，鬻九戎而索赖。"《注》："娵娃皆美女也；赖，利也。言屈原以高行仕楚，亦犹资美女之髢，卖于九戎而求其利，必不得也。"髢，假发。珍髢，指代龙女。芳馨：《楚辞·九歌·山鬼》："折芳馨兮遗所思。"这句指龙女盼望柳毅音讯，事详《柳毅传》。

[7] "金堂"句：《晋书·许迈传》："自山阴南至临安，多有金堂玉室，仙人芝草。"

[8] "自辔"句：辔（pèi）：马缰。引申为驾御，骑行。睇（dì）：斜视，流盼。溟：海。八溟：八方之海。杜甫《客居》："安得覆八溟，为君洗乾坤。"

湖上草堂杂诗四首（选二）

程颂万

湖上草堂天四垂，红栏白塔断桥西[1]。
销魂画出扬州郭，小小金山短短堤[2]。

月观风亭一倍新[3]，六龙回忆翠华春[4]。
隋家堤畔无情水[5]，流过红桥不见人[6]。

◎ 题解

　　湖上草堂在扬州瘦西湖。瘦西湖在扬州市西郊，与杭州西湖相比，另有一种清瘦秀丽的特点，故称"瘦西湖"。在最阔的湖面上，五亭桥及白塔突出水面，成为瘦西湖的特征。湖中最大一岛名小金山，是仿镇江金山而堆成。第一首诗描绘的正是这样一幅天然图画。红桥是瘦西湖最著称的名胜，横跨瘦西湖上，是西园曲水通向长堤春柳的大桥，初建于明末，原是木桥，因桥上的红色栏杆而称红桥。后改为石拱桥，像一道彩虹，遂称大虹桥。清代诗人为此作诗作赋的很多。第二首由眼前的空寞，追忆历史上的繁盛。全诗共四首，此选前二首。

◎ 注释

[1] 白塔：莲性寺白塔，式样与北京北海白塔相似，用砖砌成，为喇嘛塔的一种形式，因刷白色而得名，是瘦西湖著名景色之一。
[2] 金山：小金山，原名长春岭。四面环水，山和园林都在湖心的小岛上，是一组依山临水的园林建筑群，瘦西湖主要风景点之一。
[3] 月观风亭：在小金山山顶，可俯瞰湖景。
[4] "六龙"句：皇帝车驾的六匹马，称"六龙"。用翠羽饰于旗竿顶上的旗，为皇帝仪仗，称"翠华"。这一句说，曾经是隋炀帝游幸及清代康熙、乾隆二帝南巡之地，引起怀古之情。
[5] 隋家堤：即隋堤。隋炀帝乘龙船下扬州时所筑堤岸，遍植杨柳。今尚有"长堤春柳"一景。
[6] 红桥：即大虹桥，见《题解》。

苔

王毓菁

几日春阴闷小庭[1],踏莎人去雨冥冥[2]。
天涯芳草斜阳外,别是销魂一种青[3]。

◆ **王毓菁** 字贡南,福建闽县(今福州)人。光绪十四年戊子(1888)举人,官山东知县。

◎ 题解

　　古往今来,各色各样的鲜花为人欣赏、歌咏。但是,有谁注意到连阳光也很少照到的青苔呢?作者发现了它独特的美,并用诗歌把它表现出来,从中又寄托了诗人不随世俗俯仰的那种孤寂情怀。

◎ 注释

[1]闷(bì):闭门。
[2]莎(suō):草名。
[3]销魂:言为情所感,若魂魄离散。

拟古宫词(二十四首选一)

文廷式

藏珠通内忆当年[1],风露青冥忽上仙[2]。
重咏景阳宫井句,菱干月蚀吊婵娟[3]。

◎ 题解

　　这首诗是光绪二十六年庚子（1900）为悼念光绪帝宠妃珍妃而作。珍妃，满族他他拉长叙之女。光绪三年（1877），文廷式客广州将军他他拉长善幕，长叙之子志锐出嗣长善，廷式因而有机会结识志锐兄妹，其时珍妃才二岁。光绪十五年（1889）二月，珍妃被册封为珍嫔，后又进封为珍妃，为光绪帝所宠。因支持光绪帝推行变法，为慈禧太后和光绪皇后所忌恨。光绪二十六年七月，八国联军攻陷北京，慈禧和光绪帝、后逃奔西安，临行前，慈禧遣崔太监将珍妃推堕井中溺死。

◎ 注释

[1]"藏珠"句：语出李商隐《韩翃舍人即事》诗："鸟应悲蜀帝，蝉是怨齐王。通内藏珠府，应官解玉坊。"冯浩注："《庄子》：'藏珠于渊。'又取龙宫之义。徐氏（树谷）以内为大内之内。"内，王宫禁内；通内，谓进入宫禁。此句用此典，谓珍妃膺选入官后先后册封为嫔、妃。

[2]"风露"句：语出王安石《团扇》诗："玉斧修成宝月团，月边仍有女乘鸾。青冥风露非人世，鬓乱钗横特地寒。"此处借用青冥风露的高寒清冷景象，为珍妃的惨遭横祸烘染了气氛，也暗寓宫廷中政治斗争的残酷。青冥，天空。忽上仙，指突然死去。

[3]"重咏"二句：景阳宫井句，指李商隐《景阳宫井双桐》诗："秋港菱花干，玉盘明月蚀。血渗两枯心，情多去未得。"景阳宫井，南朝陈景阳殿的宫井，又名胭脂井。祯明三年（589），隋兵南下过长江，攻占台城，陈后主闻兵至，与贵妃张丽华同投匿景阳井中。见《陈书·后主纪》《张贵妃传》。此处紧切珍妃被推堕井中史事，寄无限伤悼之情。菱干，即菱花干枯，喻女子之死。菱花，古代铜镜中，镜背刻有菱花的，称菱花镜。后因以泛称镜子。月蚀，亦喻女子之死。婵娟，美女。指珍妃。

于役书见

王允皙

几树萧条远见天，一溪寒冷自生烟。
惠崇小景无人买，挂在荒村不计年。[1]

王允晳
（1867—1929）

字又点，号碧栖，福建长乐人。光绪十一年乙酉（1885）举人，曾先后入奉天将军依克唐阿和北洋海军幕府，后官安徽婺源县知事。他与何振岱，同为当时闽中著名诗人，王氏尤以苦吟著称。陈衍曾称他"惟苦吟锻炼，或旬月而始脱稿"。诗风清逸曲折，读之如食橄榄，味有回甘，李宣龚为他的诗集作序，称他"目睹戊戌、庚子之变，孤愤溢怀抱，故其所著无一非由衷之言"；"其毕生悲欢愉戚，跌宕慷慨之志所蕴结，一寄之于诗"；"初喜贡父（刘攽）排奡，山谷（黄庭坚）奥密，积而久之，复肆力于东阿（曹植）、嘉州（岑参），故意境高远，不可一世，是真能以少许抵人千百者"。著有《碧栖诗》。

◎ 题解

这首诗是民国三年（1914）署理安徽省婺源县知事公出途中所作。在萧条清冷的景色描写中，寄托了人才被埋没、无人识拔的感慨。情深味永，体现了诗人苦吟的特色。于役：出差在外。语出《诗·王风·君子于役》："君子于役，不知其期。"

◎ 注释

[1]"惠崇"二句：惠崇：北宋诗僧，建阳（今属福建）人，能诗善画，尤以山水小景为胜，王安石、苏轼都为他的画题过诗。这二句以画喻景，谓像惠崇小景这样好画，却空挂在清冷地方，无人能领会欣赏，以致久远以来鲜为人知，既反衬了此处景色的凄清之美，又暗寓自己长期沉沦下位、不得施展才能的深沉感慨。不计年：不能以年代来计算，形容久远。

无题（二十六首选一）

夏曾佑

潞河曙色拥烟岚[1]，风露微侵宿酒酣。
一样晓风残月地，无端回首望江南。[2]

◎ 题解

夏曾佑《无题》诗没有统一的主题，大概不是一时一地的作品。其中不少篇以新名词写新思想，被梁启超称作新学之诗。所选此首原列第四，是写作者夜宿潞河早晨醒来的情景。雅淡清新的风格在夏曾佑诗中构成别调。

◎ 注释

[1]潞河：即白河，为北运河之上游。后即称北运河为潞河。
[2]"一样"二句：柳永《雨霖铃》词："今宵酒醒何处？杨柳岸、晓风残月。"王士禛《真州绝句》："残月晓风仙掌路，何人为吊柳屯田？"自注："柳耆卿墓在城西仙人掌。"这里合用柳词王诗，着眼在"回首望江南"，说北方潞河岸的晓风残月景色与江南一样美好。

秋溪即目（二首）

丘逢甲

绿减蕉阴夜有霜[1]，园柑林柿间丹黄[2]。
扁舟坐爱秋溪晚，七曲屏山半夕阳。

园林村舍接双堤，十里烟波一棹迷[3]。
昨日斜阳今细雨，菊花时节过秋溪。

◎ 题解

这是描写我国亚热带地区的村舍秋光。设色工丽,意境幽美。

◎ 注释

[1]"绿减"句:霜使蕉叶减了绿色。
[2]"园柑"句:园林中的柑桔和柿子,红黄相间。柑桔为黄色,柿子为红色。
[3]棹(zhào)。桨:此指代船。

山村即目(选二)

丘逢甲

一角西峰夕照中,断云东岭雨濛濛。
林枫欲老柿将熟,秋在万山深处红。

山田一雨稻初苏,村景宜添七月图[1]。
鸡犬惊喧官牒下[2],农忙时节隶催租[3]。

◎ 题解

第一首可谓一幅《秋山夕照图》。雨后的夕照,丹枫、红柿,一派明丽的秋光!而刚移往远处的濛濛雾雨,又使画图呈现出一种朦胧的、含蓄的美。如此宜人、和谐的美景中,悲剧却正在悄悄地开始上演——下一首为《山村催租图》。久旱而雨,水稻苏复,人们由忧变喜;不料差役前来催租,乍喜终忧。短短四句,写出了感情的曲折变化。

◎ 注释

[1]七月图:农家生活的图景。《诗·豳风·七月》描写西周时期农奴终年从事劳动和生活的情景。

[2]官牒(dié)：官府公文。
[3]隶：差役。

春日杂诗(四首选一)

丘逢甲

极目春城夕照中，落花飞絮木棉风[1]。
绝无衣被苍生用[2]，空负遮天作异红。

◎ 题解

诗从平淡的景物中生发出新意。透过对木棉不能做衣被给百姓御寒的感叹，可以看到诗人为国为民建功立业的宏大抱负。

◎ 注释

[1]木棉：落叶乔木。也称攀枝花、英雄树。先叶开花，大而红。结实长椭圆形，中有白棉。
[2]衣被：作动词用。苍生：百姓。

偶 题

姚永概

西风吹雨似轻埃[1]，零落残芳尚乱开[2]。
秋蝶向花无意兴，绕丛三匝却飞回[3]。

姚永概
（1866—1923）

字叔节，安徽桐城人。光绪十四年戊子（1888）举人。有《慎宜轩诗》。以文名，亦工诗。为诗取径北宋，意境老淡，枯而能腴。

◎ 题解

以几种秋天常见的景物，组成一幅秋天的画面，寥寥数笔，描绘出了萧瑟的秋光，隐隐表现出一种淡淡的凄凉。

◎ 注释

[1] 轻埃：轻尘。
[2] 芳：花。
[3] 匝：圈。

袁珏山所藏潘莲堂焦山图

曾习经

满眼江山涕泪成，廿年浮玉旧题名。
故山好在今难讯[1]，奈此江流日夜声[2]。

曾习经
（1867—1926）

字刚甫，号蛰庵，广东揭阳人。光绪十八年壬辰（1892）进士，授户部主事。有《蛰庵诗存》一卷。与梁鼎芬、罗惇曧、黄节齐名，张鲁恂曾合刊为《岭南四家诗》，李渔叔《鱼千里斋随笔》以为"其中最精警者，则刚父（甫）也"。陈衍《石遗室诗话》认为其"古诗托体晋宋，七言律参用唐、北宋法"。

◎ 题解

　　这是一首题画诗。题画诗要做得若即若离，脱得开，收得住，方为老手。"奈此江流日夜声"，由图中的江流联想到图外的江流声，灵脱而不板滞。袁珏山、潘莲堂：人名，未详。焦也：在江苏镇江东九里，孤峙大江中，与金山对峙，相距十里许。以后汉处士焦先隐居于此而得名。一名浮玉山，今岩石有题刻"浮玉山"字。山巅盘礴处曰焦山岭。岭上筑有炮台，与南岸之象山炮台，遥相策应，称曰天险，历来为江防要地。

◎ 注释

[1] 讯：讯问。
[2] 江流日夜：谢朓《暂使下都夜发新林至京邑赠西府同僚》："大江流日夜，客心悲未央。"

铁　塔

何振岱

云痕变灭一兴亡，铃语沉沉碥草荒[1]。
立马城阴高处望[2]，塔尖留得古斜阳。

◎ 题解

　　铁塔：即祐国寺塔。在河南开封市东北隅。建于北宋皇祐元年（1049）。平面呈八角形，十三层，高五十五米多。外壁镶以褐色琉璃砖，近似铁色，故名。历经战乱及地震、河患、狂风暴雨等自然灾害侵袭，仍巍然屹立。登塔眺望，古城尽收眼底。

◎ 注释

[1] 铃语：谓塔檐铃声。晋代僧人佛图澄善解铃音以占吉凶，事见《晋书·佛图澄传》。后因称檐铃声为铃语。苏轼《大风留金山两日》诗："塔上一铃独自语，明日颠风当断

渡。"沉沉：沉重的样子。碣草荒：石碑埋没于荒草之中。
[2]城阴：城的北面。

高昌庙独步看柳

何振岱

曳日摇风意不禁[1]，长堤徐步尽千林[2]。
年时莫怨芳华歇[3]，得庇行人且作阴[4]。

◎ 题解

　　高昌庙，在上海市南七里。清同治四年（1865）设制造局于此，居民因之成市。光绪间住持之女尼，又建庙于对面，称老高昌庙。

◎ 注释

[1]不禁：不由自主。
[2]徐步：慢慢徒步。
[3]歇：停止。
[4]庇：庇护，保护。

舟　夜

何振岱

寒逐江声上枕旁，起看残月在高樯[1]。
真疑短却前宵漏[2]，并作今宵一味长[3]。

◎ 题解

　　此诗写了诗人行役在外,夜宿扁舟,而不能入睡的切身感受,同时也流露出诗人盼望快快结束这漫漫长夜,早早升起那东方红日的急切心情。

◎ 注释

[1] 樯(qiáng):桅杆。
[2] 漏:古时计算时间的器物。《说文》:"漏,以铜受水,刻节,昼夜百刻。"
[3] 一味:单纯地,一个劲地、这里有"无限"之意。

香山雨香岩杂诗

罗惇曧

清晨自课踏清峦[1],小住能令腰脚顽[2]。
莫笑老夫忘世事,爱将朝局作云看[3]。

◎ 题解

　　香山,为北京西郊西山山岭之一。金、元、明、清历代帝王都在此营建离宫别院,为各朝皇家游幸驻跸之所。今为北京旅游胜地。雨香岩:香山景名。

◎ 注释

[1] 自课:自己规定每日定时的活动。
[2] 小住:短暂停留休息。顽:顽强、硬朗。
[3] 朝局:朝政局势。

癸卯除夕别上海，甲辰元旦宿青浦，越日过淀湖归于家（八首选一）

陈去病

梦去无端已到家[1]，醒时还自在天涯[2]。
风狂雨横江潮急，却送沉愁过岁华[3]。

◎ 题解

　　清光绪二十九年癸卯除夕（1903），陈去病乘船离开上海，第二天为甲辰元旦，宿于青浦；后一日经过淀山湖回到家乡吴江同里镇。一路上雨横风狂，想起明末清初在这一带从事抗清斗争的爱国志士以及自己的革命活动，写了这一组诗，激扬民族气节，抒发革命豪情。共八首，这里选了其中的第一首。

◎ 注释

[1] 无端：不料、不防，表示事出意外。杜甫《历历》诗："无端盗贼起，忽已岁时迁。"
[2] 天涯：天的边际，指极远的地方。
[3] 岁华：岁时，这里指元旦。孟浩然《除夜》诗："那堪正漂泊，来日岁华新。"

杞人忧

秋　瑾

幽燕烽火几时收[1]，闻道中洋战未休[2]，
漆室空怀忧国恨[3]，难将巾帼易兜鍪[4]。

◎ 题解

清光绪二十六年庚子（1900），八国联军入侵北京前后，秋瑾由北京回湖南故乡避难。她目击时局阽危，生民涂炭，于是写下了这首诗，抒发了深感自己身为女子，无拳无勇，不能稍纾国难的悲愤心情。杞人忧：《列子·天瑞》："杞国有人，忧天地崩坠，身亡所寄，废寝食者。"本来指不必要的忧虑，这里指自己无能为力。

◎ 注释

[1] 幽燕（yān）：指河北一带。古代为幽州、燕国之地。烽火：指战争、战乱。

[2] 闻道：听说。中洋：指中国和八国联军。

[3] "漆室"句：漆室：春秋鲁邑名。鲁穆公时，君老太子年少，国事甚危。有少女深以为忧，因倚柱而悲歌，感动旁人。见汉刘向《列女传·鲁漆室女》。这一句以漆室女自喻，满腔忧国的悲愤，而又无可奈何。

[4] 巾帼：妇女的头巾和发饰。兜鍪（dōu móu）：战士戴的头盔。《南齐书·周盘龙传》："世祖戏之曰：卿著貂蝉，何如兜鍪？盘龙曰：此貂蝉从兜鍪中出耳。"着兜鍪者为武将。这里恨自己是女子，不能上战场杀敌。

菊

秋　瑾

铁骨霜姿有傲衷，不逢彭泽志徒雄[1]。
夭桃枉自多含妒，争奈黄花耐晚风？[2]

◎ 题解

此诗作于清光绪三十年甲辰（1904），时秋瑾刚赴日本留学，接触了在日本的革命志士。这首诗作者以菊自喻，总结了自己的过去：尽管有傲霜铁骨，却没有遇到像陶渊明这样能理解自己的人。同时，通过对桃花和菊花的比较,表达了自己进一步追求高尚情操,并投身革命的理想。

◎ 注释

[1] 彭泽:指陶渊明,陶曾任彭泽县令。因陶渊明《饮酒》诗有"采菊东篱下,悠然见南山"句为人传诵,故云。
[2] "夭桃"二句:夭桃:桃花。《诗·周南·桃夭》:"桃之夭夭,灼灼其华。"夭,浓艳。争奈:怎奈。唐玄宗《题梅妃画真》诗:"霜绡虽似当时态,争奈娇波不顾人。"上句以春天的桃花比喻多妒的小人枉费心机,下句以黄花自比,谓多妒的桃花,对着经得起秋风摧折的岸然挺立的黄花,却又无可奈何。

对　酒

秋　瑾

不惜千金买宝刀,貂裘换酒也堪豪[1]。
一腔热血勤珍重[2],洒去犹能化碧涛。

◎ 题解

这首诗抒写作者轻视金钱,不贪图物质享受,一心为革命的豪情壮志。热血沸腾,飞洒出去足以冲溃反动势力,显示出为革命甘愿献身的信念和决心。对酒:即对着酒在写诗。诗人借以表现反抗和愤慨的思想感情。

◎ 注释

[1] 貂裘:貂皮的衣服。换酒:李白《将进酒》:"五花马,千金裘,呼儿将出换美酒,与尔同销万古愁。"堪豪:足以自豪。
[2] 勤珍重:多加珍惜和保重。

忆石湖旧游

陈衡恪

已去盟鸥不可呼[1]，此心如水冷菰蒲[2]。
扁舟无力回天地[3]，雨打风吹过石湖[4]。

◉ 题解

　　石湖，在江苏苏州市盘门西南十里。界吴县、吴江间。西南为太湖，北通横塘，东入胥门运河。相传为范蠡入五湖之口。诸峰映带，风景绝胜。宋范成大因越来溪故址，小筑台榭，孝宗书"石湖"二字赐之。成大因自号石湖。成大死后，不久即荒废。今已修复，游人不绝。

◉ 注释

[1] 盟鸥：与鸥鸟为盟友，喻退隐。陆游《雨夜怀唐安》："小阁帘栊频梦蝶，平湖烟水已盟鸥。"
[2] 菰蒲：生长在水边的两种草本植物。菰，俗称茭白；蒲即香蒲。
[3] "扁舟"句：李商隐《安定城楼》："永忆江湖归白发，欲回天地入扁舟。"这里反用其意。
[4] 雨打风吹：杜甫《三绝句》："不知醉里风吹尽，可忍醒时雨打稀。"辛弃疾《永遇乐·京口北固亭怀古》："风流总被雨打风吹去。"

虎丘晚眺

林鼗桢

群鸦穿塔戏斜阳[1]，列竹成阴界水光。
独立荒台人不识，山花和雪作天香。

林骰桢

字肖蛇，福建侯官（今福州）人。官江苏嘉定县知事。有《北征》《感秋》等集。陈衍《石遗室诗话》云："肖蛇少喜为诗，饶有才思。《感秋》一集，皆悼亡之作，尤见凄厉。"

◎ 题解

虎丘：即虎丘山。在江苏苏州市西北阊门外，一名海涌山。相传春秋时吴王阖闾葬于此，三日有虎踞其上，故名。泉石幽胜，上有塔，登眺则全城在目，为苏州之名胜。

◎ 注释

[1]塔：虎丘山上的云岩寺塔，始建于五代周显德六年（959），落成于北宋建隆二年（961），历经劫火，塔身倾斜。现已修整保护。

十三夜月

林骰桢

荒村谁抱夜珠来[1]，断井颓垣照一堆[2]。
能入世间千种意，始知明月是天才。

◎ 题解

十三夜月，农历十三夜晚的月亮。这首诗从一个侧面反映了旧中国农村荒芜破败的景象。

◎ 注释

[1]夜珠：月亮。宋之问《奉和晦日幸昆明池应制》："不愁明月尽，自有夜珠来。"
[2]断井颓垣：荒败破落貌。汤显祖《牡丹亭·皂罗袍》："原来是姹紫嫣红开遍，似这般

都付与断井颓垣。"按：诗家用《牡丹亭》语入诗，始于王士禛《秦淮杂诗》"十日雨丝风片里"句，"雨丝风片"也是《皂罗袍》这支曲子中句。这就是戏曲横向影响诗作的证明。

黄海舟中作

高 旭

久困樊笼得自由[1]，一朝长啸散千愁[2]。
惊涛万丈如山倒，始信男儿有壮游[3]。

◉ 题解

 这首诗是光绪三十年甲辰（1904）高旭赴日本留学、舟经黄海所作。高旭到日本后，就结识了孙中山先生，参加了同盟会。作为一个追求革命的热血青年，诗中表现了他向往自由的信念。

◉ 注释

[1] 樊笼：关鸟兽的笼子，比喻受束缚、不自由的境地。陶潜《归园田居》诗："久在樊笼里，复得返自然。"
[2] 长啸：悠长的啸声。
[3] 壮游：怀抱壮志而远游。杜甫有《壮游诗》。

读史二十首（选二）

王国维

西域纵横尽百城[1]，张陈远略逊甘英[2]。
千秋壮观君知否，黑海东头望大秦。[3]

北临洛水拜陵园[4]，奉表迁都大义存[5]。
纵使暮年终作贼[6]，江东那更有桓温[7]？

王国维
(1877—1927)

初名国桢，字静安，一字伯隅，号观堂，浙江海宁人。清诸生。早年留学日本，研习哲学、心理学、伦理学等。回国后迭任教职，并官编译名词馆协修等。入民国，以遗老自居。后任教清华研究院。所著《静庵文集》及《观堂集林》中均有诗。王国维作为"胜朝遗老"，政治上比较保守，但是，在学术上和文学上，往往开风气之先。其诗歌主张主要见其《人间词话》。尽管他认为中国诗歌最辉煌的时期在唐代，但他自己作诗，学唐诗也能兼学宋诗，其作品最著名者为《颐和园词》。确实，这首诗有许多独创和动人之处，但美化慈禧太后，且有遗老思想。这里所选的《读史》绝句则是他早期短篇的佼佼者。

◉ 题解

这组诗最早登载于1927年《学衡》第六十六期，并有附记云："按右诗二十首，分咏中国全史，议论新奇而正大，为静安先生壮岁所作。集中失收，且从未刊布。本刊辗转得之罗叔言（振玉）先生处。亟录之以示世人。编者识。"萧艾《王国维诗词笺校》推断这组诗作于光绪二十年以后、二十四年以前。王国维写此诗时，受达尔文进化论等影响，已接受了新的史学观。因此，《读史二十首》，议论奇辟，自是第一流人吐属。

◉ 注释

[1]"西域"句：此首原排第十二，乃咏东汉甘英事。甘英，永元中为班超掾，超遣之出使大秦，英穷临西海，未及大秦而返。凡前世所未至、《山海经》所未详者，莫不备知其风俗。西域，《汉书·西域传》："西域三十六国，西则限于葱岭。"后世凡葱岭以西，皆称西域。此句言甘英历游西域百城。百城为概数，言其多。

[2]"张陈"句：指西汉通西域的张骞、陈汤。张骞以中郎将使乌孙，分遣副使至大宛、康居、大夏，西北国始通于汉。陈汤官西域副校尉，发兵斩郅支单于。张、陈二人所开拓的西域，远不及甘英所到之远。远略，立功万里以外的方略。《左传·僖公九年》："齐侯务德而勤远略。"

[3]"千秋"二句：黑海：欧洲东南部和小亚细亚之间的内海。王国维将甘英所临西海推断为黑海。大秦，我国古称罗马帝国为大秦。尽管甘英未至大秦，不过隔海相望，但这在当时已是前所未有，故王国维称他是"千秋壮观"。赵万里《王静安先生年谱》："光绪二十四年戊戌，王国维就读东方学社，罗振玉偶于王之同窗扇头得读其《读史》绝句，有'千秋壮观君知否，黑海东头望大秦'之句，乃大异之。"

[4]"北临"句：此首原排第十四，乃咏东晋桓温事。桓温，字元子，谯国龙亢（今安徽怀远西）人。颇具雄才大略。官至大司马，封南郡公。首句咏桓温永和十二年（356）战败姚襄于伊水、收复洛阳事。洛水，河名。源出陕西洛南县，流经卢氏、洛宁、宜阳、洛阳，至偃师纳伊河后，称伊洛河，到巩县洛口入黄河。陵园，帝王的墓地。此指西晋的陵园，在洛阳。

[5]"奉表"句：《晋书·桓温传》："欲修复园陵，移都洛阳，表疏十余上，不许。"奉表，敬向皇帝上表疏。

[6]"纵使"句：此谓桓温晚年图谋不轨。《晋书·桓温传》："温志在篡夺，事未成而死。"

[7]"江东"句：江东，旧称芜湖以下的长江下游南岸地区。因东晋建都建康（今南京），故云。

雨花台

于右任

铁血旗翻扫虏尘[1]，神州如晦一时新[2]。
雨花台下添新泪，白骨青磷旧日党人。

于右任
（1879—1964）

名伯循，号骚心，以字行，陕西三原人。光绪二十九年癸卯（1903）举人。早年提倡新学。光绪三十二年赴日本，加入同盟会，先后创办《神州日报》《民呼日报》《民吁日报》《民立报》等，宣传革命。辛亥革命后，任南京临时政府交通部次长。袁氏复辟时，他入陕组织民军诗袁。他是国民党内著名诗人，南社成员。为诗主张"发扬时代精神，便利大众欣赏"，早期诗受"诗界革命"影响，反映了二十世纪初的时代风云，具有强烈的爱国精神。著有《右任诗存》《于右任诗词集》。

◎ 题解

这首诗作于清宣统三年（1911）冬辛亥革命以后，时诗人在南京。诗作表达了诗人对辛亥革命胜利，推翻清朝专制统治的喜悦，并对为革命而献身的战士表示了深切的哀悼。雨花台：在南京市中华门外，为平顶低丘。原名聚宝山。相传梁武帝时，云光法师在此讲经，天降宝花，故名。辛亥革命时攻克南京牺牲的战士多葬于此。攻克南京事，见陈三立《由沪还金陵散原别墅杂诗》题解。

◎ 注释

[1] 铁血旗：自注："起义后初用铁血旗。"扫虏尘：扫荡清军。虏，敌人。辛亥革命时，用以动员民众的口号是"驱除鞑虏，恢复中华"。

[2] 晦：昏暗。

题于鹤九画

于右任

中渭桥前大麦黄,将军作势取咸阳。[1]
吾家老鹤真潇洒[2],驻马河干画战场[3]。

◎ 题解

　　这首题画诗作于民国七年(1918),时诗人任陕西靖国军总司令。诗篇称誉了于鹤九,也表现了自己潇洒豪迈的感情。于鹤九:名鸣皋,陕西淳化县人。时任靖国军总部参议,善画。

◎ 注释

[1]"中渭"二句:写画中景物。中渭桥,唐代长安附近渭水上的桥,有三。中渭桥在今西安市北。秦都咸阳,渭南有兴乐宫,渭北有咸阳宫,因建此桥以通二宫。作势,做出势态。咸阳,今陕西咸阳市,在西安市西北。
[2]吾家老鹤:指于鹤九,因与诗人同姓,故云。
[3]河干:河岸。

从军行

宁调元

奏凯歌声四面环,战衣犹剩血斓斑[1]。
甲兵合挽银河洗[2],不许楼兰近玉关[3]。

宁调元
(1883—1913)

字仙霞，号太一，湖南醴陵人。早年参加同盟会，从事民主主义革命活动，创《洞庭波》杂志。辛亥革命后，奔走湘、鄂间，参黎元洪、谭延闿幕。民国元年（1912）春，上海成立民社，创《民声日报》，总理报务。因参加讨袁活动，在武昌被捕入狱，不久遇害。他是早期南社成员，诗大多作于狱中，风格接近龚自珍，多抒写慷慨悲愤之情。著有《太一遗书》。

◎ 题解

这首诗是诗人的早期作品，作年未详。诗人想象自己已经投身战斗，描绘了战斗胜利的情景，借以表达对革命胜利的向往和反帝爱国的深情。

◎ 注释

[1] 斓斑：色彩错杂。此处形容战衣上血迹斑斑，鲜明可见。
[2] "甲兵"句：杜甫《洗兵马》诗："安得壮士挽天河，净洗甲兵长不用。"此处化用杜甫诗意，写想象中胜利后的情景，谓今后该用银河水洗净兵器，收藏起来，无须担心发生战事了。合，应当。甲兵，盔甲和兵器。挽，引。
[3] 楼兰：见周实《岁除前一日作》注[6]。此处泛指外国侵略者。玉关：玉门关。在今甘肃省西部。此处泛指边境。

西泠杂咏八首（选四）

庞树柏

一角湖山劫外支[1]，重来杨柳尚如丝。
鹃啼鹤去年年恨[2]，还咏尚书杂感诗[3]。

香钿暖翠未飘零[4]，花路争传玉辇经[5]。
旧日雄风在何许[6]，夕阳红上御碑亭[7]。

塔影亭亭似美人[8]，谁怜无语傍东邻[9]。
我来别有樊川感，绿叶成阴又一春。[10]

鉴湖灵气在人间[11]，一棹西泠载恨还。
风雨秋家亭子下，落花哭罢哭江山[12]。

◎ 题解

这组诗作于民国三年（1914），袁世凯称帝前夕。袁氏已窃得大总统职位，又在筹备称帝，民国政权面临夭折的危险。组诗借咏西泠景物和古迹，寄托了深沉的国事之慨。所选原列第一、二、三、七首。西泠：桥名，在杭州西湖孤山西侧。

◎ 注释

[1]"一角"句：此首作者自注："钱蒙叟《西湖杂感》诗有'孤山鹤去花如雪，葛岭鹃啼月似霜'句。"按，钱蒙叟，清初诗人钱谦益，自号蒙叟，江苏常熟人。《西湖杂感》七律二十首作于清顺治七年（1650）五月，描绘在清军占领杭州后的景象，抒发对清统治者的憎恨和对亡明的悲悼之情。庞氏此诗，即有感于此而作，借以抒发对袁氏勾结日本帝国主义的卖国行为的愤慨。一角湖山，语出《珊瑚网》："世评马远画多残山剩水，不过南渡偏安风景耳。又称为马一角。"此处用此典，谓由于袁氏卖国，以致祖国山河破碎，西湖只是残山剩水的一角，在遭劫以后，勉强支撑着。劫，佛家语，劫难。

[2]"鹃啼"句：鹃啼鹤去，隐指孙中山的去职，总统职位由袁世凯窃取。鹃，杜鹃，相传为古蜀帝杜宇所化。鹤去，北宋隐逸诗人林逋曾居孤山二十年，种梅养鹤。此句翻用钱谦益诗意，但寓意有别。钱氏寄托的是对明亡的伤悼，而庞氏抒发的是对袁世凯的愤恨。

[3]尚书：钱谦益在南明福王朝官礼部尚书。

[4]"香钿"句：此首作者自注："旧行宫改建公园，春来游事甚盛。"按，今西湖孤山公园，原为清乾隆皇帝下江南时的行宫，民国后改建为公园。此诗对封建帝王昔日的雄风进行

了嘲讽，暗寓对袁氏图谋称帝的警告。香钿暖翠，女子的首饰。未飘零，形容游春的女子依然不断。

[5]"花路"句：铺满花瓣的道路上，争相传颂着当年乾隆皇帝游历西湖的盛况。玉辇，皇帝的车驾。

[6]雄风：宋玉《风赋》："此所谓大王之雄风也。"何许：何处。

[7]御碑亭：在今西湖孤山中山公园内，亭中有刻有乾隆御书的碑石。

[8]"塔影"句：此首作者自注："保叔塔昔年几为日本领事馆所占，力争而罢。今其旁植花木，起楼台，犹可望不可即也。语云：雷峰如老衲，宝石似美人。宝石即保叔转音。"按，保叔塔，又作"保俶塔"，在今西湖北面宝石山上。此诗抒发了对日本帝国主义横行于祖国领土上的愤慨，也是对袁氏勾结日本帝国主义的抨击。

[9]东邻：语义双关。日本在我国东部，又日本领事馆当时在宝石山东麓。

[10]"我来"二句：樊川，唐代诗人杜牧，有《樊川集》。樊川感，指杜牧《叹花》诗："自恨寻芳到已迟，往年只见未开时。如今风摆花狼藉，绿叶成阴子满枝。"杜诗原意是以叹花寄托男女之情，庞诗寄托的是国事的感慨，意谓年复一年，不仅不见日本帝国主义者销声匿迹，其势力反而愈见盛大了。故云"别有"。

[11]"鉴湖"句：此首作者自注："秋墓之东有风雨亭，为鉴湖女侠绝命诗纪念也。"按，秋墓，指秋瑾墓。原在西泠桥西侧，其东有风雨亭，取秋瑾被害前所作绝命诗"秋风秋雨愁煞人"句而名。今秋瑾墓已移置桥东。此诗在对秋瑾的悼念中，表现了诗人对时势发展的洞察，抒发了对袁氏企图扼杀革命的深重忧虑。鉴湖，在秋瑾的故乡浙江绍兴市西北。秋瑾自号"鉴湖女侠"。灵气，英灵之气。

[12]"落花"句：落花：喻秋瑾。秋瑾诗中，常以海棠花、菊花等为喻，抒发革命情怀。此句谓秋瑾等革命先烈，以生命和鲜血换取的民国江山，今天又面临被葬送的危险，因此在伤悼先烈的同时，更为祖国的前途而悲悼、忧虑。

久欲南归罗浮不果，因望不二山有感，聊书所怀，寄二兄广州，兼呈晦闻、哲夫、秋枚三公沪上

苏曼殊

寒禽衰草伴愁颜[1]，驻马垂杨望雪山[2]。
远远孤飞天际鹤[3]，云峰珠海几时还[4]？

◎ 题解

　　这首诗约作于宣统元年己酉（1909）春，时诗人在日本。上年五月间，曼殊在日本东京寄寓于章炳麟处，因章炳麟与刘师培发生矛盾，刘氏迁怒于曼殊，曼殊不得已离开章氏家，心情痛苦，想方设法回广东。他在五月七日给友人刘三的信中说："近日心绪乱甚……欲返粤一转，奈无资斧何。……稍得路费，当返罗浮静居数月，然后设法南行。浊世昌披，非速引去，有呕血死耳。"但他始终未能如愿。同年九月，在上海给刘三的信中，又提及此行准备"返乡，小住罗浮，然后入印度"。但又因"舟经沪上，忽得痢疾，南行终未果"。此诗即写在再次返回日本以后，寄托了诗人对故乡的深切思念之情。罗浮：山名。见潘飞声《罗浮记游》题解。曼殊曾于光绪二十九年（1903）在离罗浮不远的惠州一破庙剃度为僧。不二山：即富士山，在日本本州岛中南部。山体呈圆锥形，山顶终年积雪，风景秀丽，日本奉为圣山。二兄：指曼殊族二兄苏镇康，字维翰，号墨斋，时在广州教书。晦闻：黄节的字。哲夫：蔡守的字，广东顺德人，南社社员，有《寒琼遗稿》。秋枚：邓实的字。

◎ 注释

[1]"寒禽"句：司空曙《贼平后送人北归》诗："寒禽与衰草，处处伴愁颜。"

[2] 驻马：停下马来。指自己欲行又止。雪山：指富士山。

[3] 天际鹤：诗人自喻。

[4] 云峰珠海：指广州。云峰，即白云山，在广州市北郊；珠海，即珠江，因江中旧有一沙洲"海珠"而得名。

东京竹枝词（六首选一）

郁　华

旅行西去路漫漫，地入函根夏亦寒[1]。
海日五更窗底出，万山飞瀑卷帘看。

◉ 题解

　　这首诗是诗人早年在日本时作。诗写日本名胜函根的景色，用笔淡雅，"海日"二句，绘形绘色，诗中有画，诗句自然天成。竹枝词：乐府名，唐刘禹锡于贞元中在沅湘据巴渝民歌所创新词。形式为七言绝句，内容多写旅人离思愁绪或儿女柔情。唐以后人所作，多歌咏风土人情。

◉ 注释

[1] 函根：又作"箱根"。在日本神奈川县西南部，东京西九十里。多溪谷、流泉、湖泊、风景优美，为日本著名游览和避暑胜地。

消　寒

柳亚子

袁安高卧太寒酸[1]，党尉羊羔未尽欢[2]。
愿得健儿三百万，咸阳一炬作消寒[3]。

◉ 题解

　　这首诗作于民国三年甲寅（1914）。这年袁世凯下令解散国会，停办各省地方自治，解散各省议会；公布修正大总统选举法，根据此法，大总统实际成为终身职；积极推行专制统治。作者把袁世凯比作秦始皇，把政治的黑暗比作严寒，希望革命志士像一把火焚烧秦王宫一样，推翻袁世凯的统治，消除政治的严寒。

◎ 注释

[1]"袁安"句：谓东汉汝南人袁安，当洛阳大雪，人都出外乞食，独袁安僵卧不起。比喻自己不想学袁安。

[2]"党尉"句：《事文类聚》："陶榖得党家姬，冬日取雪水煎茶，谓姬曰：党家识此风味否？姬曰：彼粗人安有此，但能销金帐底，浅斟低唱，饮羊羔美酒耳。"羊羔，酒名，山西有羊羔酒。这句比喻自己不想学陶榖。

[3]咸阳一炬：秦都咸阳，项羽焚烧秦宫。杜牧《阿房宫赋》："楚人一炬，可怜焦土。"

海上赠刘三

柳亚子

几年辛苦念刘三，握手重逢酒半酣。
莫话邹阳当日事[1]，双双红泪落江南。

齐梁乐府旧东平[2]，郭解朱家侠气横[3]。
我亦恩仇心事涌[4]，告君多恐未分明[5]。

◎ 题解

海上，即上海。刘三，为刘季平（1878—1938），行三，又取龚自珍诗意"刘三今义士"，别署江南刘三。上海华泾人。为南社成员。仗侠好义。邹容以《革命军》一书被逮入狱，死狱中，刘三为之埋葬华泾；时海内无不知有义士刘三者。这是作者在上海重逢刘三时的两首赠诗，把刘三比作汉代著名的游侠之士郭解、朱家；同时抒发了自己担忧国事、爱憎分明的悲愤心情。

◉ 注释

[1] 邹阳：汉临淄人，文辩知名，从梁孝王。因羊胜进谗言，下狱；上梁王书，王悟，释之出，待为上客。这里指政治上受到迫害。
[2] 齐梁乐府：六朝时代的一种诗体。梁代乐府有《东平刘生歌》，见《乐府诗集》卷二十五。此处以刘生切刘三之姓。
[3] 郭解、朱家：汉代著名的两位侠士。见《史记·游侠列传》。
[4] "我亦"句：龚自珍《己亥杂诗》："吟到恩仇心事涌，江湖侠骨恐无多。"
[5] "告君"句：陈师道《放歌行》："怕君着眼未分明。"

论钱仲联近代文学知识结构的形成及其诗学观

罗时进(苏州大学文学院)

每个学者都有自己的知识结构。这种知识结构是通过接受教育与自我学习而汇聚的知识体系之涵容;提升到学术层面,谓之学术修养;复由内在兴趣或外部需要驱动,便形成学术研究的方向。钱仲联先生的知识体系和学术修养是淹贯四部的,无愧为世纪学者、一代宗师。但客观来看,他于四部之学更博通于文史,尤深邃于文学;在清代诗歌研究方面表现出当世无出其右的修为与贡献,而对近代诗人、诗歌研究的兴趣也几乎贯穿其整个学术生涯。

一、家族关系:钱仲联近代文学知识结构形成之条件

家族出生,在一定程度上影响甚至决定了学者的知识结构的形成。人,具有社会性,而家族便是他的原初性社会环境,这个环境先天地成为其成长的起点,也是其知识根源。研究一个学者的初时育成和后来修为,对其家族境况的了解无疑是重要环节之一,而且这对于研究钱仲联先生的近代文学知识结构来说,尤其具有特殊的意义。

冒效鲁先生为钱先生之故交,读两夫子1942年唱酬之作《酒座和答冒效鲁》与《梦苕和余酒座见酬诗再柬一首》知其情深心契。1977

年冒效鲁《寄钱仲联吴门即祝其七十生日》有"乞食岂同吴市客，医诗待丐越人方"语[1]；1988年冒效鲁逝世，钱仲联《悼冒效鲁》有"四十年前梦尚温，灯前南北两王孙"语[2]，都涉及钱先生的生平。冒诗用乞食吴市与扁鹊医方典故，写其生活情态与诗歌创作，而于字面上勾连出"吴越"，颇见巧妙；钱诗则就"两王孙"自注曰："君为成吉思汗裔，余为吴越王后"，直接道出湖州钱氏家族乃钱镠后裔。

根据钱仲联先生所撰自传[3]，知其高祖以上无科名，自曾祖父孚威，始考为秀才，从此拉开了一个文化大家族成长、壮大的序幕。他的祖父钱振伦，字楞仙，是著名文学家，道光十八年（1838）进士，与曾国藩为同年。在晚清以骈文家闻名于世，有《示朴斋骈体文》《示朴斋骈体文续》行世。谭献《复堂日记》和张之洞《书目答问》，都将其推许为清人学唐骈文的典范。兼擅笺注之学和文学文献整理，有《鲍参军集注》《樊南文集补编》《唐文节钞》等。

论及钱仲联先生的家族文化影响，不能不注意他的祖母翁端恩。翁太夫人是清体仁阁大学士翁心存次女，协办大学士翁同龢的姐姐。她在晚清女性作家中颇有声名，有《簪花阁诗钞》《簪花阁诗余》行世，阮元曾为其"绿庄严馆"题额。钱氏和翁氏的联姻，自然有助于钱仲联先生与近代诗人发生关系。他的家族成员，不少皆能诗。其作于1933年的《病榻怀人绝句》组诗，所怀者有钱氏家族一脉的，也有翁氏家族一

---

[1] 冒效鲁：《寄钱仲联吴门即祝其七十生日》，《叔子诗稿》，安徽文艺出版社1997年版，第115页。
[2] 钱仲联：《悼冒效鲁》，周秦、刘梦芙编校：《梦苕庵诗文集》上册，黄山书社2008年版，第332页。
[3] 钱仲联：《钱仲联自传》，江苏省政协文史资料委员会编：《江苏近现代历史人物》第二集，《江苏文史资料》编辑部出版发行，1991年内部资料，第209—223页。

脉的。涉及钱氏的如第十一首：

> 少接余杭讽籀书，晚标新异骇群愚。竹林何日从谈艺，一把今吾换故吾。[1]

诗后自注："家叔父玄同。"按，钱玄同是仲联叔祖父振常之子。振常为同治十年（1871）进士，与张佩纶同年。他与兄长振伦联袂进行学术研究，合著《樊南文集补编笺注》《玉溪生诗笺注》等，张尔田《念奴娇·仲联依其大母占籍虞山，绘梦苕庵图嘱题，效吴蔡体赋此》有"曾说樊南兄弟好"句，即指此事。玄同有一同父异母的兄长名恂，为薛福成门人，光绪十六年（1890）随薛氏出使英国、法国、意大利、比利时等国，尝任湖北留日学生监督，仲联父亲钱滮、从叔父玄同、从兄稻孙、毯孙等，都是因钱恂的关系而赴日留学的。钱恂夫人单士厘，著有国外游记《癸卯旅行记》，"以三万数千言，记二万数千里行程，得中国妇女未曾有。"[2] 又编有《国朝闺秀正始集再续集》，无愧为晚清民初女界之杰出者。

《病榻怀人绝句》中涉及翁氏的如第十三首：

> 手辑瓶庐稿几编，湖楼茶梦记当年。古藤图卷应无恙，回首前尘一惘然。[3]

诗末自注曰："表兄翁忍华。"从此诗知翁同龢的诗稿就是由仲联先生的

---

[1] 钱仲联：《病榻怀人绝句》，周秦、刘梦芙编校《梦苕庵诗文集》（上册），黄山书社2008年版，第74页。
[2] 钱恂：《癸卯旅行记题记》，钱单士厘著，杨坚校点《癸卯旅行记·归潜记》，湖南人民出版社1981年版，第21页。
[3] 钱仲联：《病榻怀人绝句》，周秦、刘梦芙编校《梦苕庵诗文集》（上册），黄山书社2008年版，第74页。

这位表兄编纂的。与钱氏家族相比，翁氏更为显赫，文脉更加深远博丽。如翁咸封，翁同龢祖父，乾隆四十八年（1783）举人，官至海州学政。其子翁心存，服官四十年，为晚清重臣，有《知止斋诗文集》传世，钱仲联先生称为"是宰相而无愧为专家诗人"[1]。自翁心存始，江南常熟一个已历经数代科甲兴盛的家族进入最为辉煌的时期，在中国近代史上打下了深刻的烙印。

先看心存长子同书一脉。同书道光二十年（1840）进士，选庶吉士，授编修，大考屡列二等。曾任贵州学政、侍讲学士，迁少詹事，咸丰间授安徽巡抚，著《药方诗文集》。同书子曾源，为同治二年（1863）状元，授翰林院修撰；曾桂，历官江西按察使、浙江布政使、护理江西巡抚。曾源子斌孙，光绪三年（1877）进士，曾任翰林侍读，辛亥任直隶提法使，著述颇富，有《笏斋覆瓿集》《五代故事》等。斌孙之子之润，少时与同邑杨圻、汪荣宝、江震彝同称"江南四公子"，官刑部主事。在京师又与杨圻、王景沂、曹元忠、章华等结社，争以词鸣，尝辑刊《题襟集》。

再看心存次子同爵一脉。同爵是凭家族余荫成为国子监生的，咸丰元年（1851）入仕，历官兵部主事、兵部员外郎、湖南道台、署按察使、布政使、陕西巡抚、湖北巡抚、兼署湖广总督。著有《皇朝兵制考略》等。曾在常熟西门外建翁氏义庄，推助翁氏家族发展。长子曾纯，同治元年（1862）承恩候选同知，以同知即选，官至衢州知府，著有《芝祥随笔》等。次子曾荣，同治十年（1871）着赏举人，任户部四川司行走。三子曾翰，同治元年十二月过继给翁同龢为嗣子，咸丰八

---

[1] 钱仲联：《翁同龢诗词集序》，朱育礼校点：《翁同龢诗词集》，上海古籍出版社1998年版，第1页。

年（1858）举人，任内阁中书，官至内阁侍读。曾纯子奎孙，光绪八年（1882）以监生特赐举人，服官工部二十年，宣统三年（1911）隐退家乡，工诗，有《柏园吟稿》传世。曾荣子顺孙，举人，曾官工部郎中，宣统三年在沪上与唐文治交游颇密。

至于心存三子同龢，则为清末重臣、文学巨擘，深为世人所知。值得注意的是，同龢与其姊感情甚深。钱振伦去世后，翁端恩携全家回常熟娘家，同龢购得县城引线街老屋三进，供其居住生活。光绪十八年（1892）六月端恩病逝，噩耗传至京师，同龢"竟日气结僵卧，不能一事"，六月十九日日记云："同龢于姊丧未之敢忘，今日为安葬之期，尤惨切。"[1]可见丧姊之痛。钱振伦弟振常进士及第后，同龢与这位"翁家婿弟"交往频繁。后来，钱振伦的三女儿云辉嫁于优贡生俞大文之子俞锺銮，而俞大文之妻正是翁端恩的姐姐翁寿珠。这一姻亲关系，在《梦苕庵诗话》中见载：

> 舅祖翁松禅，自戊戌放归后，即闭门不出。初居西门外锦峰别墅，有依绿草堂、延爽山房诸胜。余十五六岁时，读书于此，今则其地已易何姓矣。公居此不久，嫌近城市，移居白鸽峰。时往相见者，余姑丈俞孝廉金门锺銮，亦即公之甥也。[2]

如果说钱振伦与翁端恩是钱、翁家族首次联姻，俞锺銮与钱云辉是第二桩婚姻，而钱恂孙女即钱稻孙之长女钱曼新嫁给翁氏后代翁之龙，则成就了钱、翁两家累世联姻的佳话。

---

[1] 参见吴正明：《翁同龢乡里交往两则》，常熟市政协文史资料委员会编：《常熟文史》第22辑，1994年内部资料，第126页。
[2] 钱仲联：《梦苕庵诗话》，齐鲁书社1986年版，第42页。按，俞锺銮乃俞大文继室龚氏所生，翁同龢仍以亲外甥视之，故仲联师亦称之"姑丈"。

客观来看，这样的家族背景为钱仲联先生广闻博识近代文学知识创造了极为有利的条件。在他这一辈学者中，能够亲近或瞻望近代文人的，或许不少，但像他那样长期沉浸于近代文化世家氛围、亲炙于近代文人获取直接感知者，并不多；而不仅以其家世且因才华得到晚清民初文人接纳、称赏者，更是罕有其匹了！这里我们不妨读一读他的自传，一窥其与近代文人之关系：

> 我的姑丈俞锺峦，也是翁同龢的外甥，治顾亭林之学，诗文都学亭林。在我治学之初，得到他的不少指授。十七岁中学毕业后，又经他的介绍，进入无锡国学专修学校就读。
>
> 唐（文治——引者注，下同）先生是我舅祖翁同龢的门生，与我家有渊源，故督促我学习比对其他同学更为亲切。
>
> 陈衍先生为我（梦苕）庵题匾……陈衍虽是同光体诗人，但眼界开阔（其后在无锡国专任教时），每星期在唐师家与陈衍等宴饮一次，以为至乐。
>
> （1940年）到达上海在国专分校授课，老朋友王蘧常、夏承焘等都在同校任教……校外则又与李宣龚、夏敬观、杨无恙等重温诗酒，酬唱旧梦。[1]

无锡国专是钱仲联先生学术研究的起点，也是其与近代文人结交的重要平台。而钱先生得入国专，正缘于姑丈俞锺銮的介绍，校长唐文治恰恰又是翁同龢的门生、翁顺孙的友人。舅祖翁氏家族的背景在其人际交往中的作用是显而易见的。

---

[1] 钱仲联：《钱仲联自传》，江苏省政协文史资料委员会编：《江苏近现代历史人物》第二集，《江苏文史资料》编辑部出版发行，1991年内部资料，第211、212、215、216页。

众所周知，钱仲联先生以笺注之学闻世，其中最重要的两部著作是《人境庐诗草笺注》与《沈曾植集校注》，而究及黄遵宪、沈曾植与钱先生的关系，又同样贯连着家族脉络。钱先生说：

> 注黄诗还有一些私人关系，则因黄氏随薛福成为驻英使馆参赞时，我伯父钱恂也在薛处，与黄氏为同僚，两家有世交渊源……黄氏从弟遵庚，闻知我在作黄诗注，不辞千里，特地到无锡访我，更给我很多手稿资料，并口述许多有关诗篇的本事，这使我的笺注大大提高了质量。

> 王（蘧常）是近代名儒沈曾植的晚年学生，沈氏也出自翁同龢的门下，与我家有渊源……上海公私藏书丰富，乃鼓起我笺注《海日楼诗集》十四卷的勇气。在上海，与沈先生嗣子慈护先生缔交，于诸家刊印集本之外，得读其笔记、手稿无数，补充不足。通过交谈，详细了解诗篇本身，交游往来等等。[1]

所谓"私人关系"，亦即"家族渊源"。钱、翁本即桐荫世家，一旦相互连接便成为硕大的文化丛林，生根在吴越大地，盘枝错节，不断延伸脉系。除前述翁端恩的姐姐嫁于俞大文，钱振伦的女儿又嫁于俞大文之子外[2]，尚有钱氏与沈氏联姻。钱先生的母亲即著名诗人沈汝瑾的表妹，夫人沈毓秀又是钱先生的表姐，可谓亲上加亲。其《病榻怀人绝句》组诗最后两首所写"姨表兄俞运之"和"表兄沈之茂"，即近代诗

---

[1] 钱仲联：《钱仲联自传》，江苏省政协文史资料委员会编：《江苏近现代历史人物》第二集，《江苏文史资料》编辑部，1991年内部资料，第214、216页。
[2] 钱、俞两家联姻颇密，钱仲联先生的大姨祖母、三姑母和一个姨妈都嫁给俞家。参见赵杏根：《诗学霸才钱仲联》，北京大学出版社2009年版，第13页。

人俞鸿筹和沈寿松,诗云"当年同沐谢家春","怜予真气消磨尽"[1],可见一往情深。家族情感,历经几个世代不免会淡薄、消减,但对于光绪末年出生的钱先生而言,世家茂林的光华直接映照在他身上,每一棵树上的枝桠,他似乎都能够触摸到;每一片树叶的露珠,都给予他以文化滋育;当他站到现代社会的大地时,晚清虽成历史,但并未远去,近代文坛仍清晰地呈现在他的视野中。

二、继承与超越:钱仲联的近代诗学观

家族背景使钱仲联先生天然占据着文化高原的地位,具有形成近代文学知识结构的优胜条件。但他学术视野开阔、知识结构渊博,对近代诗坛有一种超越性的体认,这种体认源于家族又非家族背景所限。

这大体有三个方面的原因:一是江南虞山诗学传统的启沃。自明代以来,虞山诗坛渐趋兴盛。明末清初,钱谦益主盟文坛半个世纪,虞山诗派得以建立并形成钱、冯两派[2]。有清一代,虞山诗人之夥、著名诗人之多,颇胜于他邑。《梦苕庵诗话》记录"吾邑"诗人甚多,而诸多近代诗人事迹亦亲闻于"吾邑"先进。二是以诗会友,与近代诗人广泛交游。《梦苕庵诗存》存诗始于1922年,也就是说他15岁即开始诗歌创作。24岁与王蘧常先生合刊《江南二仲诗》,赢得声誉。25岁在《申报》发表有关淞沪抗战的诗作,引起黄炎培、金松岑等名家赏叹,由此与不同文学主张与创作风格的作家交往,诗学视野为之开阔。三是厚植学术根柢,博通而精识,诚如饶宗颐所评:"钱老博通众学,旁及释氏,

---

[1] 钱仲联:《病榻怀人绝句》,周秦、刘梦芙编校《梦苕庵诗文集》(上册),黄山书社2008年版,第76页。
[2] 王应奎:《柳南随笔》卷一,中华书局1983年版,第20页。

其诗文多摭用之；他对整个清代诗学之理解，学术界无出其右；而他的文学批评，稳妥有力，众人咸服。"[1]

综观钱仲联先生平生学术，对近代诗坛的研究贯穿始终，成果最为丰厚。1926年19岁时，以第一名毕业于无锡国专，当年在《学衡》杂志第51期发表《近代诗评》而一鸣惊人，24岁开始进行《人境庐诗草》的笺注，标志着关于近代诗人及其作品的评论与笺注双轨并行地展开了。钱先生的"诗坛点将录"系列非常有名，其中《近百年词坛点将录》[2]《近百年诗坛点将录》《道咸诗坛点将录》《南社吟坛点将录》都属近代诗歌史研究，连同《论近代诗四十家》等论文，经钱先生点评的近代诗人已有400余人。1988年至1990年，他相继编成《近代文学大系·诗词集》与《近代诗钞》，分别由上海书店和江苏古籍出版社出版，为近代诗人研究建构了丰富的文献基础。在《梦苕庵诗话》和《清诗纪事》中，近代部分所占比例也相当大；而《三百年来江苏的古典诗歌》《三百年来浙江的古典诗歌》等论文，道咸以降以至光宣部分的论述，都几占半数。可以看出，他对近代诗坛之熟稔几臻如数家珍的程度，其近代诗学观亦由此形成。兹作简要概括：

一是对近代诗总体地位的评价。他对清诗有"超明越元，抗衡唐宋"[3]的基本定位，这与近代章炳麟"唐以后诗，但以参考史事，存之可也，其语则不足诵"[4]的判断不同，与晚清文廷式"国朝诗学凡数变，

---

[1] 饶宗颐：《梦苕庵诗文集序》，周秦、刘梦芙编校《梦苕庵诗文集》上册，黄山书社2008年版，第2页。
[2] 按：钱先生因朱祖谋《清词点将录》只列榜名而无成文，于1981年春撰成《光宣词坛点将录》。后因观点有所改变，又作《近百年词坛点将录》。
[3] 钱仲联：《怎样研究清代诗文》，《梦苕庵论集》，中华书局1993年版，第166页。
[4] 章炳麟：《国故论衡·辨诗》，《中国近代文论选》下册，人民文学出版社1959年版，第439页。

然发声清越,寄兴深微,且未逮元明,不论唐宋也"[1]的观点截然相反,有返本归正之功。可以说,这个"大判断"成为清诗研究的巨大基石,是近三十多年清代诗歌之所以在国内外学界引起重视的主要根据。对二百六十多年的清诗史,他最称赏的是清初和晚清两端,而就这两端来说又更重后者。他说:"晚清诗歌的成就,正与清初期可以先后媲美,在思想性、艺术性的创新方面,更突过了清初。"[2]"近代诗歌在艺术上的成就,也达到了唐宋、清初以来一个新的高度,成为中国古典诗歌在它发展后期矗起的又一座高峰。"[3]显然,他对康有为《与菽园论诗兼寄任公孺博曼宣》中对近代诗"意境几于无李杜,目中何处着元明"的评价持肯定态度,其《近代诗评》直接给予"跨元越明"的评骘或即受其影响。他论近代诗人及其作品,每下"前代诗人从未有过""空前大手笔"[4]这样的评语,都有参古望今、截断众流的气度。

二是对近代诗精神价值的肯定。近代历史显著区别于以往历代之处,在于外国列强的入侵使民族矛盾变得极为突出,而社会底层对统治力量的反抗在动摇封建社会大厦的同时也冲击了民生基础,造成严重创痛。在晚近七十年中,士人忧国忧民情怀形成的诗性书写与以往有极大的不同,"风人慷慨赴同仇"的精神体现得更为鲜明,钱先生对此给予高度赞扬。他认为这个大动荡时代中产生的诗歌,"所表达的忧国忧民的爱国情感,虽然由于诗人所处的阶级地位的不同,各各打上了不同的阶级烙印,体现了不同的层次与深度,但在反对外国侵略、主张国家昌

---

[1] 文廷式:《闻尘偶记》,庄建平主编《近代史资料文库》第1卷,上海书店2009年版,第56页。
[2] 钱仲联:《清诗简论》,《梦苕庵论集》,中华书局1993年版,第179—180页。
[3] 钱仲联:《近代诗钞·前言》,江苏古籍出版社1993年版,第21页。
[4] 钱仲联:《怎样研究清代诗文》,《梦苕庵论集》,中华书局1993年版,第167页。

盛这一点上，各个诗派的进步的诗人却几乎是一致的。应该说，它是近代诗歌之魂，是继承了中国古典诗歌爱国主义的优秀传统而又闪烁着时代光辉的精华所在"[1]。他在《清诗简论》中进行"鸟瞰"，只作"前期诗歌"与"后期诗歌"之分，其界线即鸦片战争，因为鸦片战争诗歌已经富有"时代精神的新内容"，具有后期清诗"先驱"意义[2]，而"这一时期的爱国诗歌，无疑都应该汇入近代诗歌的主流之中"[3]。

三是对近代诗歌新变的激赏。因家族关系，钱仲联先生与近代不少"放眼看世界"者有较为密切的联系，这对于他形成"何谓近代"，"何谓近代诗人"，"何谓近代诗坛格局"，"何谓近代诗界之人文情怀"等认知具有重要作用。从诗界启蒙者龚自珍到诗界革命者黄遵宪，他都保持着深刻的理解与同情。他称龚自珍"不仅是一位著名的启蒙思想家，同时也是启一世之蒙的诗人"，"自觉地以诗歌为武器，以他那历史批判家的锐利眼光和那枝横扫一世像彗星一样光芒四射的诗笔，深刻剖析了他所生活的那个社会……清醒地揭示了清王朝已历史地进入了它的末世"[4]。他对"龚诗在胜朝，不囿旧天地"[5]是何等激赏！而只有理解了他对龚自珍不遗余力的推崇，方可理解其何以对晚清"诗世界之哥伦布"投入极大的研究热情；何以将"新世瑰奇异境生，更搜欧亚造新声"看作对旧诗藩篱的突破；何以视"镕铸新理想以入旧风格"为近代诗发展的标志。近代诗人的革新性尝试是多方面的，几乎无所不有、无

---

[1] 钱仲联：《近代诗钞·前言》，江苏古籍出版社1993年版，第20页。
[2] 钱仲联：《清诗简论》，《梦苕庵论集》，中华书局1993年版，第179页。
[3] 钱仲联：《近代古典诗词蠡测——〈近代文学大系·诗词集〉弁言》，《社会科学辑刊》1989年第3期。
[4] 钱仲联：《近代诗钞·前言》，江苏古籍出版社1993年版，第2页。
[5] 钱仲联：《论近代诗四十家》，《梦苕庵论集》，中华书局1993年版，第332页。

处不在，可以说"新变"是近代诗史的大纛，也是钱先生据以辨识近代诗特征的重要标尺。

四是对各种流派风格的包容。钱先生家族诗学传统兼有六朝与唐宋，仅就翁氏一脉来说，"知止胎三唐，瓶庐苏黄徒。楚魂郁孤愤，寄意存江湖"[1]已足以广其所宗。因此在近代诗歌内部结构层面的分析上，钱仲联先生对各种诗学宗尚、风格流派显示出有容乃大的气度。因其与沈曾植、陈衍等晚清同光体诗人有种种直接或间接的联系，他对宋诗派诗人有精深的研究，也极为推尊，甚至对同光体"宗祖"郑珍给以"清诗三百年，王气在夜郎"[2]的极高评价，在《浣花诗坛点将录》中点其为"天立星双枪将董平"，以为"胡光骐推为清代诗人第一，不为过也"[3]。同时，他也对宗汉魏六朝唐诗且与明七子有一定关联的湖湘派也实事求是地加以肯定，如论王闿运："七子去不返，死灰燃湘中。托塔首天王，八代扇余风。"论邓辅纶："几辈学神仙，谁见赤霜袍？弥天白香翁，高揖谢与陶。"[4]其《近代诗钞》中，确乎以道咸宋诗派及后期同光体诗人较多，但对汉魏六朝派、唐宋兼采派、诗界革命派同样推尊，亦给予西昆体派、南社诗人适当比例、篇幅[5]。正是在钱先生的广幅视角下，近代诗的波澜壮阔得到充分显现。

钱先生在《近代诗评》中谓"诗学之盛，极于晚清"，其纵横捭阖，

---

[1] 钱仲联：《论近代诗四十家》，《梦苕庵论集》，中华书局1993年版，第340页。
[2] 钱仲联：《论近代诗四十家》，《梦苕庵论集》，中华书局1993年版，第335页。
[3] 钱仲联：《浣花诗坛点将录》，《梦苕庵论集》，中华书局1993年版，第57页。
[4] 钱仲联：《论近代诗四十家》，《梦苕庵论集》，中华书局1993年版，第338—339页。
[5] 按，在《近代诗评》中，钱先生开宗明义："诗学之盛，极于晚清。跨元越明，厥途有四"，其所论四派即宋诗派、汉魏六朝派、唐宋兼采派和诗界革命派，未将西昆体派和南社诗人作为体派专门提出，盖为"品骘所及，断自咸同"之故。参见周秦、刘梦芙编校《梦苕庵诗文集》（下册），黄山书社2008年版，第511页。

概论各派，俨然已脱雏凤之形。历经半个多世纪，他对部分作家的认识、评价发生了一定的变化，而其视野更加广博开阔，诗学观念更加老成坚确。金天羽序《梦苕庵诗》有（仲联）"异日者，图王即不成，退亦足以称霸"语[1]，此评移之钱先生的近代诗学研究，似亦恰当。

三、树立典范：钱仲联近代诗选的特色

杰出的文学史家之所以杰出，既在于他所掌握的文学史料之丰富为他人莫及，学理性思考总是在更高的层面上展开，同时还在于他不但能够证明什么，还能够指明什么。指明，有多种途径，编撰文学作品选本是主要途径之一。其实与他的认知相比，在选本中用来作为"标本"的诗人诗作是极为有限的，故每一个"标本"的"指明"，都有不可忽略的意涵与价值。

钱仲联先生编著的清代诗歌选本有《清诗三百首》（岳麓书社1985年版）、《清诗精华录》（齐鲁书社1987年版）两种，其中包括了部分近代诗歌作品。近代诗歌选本有《近代诗举要》（上海教育出版社1989年版）、《近代诗三百首》（浙江古籍出版社1990年版）、《近代诗钞》（江苏古籍出版社1993年版）三种。其中《近代诗举要》选诗人46家106首，与其他两种相比，规模较小。严格地说，《近代诗三百首》是《近代诗钞》问世的前奏和准备，除了更注重普及性外，二者编著的意旨一致，表达出他在近代诗歌史上欲"指明"的一系列问题。

晚近的近代诗选本，主要有孙雄《道咸同光四朝诗史》、陈衍《近代诗钞》和吴闿生《晚清四十家诗钞》。孙本虽称"诗史"实属"诗

---

[1] 金天羽：《梦苕庵诗序》，周秦、刘梦芙编校《梦苕庵诗文集》（上册），黄山书社2008年版，第4页。

选"，包括了御制和宗室亲王作品，固有存史之用，但选目不精，且印制未全，影响有限。吴闿生为桐城派文学家吴汝纶之子，所收家数原本较少，且主要为桐城一脉，局限性明显，亦不足论。陈衍为近代诗坛巨子，其《近代诗钞》凡二十四册，收录诗人三百七十家，一时影响颇巨。钱仲联先生《近代诗钞》《近代诗三百首》在入选诗人、选录作品上都具有与陈本不同的针对性，特色也正体现在这两个方面。

关于入选作家。钱先生毫不讳言陈衍《近代诗钞》在选录作家方面存在严重缺陷。作为同光体派的巨擘和评论家，陈衍《近代诗钞》在选取诗人时明显地体现了同光体派的观点。"收录的诗人虽很广泛，但仍以宋诗派为主，而一大批代表了进步潮流或艺术成就卓越的其他流派的诗人却很少甚至没有选入。"[1]钱先生曾列举出一份陈衍《近代诗钞》的遗珠名单，他们是：张维屏、林则徐、龚自珍、张际亮、汤鹏、黄燮清、贝青乔、释敬安、金蓉镜、夏曾佑、丘逢甲、蒋智由、黄人、张鸿、金兆蕃、章炳麟、王瀣、陈去病、许承尧、秋瑾、杨圻、孙景贤、程潜、苏曼殊、郁华、黄侃、柳亚子、陈隆恪、胡光炜、杨无恙，其数达三十人之夥。

平心而论，在操持选政过程中保持一定的理论倾向和个人审美爱好是完全可以理解的；另外陈散原入选后，其子隆恪是否必录，也容有可议；秋瑾这样革命色彩极为鲜明的诗人是否入选，对陈衍而言亦可要斟量。但开时代风气之先的龚自珍、驰誉道光文坛的张际亮、诗界革命的巨匠丘逢甲等都弃而不录，就很难理喻了。南社诗人群体宗唐与宗宋者皆有，陈氏只选诸宗元、黄节、林景行、林学衡等与宋诗派

---

[1] 钱仲联：《近代诗钞·前言》，江苏古籍出版社1993年版，第22页。

往来密切的诗人,而主盟人物陈去病、柳亚子却被弃置不选,只能说他"眼光偏狭"。[1]

钱仲联先生的《近代诗钞》广收百家且尽录以上诗人,在规模有限的《近代诗三百首》中也几乎完整保存了这些诗人。他决不是为了充实近代诗人的排名榜,而是希望完整、客观地反映近代诗史的历程,显示出大江九派、百舸争流的诗界全景,为中国古典诗歌发展的结局留一真实影像。其实就审美品味和艺术倾向而言,如柳亚子等人与钱先生并不相同,但这并没有妨碍钱先生将其视为近代诗坛的代表性诗人,其中所体现的正是文学史家的胸襟。

关于选录作品。每一个诗人,都是一个具有复杂的社会性和文学性的个体。一般来说,选本所录应是最能代表其人文学个性和艺术成就的作品。但陈衍将《近代诗钞》作为"宋诗派"之"诗谱",并不考虑诗人的主体创作风格。黄遵宪、康有为、梁启超、谭嗣同等,入选作品本已很少,而所选者又非他们提倡诗歌革新的代表作。"梁启超,是揭橥诗界革命旗帜的总代表,一时豪杰,奔趋其下,影响所及,远及南溟,他自己的作品,天骨开张,才情纵横。《朝鲜哀词》五律二十四首,《赠台湾逸民林默堂兼简其从子幼春》《南海先生遊欧美载渡日本国居须磨浦之双涛阁述旧抒怀敬呈一百韵》,都是煌煌巨篇,不朽史诗,康有为手评,屡以杜甫相比,而(陈氏)《近代诗钞》都不选入;相反所选二十首,都是褪去了诗界革命的颜色,而比较接近宋诗派的作品。"[2]

钱仲联先生之选近代诗,以树立典范为宗旨。所谓典范,是思想倾向与历史发展趋势一致,而艺术表现又能体现诗人的诗学观念,典型地

---
[1] 钱仲联:《近代诗钞·前言》,江苏古籍出版社1993年版,第23页。
[2] 钱仲联:《近代诗钞》,江苏古籍出版社1993年版,第22页。

表现出其个人的风格特征，在近代诗歌发展史上具有一定的标识意义。典型的未必是经典的，但内涵着经典的某些要素。就选本常见的"以诗存人"与"以诗证史"两个指向而言，钱先生重点措意的显然在后者。当然，其所证成的不仅是社会历史，也是诗歌史本身，亦即这些作品不是单一维度的叠加或延伸，而是能够在总体质性上表现出近代诗歌史的特征与走向。

因此，反映鸦片战争到辛亥革命一系列重要历史事件和社会生活演变的作品都进入了钱仲联先生的视野，其《近代诗钞》之闳博圆照，无疑是远超陈本及民初以来的同类选本的。即使以《近代诗三百首》来看，龚自珍《己亥杂诗》、张维屏《三元里》、黄遵宪《冯将军歌》、贝青乔《咄咄吟》、樊增祥《闻都门消息》、康有为《戊戌八月国变纪事》、柳亚子《哭宋遁初烈士》等都赫然在列。又钱先生所选黄遵宪表现异国风物的《锡兰岛卧佛》、金天羽痛陈民生疾苦的《悯农》、丘逢甲描写自然风光的《秋溪即目》等，或以放眼看世界而别开生面，或利用传统题材抒发现实感怀，都使其所编诗选散发出浓郁的时代气息。同光体派作家如沈曾植、陈三立、陈衍的作品自不可少，但只是作为一种流派和风格的重要代表而已。

这里需要对钱仲联先生近代诗选的"南方色彩"略加说明。所谓"南方色彩"，即其入选者以南方人士居多，作品表现的现场也多在南方。其实，这在相当程度上正体现了"近代"之义。南宋以降，中国文化重心南移，明清两代长江以南不仅环太湖地区为人文渊薮，赣南、湘南、岭南、闽南也呈现出文化发展的繁盛气象，人才辈出，各领风骚。而从历史现实来看，鸦片战争以后，外患内忧的重大事件多发生于南方，这里往往是事件的第一现场，恩格斯也正是从中国南方人民反侵略斗争中"看到整个亚洲新纪元的曙光"[1]，故而近代诗史上南方作家、作品占有较大比重，其典型之产生也多在南方，这有其必然性。当然，钱仲联先生近代诗选的"南方色彩"也有特定的地域与家族影响。从《梦苕庵诗话》来看，所论近120位清代诗人（含入民国初年者，连带略述者不计），顺、康、雍、乾、嘉五朝不足20人，而道、咸以还近百人中，光、宣两朝即有71人[2]，其中占籍江南乃至虞山乡邑者甚多，且不少诗人都与钱先生家族有种种关系。缘此，钱先生具有直接获取他们的诗集并从中精选的可能。这股"源头活水"自然增强了选评近代诗歌的"南方色彩"，也从原生性上提高了诗选的质量。

1999年《钱仲联学述》出版，其中有论："近代诸家的诗作，我很早就有广泛的阅读，精心的思考，同时我还通过自己的创作实践，体会个中三昧。因此，直到现在，当初的论断还站得住。"[3]又是二十年倏忽逝去，重读钱仲联先生《近代诗评》发表以来一系列的相关成果，深感先生对中国近代诗歌研究贡献至巨。这是一座仰之弥高的学术雄峰，今天我们再度审视"近代"那七十多年诗歌史时，对他贴近得几如身在其中的考察与研究的收获，亦当视为第一手文学史料和最珍贵的学术宝藏。

（原刊《苏州大学学报》2020年第4期）

---

[1]《马克思恩格斯选集》第2卷，人民出版社1972年版，第22页。
[2] 参见刘梦芙：《读〈梦苕庵诗话〉》，《韩山师范学院学报》2001年第4期。
[3] 钱仲联著，周秦整理：《钱仲联学述》，浙江人民出版社1999年版，第61页。